Emilys Geheimnis

Zu diesem Buch:

Die Journalistin Jessica Freeman glaubt, endlich Abstand zu ihrem korrupten Mann Ben und den Ereignissen des letzten Jahres gefunden zu haben. Da erreicht sie die Nachricht über den Tod ihrer Tante Emily. Doch wer, um Himmels Willen, ist Emily?

Jessica beschließt, sich auf Spurensuche ans Cape Cod zu begeben und begegnet dort dem attraktiven Meeresbiologen Josh McMasters.

Manchmal zwingt das Leben uns, den Dingen auf den Grund zu gehen.

Über die Autorin:

Carmen Bach, 1961 in Nordrhein-Westfalen geboren, schreibt seit zwanzig Jahren und hat eine Vorliebe für Familiengeschichten.

Schauplätze dieses Buches sind u. a. New York und Neuengland, Sehnsuchtsorte der Autorin. Außerdem spielen die Meeressäugetiere und ein Umweltskandal eine große Rolle, ebenfalls Herzensangelegenheiten der Autorin. Für beide Themen hat sie umfangreich recherchiert.

Emilys Geheimnis

Carmen Bach

Bibliografische Information der Deutschen Nationalbibliothek: Die Deutsche Nationalbibliothek verzeichnet
diese Publikation in der Deutschen Nationalbibliografie;
detaillierte bibliografische Daten sind im Internet über
dnb.dnb.de abrufbar.

Copyright © 2020 Carmen Bach
Herstellung und Verlag:
BoD – Books on Demand, Norderstedt

ISBN: 978-3-7504-8221-0

1. Kapitel

Der Brief fiel ihr sofort beim Betreten des Apartments ins Auge. Er lag zuoberst auf dem fein säuberlich gestapelten Häufchen Post, das Helga, das Kindermädchen, auf das Schränkchen gleich neben der Eingangstür gelegt hatte. Eigentlich war es ein ganz gewöhnlicher Brief, in einem dieser Recyclingumschläge ohne Sichtfenster.

Auffällig war, dass Jessicas Anschrift und die Adresse des Absenders auf dem Umschlag nicht mit Schreibmaschine oder Computer sondern handgeschrieben waren, von einer ungeübten Hand, wie es schien, denn die Schrift war zwar gut leserlich, zeugte jedoch von einer gewissen Zittrigkeit. Der Schreibstil deutete auf einen betagten Menschen hin, da manche Buchstaben noch im alten Stil geschrieben waren. Die Schrift war groß, leicht nach rechts geneigt und eckig. Der Absender verriet den Schreiber. Adam McMasters stand da; wohnhaft in Chatham, Massachusetts.

Normalerweise erhielt Jessica handgeschriebene Post nur von ihrer Freundin Cynthia. Sie war die Einzige, mit der Jessica in Briefkontakt stand. Und Verwandtschaft hatte sie außer ihrer Tochter Tony nicht mehr, wenn man ihren Exmann Ben nicht dazu zählte.

Außerdem kannte sie niemanden in Chatham. Ja, sie wusste nicht einmal, wo dieses Nest lag. In Massachusetts war sie ein einziges Mal gewesen, beruflich, und das nur für zwei Tage.

Wer also schrieb ihr aus einem Ort, den sie nicht kannte, einen persönlichen Brief, was sie aus der Tatsache ableitete, dass der Brief handgeschrieben war?

Dies alles nahm sie in Sekundenbruchteilen wahr, noch bevor sie die Wohnung betreten hatte. Sie balancierte zwei schwere, voll bepackte Einkaufstüten auf den Armen, ihren Blick wie hypnotisiert auf diesen Brief gerichtet, der sie mit seinen in schwarzer Tinte geschriebenen Lettern anzuspringen schien. Warum nur war sie immer noch so schnell aus der Fassung zu bringen? Nach fast einem Jahr? Sie war nicht darauf vorbereitet, von hinten angefallen zu werden. Der Schreck fuhr ihr in die Glieder und ließ sie taumeln. Die Einkaufstüten fielen zu Boden und der Inhalt der Tüten ergoss sich auf dem Parkett. Äpfel kullerten unter den Dielenschrank. Das Brot und frisches Gemüse lagen auf dem Boden, dazwischen eine Milchflasche und ein Marmeladenglas, die beide beim Fall zu Bruch gegangen waren. Zwei Arme schlangen sich um ihren Rücken. Tony, ihre siebenjährige Tochter war der Angreifer.

Jessica fluchte, was sie selten tat, da sie versuchte, als Mutter immer mit gutem Beispiel voranzugehen.

Sie befreite sich aus der Umarmung, drehte sich um und herrschte Tony an.

»Musstest Du mich so erschrecken?«

»Entschuldige Mommy, aber ich bin ein kleiner Schimpanse. Und die springen nun mal an allem hoch«, antwortete Tony hörbar zerknirscht.

Jessica merkte, wie der Ärger verflog.

»So, ein Schimpanse bist Du also heute. Dann kann ich ja noch froh sein, dass Du weder Bär noch Löwe bist. Denn dann hättest Du mich vermutlich schon in Stücke gerissen.«

Tony kicherte.

‚Na, mit der Reue ist es ja nicht weit her‘, dachte Jessica.

»Wer weiß. Vielleicht bin ich das nächste Mal wirklich ein Löwe. Auf diese Weise verschaffe ich mir einen Überblick darüber, wie Tiere fühlen, Mom. Das ist sehr wichtig für meine spätere Karriere als Tierdompteurin«, versuchte Tony ihr schlechtes Benehmen zu entschuldigen.

»Wolltest Du nicht Tierärztin werden?«

»Das war letzte Woche. Ich habe es mir anders überlegt. Heute Nachmittag haben wir einen kleinen Zirkus im Central Park gesehen, Helga und ich. Das war so toll. Besonders die Affen. Sie waren wie echte Menschenkinder. Mommy, bekomme ich auch so ein Affenbaby? Dann bin ich nicht so allein.«

»Erstens bist Du nicht allein. Du hast Helga und mich. Und zweitens: Was ist toll daran, ein Tier in Gefangenschaft zu halten. Meinst Du nicht, ein Affe ist in seiner natürlichen Umgebung besser aufgehoben?«

»Wenn sie in einem Zirkus sind, sind sie doch auch nicht in ihrer natürlichen Umgebung. Ich würde so gut für ihn sorgen, er würde nichts vermissen.«

»Das glaube ich Dir sogar. Und jetzt wäre es nett von Dir, wenn Du mir dabei helfen würdest, diese Sauerei hier wieder zu beseitigen, kleines Äffchen.«

»Ach herrje, was ist denn hier passiert?«Helga kam gerade aus der Küche, wo sie ihrer Lieblingsbeschäftigung, dem Kochen, nachging. Seit sie vor einem dreiviertel Jahr ihre Stelle bei den Freemans angetreten hatte, hatte sie die Küche gleich in Beschlag genommen.

Nur wenn Helga Urlaub hatte, übernahm Jessica das Regiment in der Küche. Mittlerweile war ihr die Routine, die sie in den Jahren ihrer Ehe erlangt hatte, wieder abhanden gekommen. Vielleicht lag es daran, dass Hausarbeit ihr noch nie Spaß gemacht hatte.

»Ich musste wieder einmal als Versuchskaninchen für eines von Tonys Projekten herhalten«, klärte Jessica sie über das Durcheinander in der Diele auf und schilderte ihr kurz, was sich ereignet hatte.

»Es tut mir leid, Mrs. Freeman. Ich hätte besser auf sie aufpassen sollen. Aber sie ist so aufgedreht, seit wir heute im Zirkus waren.«

Ihr war die Zerknirschung anzusehen, wohingegen Tony schon wieder singend in der Diele herum sprang und keinen Gedanken daran verschwendete, beim Beseitigen des Chaos' zu helfen.

»Ist schon gut, Helga. Für das Temperament meiner Tochter können Sie schließlich nichts.«

Mit gerunzelter Stirn schaute Jessica zu Tony hinüber. Die schien den strafenden Blick ihrer Mutter jedoch nicht wahrzunehmen.

»Mommy, Cynthia hat geschrieben. Darf ich Dir den Brief vorlesen?«

Cynthia, die seit der Schulzeit Jessicas beste Freundin war, hatte - genau wie Jessica - Journalismus studiert und war nach dem Studium nach New York gezogen, wohingegen Jessica es vorgezogen hatte, Ben zu heiraten und in Minnesota zu bleiben.

Cynthia hatte eine Stelle im Verlag von John Diver angetreten, ein Verlag, der unter anderem eine bekannte viel gelesene Frauenzeitschrift herausgab. Sie hatte sich bis zur Chefredakteurin hochgearbeitet. Als Jessica ein Jahr zuvor voller Verzweiflung bei ihr vor der Tür gestanden hatte, weil sie so schnell wie möglich aus Minnesota hatte verschwinden müssen, und nicht wusste, wohin, hatte Cynthia nicht gezögert, ihr zu helfen.

Jessica konnte immer noch nicht fassen, was für ein Glück sie damals gehabt hatte, in einer Zeit, als sie vom Pech verfolgt schien.

Zufällig hatte gerade Cynthias Stellvertreterin gekündigt. Jessica hatte deren Stelle bekommen. Alles schien gut zu werden. Doch dann starben Jessicas Eltern. Zeitgleich heiratete Cynthia ihren Freund Jeff und zog mit ihm nach San Franzisco.

Jessica konnte das Apartment der Freundin zwar übernehmen und wurde von John Diver zur neuen Chefredakteurin ernannt, aber sie vermisste Cynthia. Immerhin kannten sie sich bereits fast ihr gesamtes Leben und die Freundin war in viele Details über Jessicas Trennung von Ben, die Probleme, die sie mit ihrer Mutter gehabt hatte und den tragischen Tod der Eltern eingeweiht.

Auf Tonys Frage reagierte sie nun mit einem tiefen Seufzer.

»Nur, wenn Du mir hilfst, die Lebensmittel zu versorgen und die Diele wieder in Ordnung zu bringen,« sagte sie.

Sofort fing Tony an, die Äpfel einzusammeln.

Jessica wartete einen unbeobachteten Moment ab. Dann ließ sie den Brief von Adam McMasters in der Schublade des Dielenschrankes verschwinden. Diesen Brief wollte sie ganz in Ruhe und vor allem unbeobachtet lesen.

Wieder spürte sie die Bedrohung, die von diesem Brief ausging. Möglicherweise wollte der Verfasser ihr etwas Familiäres mitteilen. Und Dinge, die ihre Familie, also ihre Eltern betrafen, machten sie nervös. Vielleicht ging es ja auch um Ben, ihren Exmann; vielleicht irgendetwas in Bezug auf die Firma der Eltern, die diese kurz vor ihrem Tod auf Ben übertragen hatten. Oder vielleicht ja um Bens Familie.

Was wusste sie denn schon von ihm? Sie hatte keine Ahnung, ob seine Eltern noch lebten, wo er tatsächlich aufgewachsen war, wie seine Kindheit gewesen war. Das Wenige, das er preisgegeben hatte, konnte genauso gut von ihm erfunden worden sein. Egal, welche familiären Informationen in diesem Brief standen: Sie würden sie aufwühlen. Allein die Möglichkeit, mit der Vergangenheit konfrontiert zu werden, beunruhigte sie. Nicht umsonst hatte sie alle Verbindungen zu ihrer Heimat abgebrochen, war in die Fremde geflüchtet, in die schützenden Arme der New Yorker Anonymität.

Seit der Beerdigung der Eltern vor zehn Monaten hatte sie von Ben nichts mehr gehört. Er schien keinen Wert auf den Kontakt zu seiner Tochter zu legen und zahlte auch keinen Unterhalt, Geld, das sie gut hätte gebrauchen können. Aber dennoch war sie froh, dass dieses Kapitel endgültig abgeschlossen war, denn so ließ er sie wenigstens in Ruhe, und das war das Beste, was ihr passieren konnte. Seit damals, als sie Cannon Falls verlassen hatte, traute sie ihm alles zu, wirklich alles.

Als die Diele wieder aufgeräumt und der Boden von Glassplittern und klebriger Flüssigkeit befreit war, fand Jessica endlich Gelegenheit, sich zu waschen und bequem anzuziehen. Sie tauschte ihr unbequemes, eng sitzendes Kostüm gegen ein langes, fließendes, trägerloses Baumwollkleid und ein farblich passendes Sweatshirt. Dann setzte sie sich zu Tony an den Küchentisch.

Helga ließ gerade frisch gemachte Semmelknödel in einen Topf mit heißem Wasser gleiten. Jessica liebte diese deutsche Spezialität, die sie erst durch Helga kennen gelernt hatte, obwohl sie normalerweise kein Fan deftiger Küche war. Sie hatte bereits zwei Kilo zugenommen seit Helga für sie arbeitete. Nicht dass es jemandem aufgefallen wäre. Der Stress der letzten Jahre hatte ihr so sehr zugesetzt, dass diese beiden Kilos ihrer Figur sogar gut taten.

Helga warf ihr einen prüfenden Blick zu.

»Sie sehen sehr müde aus, Mrs. Freeman. Wie war ihr Tag?«

»Ganz okay, Helga. Trotzdem bin ich froh, dass nun das Wochenende beginnt. Das gehört ausschließlich Tony. Hast Du Dir schon überlegt, was wir machen können?« Sie schaute dabei zu ihrer Tochter rüber.

»Mommy, als erstes möchte ich Dir Cynthias Brief vorlesen. Hast Du das etwa schon vergessen?«

»Also gut, schieß los.«

Für eine Erstklässlerin las Tony bereits sehr flüssig, obwohl sie ab und zu Probleme mit Cynthias Schrift hatte. Dann musste Jessica einspringen.

Cynthia interessierte sich weiterhin für alles, was in der Redaktion geschah. Außerdem hatte sie vieles über ihre momentane Stelle und ihre Eindrücke in Kalifornien zu erzählen. Sie schien mit Jeff das große Los gezogen zu haben. Es versetzte Jessica hin und wieder einen Stich. Nicht dass sie der Freundin ihr Glück nicht gönnte. Doch auch wenn sie sich dies nicht gerne eingestand, so musste sie zugeben, dass ihr ab und zu eine Schulter zum Anlehnen fehlte. Zum Glück waren diese Augenblicke eher selten, denn zum Trübsalblasen fehlte ihr einfach die Zeit.

Wie jedes Mal lud Cynthia sie und Tony zu einem Besuch nach San Francisco ein. Jessica nahm sich vor, an diesem Wochenende bei ihr anzurufen. Vielleicht könnten sie und Tony ja ihren Sommerurlaub bei ihr verbringen.

»Mommy, wann besuchen wir Cynthia endlich?« fragte Tony nach dem Abendessen.

»Mhm, ich weiß es noch nicht. Vielleicht schaffen wir es in diesem Jahr. Aber erst ...«

»In diesem Jahr? Ich freue mich schon so.«

Tony wartete mögliche Einschränkungen nicht ab und sprang auf, um durch die Küche zu tanzen.

»Immer mit der Ruhe. Ich sagte VIELLEICHT. Zuallererst müssen wir Cynthia fragen, ob es ihr recht ist.«

Tony verzog ihren Mund zu einer Schnute, indem sie die Lippen zusammenpresste und vorschob.

»Geh Dir bitte die Zähne putzen. Und dann ab ins Bett.«

»Nicht bevor Du mir den anderen Brief noch vorgelesen hast.«

‚Dachte ich es mir doch. Als wenn meiner kleinen neugierigen Tochter irgendetwas entgehen könnte.'

Laut sagte sie: »Hast Du schon einmal etwas von Briefgeheimnis gehört?« Sie schaute Tony fragend an.

»Nein. Was ist das?«

»Das bedeutet, dass Briefe etwas ganz Persönliches sind und nur die Person ein Recht hat, einen Brief zu öffnen, deren Namen auf dem Umschlag steht.«

»Ich will den Brief ja gar nicht öffnen. Ich will nur wissen, was drin steht.«

»Ja siehst Du, das ist genau der Punkt. Der Inhalt des Briefes ist ebenfalls nur für die Person bestimmt, deren Namen auf dem Umschlag steht. Und schau her!« Sie holte den Brief aus der Schublade in der Diele.

»Hier steht Jessica Freeman und nicht Tony Freeman.«

Schnell legte sie ihn dorthin zurück und schob die Schublade zu.

Tony warf ihrer Mutter einen finsteren Blick zu.

»Sonst liest Du mir auch immer vor, was in den Briefen steht. Warum machst Du jetzt so ein Geheimnis daraus.«

»Mach ich doch gar nicht, Kleines. Ich werde ihn Dir schon noch vorlesen. Aber nicht sofort. Vielleicht Morgen.«

Sachte schob sie Tony in Richtung Bad, um weiterer Diskussionen den Boden zu entziehen.

Als Tony endlich schlief, ging sie ins Wohnzimmer, schob eine CD mit klassischer Musik in den Schacht des CD-Players und drückte den Einschaltknopf. Dann holte sie den Brief aus der Schublade und machte es sich auf dem Sofa bequem.

Das Apartment war in kürzester Zeit ihr Zuhause geworden. Es befand sich an der Upper West Side in einem achtstöckigen Wohnhaus in unmittelbarer Nähe des Central Park. Es war um die Jahrhundertwende in rotem Ziegel gebaut worden. Der Eingang wurde von einem Portier bewacht, an dem jeder Besucher vorbei musste, der das Haus betrat oder verließ. Dies gab Jessica ein Gefühl der Sicherheit.

In den ersten Wochen nach der Beerdigung der Eltern hatte sie regelmäßig Alpträume gehabt, in denen sie sich vorgestellt hatte, Ben sei nach New York gekommen, hatte unangemeldet vor ihrer Tür gestanden, um gewaltsam in die Wohnung einzudringen und Tony zu entführen. Das traute sie ihm zu. Und nicht etwa, weil ihm etwas an seiner Tochter lag.

Er wusste, er musste nur drohen und schon ließ Jessica das Recherchieren über die Todesursache der Eltern sein. Und er erreichte sein Ziel prompt. Jessica hingegen war einfach nur froh, dass er sie in Ruhe ließ.

Wenn sie an ihr letztes Gespräch mit ihm dachte, begann sie jetzt noch jedes Mal zu zittern.

Sie hatte sich damals bei der Polizei nach dem genauen Unfallhergang erkundigt. Zufälligerweise war der Polizist ein Bekannter ihres Exmannes. Er hatte Ben über das Gespräch informiert. Ben hatte sie angerufen und in den Hörer geschrien, wenn sie weiter in dieser Angelegenheit Nachforschungen anstellte, würde sie dies bitter bereuen.

In ihren Augen war dies ein klares Eingeständnis, dass Ben Schuld am Unfall hatte, in welcher Form auch immer. Und normalerweise hätte Jessica nun erst recht weiterrecherchiert. Doch die Angst um Tony hielt sie zurück.

Um auf Nummer Sicher zu gehen, hatte Jessica den Portier instruiert, niemanden unangemeldet zu ihrer Wohnung zu lassen, obwohl sie das eigentlich nicht hätte erwähnen müssen, da dies ja eine der wichtigsten Aufgaben eines Portiers war. aber sicher ist sicher.

Auch Helga war über Ben informiert und wusste, dass sie stets die Augen offen halten musste, wenn sie mit Tony unterwegs war.

Die Wohnung befand sich im sechsten Stock. Sie verfügte über ein großzügiges Wohnzimmer mit integriertem Essbereich. Die Küche war vom Wohnbereich abgetrennt. Außerdem gab es noch drei Schlafräume, von denen Jessica, Tony und Helga jeweils einen bewohnten.

Gleich beim ersten Anblick hatte Jessica sich in den weiß gelackten offenen Kamin verliebt, der sich auf der Nordseite des Wohnzimmers befand. Der Boden war mit Terracotta-Platten ausgelegt.

Jessica hatte auch Cynthias Möbel übernehmen können, die naturweiße Sofagarnitur und den Couchtisch aus unbehandeltem Pinienholz, die dem Raum eine mediterrane Note gaben. Große Tongefäße in unterschiedlichen Formen, in denen zimmergroße Palmen, Oleander und ein Orangenbaum wuchsen, sowie zartgelb gestrichene Wände unterstrichen das südländische Flair. Kräuter, wie Thymian, Salbei, Basilikum und Melisse in kleineren Töpfen verströmten ihren Duft und erinnerten Jessica unwillkürlich an die Toskana, wo sie ihre Flitterwochen verbracht hatte, damals in einem anderen Leben, wie ihr schien.

Die Erinnerung daran ließen keine Wehmut aufkommen. Die schönen Zeiten ihrer Ehe waren zu kurz gewesen. Sie wünschte sich manchmal, sie hätte ihn nie kennengelernt. Nur, dann gäbe es Tony nicht. Und Tony war das Beste, das ihr je passiert war.

Für einen kurzen Moment versuchte sie sich Bens Gesicht in Erinnerung zu rufen; seine schlanke Gestalt, das dunkle, leicht wellige Haar, die braunen Augen, das Lachen, bei dem er seine weißen Zähne zeigte. Es gelang ihr nicht. Stattdessen sah sie den wutschnaubenden Ben vor sich, mit hochrotem Kopf, die herausquellenden Augen, den

Hass, den er im Blick gehabt hatte, bei ihren letzten Aufeinandertreffen.

Jessica warf einen Blick durch ihr Wohnzimmer, schloss die Augen, sog tief den Duft von Thymian und Salbei ein und stieß die Luft mit einem zufriedenen, fast schon triumphierenden Stoß aus. Dann wendete sie sich dem Brief zu, den sie noch immer in der Hand hielt.

Bevor sie ihn öffnete, wog sie ihn eine Zeitlang gedankenverloren in der Hand, wie einen Schatz.

‚Vermutlich ist der Inhalt alles andere als ein Schatz', dachte sie.

Schnell öffnete sie ihn, bevor sie es sich noch einmal anders überlegen konnte. Es kam ein Blatt mit einem handschriftlich verfassten kurzen Text zum Vorschein; eigentlich nur ein paar Zeilen. Adam McMasters teilte ihr darin mit, dass ihre Tante Emily Hamilton nach kurzer schwerer Krankheit im Alter von achtundvierzig Jahren verstorben sei. Der Brief endete mit Beileidsbekundungen für Jessica und einer Einladung zu Emily Hamiltons Beerdigung am kommenden Montag in Chatham am Cape Cod. Adam McMasters hoffte, dass Jessica dieser Einladung Folge leistete, da er wüsste, wie viel dies Emily Hamilton bedeutet hätte.

‚Dies ist wirklich ein merkwürdiger Brief', dachte Jessica. Denn eins war sicher, sie hatte keine Tante. Sie hatte überhaupt keine lebenden Verwandten oder Anverwandten außer ihrer Tochter Tony. Wer also um alles in der Welt war Emily Hamilton? Sie kramte in ihrem Gedächtnis.

Nein, diesen Namen hatte sie noch nie gehört. Ihre Eltern hatten beide keine Geschwister gehabt. Zumindest hatten sie vorgegeben, Einzelkinder gewesen zu sein. Was für einen Grund sollten sie auch gehabt haben, eine Schwester oder einen Bruder zu verschweigen.

Die einzige Erklärung, die Jessica auf die Schnelle einfiel, war, dass ihre Eltern selbst nichts von Emily gewusst hatten. Vielleicht war sie eine Halbschwester gewesen. Das erschien ihr einigermaßen plausibel. Oder aber, Adam

McMasters verwechselte Jessica mit jemandem. Vielleicht gab es noch eine Jessica Freeman, vielleicht sogar in New York. So ungewöhnlich war der Name schließlich nicht. Diese Erklärung gefiel ihr.

Noch einmal überflog sie den Inhalt des Briefes. Erst jetzt las sie, dass Emily Hamilton mit Mädchennamen Myers geheißen hatte. Dies war der Geburtsname von Jessicas Mutter Renée. Also hatte Adam McMasters sie wohl doch nicht verwechselt. Obwohl, eine Verwechslung war dennoch nicht ganz ausgeschlossen. Vielleicht gab es ja noch eine weitere Renée Myers.

Doch woher hatte er ihre Adresse? Ob er zuvor mit Ben Kontakt aufgenommen hatte?

'Das wäre eine Erklärung', dachte sie und wurde sofort von einer starken Unruhe erfasst.

Sie legte den Brief zur Seite, zog ihre Beine an und umspannte sie mit ihren Armen. Sie fröstelte, obwohl es nicht kalt war. Immerhin war bereits Juni und die Abende schon sehr mild.

Wer war diese Emily gewesen. Wenn es sich wirklich um Renées Schwester gehandelt hatte, warum hatte sie sich nie gemeldet, nicht einmal zur Beerdigung von Jessicas Eltern. Und warum hatten ihre Eltern sie nie erwähnt?

Sie versuchte, sich ihre Eltern vorzustellen, insbesondere ihre Mutter. Und ihr wurde bewusst, dass es lange her war, seit sie zuletzt an sie gedacht hatte, genau genommen hatte sie seit deren Beerdigung jeden Gedanken an die beiden zu verhindern gewusst. Doch jetzt kamen die Erinnerungen an sie umso heftiger.

Sie erinnerte sich weniger an die zarte Figur ihrer Mutter, die sie selbst von ihr geerbt hatte, sondern eher an die Zähigkeit, die Kraft und die Dominanz, die ihre Haltung ausgestrahlt hatte, wie bei einer Marathonläuferin. Sie dachte nicht an die großen, eindrucksvollen grünen Augen, die hohen Wangenknochen, die ihr etwas Aristokratisches verliehen hatten und das eckige Kinn, das ihre Willensstärke zum Ausdruck gebracht hatte – alles Merkmale, die sie Jessica vererbt hatte. Nein sie dachte dabei vielmehr an die Verbissenheit, die sich im Laufe der Jahre wie Gräben in ihr Gesicht gefressen hatte, an die sich über alles hinwegsetzende Arroganz im Blick ihrer Mutter.

Und sie dachte an die Kämpfe, die sie beide miteinander ausgefochten hatten, zeitlebens, so schien es Jessica.

Sie versuchte, sich an die Zeit zu erinnern, als die Mutter noch nicht jede freie Minute in der Firma verbracht hatte, als sie sich noch auf ihre Mutterrolle konzentriert hatte, als sie noch nicht versucht hatte, Jessica zur Arbeit in der Firma zu erpressen, als der Vater noch nicht dem Whiskey verfallen gewesen war. Doch das gelang ihr nicht.

'Vermutlich ist sie immer schon so gewesen, wie ich sie in Erinnerung habe,' dachte sie.

Jessica konnte nichts dagegen machen. Die negativen Eigenschaften der Mutter drängten sich förmlich in ihr Bewusstsein.

Manipulativ war die Mutter gewesen; unnachgiebig, stetes fordernd. Nur Pflichten zählten. Jessica war sich manchmal vorgekommen wie ein Sträfling auf einer Galeere. Leistete sie ihr Pensum nicht oder tat nicht, was Renée von ihr erwartet, wurde sie postum bestraft. All das würde sie Tony niemals antun.

Die beiden Frauen hatten die meiste Zeit über Krieg gegeneinander geführt, eine Kindheit und eine Jugend lang, und der Vater hatte sich verhalten, als befände er sich auf einem Minenfeld. Wenn möglich, blieb er den beiden Frauen fern. Wenn nicht, eierte er herum, aus Sorge eine verborgene Mine zu treffen.

Er hatte mit dem Trinken angefangen. Jessica vermutete, dass er sein Leben mit Hilfe des Alkohols hatte erträglicher machen wollen. Ein Leben an der Seite ihrer Mutter; einer Frau, die in der Männerwelt bestanden hatte und die alle unter ihrer Fuchtel gehabt hatte; das Personal, den Mann, die Tochter.

Niemand hatte es gewagt, ihr Paroli zu bieten, außer Jessica, indem sie sich nicht hatte verbieten lassen, Cynthia zu besuchen, indem sie Journalistik studiert hatte anstatt Betriebswirtschaft, indem sie sich entschieden hatte, Jour-

18

nalistin zu werden, statt in das Familienunternehmen einzusteigen.

Sofort kam die Erinnerung an ihre letzte Begegnung mit ihrer Mutter zurück. Jessica glaubte noch jetzt den schrillen, geradewegs hasserfüllten Ton in deren Stimme zu vernehmen, als sie schrie: »Du allein bist schuld. Du hast es zu verantworten, wenn das Lebenswerk Deines Großvaters zerstört wird. Verschwinde. Pack Deine Sachen und lass Dich nie wieder hier blicken.«

Und sie hatte sich nicht beruhigen können, hatte immer weiter geschrien, Dinge gesagt, die den letzten seidenen Faden, der Mutter und Tochter noch verbunden hatte, zerschnitt.

Damals hatte Jessica für alle Zeiten mit ihrer Mutter brechen wollen.

Jessicas Vater, Angus Fielding, hatte danach noch einmal Kontakt zu seiner Tochter aufgenommen, in der Hoffnung, er könne sie dazu bewegen, den ersten Schritt zu tun.

Sie sah wieder den Vater, wie er vor ihr gestanden hatte.

Es musste ihn große Überwindung gekostet haben, aus seinem selbsterschaffenen »Bau« hervorzukriechen, in ein Flugzeug zu steigen, um sie zu überreden, nach Hause zurückzukommen.

»Du weißt doch, wie sie ist,« sagte er. »Ihr Stolz lässt es nicht zu, dass sie sich entschuldigt. Aber sie leidet und sie wartet auf Dich.«

'Ihr Stolz? Doch wohl eher ihre Arroganz,' hatte Jessica gedacht.

»Mutter leidet?« hatte sie mit Verwunderung in der Stimme gesagt.

»Ja. Sie ist nicht so stark, wie sie immer tut. Sie steht sich selbst im Weg, Kind. Dabei liebt sie Dich und Tony über alles.«

Er hatte dagestanden wie ein kleiner Schuljunge, der was verbrochen hatte und nun hoffte, dass ihm verziehen wurde. Die Kappe, die er stets auf dem Kopf getragen hatte, wenn er das Haus verlassen hatte, hatte er in den Händen gehalten, dabei den Rand durch seine Finger gleiten lassen wie einen Rosenkranz.

Sein Gesicht war aschfahl gewesen, eingefallen, schlagartig um Jahre gealtert. Sie hatte Mitleid mit ihm verspürt und das Bedürfnis, ihn in die Arme zu nehmen. Eine ganz neue Erfahrung. Doch Mauern, die über Jahrzehnte aufgebaut worden waren, ließen sich nicht in Sekunden einreißen.

Stattdessen hatte sie mit belegter Stimme gesagt: »Sie kann das gut vertuschen.«

»Weißt Du,« war er Hoffnung schöpfend fortgefahren, »als Jugendliche hat Deine Mutter bei ihrem Vater permanent um Anerkennung kämpfen müssen. Er hätte lieber einen Sohn gehabt. Er soll wahnsinnig enttäuscht darüber gewesen sein, dass sein Kind ein Mädchen war. So ist sie zu ihrem Namen gekommen. Der Junge hätte René heißen sollen. Es wurde einfach ein »e« angehängt. Daran hat sie bis heute zu knabbern. Sie hat sich enorm angestrengt, ihm zu zeigen, dass sie genauso gut ist wie ein Sohn, oder sogar besser; dass sie was auf dem Kasten hat und in der Lage ist, die Firma zu leiten. Und was tat Dein Großvater? Er übertrug die Geschäftsleitung auf einen Fremden, als er merkte, dass er selbst nicht mehr dazu in der Lage war. Auf mich. Und er ging noch weiter. Er zwang uns, zu heiraten. Er bemerkte nicht, dass sie die Fähigere von uns beiden war. Für ihn war sie nur eine Frau und somit disqualifiziert für die Leitung der Fima.

Bis zu seinem Tod hat Deine Mutter versucht, ihn eines Besseren zu belehren. Das hat sie verbittert. Vorher war sie nicht so.«

Jessica hatte ihren Vater noch nie so über ihre Mutter sprechen hören. Überhaupt hatte er noch nie so viel am Stück geredet.

Sie überlegte, was sie über ihre Eltern wusste. Wie war die Mutter als Kind gewesen? Wie als Tochter? Wie waren Jessicas Großeltern gewesen? Vom Großvater wusste sie noch am meisten. Er hatte die Firma gegründet und nur für die Arbeit gelebt. Zumindest hatte Jessicas Mutter dies immer gesagt. Die Großmutter war früh gestorben.

»Bitte Kind, komm nach Hause,« hatte er sie noch einmal angefleht.

Sie hatte die Hoffnung in seinem Blick gesehen. Ihre Worte ließen ihn regelrecht in sich zusammensinken.

»Tut mir leid, Dad, aber es ist zu viel vorgefallen. Diesmal ist sie dran. Ansonsten sieht sie mich nicht mehr in ihrem Leben.«

Und dieser Satz nagte nun an ihr.

'Ach Dad,' dachte sie. 'Warum nur war ich so blind für Deine Verzweiflung. Jetzt muss ich mit den Konsequenzen leben.'

Wenige Tage nach dem Besuch des Vaters in New York war es zu spät für ein Gespräch gewesen. Beide waren tot. Mutter und Vater. Jessica spürte tief in ihrem Innern eine gewisse Mitschuld daran. Sie dachte, die Eltern könnten noch leben, wenn sie dem Drängen ihres Vaters nachgegeben hätte. Und vielleicht auch, wenn sie manche Dinge auf sich hätte beruhen lassen. Oder war es am Ende falsch gewesen, nach New York zu verschwinden? Hätte sie damals nicht vielmehr den Dingen auf den Grund gehen sollen? Und Ben die Stirn bieten? Sie entschuldigte ihr Verhalten damit, dass sie es getan hätte, wenn Mutter sie um Unterstützung gebeten hätte; wenn sie sich einmal dazu herabgelassen hätte, zu bitten, statt zu fordern.

Doch sie hatte sie davongejagt wie eine Verräterin. Sie hatte nicht gesehen, wer ihr wirklicher Feind war.

Und Jessica hatte sich vor allem wegen Tony so verhalten. Sie hatte Angst gehabt, Ben könnte Tony mit reinziehen in die Sache oder sie ihr wegnehmen, so wie er gedroht hatte. Sie wusste inzwischen zu gut, wozu er fähig war.

Gottseidank schien ihre Tochter das alles gut wegzustecken. Sie wirkte unbeschwert, fragte nie nach ihrem Vater, was vielleicht daran lag, dass er während ihrer Ehe selten zuhause gewesen war und wenn, hatte er sich nicht für seine Tochter interessiert. Warum sollte Tony sich jetzt für ihren Vater interessieren?

Jessica goss sich ein Glas Wein ein, öffnete dafür eine Flasche kalifornischen Chardonnays, den sie von Cynthia geschenkt bekommen hatte. An diesem Abend war ihr danach.

Das waren eindeutig zu viele Erinnerungen, die aufgewirbelt wurden, entschied sie. Sie war noch zu angeschlagen. Ein Jahr war nicht lange genug, um alles verdaut zu haben. Der Tod der Eltern war sogar erst zehn Monate her.

Es wühlte Jessica so sehr auf, dass sie versucht war, den Brief von Adam McMasters zu zerreißen und damit jegliche Konfrontation mit der Vergangenheit auf immer zu verbannen. Doch sie riss sich zusammen, faltete den Brief sorgfältig und schob ihn in den Umschlag zurück. Sie würde nicht länger vor der Vergangenheit davonlaufen. Gleich am nächsten Morgen würde sie Adam McMasters anrufen.

2. Kapitel

Jessica fühlte sich am nächsten Morgen wie nach einer durchzechten Nacht, obwohl sie nur ein Glas Wein getrunken hatte. Der Brief und sein merkwürdiger Inhalt hatten sie lange am Einschlafen gehindert. Die halbe Nacht hatte sie sich im Bett herumgewälzt, hatte überlegt, ob ihr der Name Emily Hamilton nicht vielleicht doch etwas sagte, hatte über mögliche Gründe nachgedacht, die ihre Eltern dazu bewogen haben konnten, Emilys Existenz zu verheimlichen.

Schließlich hatte sie der Variante den Vorzug gegeben, dass eine Verwechslung vorlag. Und die konnte wahrscheinlich nur in einem Gespräch mit Adam McMasters aufgeklärt werden. Als sie endlich einschlief, fiel sie in einen tiefen traumlosen Schlaf.

Nach dem Frühstück bat sie Helga, mit Tony zusammen ein paar Einkäufe zu erledigen. Sie wollte allein sein, wenn sie Adam McMasters anrief.

Er hob bereits beim dritten Klingelzeichen ab, ein wenig außer Atem, jedoch mit kräftiger Stimme, die sein Alter nicht verriet.

»Spreche ich mit Adam McMasters?« begann Jessica das Gespräch.

»Am Apparat«, entgegnete die Bassstimme.

»Entschuldigen Sie die Störung, Mr. McMasters. Mein Name ist Jessica Freeman.«

»Hallo Mrs. Freeman. Ich habe mit Ihrem Anruf gerechnet. Wahrscheinlich waren Sie einigermaßen überrascht über meinen Brief?«

»Das kann man wohl sagen. Ich glaube, hier liegt eine Verwechslung vor. Mrs. Hamilton kann unmöglich meine Tante sein. Ich fürchte, Sie müssen sich noch einmal auf die Suche nach der richtigen Jessica Freeman machen.«

»Mrs. Freeman, ich kann Ihre Überraschung verstehen. Aber glauben Sie mir, ich hätte diesen Brief nicht geschrieben, wenn ich mir nicht sicher gewesen wäre, dass Emily Hamilton Ihre Tante ist. Emily hat mich am Tag vor ihrem Tod gebeten, Sie anzuschreiben. Es war ihr sehr wichtig.«

»Verstehen Sie doch, Mr. McMasters. Meine Eltern waren beide Einzelkinder. Emily Hamilton kann also nicht meine Tante sein.«

»Sind Sie Jessica Freeman, geborene Fielding aus Minnesota?«

»Ja, die bin ich.«

»Sehen Sie, und genau die suche ich. Mrs. Hamilton stammte aus Minnesota. Sie war eine geborene Myers, genau wie Ihre Mutter, Renée Fielding. Sie war die jüngere Schwester Ihrer Mutter.«

»Waren sie vielleicht Halbschwestern?«

»Nein. Sie waren beide Töchter der Eheleuten Albert und Elisabeth Myers. Das alles hat Emily mir noch diktiert. Sie hat wohl schon geahnt, dass Sie mir nicht glauben würden.«

»Aber wieso hat meine Mutter mir nie etwas von ihr erzählt? Und warum hat Emily Hamilton niemals Kontakt zu uns aufgenommen?«

»Es tut mir leid. Glauben Sie mir, ich würde Ihre Fragen liebend gern beantworten. Aber leider kenne ich die Gründe nicht. Emily hat mich zwar gebeten, Sie zu kontaktieren, aber außer, dass Sie verheiratet waren, eine siebenjährige Tochter haben, inzwischen geschieden sind und dass Ihre Eltern letztes Jahr gestorben sind, weiß ich nichts über Sie. Herzliches Beileid noch.«

»Ja, danke,« sagte Jessica mehr in Gedanken.

'Woher wusste sie das alles?' ging es ihr durch den Kopf.

»Ich verstehe das alles nicht,« sagte sie laut.

»Ich glaube, sie hätte gerne selbst Kontakt zu Ihnen aufgenommen. Dazu hat Ihr dann aber die Kraft und vielleicht auch der nötige Mut gefehlt. Der Tod Ihrer Eltern hat sie übrigens hart getroffen, falls Ihnen das irgendwie hilft.«

»Der Tod meiner Eltern? Sie wusste davon?«

»Ja.«

Es ratterte in Jessicas Kopf.

'War sie auf der Beerdigung gewesen? Und hatte sie ihre Nichte etwa unbeobachtet in Augenschein genommen? Unerkannt?'

Die Vorstellung, dass ihre Tante beim Begräbnis der Eltern gewesen sein könnte, ohne sich ihrer Nichte zu erkennen zu geben, fand Jessica ungeheuerlich. Und die Sorge, Emily könnte mit Ben gesprochen haben, stand auch im Raum.

»Woher wusste sie das?« fragte sie deshalb.

»Das entzieht sich meiner Kenntnis.«

»War sie auf der Beerdigung?«

»Nein, sie war viel zu krank dazu.«

Das beruhigte Jessica.

»Darf ich fragen, in welchem Verhältnis Sie zu Emily gestanden haben?«

»Ich war ein guter Freund; vielmehr einer der besten. Wir standen uns sehr nahe.«

»Dann muss ihr Tod Sie sehr getroffen haben. Das tut mir leid.«

»Vielen Dank«, entgegnete Adam leise.

Jessica fragte sich, warum Adam nicht mehr über Emilys Verhältnis zu ihrer Familie wusste, wenn er so gut mit ihr befreundet gewesen war. Doch sie hütete sich davor, ihn danach zu befragen. Ihr Anstand verbot ihr, ihn in seiner Trauer mit solchen Fragen zu belasten und schon gar nicht am Telefon.

»Hören Sie, Mrs. Freeman. Warum kommen Sie nicht einfach zur Beerdigung her. Sie können bei der Gelegenheit Emilys Freunde kennen lernen, ihr Haus besuchen und sich auf diese Weise einen kleinen Einblick in ihr Leben verschaffen. Die Trauerfeier findet am Montag statt.«

Sie dachte kurz nach, bevor sie antwortete. Tony musste am Montag in die Schule. Vielleicht konnte Helga auch am Abend auf sie aufpassen. Für sie selbst durfte es nicht schwierig sein, zwei Tage frei zu nehmen. Sie hatte noch so viel alten Urlaub und die Urlaubszeit hatte noch nicht begonnen. Die Themen der neuen Ausgabe standen fest. Ihr Projekt war gestorben. Wichtige Besprechungen standen an diesen beiden Tagen nicht an. Warum sollte sie also nicht an der Beerdigung teilnehmen.

»Das ist eine gute Idee, Mr. McMasters. Wenn Helga, Tonys Kindermädchen, nichts anderes vorhat und bereit ist, auf meine Tochter aufzupassen, während ich weg bin, werde ich kommen.«

»Schön, ich freue mich, Sie kennen zu lernen.«

»Also dann vielleicht bis Montag.«

Nachdem sie das Telefonat beendet hatte, grübelte sie noch einen Augenblick über den Inhalt des Gespräches nach.

Adam McMasters hatte einen sympathischen Eindruck auf sie gemacht. Eine Reise zum Cape Cod wäre genau das Richtige, entschied sie spontan. Sie war neugierig, was sie dort über ihre Tante in Erfahrung bringen würde. Vielleicht erfuhr sie am Cape mehr über die Umstände, die zum Bruch zwischen ihrer Mutter und Emily geführt hatten.

Vielleicht gab es aber auch in Minnesota jemanden, der etwas über ihre Tante wusste.

Sie hatte in Cannon Falls, einer Kleinstadt im Nordwesten Minnesotas gelebt. Man hätte den Ort fast noch als Dorf bezeichnen können, mit seinen viertausend Einwohnern. Viele Bewohner waren Farmer, hatten die Felder entlang des Cannon River bewirtschaftet.

Jessicas Eltern waren mit ihrer Papierfabrik die Brötchengeber Nummer Eins am Ort gewesen, wodurch sie entsprechend bekannt gewesen waren. Doch private Kontakte hatte Renée nicht gepflegt. Sie hatte keine Busenfreundin gehabt, keine Kaffeekränzchen mit Freundinnen veranstaltet und war in keinem Verein aktiv gewesen. Mit solch profanen Dingen hatte sie sich nicht abgegeben. Zwölf Stunden am Tag hatte sie sich dem Wohlergehen der Firma gewidmet, die ihr alles bedeutet hatte. Renée war eine kluge Frau gewesen, mit einer Nase für gute Geschäfte. Und obwohl Angus, ihr Mann und Jessicas Vater, Geschäftsführer der Firma gewesen war, hatte doch sie die Fäden gezogen, hatte selbst im ersten Jahr nach Jessicas Geburt von zuhause aus Geschäftsbeziehungen gepflegt, hatte sich von Angus Auskunft über Probleme geben lassen, sich über neue preiswerte Herstellungsverfahren auf dem Laufenden gehalten und die Quartalszahlen des Unternehmens stets im Auge gehabt. Das hatte sie verschiedentlich stolz verlauten lassen.

Plötzlich fiel Jessica Cynthias Mutter, Elizabeth Walders ein. Sie war im gleichen Alter wie Renée. Die beiden Frauen waren in der gleichen Klasse gewesen. Wenn Renée eine Schwester gehabt hatte, dann musste Lizzy, wie Jessica Cynthias Mutter nannte, dies wissen.

Als sie auf die Uhr schaute, stellte sie fest, dass die Zeit bereits vorangeschritten war. Tony und Helga waren sicher bald von ihren Einkäufen zurück. Es blieb ihr also nur noch wenig oder gar keine Zeit, um in Ruhe mit Cynthia zu sprechen. Sie wollte verhindern, dass Tony etwas von ihrem Anruf bei Cynthia mitbekam, weil sie ihre Recherchen über Emily erst einmal im Verborgenen betreiben wollte. Wer wusste schon, was dabei herauskam.

Sie wählte Cynthias Nummer.

»Wie schön von Dir zu hören,« sagte die Freundin. »Hast Du meinen Brief bekommen?«

»Ja. Tony hat ihn mir vorgelesen.«

»Wie geht es der Kleinen? Was macht die Schule? Ich vermisse sie so, Dich natürlich auch.«

»Wie wir Dich hier erst vermissen,« entgegnete Jessica.

»Tony geht es gut. Sie ist vorwitzig wie immer. Und in die Schule geht sie auch gerne. In dem Punkt kommt sie auf mich. Übrigens drängelt sie bereits seit geraumer Zeit, dass sie Euch unbedingt besuchen will.«

»Ich habe es Euch schon so oft vorgeschlagen. Was meinst Du? Schafft Ihr es diesen Sommer?«

»Ich habe es auf jeden Fall vor, wenn nichts Wichtiges dazwischen kommt. Wie wäre es, wenn wir den Juli ins Auge fassen?«

»Jederzeit. Ich freue mich schon. Ihr müsst aber ein paar Wochen bleiben, damit ich Euch gründlich die Gegend zeigen kann.«

Jessica kannte Cynthias Gastfreundschaft.

Wahrscheinlich würden sie von einer Sehenswürdigkeit zur nächsten hetzen, wenn sie sie im Sommer besuchten. Aber es störte sie nicht. Im Gegenteil: Cynthia verstand es, ihren Gästen das Gefühl zu geben, willkommen zu sein.

Als Jessica ein Jahr zuvor vor ihrer Wohnungstür gestanden hatte, in jeder Hand einen Koffer, Tony an ihrem Rockzipfel, hatte Cynthia keine Sekunde gezögert, sie aufzunehmen; mehr noch: Sie hatte alles getan, damit die beiden sich wohl fühlten.

Wieder einmal dachte Jessica: 'Eine bessere Freundin als Cynthia kann man nicht haben.'

In dieser Beziehung kam Cynthia auf ihre Mutter. Dieser Gedanke brachte Jessica wieder zum eigentlich Grund ihres Anrufes zurück.

Doch bevor sie loslegen konnte, sagte Cynthia: »Schieß los, Du hast doch noch etwas auf dem Herzen.«

»Woher weißt Du das schon wieder?«

»Intuition. Ich habe es an Deiner Stimme gemerkt.«

»Meine feinfühlige Freundin. Aber Du hast wieder einmal so recht. Es gibt tatsächlich Neuigkeiten. Meine Tante ist gestorben.«

»Du hast eine Tante? Ich denke, Du hast keine Verwandten mehr.«

»Das dachte ich auch. Aber ich musste mich eines Besseren belehren lassen. Emily Hamilton, die Verstorbene, war die Schwester meiner Mutter.«

Sie schilderte kurz den Inhalt des Briefes von Adam McMasters und erzählte ihr von dem Telefonat, das sie gerade mit ihm geführt hatte.

»Eigentlich dürfte uns das jetzt nicht überraschen, oder?« sagte Cynthia. »Wer Deine Mutter gekannt hat, weiß, dass sie immer für eine Überraschung gut war.«

»Für meinen Geschmack ist das Repertoire meiner Mutter in Sachen Überraschung eindeutig zu groß. Es überfordert mich. Um es deutlich zu sagen: Ich habe genug davon. Sogar im Tod sorgt sie noch für Aufregung.«

Sie schilderte, wie sehr der Brief sie aus dem Gleichgewicht geworfen hatte.

»Weißt Du, diese Angstattacken machen mir zunehmend Sorge. Das muss aufhören. Ich habe schon Mühe, es vor Tony zu verbergen. So ein Brief ist doch nichts Schlimmes. Wenn das Telefon klingelt, schrecke ich oft zusammen. Und dann diese Träume, die mich nachts regelmäßig heimsuchen und aufschrecken lassen. Ich muss langsam etwas dagegen tun.«

»Ich finde es nur natürlich, dass Du Probleme hast, das alles wegzustecken. Das war kein Pappenstiel. Und ich glaube, Du bist auf dem richtigen Weg. Setz Dich nicht unter Druck. Wenn jemand wieder auf die Füße kommt, dann Du. Immerhin hast Du sofort diesen McMasters angerufen und Dich ohne Zögern entschlossen, nach Chatham zu fahren.«

»Ich hoffe, das war die richtige Entscheidung. Noch so ein paar Erlebnisse wie unlängst kann ich im Moment glaube ich nicht verkraften.«

»Ich wünschte, ich könnte Dir irgendwie helfen.«

»Das tust Du schon, indem Du mir zuhörst. Ich kenne mich ja selbst nicht wieder. Ich wusste gar nicht, dass ich so feige sein kann. Nur wenn ich weiß, was tatsächlich passiert ist, kann ich daran arbeiten, meine Schuldgefühle los zu werden. Den Dingen auf den Grund gehen - was war mir früher so enorm wichtig. Und jetzt stecke ich den Kopf in den Sand. Das bin nicht mehr ich.«

»Sei nicht so streng mit Dir. Du wirst Dich schon noch der Sache stellen. Es braucht eben Zeit. Ich weiß nicht, was ich täte, wenn ich in Deiner Haut stecken würde.«

»Ich bin hin- und hergerissen. Einerseits möchte ich endlich wissen, was passiert ist. Die Polizei ging davon aus, dass sie absichtlich gegen den Baum gefahren ist. Das kann ich mir aber irgendwie nicht vorstellen. So war sie nicht. Oder doch? Habe ich meine Eltern überhaupt gekannt? Und wenn sie es getan hat, glaube ich, dass Ben sie dazu getrieben hat. Sein Verhalten nach meinem Gespräch mit dem Polizisten stützt meine Vermutung. Außerdem hat er im Haus meiner Eltern was gesucht. Das war deutlich zu sehen, als ich es damals ausgeräumt habe. Meine Mutter hätte nie solch eine Unordnung in ihren Papieren gehabt. Sie war peinlich ordentlich.«

»Das wirst Du ihm aber nicht nachweisen können. Wäre es da nicht besser, gar nicht zu sehr in diese Richtung zu denken?«

»Vermutlich hast Du recht. Aber es fällt mir schwer, nicht darüber nachzudenken. Ich traue Ben alles zu. Für mich ist er kein Mensch, denn er hat keine Gefühle, höchstens für sich selbst. Was ich am Schlimmsten finde, ist die Tatsache, dass er nicht das geringste Interesse an seiner Tochter hat; obwohl das irgendwie auch sein Gutes hat.«

»Es ist vielleicht wirklich besser, wenn Du Dich im Moment noch nicht zu sehr mit dem Tod Deiner Eltern auseinandersetzt.«

»Machst Du Dir Sorgen, ich könnte etwas Dummes tun? Das musst Du nicht. Ich habe Tony. Ich würde sie niemals im Stich lassen.«

»Das weiß ich. Ich habe trotzdem Angst, Du könntest Dich in was verrennen. So etwas geschieht manchmal, ohne dass man es bemerkt. Du kannst an der Situation sowieso nichts mehr ändern und wirst es vermutlich auch nie aufklären. Sollte Ben etwas damit zu tun haben, wird er sich davor hüten, es Dir zu sagen. Und er hat bestimmt längst alle Beweise beseitigt.«

»Das befürchte ich auch.« Jessica seufzte, dann fuhr sie fort: »Was meinst Du, kann es sein, dass Deine Mutter etwas über die Existenz von Emily weiß? Vielleicht kennt sie ja auch die Hintergründe für ihr Verschwinden.«

»Das kann schon sein.« Cynthia schien kurz nachzudenken, dann sagte sie: »Weißt Du was? Ich rufe sie gleich an und frage sie. Und dann soll sie Dich selbst anrufen. Sie wird sich freuen. Sie fragt jedes Mal nach Dir, wenn wir telefonieren. Du bist so etwas wie eine zweite Tochter für sie.«

»Ja, das weiß ich. Sie war ja auch für mich so etwas wie eine Ersatzmutter. Sag ihr, ich freue mich auf ihren Anruf, egal, ob sie was weiß oder nicht.«

»Das mache ich. Halt die Ohren steif.«

»Ja, danke. Bis bald.«

»Bis bald in Kalifornien.«

»Ja.« Jessica schmunzelte.

Gerade als sie aufgelegt hatte, kamen Tony und Helga vom Einkaufen zurück.

3. Kapitel

»Wie geht es Dir, Liebes?« fragte Elizabeth Walders, als Jessica sich meldete.

»Ganz gut. Cynthia fehlt mir, aber wir haben uns gut eingelebt.«

»Das beruhigt mich. Wann bist Du mal wieder in Cannon Falls? Ich würde mich so freuen, Dich zu sehen.«

Dass Jessica jetzt in New York lebte, bedauerte Lizzy fast genauso wie das Abnabeln der eigenen Kinder, denn schließlich hatte sie einen großen Anteil an Jessicas Erziehung. Sie sorgte sich um Jessica wie um ihr eigen Fleisch und Blut. Von Cynthia wusste sie, wie sehr die Dinge, die passiert waren, Jessica zusetzten. Sie hätte so gerne geholfen, wenn sie gekonnt hätte.

»Ach Lizzy, wie gerne würde ich kommen. Aber es geht nicht. Es ist unmöglich.«

»Ben?«

»Ja.«

Elizabeth Walders hatte Ben erst auf der Hochzeit der beiden kennengelernt. Als Jessica und Cynthia mit ihrem Studium angefangen hatten, war der Kontakt fast vollständig abgebrochen. Und so war Lizzy in Bezug auf Jessicas Liebes leben nicht mehr auf dem Laufenden gewesen.

Sie erinnerte sich, wie bestürzt sie gewesen war, als Jessica ihr damals Ben vorstellte. Er sah blendend aus, so als sei er gerade einem Katalog für exklusive Herrenmode entsprungen. Seine wasserblauen Augen hatten sie kurz fixiert und waren dann von ihrem Gesicht einmal über sie hinweg gewandert. Sie hatte ihr Sonntagskleid getragen, das schon viele Jahre für solche Anlässe hatte herhalten müssen und das nicht ganz der aktuellen Mode entsprach. Das schien ihm aufzufallen. Sein Blick veränderte sich. Sie sah, wie er sie nun abfällig musterte und dann sein

Interesse an ihr verlor. Sie schaute Jessica an. Doch diese war bereits mit dem nächsten Gast im Gespräch. Lizzy hatte geglaubt, Jessicas bevorzugten Männertyp zu kennen. Und in dieses Muster passte Ben ganz und gar nicht.

Dieser eine Moment hatte genügt. Lizzy war sich damals bereits sicher gewesen, dass Ben nicht gut für Jessica war. Irgendetwas stimmte nicht mit ihm. Sie hatte ein Gespür dafür. Es ging eine geradezu brutale Kälte von ihm aus und in seinem Blick hatte sie etwas Verschlagenes ausgemacht.

Als sie Jessica und Renée später ungewöhnlich vertraut miteinander hatte plaudern sehen, war sie von einer tiefen Niedergeschlagenheit erfasst worden. War das Eifersucht gewesen? Sie hatte versucht, dieses Gefühl zu ignorieren. Schließlich hatte sie keinerlei Ansprüche an Jessica, auch wenn das Mädchen mehr Zeit in ihrem Haus als in der Villa der Eltern zugebracht hatte.

»Ach Mom, sie wird schon wissen, was sie tut,« hatte Cynthia sie später zu beruhigen versucht, als sie miteinander telefoniert hatten. »Wer, wenn nicht Jessica? Sie wusste immer schon, was sie will. Vielleicht hat Dich einfach nur sein Äußeres irritiert, seine elegante Erscheinung.«

»Nein, das war es nicht. Ich habe angefangen zu frieren, als er mich angeschaut hat, mit diesem seelenlosen Blick.«

»Was Du immer hast,« hatte Cynthia versucht, sie zu beschwichtigen. Es war ihr nicht gelungen.

»Wenn sie tatsächlich einen Fehler gemacht hat, indem sie sich auf Ben eingelassen hat, werden wir für sie da sein, falls sie uns braucht,« hatte Cynthia noch hinzugefügt.

»Ja, das werden wir.«

Als sich ihre Befürchtungen kurze Zeit später bereits als wahr herausstellten, empfand Liz keine Befriedigung darüber. So ein Mensch war sie nicht.

»Wie geht es Dir denn, Lizzy, jetzt wo Jerry ausgezogen ist?« unterbrach Jessica ihre Grübeleien.

Jeremy war der jüngste Spross der Familie Walders. Er war zum Militär gegangen, was Liz alles andere als recht gewesen war. Aber was sollte sie machen. Sie hatte ihre Kinder zum selbstständigen Denken und Handeln erzogen. Nun musste sie mit den Konsequenzen leben.

Liz's Gedanken schweiften erneut ab. Sie fühlte sich alt, jetzt da ihre Kinderschar erwachsen und aus dem Haus war, schlimmer noch, über die weite Welt verstreut.

Sie spürte die Jahre der Entbehrungen in den Knochen. Aber da war kein Bedauern, nicht ein Fünkchen von Ach-hätte-ich-es-doch-anders-gemacht. Im Gegenteil. Sie war froh, auf die Jahre der Mutterschaft zurückblicken zu können, zu sehen, dass aus allen ihren fünf Kindern zufriedene Menschen geworden waren.

Jetzt hatte sie auf einmal Zeit, in sich rein zu horchen, die kleinen Zipperlein zu spüren, die das Alter brachte.

»Ach Jessica. Ich werde alt. Und James vermag die Lücke nicht zu füllen, die seit dem Auszug der Kinder entstanden ist.«

»Vielleicht hast Du ja bald Enkelkinder. Dann wird es wieder so lebhaft sein wie früher.«

»Schön wär's. Aber die Kinder sind alle so weit weg. Und Du jetzt auch. Für mich warst Du immer so etwas wie eine Tochter.«

»Und Du warst mehr Mutter für mich als meine eigene je hat sein können.«

Dieser Satz war das Stichwort. Liz fiel der Grund für ihren Anruf wieder ein.

»Du wolltest wissen, ob ich etwas über eine Schwester Deiner Mutter weiß.«

»Ja. Sagt Dir der Name Emily Myers etwas?«

»Wie gut, dass Cynthia mir den Namen schon verraten hat, weil ich wirklich tief in meinen Erinnerungen kramen musste. Ich hatte ihre Existenz total vergessen.«

»Also hat es sie tatsächlich gegeben?«

»Ja. Sie war einige Jahre jünger als Deine Mutter. Deine Großmutter ist bei ihrer Geburt gestorben. Als der Vater der beiden, Dein Großvater, starb, war Deine Mutter bereits verheiratet, Emily aber noch nicht volljährig. Deshalb zog sie bei Deinen Eltern ein.«

Jetzt kamen die Erinnerungen in einem richtigen Schwall. Liz fiel wieder ein, dass Renée die Villa des Vaters nach seinem Tod hatte aufwändig renovieren lassen. Eine teure Hochglanzküche wurde angeschafft, mit den besten Geräten, die einen Meisterkoch begeistert hätten. Kunst von namhaften Künstlern hing nun an den Wänden. Liz wusste das alles von einer Schulfreundin, die damals in der Villa gearbeitet hatte.

Sie hatte sich gefragt, wozu Renée so viel Geld für ein Zuhause ausgab, in dem sie sich kaum aufhielt.

»Wie war sie?« unterbrach Jessica erneut ihre Gedanken. »Weißt Du das noch, Lizzy? War sie so wie Mom?«

»Nein, ich denke nicht. Wirklich wissen tue ich es aber nicht. die wenigen Male, die ich ihr begegnet bin, wirkte sie wie ein stilles und freundliches Mädchen auf mich. Näher habe ich sie nie kennengelernt. Sie war deutlich jünger als Deine Mutter. Jedenfalls, soweit ich das aufgrund dieser kurzen Kontakte beurteilen kann, hast Du viel Ähnlichkeit mit Deiner Tante.«

»Was ist mit ihr passiert? Weißt Du etwas darüber, warum sie Cannon Falls so endgültig den Rücken gekehrt hat?«

»Es hieß, sie besuche ein Internat in der Schweiz. Das glaubte jeder, da alle wussten, wie versnobt Deine Mutter war.«

Lizzy biss sich auf die Zunge.

»Entschuldige meine Worte. Ich bin gerade nicht sehr einfühlsam. Du hast Deine Eltern so tragisch verloren und ich verurteile Deine Mutter. Das macht man nicht.«

Sie hatte den mysteriösen Tod in der Presse verfolgt und war auch zur Beerdigung gegangen. Jessica hatte wie ein Gespenst ausgesehen, dünn und blass. Von Cynthia wusste Liz, wie sehr Jessica litt. Doch Cynthia erzählte nicht viel, machte nur vage Andeutungen. Und Liz gehörte nicht zu denen, die andere aushorchten. Sie war nicht sensationslüstern, nur besorgt.

»Du hast ja Recht mit dem, was Du über Renée sagst,« beruhigte Jessica sie. »Und danach hast Du nichts mehr von Emily gehört?«

35

»Nein, und irgendwann habe ich ihre Existenz wohl vergessen. Du weißt ja, dass Deine Mutter und ich nicht sonderlich gut miteinander konnten. Wir hatten keinen Kontakt bis zu Cynthias und Deiner Einschulung.«

»Ja, ich weiß, wie spinnefeind Ihr Euch ward.«

»So würde ich das nicht nennen. Die Feindseligkeiten gingen von Deiner Mutter aus. Sie war unnahbar.«

Seit Cynthia sie angerufen und sich nach Emily Myers erkundigt hatte, grübelte Liz nun schon über die Vergangenheit nach, holte jeden noch so kleinen Erinnerungsfetzen hervor, der mit Renée in Zusammenhang stand, größtenteils weniger gute Erinnerungen, weil Renée schon immer eine schwierige Person gewesen war.

Liz musste daran denken, wie sie Renée kennengelernt hatte.

Sie war an ihrem ersten Schultag auf Renée aufmerksam geworden. Liz war zehn Jahre alt gewesen und gerade erst mit ihren Eltern nach Cannon Falls gezogen. In der ersten Pause fiel ihr auf, dass eine der Mitschülerinnen alleine auf dem Schulhof herumstolzierte - ja, so sah es aus - ihr Pausenbrot im Gehen aß, den anderen Kindern keinerlei Beachtung schenkte und wie ein Mannequin, mit stolzem Blick ausschritt, als wäre sie auf einem Laufsteg. Liz fiel auch auf, dass einige der anderen Klassenkameradinnen die Köpfe zusammensteckten, tuschelten, Blicke in Richtung dieses Mädchens warfen und kicherten. Die Geächtete hieß Renée Myers.

Auch wenn Renées Gang Arroganz demonstriert hatte, hatte Liz etwas Verzweifeltes in Renées Haltung wahrgenommen und, als sich ihre Blicke kurz streiften, auch in ihren Augen.

So etwas ging Lizzy nach. Sie mochte es nicht, wenn jemand von der Gruppe verstoßen wurde. Nichts konnte ihrer Meinung nach so schlimm sein, dass ein Mensch derart bestraft wurde. Und so hatte sie sich Renée genähert. Doch sie wurde von ihr eiskalt abserviert und mied sie fortan, wie die anderen es taten. Vermutlich die erste wichtige Lektion ihres Lebens.

»Meine Mutter hat Euch immer die Waltons genannt, wenn sie von Euch gesprochen hat,« sagte Jessica, als hätte sie Lizzys Gedanken erraten. »Dabei hat sie nie Fernsehen geschaut. Das war unter ihrem Niveau. Sie meinte, wenn man zu viel Fernsehen schaute, verlöre man den Antrieb, um im Leben etwas zu erreichen.«

»Womit sie nicht ganz unrecht hatte,« entgegnete Liz. »Und der Vergleich mit den Waltons war auch ziemlich treffend. Die Großfamilie, die am Waldrand vom Holzhandel lebt. Ja, wir hatten schon etwas mit dieser Fernsehfamilie gemeinsam.«

Das Haus der Walders lag idyllisch am Waldesrand, in der Nähe des Lake Byllesby.

»Etwas?« rief Jessica aus. »Ihr ward die fleischgewordenen Waltons.«

»Und jetzt fällt mir plötzlich ein, an wen Deine Mutter mich früher immer erinnert hat, « rief nun Liz aus.

»An wen?«

»An die Frau von Ike Godsey, den Gemischtwarenhändler in dieser Serie, die alles mit spitzen Fingern anfasste. Sie tat immer so, als entstamme sie irgendeinem alten Adelsgeschlecht.«

»Ja, das einfache und ehrliche Volk war Renée Fielding eben nicht gut genug.«

Renée war die reichste Frau am Ort gewesen; zugleich auch die versnobteste. Ein bisschen hatte Lizzy damals deren Selbstbewusstsein bewundert. Sie war als knallharte Geschäftsfrau bekannt gewesen, die alles besessen hatte, Geld, eine riesige prunkvolle Villa, eine liebenswerte Tochter. Und dann endete ihr Leben auf so tragische Weise. Sie sei gefahren, hatte in der Zeitung gestanden. Der Wagen sei aus noch ungeklärten Gründen von der Straße abgekommen und gegen einen Baum geprallt. Renée und ihr Mann Angus waren auf der Stelle tot.

Liz fragte sich jetzt, ob Renées Leben trotz des Reichtums glücklich gewesen war. Diesen Eindruck hatte sie zumindest nie gehabt. Renée hatte so unerbittlich gewirkt.

Liz musste wieder daran denken, wie Renée Fielding eines Tages vor ihrer Haustüre gestanden und sich aufgeführt hatte wie eine Furie, weil Jessica es sich zur Gewohnheit gemacht hatte, die Nachmittage mit Cynthia und ihren Brüdern im Hause der Walders zu verbringen.

Jessica und Cynthia hatten zusammen Schulaufgaben gemacht, mit den Jungen im Garten gespielt, wenn das Wetter es zuließ und bei schlechtem Wetter im Haus Karten gespielt.

Bis zu dem Moment war Liz davon ausgegangen, dass Renée ihre Zustimmung dazu gegeben hatte. Es war ihr Fehler. Sie hätte es überprüfen müssen, aber aufgrund ihrer Erlebnisse mit Renée während der Schulzeit scheute sie den Kontakt zu ihr.

Renée hatte mit dunkelrot glühenden Wangen in der Tür gestanden und sich geweigert, auf ein Gespräch einzutreten. Vermutlich hatte sie Angst gehabt, sie könne sich mit irgendeinem gefährlichen Krankheitskeim infizieren.

Sie hatte mehr geschrien als gesprochen.

Es passe ihr ganz und gar nicht, dass Jessica die Nachmittage bei den Walders vertrödelte, während das von ihr eigens eingestellte, exzellent ausgebildete Kindermädchen in der Villa wartete und Däumchen drehte. Jessica solle optimal auf ein Leben als Firmenchefin vorbereitet werden. Damit könne man schließlich nicht früh genug anfangen.

Trotz aller Widrigkeiten entwickelte Jessica sich prächtig. Sie war liebenswürdig, wissbegierig und hatte - mehr als jedes Walders-Kind - ein Ziel vor Augen. Sie wollte Journalistin werden. Sie sprach von nichts anderem. Sie wollte Missstände aufdecken, in Krisengebiete reisen. Und das alles aus dem Munde einer damals Neunjährigen. Was wollte Renée Fielding denn noch mehr? Sie hatte allen Grund, stolz zu sein.

Liz war fassungslos gewesen. Nun hatte Renée schon die größte Mühe gehabt, schwanger zu werden, und, anstatt sich um dieses Kind zu kümmern, das ein wahres Gottesgeschenk für sie sein musste, überließ sie die Erziehung einer fremden Person, um die Tage und halben Nächte in der Firma zu verbringen. Und für ihr Kind sah sie nichts anderes als Pflichten vor, von klein an.

Liz vermutete, dass kalt gestelltes Essen auf Jessica wartete und die Eltern bis abends in der Firma waren. Sicher war niemand zuhause, der sie nach den Geschehnissen des Tages befragte.

Renée hatte damals diesen Blick für Liz und das Haus der Walders gehabt, den Liz zur Genüge kannte und der nichts als Geringschätzung ausdrückte.

Und damit hatte sie es geschafft, Liz aus der Reserve zu locken. Niemand hatte das Recht, ihr Heim und ihre Familie abzuwerten. Eine Person, die so wenig Gefühl für ihre Tochter zeigte, schon gleich zweimal nicht.

Und wenn Renée dachte, Liz würde Jessica fortschicken, nur weil sie ihr das befahl, hatte sie sich geschnitten. Liz war damals zur Löwin geworden. Sie hatte sich nicht einschüchtern lassen, hatte all das auch laut gesagt. Renée müsse Jessica schon selbst dazu bringen, gerne in der Prunkvilla zu verweilen. Sie müsse sich vermutlich mehr einfallen lassen, als ein teures und gut ausgebildetes Kindermädchen einzustellen.

'Was ist all der Reichtum wert, wenn die Liebe fehlt,' hatte Liz gedacht.

In der Folge hatte Renée versucht, Jessica mit den unterschiedlichsten Mitteln dazu zu bringen, nach der Schule nach Hause zu gehen. Cynthia bekam es mit und entrüstete sich zuhause darüber. Als keine ihrer Bemühungen fruchteten, griff sie zu verschärften Mitteln. Sie meldete ihre Tochter kurzerhand vom Unterricht ab und ließ sie vom »teuren Kindermädchen« zuhause unterrichten.

Aber nur kurzzeitig. Dann war alles beim Alten. Jessica hatte gesiegt.

Liz sah Renée nicht wieder. Bis zu Jessicas Hochzeit.

»Wenigstens weiß ich jetzt definitiv, dass Emily existiert hat und dass jemand sie gekannt hat,« unterbrach Jessica ihre Gedanken. »Ich werde Montag zum Cape Cod fliegen. Vielleicht erfahre ich dort mehr.«

»Ich wünsche Dir viel Glück dabei.«
»Vielen Dank. Ich kann es brauchen.«

4. Kapitel

Liz's Informationen hatten Jessicas Neugier entfacht.
'Vielleicht ist Adam McMasters Brief ja so etwas wie ein Zeichen, mich endlich mit den Zombies der Vergangenheit auseinander zu setzen,' dachte sie.

Am Samstagabend, als Tony im Bett lag, hatte sie ihre Absicht, an der Beerdigung von Emily Hamilton teilzunehmen, alle fünf Minuten verworfen. Erst am Sonntagmorgen stand die Entscheidung. Als sie Adam darüber informierte, befragte sie ihn noch zur Anreise mit öffentlichen Verkehrsmitteln.

Auf sein Anraten hin flog sie am Montagmorgen nach Boston und fuhr anschließend mit der Bahn nach Plymouth, wo sie in den Bus umstieg, der sie schließlich nach Chatham brachte.

Sie erschien spät auf der Beerdigung und verpasste den Trauergottesdienst und fast noch die Beisetzung, das Ganze wegen einer Odyssee mit Bus und Bahn.

Eine riesige Menschenmenge hatte sich um das Grab versammelt. Noch nie hatte sie so einen Andrang auf einer Beerdigung erlebt, selbst bei ihren Eltern nicht, die immerhin mit ihrer Firma Bedeutung für Cannon Falls gehabt hatten.

Der Sarg war bereits in die Gruft hinabgelassen. Am Fuße des Grabes stand ein älterer Mann, der gerade zu sprechen anfing, als sie einen Platz gefunden hatte, von dem aus sie ihn hören konnte.

«Liebste Emily,« sagte er und machte eine kurze Pause, um sich zu räuspern, bevor er mit leiser und zittriger Stimme fortfuhr.

«Ich hatte in den letzten Wochen genug Zeit, mich von Dir zu verabschieden und mich auf ein Leben ohne Dich vorzubereiten. Wir haben die gemeinsame Zeit, die uns blieb, intensiv genutzt, Gespräche geführt und miteinander

geschwiegen. Das hat uns noch mehr aneinander ge-
schweißt, als wir es sowieso schon waren und macht es
mir noch schwerer, Dich gehen zu lassen.«

Wieder machte er eine kurze Atempause. Seine Stimme
klang spröde. Sie schien ihm nicht gehorchen zu wollen.

»Mit Deiner lebensbejahenden Art hast Du uns allen so
viel gegeben und hast es immer wieder geschafft, das
Positive in uns zum Vorschein zu bringen.

Emily, ich habe lange überlegt, wie ich Dich am besten
beschreiben könnte und da sind mir zahlreiche Beispiele
aus der Welt der Flora eingefallen. Ich sehe Dich vor mir,
errötend, wenn Du meine Rede hören könntest, weil es Dir
unangenehm war, wenn jemand zu viel Aufhebens von
Deiner Person machte.

Du warst wie eine zarte Rose, die mit ihrer Zartheit und
Schönheit die Menschen um sich herum verzauberte.

Deine Offenheit hat sich bisweilen wie der Stachel eines
Kaktus tief in unser Fleisch gegraben. Ich habe deine
Begabung bewundert, uns alle so zu sehen, wie wir wirklich sind und uns mit unseren Fehlern und Schwächen zu
akzeptieren.

Schlicht wie eine Butterblume liebtest Du das einfache
Leben ohne Luxus und hieltest Dich stets im Hintergrund.
Leise. Beobachtend.

Deine Kraft erinnerte an die einer knorrigen Eiche, die
jedem Schutz bot, der Deine Hilfe benötigte. So hast Du
in Deiner Liebe zur Natur Meilensteine im Schutz der
Meeressäugetiere gesetzt.

Aber auch die Menschen waren Dir wichtig. Du nahmst
Deinen Beruf als Lehrerin ernst und hast die positiven
Eigenschaften deiner Schützlinge wie Offenheit, Neugier-
de und Kreativität gefördert. Dass Deine Saat aufgegan-
gen ist, beweisen die überaus positiven Entwicklungen
Deiner Schüler. Mein Sohn Josh ist ein Beispiel hierfür.«

'Lehrerin war sie also gewesen', schoss es Jessica durch
den Kopf. Und nach den Worten des Vortragenden hatte
sie ihm sehr nah gestanden. Ein schlechter Mensch konnte
sie danach nicht gewesen sein. Hätten sonst die Menschen

dieses kleinen Ortes, in dem jeder jeden zu kennen schien, ihr das Wichtigste - ihre Kinder - anvertraut? Sie versuchte, sich weiter auf die Rede zu konzentrieren.

»Emily, Du warst der liebenswerteste Mensch, den ich kenne. Ich vermisse Dich bereits jetzt. Aber ich weiß, dass ich nicht alleine bin. Wir werden gedanklich noch viele Gespräche miteinander führen. Und wenn ich Deinen Rat benötige, werde ich mich fragen, was Du wohl gerade an meiner Stelle getan hättest.

Ich danke Dir, dass es Dich gab und dass ich Dir so nah sein durfte.«

Während der gesamten Rede war es still gewesen. Manche hatten sich nach der Rede heimlich ein paar Tränen weggewischt.

Der Redner stand immer noch unbeweglich und mit geneigtem Kopf am Grab. Jessica schätzte ihn auf Mitte sechzig. Er war groß und hatte trotz seines Alters eine athletische Figur. Man sah ihm an, dass er körperliche Arbeit gewohnt war. Seine sonnengegerbte Haut verriet, dass er sich viel im Freien aufhielt. Das gesamte äußere Erscheinungsbild, seine Bewegungen und seine Mimik strahlten Selbstbewusstsein und Ruhe aus. Er gehörte zu der Sorte von Männern, deren Wirkung auf Frauen im Alter nicht nachließ.

'Das ist sicher Adam McMasters,' dachte Jessica. Sie erkannte seine Stimme wieder.

Nun trat er einen Schritt näher an das Grab, nahm eine Schaufel voll Erde aus dem Kübel, der neben ihm stand und warf sie auf den Sarg. Seine Hand zitterte dabei stark. Dann trat er zur Seite, um für die übrigen Trauergäste Platz zu machen, die sich der Zeremonie anschließen wollten.

Jessica wartete, bis sich die anderen Trauergäste ein letztes Mal von Emily verabschiedet hatten und sich in Richtung Friedhofsausgang in Bewegung setzten. Adam McMasters blieb allein am Grab zurück. Als er aufschaute, bemerkte er sie und nickte ihr aufmunternd zu. Sie ging zu ihm rüber, nahm mit der Schaufel etwas Erde auf und warf sie in den Sarg. Eine Rose, die sie mitgebracht hatte, ließ sie in die Gruft fallen. Dann wandte sie sich an Adam, um sich vorzustellen.

Er reichte ihr seine Hand.

»Sie müssen Jessica sein. Ich bin Adam McMasters. Wir haben miteinander telefoniert.«

»Ja, ich dachte mir schon, dass Sie das sind. Ihre Rede war so ergreifend. Emily muss Ihnen viel bedeutet haben.«

»Das hat sie. Sie war meine beste Freundin; eine Seelenverwandte, und - glauben Sie mir - ich weiß wirklich nicht, was ich ohne sie machen soll.«

Er seufzte. Dann nahm er Jessicas Tasche, in die sie ein paar Sachen zum Wechseln und Waschutensilien gepackt hatte, ergriff ihren Arm mit der anderen Hand und zog sie mit sich.

»Kommen Sie. Lassen Sie uns zu Emilys Haus fahren. Martha, eine gute Freundin, hat eine Kleinigkeit zu Essen für den engeren Freundeskreis Ihrer Tante gemacht. Dort können wir in Ruhe miteinander reden. Aber...« er machte eine kurze Pause und Jessica dachte: 'Was kommt denn jetzt?'«

»Ich glaube, ich muss Sie vorwarnen. Emily's engste Freunde sind ein ganz schön illustrer Haufen. Ich hoffe, sie sind offen, sich auf das Abenteuer einzulassen, weil der eine oder andere ...«, wieder machte er eine kurze Pause, »nein, eigentlich nur eine Person, na, wie soll ich sagen, ist ein wenig schwierig. Egal was kommt, nehmen Sie es um Himmels willen nicht persönlich. So ist sie nun mal. Den Namen verrate ich Ihnen nicht. Sie werden es sowieso herausfinden. Sind Sie bereit?«

Jessica war kein ängstlicher Mensch. Doch auf einmal war sie sich nicht mehr so sicher, ob sie das Haus der Tante betreten wollte. Im Gegenteil: Sie fragte sich, was sie hier eigentlich machte.

Trotzdem ging sie bereitwillig mit zu seinem Wagen. Sie wollte sich keine Blöße geben. Und was sollte schon passieren.

»Hatten Sie eine angenehme Reise?« fragte er während der Fahrt.

»Ja, ich habe Ihren Rat befolgt und bin mit dem Flugzeug nach Boston geflogen und dann mit Zug und Bus hergekommen. Glücklicherweise hatte ich gleich Anschluss, als ich in Boston ankam, so habe ich nur Zweidrittel der Beerdigung verpasst.«

Er lächelte und dabei fielen ihr seine kornblumenblauen Augen und die vielen kleinen Lachfältchen auf, die seine Attraktivität unterstrichen.

«Ist nicht schlimm. Jetzt sind Sie ja da. Und das ist die Hauptsache. Wie lange können Sie bleiben?«

«Morgen Mittag geht mein Flug zurück.«

»Haben Sie schon ein Zimmer für diese Nacht? Wenn ja, können Sie es gleich wieder stornieren.«

»Ehrlich gesagt bin ich dazu noch nicht gekommen. Können Sie mir ein Hotel empfehlen?«

»Noch besser. Eine Unterkunft zu bekommen, wäre sowieso schwierig geworden, jetzt, wo die Saison langsam losgeht. Im Sommer wimmelt es hier nur so von Touristen. Man muss schon extrem früh buchen, wenn man in dieser Jahreszeit ein Zimmer bekommen will. Aber ich dachte mir, dass Sie sowieso am besten im Hause ihrer Tante übernachten. Martha wird Ihnen ein Zimmer richten.«

»Ich weiß nicht, ob das so eine gute Idee ist,« sagte Jessica mit einem gewissen Unbehagen.

»Keine Widerrede, Jessica. So machen wir es.«

Jessica verstummte. Was sollte sie auch weiter widersprechen. Schließlich wollte sie die Nacht nicht im Freien verbringen.

Sie verließen den Ort und fuhren durch ein kleines Wäldchen; rechts und links des Weges nichts als Bäume. Die Straße ging leicht bergauf. Irgendwann, Jessica schätzte so nach zwei bis zweieinhalb Kilometern endete der Wald und die Dünen begannen. Direkt am Waldrand, oberhalb einer kleinen Bucht, stand ein einzelnes Haus. Es war ein mit silbergrau patinierten Holzschindeln verkleidetes

Gebäude. Das Dach, die Fensterläden sowie die Eingangstür waren weiß gestrichen und standen in hübschem Kontrast zur silbergrauen Fassade. Über dem Eingang befand sich ein kleines Giebeldach, das von einer Holzkonstruktion getragen wurde, die kunstvoll geschnitzt war Ein Erker rechts neben der Eingangstüre sowie eine Dachgaube ließen das anderthalbgeschossige Haus größer erscheinen.

Das Grundstück war durch eine Buchsbaumhecke und einen weißen Zaun von der Straße und den Dünen abgegrenzt, die sich direkt neben dem Grundstück auszudehnen begannen. Sanft wogte das Dünengras im Wind.

Eine Möwe kreiste über ihnen und stieß einen schrillen Schrei aus.

»Ist das schön«, rief Jessica bewundernd aus.

Adam lächelte.

»Lassen Sie uns eintreten, damit Sie das Haus auch von innen bewundern können. Sie werden sehen: Emily hatte ein Händchen dafür, ein Heim zu schaffen.«

Er drückte auf den Klingelknopf und nach kurzer Zeit wurde die Tür von einer Frau in weißer, gestärkter Schürze geöffnet. Sie hatte Wangen wie zwei reife Tomaten.

»Hallo, Martha. Das ist Emilys Nichte Jessica. Jessica darf ich Ihnen Martha Goodspeed vorstellen. Sie war eine von Emilys besten Freundinnen.«

Martha Goodspeed war eine Frau im fortgeschrittenen Alter mit üppigen Hüften, einem ebenso gewaltigen Busen und runden, leicht geröteten Pausbacken. Sie begrüßte Jessica herzlich wie jemanden, der lange Zeit weg gewesen war und endlich den Weg nach Hause zurückgefunden hatte.

»Was für eine Freude, Sie endlich kennenzulernen. Dass Sie Emilys Nichte sind, sieht ein Blinder mit Krückstock. Diese Ähnlichkeit?« Sie schüttelte verblüfft den Kopf.

»Martha ist Krankenschwester und hat in den letzten Wochen zusammen mit einer Pflegerin Emilys Betreuung übernommen«, unterbrach Adam sie.

Mit einer wegwischenden Handbewegung tat sie seine Worte ab.

»Das habe ich gerne für sie getan. Endlich konnte ich ihr auf diese Weise meinen Dank ausdrücken für alles, was sie in den vergangenen Jahren für mich getan hat. Aber genug davon. Jessica, kommen Sie erst einmal herein. Ich stelle Sie den anderen Gästen vor.«

Um zur Terrasse zu gelangen, wo die anderen sich bereits eingefunden hatten, mussten sie das Wohnzimmer durchqueren. Jessica nutzte die Gelegenheit, sich ein wenig umzuschauen.

»Donnerwetter, Emily hatte wirklich Geschmack«, bemerkte sie anerkennend.

Die Einrichtung des Wohn- und Essbereichs war schlicht. Maritime Elemente gaben dem Raum eine behagliche Atmosphäre. Ein Ölgemälde über dem Kamin erregte Jessicas Aufmerksamkeit. Auf dem Bild war ein Sommercottage mit silbergrauen Holzschindeln zu sehen, wie es sie zahlreich auf dem Cape gab. Eine blonde Frau stand verträumt in der Haustür, eine Hand wie zum Schutz vor dem Körper. Jessica gefiel, wie der Maler es mit schlichten Mitteln geschafft hatte, die spröde und doch wilde Schönheit der Landschaft darzustellen.

»Ein schönes Bild«, bemerkte sie anerkennend.

»Das finde ich auch«, hörte sie Adam sagen. «Es ist ein echter Edward Hopper.«

»Oh, entschuldigen Sie mein geringes Kunstverständnis. Von diesem Maler habe ich bisher noch nie gehört.«

Adam lächelte nachsichtig.

»Das macht überhaupt nichts, wenn Sie ihn nicht kennen. Edward Hopper war ein Maler, der in den dreißiger Jahren hier in der Gegend gelebt hat. Er hat immer Landschaftsbilder gemalt, auf der er seine Umgebung, das Cape, festhielt. Vielleicht liebe ich seine Bilder deshalb so.«

Auf dem Kamin standen einige Fotos. Neugierig trat Jessica näher heran, um die Fotos genauer zu betrachten. Martha, die währenddessen lächelnd auf sie gewartet hatte, kam ihr nach. »Jessica, sagen Sie mal, wissen Sie eigentlich, wie ihre Tante ausgesehen hat?«

»Nein, bis letzten Freitag hatte ich ja noch keine Ahnung von ihrer Existenz. Ist sie auf einem dieser Fotografien abgebildet?«

»Oh, ja. Auf verschiedenen. Dies hier ist ihr Hochzeitsfoto.«

Martha zeigte auf ein Foto, auf dem eine schöne blonde Frau und ein kräftiger, dunkelhaariger Mann sich zärtlich anschauten. Das Paar wirkte sehr ungleich. Er überragte sie um mindestens eine Kopfeslänge und war eher stämmig, sie dagegen war von überaus zierlicher Statur. Doch die Art, mit der die beiden sich anschauten, zeigte so viel Liebe und Zuneigung, dass die äußerlichen Unterschiede für den Betrachter an Bedeutung verloren.

»Sie müssen doch zugeben, dass Sie ihrer Tante wie aus dem Gesicht geschnitten ähneln, oder?«

»Mhm, eine gewisse Ähnlichkeit ist vorhanden. Aber sie sieht auch meiner Mutter ähnlich.«

»Und dieses Foto ist vor ungefähr zwei Jahren entstanden.« Martha nahm ein anderes Foto vom Kaminsims und zeigte es Jessica. Die Aufnahme zeigte Emily am Strand sitzend. Jessica erkannte sofort, dass dies die gleiche Person war wie auf dem Hochzeitsfoto, zwar reifer aber immer noch mit diesem strahlenden Lächeln. Noch in reiferem Alter war Emily eine schöne Frau gewesen. Doch trotz des Lächelns zeigte sich in ihren Augen auf beiden Aufnahmen ein Hauch von Melancholie.

»So, nun gehen wir aber zu den anderen«, meinte Martha und führte Jessica auf die Terrasse.

Als sie hinaustraten, wurde die angeregte Unterhaltung der Anwesenden abrupt abgebrochen.

»Darf ich Euch Emilys Nichte Jessica Freeman vorstellen. Sie ist heute Morgen aus New York angereist, um der Beerdigung ihrer Tante beizuwohnen.«

Jessica spürte gleich eine Welle des Wohlwollens auf sie überschwappen.

Ein dickleibiger, älterer Herr mit dichten, schlohweißen Haaren und Knollennase stand auf, um sie zu begrüßen. Seine Augen waren braun mit vielen schwarzen Punkten. Ein dichter Bart verdeckte Kinn- und Mundpartie vollständig. Er trug einen dunklen Anzug aus Wollgewebe, der nicht mehr ganz der Mode entsprach. Nach dem Zustand des Stoffes zu urteilen, hatte er den Anzug noch nicht oft getragen. Jessica vermutete, dass er ihn immer nur zu feierlichen Anlässen hervorholte. Inzwischen schien er an Gewicht zugelegt zu haben, denn obwohl er die Jacke nicht geschlossen hatte, wirkte er darin wie in einer Wurstpelle und auch die Hose spannte an sämtlichen Stellen.

»Hallo Jessica. Mein Name ist Bartholomew Nickerson. Nett, Sie kennen zu lernen.«

Sie hatte Mühe, ihn zu verstehen. Nicht nur, dass er eine außergewöhnlich tiefe Stimme besaß; sie war brummig und schien aus der Tiefe seines Bauches in seine Kehle aufzusteigen. Der dichte Bart wirkte zusätzlich wie ein Dämpfer. Doch die Stimme passte zu seinem äußeren Erscheinungsbild.

'Wie ein großer knuddeliger Teddybär', dachte sie.

»Bart ist Meeresbiologe«, ergänzte Martha ihn und tätschelte liebevoll seinen Arm. »Er ist unser Robin Water«.

»Robin Water?« Jessica schaute Bartholomew fragend an. Seine buschigen Augenbrauen trafen sich in der Mitte, als er sprach. Mit einer wegwischenden Handbewegung, so als wolle er das Gesagte einfach hinwegfegen, knurrte er: »Völliger Blödsinn.«

»Bart, sei doch nicht immer so bescheiden. Wissen Sie, Jessica, Bart ist einer der Pioniere in Sachen Walschutz. In den siebziger und frühen achtziger Jahren, als der kommerzielle Walfang noch erlaubt und an der Tagesordnung war, gehörte er zu den ersten, die die Öffentlichkeit auf das große Schlachten aufmerksam machten. Er stellt sich sogar mit seinem Kutter großen Walfangschiffen in den Weg, wenn es sein musste; egal wie groß sie waren.«

»Mumpitz,« entgegnete er brummend.

»Ach, deshalb Robin Water. Ich verstehe.« Jessica lächelte ihn an. »Sie sind ja ein richtiger Held.«

»Ich tue lediglich, was getan werden muss. Nicht mehr und nicht weniger. Und jetzt lasst uns von was anderem reden.«

Als er den Glanz in Jessicas Augen sah, fügte er noch hinzu:

»Nicht, dass ich Ihnen nicht gerne mehr erzählen würde. Mit meinen Erlebnissen könnte ich gut und gerne mehrere Bücher füllen. Doch ich denke, dies ist weder der rechte Ort noch der richtige Zeitpunkt dazu. Ein anderes Mal vielleicht.«

Er lächelte sie an, wobei die schwarzen Punkte in seinen Augen lustig zu tanzen schienen.

»Sie haben mich neugierig gemacht. Ich werde bei Gelegenheit auf Ihr Angebot zurückkommen.«

Eine hagere Frau mittleren Alters, mit blasser Haut, schmalen zusammengekniffenen Lippen und nach hinten gesteckten, dunklen Haaren stellte sich als Kate Johnson vor. Ihre schwarze Kleidung unterstrich die Strenge ihrer Erscheinung. Auch der Rüschenkragen ihrer Bluse vermochte dies nicht zu entkräften. Jessica fiel auf, dass sie pausenlos an ihrem Rock zog.

»Ich bin Lehrerin. Emily und ich waren Kolleginnen.«

Ihre Stimme klang leise und sanft; das genaue Gegenteil von Barts dunklem Bass. Als Jessica sich ihr mit einem warmen Lächeln zuwendete, fuhr sie mit ein wenig mehr Kraft in der Stimme fort.

»In der Zeit, die wir zusammen gearbeitet haben, sind wir Freundinnen geworden. Ich habe sie immer für ihren Einsatz bewundert, mit dem sie all die Jahre ihrer Lehrtätigkeit nachging. Sie hat ....«

»Wenn Sie erlauben, möchte auch ich mich Ihnen noch vorstellen«, wurde Kate Johnson von der letzten Dame der Runde ungeduldig unterbrochen. »Mein Name ist Theodora Earnshaw. Auch ich war eine gute Freundin Ihrer Tante.«

Dabei stand sie auf.

Ihre Mimik, und ihre Gestik sowie der Tonfall, mit dem sie sprach, ließen keinen Zweifel daran, dass sie es gewohnt war, im Mittelpunkt zu stehen.

'Kate Johnson, diese unscheinbare Maus, hatte es doch tatsächlich gewagt, ihr die Schau zu stehlen', sagte ihr Blick. Aufrecht wie eine Königin stand sie vor Jessica, den Kopf leicht in den Nacken geworfen. Ihre Nase war einen Hauch zu lang und hatte einen winzig kleinen Höcker, was ihr noch mehr Dominanz verlieh. Sie war geschmackvoll gekleidet. Allem Anschein nach war sie wohlhabend.

Ungeniert musterte sie ihr Gegenüber mit einem kalten Blick von oben bis unten. Jessica wurde unweigerlich an ihre Mutter erinnert. Theodora hatte die gleiche fordernde Art, den gleichen gebieterischen Ton, den gleichen arroganten Blick.

Jessica spürte, dass Theodora zu jenen Menschen gehörte, die ihr auf Anhieb unsympathisch waren.

»So, und Sie sind also die Nichte von Emily. Wieso hat Emily uns nie etwas über Sie erzählt? Oder war Euch bekannt, dass sie eine Nichte hatte?«

»Beruhige Dich, Theodora. Selbst Jessica hatte bis vor wenigen Tagen keine Ahnung von der Existenz ihrer Tante. Aber nun lass das arme Kind mal in Ruhe. Du wirst noch früh genug alles erfahren, denn Jessica hat schließlich nichts zu verbergen.«

»Ich kann Ihr Interesse durchaus verstehen, Mrs. Earnshaw. Schließlich bin ich genau aus diesem Grund heute hier: Ich möchte etwas über Emily Hamilton erfahren. Und wer hat sie besser gekannt, als ihre Freunde. Ist es nicht so, dass man gerne seinesgleichen um sich schart? Ich muss mir also nur Emilys Freunde ein wenig genauer ansehen, und schon weiß ich ungefähr, was für ein Mensch sie war.«

Jessica hatte es mit einem leicht süffisanten Lächeln in Theodoras Richtung gesagt, die sich daraufhin beleidigt in den Hintergrund zurückzog.

»Eins zu Null für Sie, Jessica«, meinte Martha und nutzte die Gelegenheit, das Thema zu wechseln.

»Jessica, wie gefällt Ihnen der Garten?« fragte sie.

Jessica ließ ihren Blick über das bunte Gemisch aus Gehölzen und Stauden schweifen und erkannte, dass der Garten zwar ein wenig verwahrlost wirkte, jedoch schien Emily vor ihrer Krankheit viel Zeit für die Pflege aufgebracht zu haben. Er war von einer wilden Schönheit. Der Kontrast des Grüns der Bäume und der Farbpracht von blühenden Blumen zur öden Schönheit der Dünenlandschaft war überwältigend. In den Beeten wuchsen gelbe Schafgarbe, Rosen und Lilien sowie Rittersporn. Die meisten Pflanzen kannte Jessica jedoch nicht. Das Haus war von unzähligen Kletterstauden, wie Rosen, Jasmin und Clematis umgeben. Die üppige Pracht der Blüten, Gräser, Dolden und Kelche wirkte wie verschwenderisch hingeworfene Farbkleckse eines Malers, zufällig und doch gewollt. Sie schienen im Wettstreit um die Gunst des Betrachters und harmonierten gleichzeitig perfekt miteinander. Der süße Duft wilder Rosen vermischte sich mit dem harzigen Geruch der Zedern. Der Lavendel trachtete danach, alle Gerüche zu übertrumpfen. Bienen hingen in seinen Blütendolden, eifrig darum bemüht, das Blütengold an sich zu binden.

Das Grundstück war zum Meer hin leicht abschüssig. Seine Grenzen bildeten Trockenmauern, die den Garten von den Dünen abgrenzten.

Die Terrasse war überdacht. An den Stützpfeilern wuchsen Knöterich und wilder Wein. Emilys Freunde saßen in gemütlich wirkenden Rattansesseln um einem runden Holztisch.

»Emily hat in diesem Frühjahr nicht mehr in ihrem Garten arbeiten können«, erklärte Adam, so als habe er ihre Gedanken erraten. »Das war schlimm für sie, denn der Garten bedeutete ihr viel.«

»Das sieht man. Alles ist so liebevoll arrangiert.«

Jessica ließ ihren Blick in die Ferne schweifen. Von der Terrasse aus hatte man einen atemberaubenden Blick auf das Meer und die Dünen.

»Der Ausblick ist einfach traumhaft,« sagte sie. Alle nickten zustimmend.

»Ja, dieses Haus, der Garten und diese exponierte Lage sind wirklich etwas Besonderes«, meinte Adam. »Dies ist eine ehemalige Kapitänsvilla. Ach, bevor ich es vergesse: Martha, kannst Du Jessica ein Zimmer richten? Sie wird heute hier übernachten.«

»Ich habe damit gerechnet. Das Gästezimmer ist bereits hergerichtet. Wenn Sie wollen, zeige ich es Ihnen. Dann können Sie sich ein wenig frisch machen.«

Über diese Aussichten freute Jessica sich und ging bereitwillig mit. Sie nahm ihre Reisetasche, die Adam im Flur abgestellt hatte und ging hinter der kurzatmigen Martha die Treppe zum ersten Stock hinauf. Martha öffnete eine der Türen und ließ Jessica eintreten. Das Zimmer lag auf der Südostseite des Hauses und bot denselben Blick auf die Bucht und das offene Meer wie zuvor die Terrasse. Nachdem Jessica ausgepackt und geduscht hatte, ging sie wieder hinunter zu den anderen Gästen, die sich bereits an den frisch gedeckten Tisch gesetzt hatten. Aus dem Haus strömte der Geruch von Kaffee nach draußen. Auf dem Tisch stand eine Blaubeertorte, die wunderbar duftete.

Martha kam gerade mit einer Kanne Kaffee gelaufen.

»Martha, bitte setze Dich endlich zu uns. Du warst auch eine Freundin Emilys und nicht ihre Angestellte,« sagte Adam.

»Wenn Du mir Kaffee eingeschenkt hast,« sagte Theodora mit geschürzten Lippen und fügte an: »Du warst doch Emilys Angestellte, oder etwa nicht?«

Sie erntete einen scharfen Blick von Adam.

»Dass sie Emily gepflegt und ihr den Haushalt geführt hat, war in erster Linie ein Freundschaftsdienst. Einen größeren hätte sie ihr nicht machen können,« sagte er scharf.

Martha machte sich daran, die leeren Tassen zu füllen, doch Adam unterbrach sie dabei: »Zur Abwechslung macht Theodora das heute mal. Oder schaffst Du das nicht?«

Sie lief weinrot an, nahm Martha die Kanne aus der Hand, ruckartig, so dass ein wenig des Inhalts aus dem Ausgießer schwappte.

Martha setzte sich, fast schon wiederstrebend. Und eine kurze peinliche Pause entstand.

»Adam, Deine Rede eben war wirklich ergreifend«, bemühte Kate Johnson sich, die Stille zu überbrücken.

»Es hätte nicht viel gefehlt, und ich wäre in Tränen ausgebrochen«, stimmte Theodora mit theatralischer Mimik ein, ganz so als wolle sie jeden Moment zu weinen anfangen.

»Na, das hätte ich gerne erlebt. Theodora, unser Feldmarschall weinend an Emilys Grab. Ich glaube, das hätte auch Emily sich nicht gern entgehen lassen«, sagte Martha.

Theodora tat Jessica fast schon leid wegen der Angriffe, die von allen Seiten gegen sie gestartet wurden. Ihre anfängliche Voreingenommenheit gegen die Art, mit der Theodora sie zuvor attackiert hatte, wurde dadurch gemildert.

»Im Gegensatz zu Dir, Martha, wusste sie, dass ich kein Unmensch bin.« Theodora verschränkte die Arme vor der Brust und sagte dann nichts mehr. Allerdings dauerte der Zustand nicht sehr lange an. Zu groß schien die Neugier über das Auftauchen der unbekannten Nichte.

»Jessica, wie hat Ihnen denn Adams Rede gefallen?« fragte sie.

»Ich war ebenso ergriffen wie Sie, und das, obwohl ich Emily nicht gekannt habe. Sie muss ein ganz besonderer Mensch gewesen sein.«

Bart nickte bei diesen Worten mit dem Kopf. Theodora wollte sofort den Ball aufnehmen, den Jessica ihr unachtsam zugespielt hatte. Doch ein strafender Blick von Martha ließ sie erneut verstummen. Adam schien für einen Augenblick in die Ferne entrückt. Seine Augen glänzten und ein sanftes Lächeln spielte um seine Mundwinkel.

»Sie war etwas ganz Besonderes, für jeden von uns,« sagte er. »Ich erinnere mich daran, als sei es gestern gewesen, als Tom sie mir damals als seine zukünftige Frau vorstellte. Sie war blutjung, gerade zwanzig und wunderschön. Ich war sofort begeistert von ihrem ruhigen und angenehmen Wesen.«

Er überlegte kurz.

»Es muss so Mitte oder gegen Ende der achtziger Jahre gewesen sein. Es war, wenn ich mich recht erinnere, kurz bevor Sylvie krank wurde. Josh war vielleicht so sieben Jahre alt. Emily hat sich wie selbstverständlich um ihn gekümmert, als Sylvie starb. Alleine schon das habe ich ihr hoch angerechnet.«

Zu Jessica gewandt, fügte er hinzu: »Sylvie war meine Frau.«

»Das dachte ich mir. Wo haben Tom und Emily sich kennengelernt?«

»Emily hat in Boston studiert. Tom ist auf einer Geschäftsreise in Boston buchstäblich über sie gestolpert und hat sich sofort Hals über Kopf in sie verliebt.«

»Gestolpert? Das hört sich abenteuerlich an«, entgegnete Jessica.

»Na ja, eigentlich war es nicht weiter außergewöhnlich. Emily machte mit ein paar Kommilitoninnen einen Stadtbummel. Sie gingen in eines dieser Selbstbedienungsrestaurants. Da sie sich gerade mit einer ihrer Freundinnen unterhielt, während sie sich an der Kasse umdrehte, stieß Emily mitsamt ihrem Tablett gegen Tom und verschüttete den gesamten Inhalt über seinen Anzug. Er hatte damals nur diesen einen und musste eine Stunde später bei einer wichtigen geschäftlichen Besprechung sein. Emily reinigte seinen Anzug in der Damentoilette des Restaurants. Währenddessen wartete er in Unterhosen in der Herrentoilette. Ich kenne diese Geschichte in- und auswendig. Die beiden haben sie bei jeder Gelegenheit zum Besten gegeben. Jedenfalls waren sie von diesem Tag an unzertrennlich.«

»Ich kannte die Geschichte noch gar nicht.« Theodora schien brüskiert darüber.

»Du warst damals ja auch noch nicht so eng mit Emily befreundet.«

»Das ist eine sehr romantische Geschichte«, stellte Jessica fest. »Was hat Tom beruflich gemacht?«

»Er war Rechtsanwalt, spezialisiert auf Umweltthemen. Darin war er genial. Damals hatte er sich gerade mit einer Kanzlei selbstständig gemacht.«

»Und Emily ist dann gleich hierher gezogen?«

»Nicht gleich. Sie hat erst noch ihr Studium beendet, dann haben die beiden geheiratet.«

»Waren Sie auch auf ihrer Hochzeit?«

»Ja, Martha und Bart auch. Theodora und Kate gehörten damals noch nicht zu Emilys und Toms Freundeskreis.«

»Und von Emilys Angehörigen war niemand anwesend?«

»Nein, nicht dass ich wüsste.«

»Das ist merkwürdig. Aber Emily war ja immer sehr verschlossen. Wer weiß, was sie zu verbergen suchte.«

Wutschnaubend wurde Theodora von Martha unterbrochen.

»Das hätte ich mir denken können, dass Du Emily zu diskreditieren versuchst, noch bevor die Beerdigung rum ist. Was bist Du nur für eine Scheinheilige.«

»Unter Freunden sollte man einfach nicht solche Geheimnisse haben,« entgegnete Theodora mit säuerlicher Miene.

»Tu bloß nicht so, als ob Du Dich aus reiner Freundschaft dafür interessieren würdest. Du suchst doch nur nach eventuellen Leichen in Emily's Keller, damit Du Gesprächsstoff für die Kaffeekränzchen mit Deinen betuchten und einflussreichen Freundinnen hast. Du weißt schon, die aus gutem Hause. Für Dein Schandmaul bist Du ja hinreichend bekannt. Und das wir nur zweite Wahl für Dich sind, weiß ich auch schon lange.« Martha hatte dunkelrote Flecken im Gesicht. Jessica befürchtete schon, sie könne kollabieren.

Theodora fuhr Martha mit gedämpfter Wut an: »Was fällt Dir ein, Martha Goodspeed, mich hier vor Mrs. Freeman schlecht zu machen. Ich habe immer zu den besten Freundinnen von Emily gezählt.« Dabei plusterte sie sich auf wie ein Pfau.

»Ich muss Dich nicht schlecht machen. Dafür sorgst Du schon ganz alleine.«

»Müsst Ihr Euch an diesem Tag streiten?« kam Mrs. Johnsons Stimme zaghaft von rechts.

Doch sie hatte so leise gesprochen, fast schon geflüstert, dass es außer Jessica niemand gehört zu haben schien, erst recht nicht Martha Goodspeed und Theodora Earnshaw. Die beiden waren inzwischen so sehr in ihren Streit vertieft, dass sie ihre Umgebung nicht mehr wahrzunehmen schienen. Bis zu dem Moment, als Kate Johnson in die Hände klatschte und mit bemerkenswert lauter Stimme sagte: »Jetzt ist aber Schluss, meine Damen. Wir alle wollen uns von Emily verabschieden und nicht Zuschauer Eures Streites sein. Und außerdem, Mrs. Freeman bekommt ja gleich den richtigen Eindruck von uns allen. Schämt Euch.«

Beide, Martha und Theodora, waren augenblicklich still. Die Überraschung war ihnen ins Gesicht geschrieben.

'Sie kann sich ja doch durchsetzen', dachte Jessica und musste lächeln. 'Ob sie so mit ihren Schülern spricht, wenn diese zu laut werden?'

»Ist schon in Ordnung, Mrs. Johnson. So ist es mir lieber, als wenn Sie alle für mich Ihr Sonntagsgesicht aufsetzen würden. Was mich aber trotzdem noch interessieren würde...« Dabei schaute sie Theodora direkt an.

»Was hat Emily Ihnen über ihre Familie gesagt, falls der eine oder andere mal danach gefragt hat?«

»Ich habe sie natürlich gefragt. Man will doch wissen, mit wem man es zu tun hat,« sagte Theodora und warf Martha einen beleidigten Blick zu. »Sie meinte, sie habe keine Familie mehr. Tom sei jetzt Ihre Familie. Was - wie wir jetzt wissen - gelogen war.« Mit theatralisch hochgezogener rechter Augenbraue schaute sie sich in der Runde um.

»Na ja, sagt man das nicht auch, wenn man mit der Familie gebrochen hat?« entgegnete Adam unwirsch.

57

»Mir war ihre Vergangenheit nicht weiter wichtig, da ich sie für das mochte, was sie war. Und falls es irgendeinen dunklen Fleck in ihrer Vergangenheit gab, finde ich, war dies einzig und allein ihre Sache. Ich hätte sie deswegen gewiss nicht weniger gerne gehabt«, fuhr er fort.

»Du hast Emily ja immer auf einen Sockel gestellt.« Nach Bestätigung heischend schaute Theodora sich um. Als keiner der Anwesenden eine Regung zeigte, fuhr sie unbeirrt fort.

»Für Euch alle war sie eine Heilige. In Wirklichkeit war sie ein ganz normaler Mensch. Auch sie hatte Fehler und Schwächen. Ihr wolltet sie nur nicht sehen.«

»Natürlich war sie keine Heilige«, mischte sich nun Martha mit einem schroffen Ton in der Stimme ein. »Trotzdem war sie etwas Besonderes, zumindest für mich. Wir Menschen sind nun mal nicht alle gleich. Und Emily hatte diese Gabe, mit Menschen umzugehen.«

Jessica, die brennend daran interessiert war, zu erfahren, was mit Tom passiert war, nutzte die Gelegenheit, um das Gespräch in ein anderes Fahrwasser zu lenken. Dabei schaute sie Adam an. Dankbar erwiderte er ihren Blick.

»Tja, Tom ist vor vielen Jahren plötzlich gestorben«, Adam seufzte bei der Erinnerung.

»Er hatte einen Herzinfarkt. Emily hat sich danach noch mehr in ihre Arbeit gestürzt. Sein Tod hat sie damals sehr mitgenommen.«

»Demnach haben sie eine gute Ehe geführt?«

»Ja, das kann man wohl sagen. So unterschiedlich die beiden auch waren, so sehr haben sie sich gegenseitig ergänzt. Niemand hätte jemals gedacht, dass der kräftige, leicht behäbige Tom eine so zierliche Frau heiraten würde. Auch charakterlich waren die beiden so verschieden, wie es extremer nicht hätte sein können. Er wirkte eher schwerfällig, liebte die Abwechslung nicht. Ein Leben fern der Heimat wäre für ihn nie in Frage gekommen. Er hatte Glück, dass Emily bereitwillig herzog. Und sie schien so verletzlich. Wer die beiden kannte, wusste jedoch, dass sie die zähere von beiden war.«

»Sie waren mit Tom sehr gut befreundet?«

»Und ob. Tom, Bart und ich: Wir waren das dreiblättrige Kleeblatt, beste Freunde, seit ich denken kann« antwortete Adam. »Wir konnten uns jederzeit aufeinander verlassen. Und Emily war das Beste, das Tom passieren konnte. Aber das gleiche galt auch für sie.

Sie hat sich genauso im Umweltschutz engagiert wie wir drei. Sie hat die Presse informiert, während Bart zu einem dieser großen Schlachtschiffe unterwegs war. Tom hat ihn rausgeboxt, wenn er wieder mal im Knast gelandet war. Emily hat wieder die Presse informiert und Artikel, die von anderen kamen und dann meist die Sicht der Walfänger glorifizierten, richtiggestellt. Ich habe seine Boote wieder in Schuss gesetzt.«

Jessica konnte sich lebhaft vorstellen, wie es zugegangen war, als alle noch jünger und aktiver gewesen waren. Der Gedanke verursachte ein sehnsüchtiges Ziehen in ihrer Brust. Zu gerne wäre sie dabei gewesen.

Die anderen hatten zustimmend mit dem Kopf genickt, während Adam gesprochen hatte.

Bart hatte die ganze Zeit nur ruhig dagesessen und seine Pfeife gestopft. Er tat dies mit einer Sorgfältigkeit, die jedem Pfeifenraucher zu eigen zu sein scheint. Jessica beobachtete ihn dabei. Das Zeremoniell erinnerte sie an ihren Vater. Er hatte früher auch Pfeife geraucht. Bis Mutter es ihm verbot.

Bart steckte die Pfeife nun in den Mund, zündete sie an, zog ein paar Mal daran, bis Rauch aufstieg, ließ sich im Stuhl zurückfallen und schaute Jessica durch seine dichten Augenbrauen hindurch an.

'Er hat so etwas Gütiges im Blick,' ging es ihr durch den Kopf.

Sie hatte ihn schon die ganze Zeit über immer wieder beobachtet. Wenn sie zu ihm hinübergeschaut hatte, hatten sich ihre Blicke einige Male getroffen. Dann hatte er sie freundlich und ein wenig amüsiert angelächelt. Dabei schienen die schwarzen Punkte in seinen Augen Purzelbäume zu schlagen. Jessica fühlte sich wohl in seiner

Gegenwart, auch wenn er nicht leicht zu durchschauen war.

Sie stellte fest, dass - egal wie unterschiedlich Emily's Freunde auch waren - die gemeinsamen Erinnerungen und die tiefe Freundschaft zu ihr sie zusammenzuschweißen schienen. Und sie, Jessica, hätte nur zu gerne dazu gehört.

Wieder erwischte sie sich bei einem sentimentalen Moment. Sie spürte ein Gefühl der Trauer darüber, ihre Tante nie kennengelernt zu haben.

Als sie erneut Barts intensiven Blick auf sich ruhen spürte, schaute sie ihn an. Seine Augen hatten einen eigenartigen Glanz. Aufmunternd nickte er ihr zu. Diese kleine Geste wischte das Unbehagen, das sie kurzzeitig erfasst hatte, weg. Dankbar lächelte sie zurück und konzentrierte sich wieder auf die Unterhaltung.

»Sie leben in New York, wie ich hörte?« fragte Theodora.

»Ja.«

»Gibt es einen Mr. Freeman?«

»Ja, das ist mein Exmann,« antwortete Jessica widerstrebend.

»Theodora, lass doch dieses Aushorchen sein,« wurde diese von Martha unterbrochen, als sie gerade die nächste Frage stellen wollte.

Sie versuchte im Laufe des Nachmittags immer wieder, das Gespräch auf Jessicas rätselhafte Auftauchen zu lenken. Doch sie sollte keine Gelegenheit mehr bekommen, Näheres darüber zu erfahren.

5. Kapitel

Als Adam am nächsten Morgen eintraf, war Jessica bereits startklar. Ihre Reisetasche stand im Flur. Fast wäre er darüber gestolpert.

Wie am Tag zuvor an Emilys Grab, hatte er das Gefühl, die junge Emily vor sich zu haben, wenn er Jessica ansah.

Sie hatte so viel Ähnlichkeit mit ihrer Tante, dass es ihm glatt den Atem verschlug. Und ihm wurde erneut bewusst, wie viel Emily ihm bedeutet hatte. Sie war mehr als eine gute Freundin für ihn gewesen, auch wenn keiner von beiden dies je zugegeben hätte. Er hatte unzählige Male kurz davor gestanden, Emily seine Gefühle zu offenbaren. Und er war sich sicher, dass sie genauso für ihn empfunden hatte. Doch am Ende hatte er jedes Mal gekniffen, aus Angst, das Geständnis könnte die tiefe Freundschaft zwischen ihnen zerstören.

Jessica schien auf unschuldige und zugleich brutale Weise die Büchse der Pandora zu öffnen und seinen unerfüllten Gefühlen für Emily neues Leben einzuhauchen. Das war fast mehr, als er verkraften konnte.

Er hatte ihr am Tag zuvor angeboten, sie zum Flughafen nach Boston zu fahren. Sie würden gemeinsam in Emilys Haus frühstücken, anschließend noch einmal zum Friedhof gehen und dann zum Flughafen aufbrechen.

Während des Frühstücks erzählte sie von den Berufsplänen ihrer Tochter.

»Für Tony steht bereits heute fest, dass sie später einmal einen Beruf ergreifen wird, in dem sie es mit Tieren zu tun hat. Ich glaube, von diesem Beschluss kann sie niemand mehr abbringen. Sie liebt Tiere über alles. Schon als kleines Kind hat sie alles Lebende ins Haus gebracht, das ihr unter die kleinen Fingerchen kam. Ich musste jedes Mal eine Leibesvisitation durchführen, wenn sie vom Spielen aus dem Garten hereinkam.«

61

Martha schüttelte sich.

»Wenn ich mir vorstelle, ich hätte sie durchsuchen müssen und wäre dabei auf einen Regenwurm in ihrer Jackentasche gestoßen, wird mir ganz übel. Ich habe noch nie verstehen können, was Kinder daran reizt, mit diesen glitschigen Dingern herumzuspielen. Ich hoffe, ihre Tochter ist inzwischen darüber hinaus gewachsen?«

»Aber natürlich, Martha. Jetzt müssen die Tiere schon etwas größer sein, um ihr Interesse zu wecken.«

»Was, etwa Mäuse und Ratten?« stieß Martha entsetzt aus.

Adam musste lachen.

»Mensch, Martha. Was hast Du denn für eine Meinung von einem New Yorker Mädchen?«

Auch Jessica lachte.

»Nein, Mäuse und Ratten sind mir in New York noch nicht begegnet. Zurzeit bearbeitet sie mich, weil sie ein Kaninchen haben will.«

»Na, das geht ja,« stellte Martha erleichtert fest.

Nach dem Frühstück half Jessica beim Abräumen des Tisches. Anschließend machten Adam und sie sich auf den Weg zum Friedhof. Er hatte einen Strauß weißer Rosen dabei, die er an Emilys Grab in eine Vase stellte. Und er hatte Mühe, einen Platz dafür zu finden, weil das Grab von Kränzen und Bouquets überschwemmt war.

Für einen Moment standen er und Jessica schweigend nebeneinander. Jeder hing seinen Gedanken nach. Dann machten sie sich auf den Weg nach Boston. Wenn man auf dem direkten Weg dorthin fuhr, erreichte man den Flughafen in circa einer Stunde.

Auch wenn Adam schon sein gesamtes Leben in Chatham wohnte, gab es für ihn keinen anderen Flecken Erde, auf dem er lieber gewesen wäre als am Cape. Jetzt versuchte er, die Gegend mit Jessicas Augen zu sehen, die - wie sie am Tag zuvor gesagt hatte - zum ersten Mal hier war.

Das war nicht einfach, da er jeden am Ort kannte, ob arm oder reich, ob einflussreich oder unbedeutend. Er kannte die Geschichten hinter den Fassaden. Während sie gemächlich durch die Straßen von Chatham fuhren, verschaffte er ihr einen kleinen Einblick in das Leben der Cap-Bewohner, die im Sommer aufgrund der Urlauberschwemme die Minderheit darstellten.

Dann fuhren sie nach Norden und erreichten nach wenigen Kilometern Brewster, eine für Cape Cod idealtypische Ortschaft mit Antiquitätenläden, Museen, Kunstgalerien und herrschaftlichen Villen in großzügigen parkähnlichen Gärten. Man glaubte sich unweigerlich in die Zeit der Pilgerväter zurückversetzt. Alle Gebäude waren gepflegt. Viele kleine Details gaben dem Ort den historischen Flair, mit dem Jahr für Jahr Besucherströme angezogen wurden.

Von Brewster aus ging es über die Route 6a, die auch als Königsstraße bekannt war; die Straße, die einst als Indianerpfad begann und im siebzehnten Jahrhundert die Hauptverbindung des Kaps mit dem restlichen Massachusetts wurde, wand sich kilometerlang entlang der Cape Cod Bay Richtung Plymouth und durchquerte zahlreiche beschauliche Dörfer, die, ebenso wie Brewster, viel von ihrem kolonialen Charme bewahrt hatten. Immer wieder schimmerte Marschland und Sandstrand durch das Grün der Bäume hindurch.

»Jessica, Sie kommen doch aus Minnesota, nicht?«

»Ja, aus Cannon Falls, einem Dorf.«

»Erzählen Sie mir mehr. Wie sieht die Landschaft dort aus?«

Sie schien einen Moment nachzudenken.

»Nun, das Cape und Cannon Falls kann man überhaupt nicht miteinander vergleichen. In meiner Heimat gibt es riesige ebene Flächen, die ähnlich wie das Meer hier ein Gefühl von Weite geben. Schier endlose Mais- und Weizenfelder reihen sich aneinander. Die schnurgeraden weißen Straßen, die durch die riesigen Felder wie Trennlinien verlaufen und Farmen, die vereinzelt die Feldränder säumen, sind fast schon alles, was diese Region zu bieten hat. Ja, und viele Seen gibt es noch. Wenn ich mich hier umschaue, verstehe ich, warum viele von den ersten Siedlern, die damals hier anlandeten, geblieben sind und sich hier ausgebreitet haben. Verstehen Sie mich nicht falsch. Ich mag meine Heimat. Ich vermisse sie auch ein wenig, seit ich in New York lebe. Das hätte ich nicht für möglich gehalten. Aber man weiß erst zu schätzen, was man hatte, wenn man es verloren hat.«

Die letzten Worte hatte sie mehr zu sich selbst gesagt, schien es Adam. Er schaute sie von der Seite an. Plötzlich wirkte sie nachdenklich, fast schon melancholisch. Und er spürte, wie ihn das verunsicherte. Wenn Frauen etwas bedrückte, war er hilflos. Das war schon immer so gewesen.

Sie fuhren schweigend weiter. Und während die Bäume wie Schatten an ihnen vorbeihuschten, das saftige Grün der Eichen, Ahornbäume und Birken und das unergründliche Schwarzgrün der Tannen, fühlte er sich plötzlich auf eine intensive Weise mit Emily verbunden.

Als hätte sie seine Gedanken erraten, fragte sie plötzlich in die Stille hinein:

»War Emily ein melancholischer Mensch? Mir ist aufgefallen, dass sie auf den Fotos am Kamin immer ein klein wenig traurig ausgesehen hat, auch wenn sie lachte.«

Adam dachte kurz nach, bevor er antwortete.

»Sie war sehr lebensfroh, und wenn es einem ihrer Freunde nicht gut ging, dann wusste sie immer, wie sie ihn aufheitern konnte. Für jeden hatte sie ein offenes Ohr. Aber manchmal trat plötzlich diese Traurigkeit wie ein Schatten in ihr Gesicht. Sie sprach nicht darüber und wenn ich sie fragte, ob sie Kummer habe, wich sie jedes Mal aus.«

»Wie haben Sie von meiner Existenz erfahren?«

»Erst kurz vor Emilys Tod, als sie wusste, dass ihr nicht mehr viel Zeit blieb. Sie gab mir Ihre Adresse und bat mich, Ihnen von ihrem Tod zu berichten. Ich musste ihr versprechen, dass ich auf keinen Fall vorher Kontakt zu Ihnen aufnehmen würde. Sie erzählte mir vom Tod ihrer Schwester Renée und deren Ehemann, aber nicht von den genaueren Umständen. Ich habe gemerkt, wie sehr sie das alles aufwühlte. Ich wollte sie nicht noch mehr belasten. Deshalb habe ich ihr keine weiteren Fragen gestellt.«

Und weil er das Gefühl hatte, ihr eine weitere Erklärung schuldig zu sein, fügte er an: »Wissen Sie, für mich ist es kein Problem, nicht alles von meinen Freunden zu wissen. Ich kenne ihre Seele. Ich weiß, was das für Menschen sind; dass sie im Grunde ihres Herzens gut sind; dass ich mich auf sie verlassen kann, wenn es hart auf hart kommt. Und nur das zählt für mich. Ich vertraue ihnen, auch wenn ich nicht alles über sie weiß. Und doch bin ich seit gestern verunsichert, ob dies wirklich die richtige Einstellung ist, weil mir erst beim Beerdigungskaffee, als Theodora sich so über uns echauffierte, bewusst wurde, wie wenig wir über Emily wissen. Diese Erkenntnis hat mich getroffen. Da dachte ich die ganze Zeit, ich sei ihr bester Freund gewesen. Doch in Wirklichkeit weiß ich herzlich wenig von ihr.«

»Warum haben Sie nicht versucht, mehr zu erfahren?«

Adam schaute sie mit einem gequälten Blick an.

»Es tut mir leid, wenn ich Sie mit meiner Frage verletzt haben sollte. Das sind natürlich ganz persönliche Dinge, und ich verstehe, wenn Sie sie aus Freundschaft zu Emily für sich behalten möchten.«

»Nein, das ist es nicht. Mir ist nur seit gestern klar geworden, dass Emily sich vor uns allen verschlossen hat. Sie hat niemandem Einblick in ihr Herz gewährt. Und ich frage mich langsam, ob das nicht vielleicht zum großen Teil an uns lag. Waren wir zu sehr mit uns selbst beschäftigt? Oder war unsere Freundschaft gar nicht so tief, wie ich dachte?«

Jessica legte ihre Hand sanft auf Adams Rechte.

»So etwas dürfen Sie nicht sagen. Ich kenne Sie noch nicht lange. Aber meine Menschenkenntnis verlässt mich eigentlich selten. Und die sagt mir, dass Emily keine besseren Freunde hätte haben können. Manche Menschen sind einfach verschlossener, weil sie verletzlicher sind als andere. Das hatte sicher nichts mit Ihnen zu tun.«

»Es ist sehr nett von Ihnen, so etwas zu sagen, Jessica.«

»Eine Frage habe ich doch noch dazu, Adam. Wissen Sie, woher Emily meine Adresse hatte?«

»Nein, ich habe keine Ahnung.«

Er hatte das Gefühl, dass sie diese Antwort nicht ganz zufriedenstellte, konnte aber nicht mit besseren Informationen dienen.

»Emily gibt auch mir ziemlich große Rätsel auf,« fuhr sie fort. »Einerseits war sie nach Ihrer aller Schilderung ein lebensfroher und überaus positiver Mensch. Doch sie hatte scheinbar eine genauso große verschlossene Seite an sich. Wieso hat sie den Kontakt zu mir gescheut, wenn es ihr so wichtig war, dass ich von ihr erfahre? Das passt doch gar nicht zu ihrer angeblich so offenen Art.«

»Wie ich schon sagte, hat sie das alles, auch der Tod ihrer Eltern, sehr mitgenommen. Sie war durch ihre Krankheit sehr geschwächt.« Er machte eine Pause, weil er nicht sicher war, ob er die Frage, die ihm auf der Zunge lag, stellen sollte. Dann nahm er sich ein Herz. »Erzählen Sie mir von ihren Eltern?«

»Das ist eine lange Geschichte.«

»Wann geht Ihr Flieger noch mal?«

»Um dreizehn Uhr.«

»Dann haben wir noch ein wenig Zeit. Möchten Sie noch etwas vom Cape sehen? Währenddessen könnten Sie mir die Geschichte erzählen. Oder soll ich Sie direkt zum Flughafen fahren?«

Jessica schaute ihn erst mit einem langen Blick an, den er nicht so recht zu deuten wusste. Dann lächelte sie.

»Ich nehme das Angebot gerne an; vor allem, weil ich so wahnsinnig gerne einmal meine nackten Zehen im kühlen Sand spüren möchte, bevor ich wieder abfliege.«

»Das lässt sich machen.«

»Ich warne Sie. Es ist eine lange Geschichte.«

»Wir haben ja Zeit.«

In Cummaquid bog Adam plötzlich von der Straße ab und fuhr nach rechts auf eine Anhöhe.

»Ich muss Ihnen zuerst noch etwas zeigen, bevor wir an den Strand fahren,« sagte er, weil er ihren verwunderten Blick darüber bemerkte, dass der Weg bergauf führte.

An einem Aussichtspunkt hielt er und sie stiegen aus.

Von diesem Punkt aus hatte man einen wundervollen Ausblick auf die Dünen von Sandy Neck, einer Sandbank bei Sandwich sowie auf den Leuchtturm und einige Fischerhütten. Das herrliche Sommerwetter tat sein Übriges, um Jessica in Verzückung zu versetzen.

Sie schien die Landschaft, den Geruch vom Meer und die lebendige Stille, die sie umgab, geradezu konservieren zu wollen.

»Ich kann es kaum erwarten, dies alles meiner Tochter zu zeigen.« Sie machte eine weit ausholende Geste und atmete tief die frische Meeresluft ein. »Sie wird begeistert sein.«

Adam grinste: »Sammeln Sie gerade Argumente für einen Urlaub am Cape Cod?«

»Inzwischen ist mir klar, dass man nicht lange nach Gründen suchen muss. Warum bin ich eigentlich nicht schon längst einmal hier gewesen? Ich verbringe viel zu wenig Zeit mit Tony. Und vor allem haben wir noch nie Urlaub gemacht, seit sie auf der Welt ist.«

»Was, Sie waren noch nie am Meer mit ihr? Dann wird es aber Zeit.«

»Das Meer kennt sie schon. Wir fahren manchmal für ein oder zwei Stunden nach Coney Island, seit wir in New York leben, um der dunstigen und lärmenden Stadt ab und zu den Rücken zu kehren. Allmählich entwickle ich mich zu genauso einem Arbeitstier wie meine Mutter eines gewesen ist. Ich darf mich nicht beschweren, wenn Tony mir das eines zukünftigen Tages vorhält.«

»Ich kenne Sie noch nicht lange. Und doch kann ich mir nicht vorstellen, dass Ihre Tochter etwas vermisst. Sie strahlen so viel Wärme aus, wenn Sie von ihr sprechen.«

»Danke.« Jessica errötete.

»Jessica, bevor ich es vergesse: Wie Sie wissen, sind Sie die einzige Verwandte von Emily. Kurz vor ihrem Tod bat

Emily Mr. Peter Riley von der Kanzlei Burrows und Riley zu sich, um ein Testament zu verfassen. Sie hat mich weitestgehend über den Inhalt des Testaments in Kenntnis gesetzt. Das Haus und ihr bescheidenes Vermögen hat sie Ihnen hinterlassen. Ich hatte gehofft, dass Mr. Riley es gestern oder heute habe einrichten können, das Testament zu vollstrecken. Das ging leider nicht. Er ist zurzeit geschäftlich unterwegs und wird frühestens in einer Woche zurück sein. Sie müssen also noch einmal herkommen.«

»Über Emilys Erbe habe ich mir noch gar keine Gedanken gemacht. Irgendwie finde ich es auch nicht richtig, etwas von jemandem zu erben, den ich nicht gekannt habe.«

»Dass sie keine Gelegenheit hatten, Emily kennen zu lernen, dafür können Sie schließlich nichts. Es war Emilys größter Wunsch, dass Sie dieses Haus erben. Vielleicht entschädigt Sie das ja auch ein wenig dafür, dass Ihnen ein Treffen mit Ihrer Tante versagt blieb.«

»Es wird für mich nicht einfach werden, ein weiteres Mal hierher zu fliegen, weil wir zurzeit in der Redaktion wirklich sehr viel zu tun haben.«

»Haben Sie nicht gerade noch gesagt, wie gerne Sie mit Ihrer Tochter einmal Urlaub machen würden?«

»Erwischt.«

Jessica schien nachzudenken.

»Vielleicht könnte man den Notartermin noch zwei Wochen hinauszögern. Dann habe ich nämlich Urlaub. Eigentlich wollten wir dieses Jahr meine Freundin in Kalifornien besuchen. Aber das können wir ja auch ein anderes Mal nachholen.«

»Na, dann ist ja alles klar. Sie kommen mit ihrer Kleinen wieder her. Wohnen können Sie im Haus Ihrer Tante, das ja sowieso bald Ihres ist. Ich gebe Martha Bescheid, damit sie alles für Sie vorbereitet.«

»Langsam, langsam«, lachte Jessica. »Vorerst habe ich nur laut gedacht. Zuerst muss ich Tony noch fragen, ob ihr das recht ist.«

»Erzählen Sie ihr einfach von Ihren ersten Eindrücken; dem Meer, den tollen Stränden und den vielen Tieren. Ich kenne kein Kind, das dann nicht begeistert wäre.«

»Ich werde sehen, was sich machen lässt. Ach was. Sie haben recht. Sie wird begeistert sein.«

»Also kommen Sie im Juli hierher, abgemacht?« Er hob seine Hand und Jessica schlug ein.

»Abgemacht, sonst geben Sie ja sowieso keine Ruhe.«

»Das haben Sie gut erkannt.«

Sie fuhren nun in Richtung Strand.

Es waren nur wenige Menschen unterwegs, obwohl die Saison bereits begonnen hatte.

Nachdem Adam geparkt hatte, stieg Jessica aus, zog ihre Sandalen aus und ging zum Wasser. Wieder fiel Adam ihre Gelöstheit auf.

Nach einer kleinen Runde am Wassersaum kam sie zurück. Adam schaute sich nach einem Platz um, an dem sie sitzen konnten, während Jessica ihm von ihrer Mutter erzählte. Wenn er in ihr Gesicht schaute, war er nicht sicher, ob er sie jetzt aus ihrer Ausgelassenheit zurückholen wollte. Ihm schwante, dass dies unweigerlich geschehen würde, wenn er das Thema anschnitt. Es war ihm bereits am Tag zuvor aufgefallen, dass sie nicht gerne über ihre Familie sprach.

Doch auch sie hielt Ausschau nach einer Sitzmöglichkeit.

»Was meinen Sie, Adam. Schaffen Sie es, sich dort bei der Düne zu setzen? Ich helfe Ihnen später wieder auf. Versprochen.«

Er schaute sie gespielt entrüstet an.

»Was denken Sie von mir? Dass ich ein alter Tattergreis bin, der nicht in der Lage ist, sich alleine in den Sand zu setzen und wieder aufzustehen? Ich bin entsetzt.«

»Nein, entschuldigen Sie. Das denke ich doch gar nicht. Sie machen einen sehr rüstigen Eindruck.«

Er sah, wie sie wieder rot wurde und legte seine Hand beruhigend auf ihren Arm.

»Das war nur Spaß. Gerne lasse ich mir von Ihnen helfen.« Er zwinkerte ihr zu.

Als sie sich gesetzt hatten, wusste Adam nicht, wie er wieder auf Jessicas Mutter zurückkommen sollte. Doch Jessica fing von selbst an zu sprechen.

Er erfuhr von Renée Fieldings Besessenheit, was die Papierfabrik betraf, von ihrer Strenge. Mütterliche Qualitäten schien sie nicht gehabt zu haben. Jessica erzählte auch von ihrer »Ersatzmutter« Lizzy Walders, die Emily gekannt hatte und kurz von dem, was sie in ihrem Telefonat mit Lizzy über Emily erfahren hatte.

Sie schilderte ihren Kampf mit der Mutter, weil sie nicht in die Firma einsteigen wollte; erzählte von ihrer früh erkannten Leidenschaft für das Schreiben und den Journalismus. Sie hatte Reporterin werden wollen, Dinge aufdecken. Knallharte Reportage hatte ihr vorgeschwebt, bis zu dem Tag, als ihr Chef ihr die Chance dazu gab.

Was genau sie recherchieren sollte, schien sie Adam nicht sagen zu wollen. Sie wurde vage, wirkte nervös.

Als sie kurz von ihrem Mann Ben erzählt hatte, war ihm das schon aufgefallen. Über diese Dinge zu sprechen, schien ihr schwer zu fallen, wenn nicht gar unmöglich zu sein. Sie verschränkte die Arme vor der Brust und zitterte, obwohl es warm war.

»Jedenfalls war das, was ich rausfand, haarsträubend. Und das Schlimmste daran war: Es betraf die Firma meiner Eltern,« sagte sie. »Ich habe meine Mutter mit meinen Informationen konfrontiert. Sie hat alles abgestritten. Mein Mann Ben war seit einiger Zeit Geschäftsführer. Das war verwunderlich, weil Mutter sich ja gar nicht aus dem Geschäft zurückzog, sondern nach wie vor ihr Leben einzig der Firma widmete.

Als ich meinen Verdacht äußerte, dass Ben meiner Meinung nach hinter allem steckte und sagte, ich würde mit ihm auch noch darüber reden, ist sie zur Furie geworden. Sie hat mir verboten, mit irgendjemandem darüber zu sprechen. Sie wurde ganz theatralisch, sagte so etwas wie Wenn-mir-mein-Leben-lieb-sei. Als sie merkte, dass ich mich nicht einschüchtern ließ, hat sie geschrien, ich solle das Haus verlassen. Für immer. Ich bin noch am selben

Tag mit meiner Tochter zu meiner Freundin Cynthia nach New York gezogen. Nach diesem Gespräch habe ich meine Mutter nicht mehr lebend gesehen. Zwei Monate später ist sie aus unerklärlichen Gründen gegen einen Baum gefahren. Mein Vater saß neben ihr. Beide sind noch an der Unfallstelle verstorben. So, ich denke, nun können Sie sich ein ungefähres Bild von Renée Fielding machen.«

»Das ist heftig,« sagte Adam. »Mit so etwas hatte ich nicht gerechnet.«

»Oh, ich wollte Sie nicht mit meinen Erlebnissen belasten.«

Er legte seine Hand auf ihren Arm.

»Keine Sorge. Das haben Sie nicht.«

Jessica schaute ihn nun eindringlich an. Dabei fiel ihm die ungewöhnliche Farbe ihrer Augen auf. Ein klares Smaragdgrün.

»Glauben Sie mir: In dieser Tiefe kennt bisher nur meine Freundin Cynthia diese Geschichte,« sagte sie. »Ich weiß ehrlich gesagt nicht, wieso ich bei Ihnen zur Plaudertasche geworden bin. Das ist sonst nicht meine Art.«

»Ich danke Ihnen für das entgegengebrachte Vertrauen, Jessica. Sie können sicher sein, dass ich nichts von alldem weitererzähle.«

»Das weiß ich, Adam. Das sagt mir mein gesunder Menschenverstand.«

»Sie hätten Emily gefallen.«

Sie lächelte ihn an und ihm wurde ganz warm ums Herz.

Er dachte: 'Sie hat wenig über ihren Mann erzählt.' Und als dieser kurz zur Sprache kam, hatte Adam gespürt, dass sie nicht über die Sache hinweg war.

'Was würde ich mich freuen, wenn Josh solch eine Frau von einer seiner Reisen mitbrächte,' dachte er noch.

Als hätte sie seine Gedanken erraten, fragte sie: »Adam, gestern habe ich erfahren, dass Sie einen Sohn haben. Wo lebt er denn eigentlich?«

»Wenn er nicht gerade ein Projekt hat, dann lebt er hier, bei mir. Leider passiert das nicht allzu oft.« Er seufzte und als er Jessicas fragenden Blick sah, fügte er hinzu: »Er ist

Meeresbiologe und jagt den Walen im Rahmen von Forschungsprojekten irgendwo am anderen Ende der Welt hinterher. Im Moment ist er gerade im Pazifischen Ozean. Aber er hat versprochen, bald wieder einmal nach Hause zu kommen.«

»Schon wieder ein Meeresbiologe. Das scheint ein sehr beliebter Beruf in dieser Gegend zu sein.«

»Nun ja, das bietet sich geradezu an. Wir sind regelrecht vom Meer umzingelt. Dass mein Sohn seine Leidenschaft für die Meeresbiologie oder besser noch für Meeressäugetiere entdeckt hat, hat er übrigens in erster Linie Emily zu verdanken. Sie war seine Grundschullehrerin. Zu dieser Zeit hat sie sich bereits aktiv für den Walschutz eingesetzt und ihre Schüler behutsam an dieses Thema herangeführt. Schon damals stand für Josh fest, dass er diesen Beruf einmal ergreifen würde.«

»Richtig, Emily war ja Lehrerin. Wissen Sie, wieso sie und ihr Mann keine eigenen Kinder hatten?«

»Emily hat sich immer Kinder gewünscht. Aber sie konnte keine bekommen. Ich glaube, das hat ihr lange Zeit zu schaffen gemacht. Als meine Frau starb, hat Emily sich rührend um meinen Sohn gekümmert.«

»Hätten Sie ihren Sohn nicht lieber als Nachfolger in Ihrer Firma gesehen?«

»Schon. Ich hätte es gut gefunden, wenn er Interesse am Schiffsbau gehabt hätte. Aber es hat sich früh abgezeichnet, was er will. Und so habe ich mich damit abgefunden. Die Hauptsache ist doch, dass er glücklich mit dem ist, was er tut, oder?«

'Auch wenn es mich zu einem einsamen alten Mann macht,' dachte er. Als er an Josh dachte, spürte er ein Ziehen in seiner Brust. Er vermisste seinen Sohn; und je älter er wurde, umso mehr. Er hatte nie versucht, ihm in seine Pläne reinzureden; weil es nicht seine Art war und weil er dachte, dass es ihm nicht zustand. Der Junge würde den für ihn vorbestimmten Weg alleine viel besser finden. Adam hatte ihm stets nur zur Seite gestanden, für den Fall, dass sein Junge ihn doch mal brauchte. Doch jetzt brauchte Adam ihn. Das spürte er. Nur wollte er nichts fordern. Das war nicht seine Natur. Er hoffte einfach, dass Josh von selbst den Wunsch verspürte, sesshaft zu werden und dass er sich an die Heimat und den einsamen Vater erinnerte.

»Hat er Familie? Ich meine: Eine Frau? Kinder?«

»Nein, die Crew, mit der er unterwegs ist, ist seine Familie. Und ich natürlich.«

Er schaute auf die Uhr.

»Was, so spät ist es schon? Wenn Sie ihr Flugzeug bekommen wollen, müssen wir jetzt aber los.«

Sie fuhren wieder zurück auf die Hauptstraße und weiter nach Sandwich, dem ältesten Ort auf Cape Cod. Sandwich lag abseits der Touristenströme und strahlte eine friedvolle Atmosphäre aus. So empfand Adam es wenigstens immer, wenn er in dem gepflegten Ort mit seinen herrschaftlichen Villen und renovierten kleinen Häusern war, die wie Salzbüchsen aussahen.

Zeit zu verweilen, hatten sie nun nicht mehr, obwohl Adam nichts lieber getan hätte, als Jessica dies alles zu zeigen. Er fühlte sich gut in ihrer Gesellschaft und spürte, dass etwas von seiner alten Kraft zurückkam, wenn sie in der Nähe war. Woran lag das nur, fragte er sich.

Weiter ging es über die Sagamorebrücke, eine der beiden Brücken des Cape Cod Kanal, der das Kap mit dem Festland verband. Dort wandten sie dem Kap den Rücken zu.

6. Kapitel

Während des Rückflugs musste Jessica an ihre Unterhaltung mit Adam denken. Außer mit Cynthia hatte sie seit dem Tod der Eltern mit niemandem darüber gesprochen. Es hatte irgendwie gut getan, hatte sie aber auch aufgewühlt. Und während sie Richtung New York flog, wurde die Erinnerung an ihre Kindheit lebendig, als sei alles erst gestern passiert.

Jessica konnte sich nicht daran erinnern, je ein entspanntes Verhältnis zu ihrer Mutter gehabt zu haben. Als sie in die Oberstufe kam, stritten sie fast nur noch. Ungefähr zu dieser Zeit begann Renée systematisch, ihre Tochter auf die Rolle der zukünftigen Firmenchefin vorzubereiten. Doch Jessica hatte ganz andere Pläne für ihre Zukunft.

Journalismus interessierte sie. Sie las regelmäßig die Tageszeitung, zerpflückte die Leitartikel regelrecht, indem sie Passagen anstrich, die ihr besonders gut gefielen, aber auch diejenigen, bei denen sie glaubte, es selbst besser zu können. Manchmal schrieb sie ganze Abschnitte um, ein anderes Mal den Artikel neu, mal reißerischer oder fesselnder, wieder ein anderes Mal mit mehr Empathie als der ursprüngliche Autor; zumindest empfand sie es so.

Sie träumte davon, eines fernen Tages einen Namen in der Presse zu haben und gerufen zu werden, wenn über besonders wichtige Themen zu berichten war. Themen aus Politik und Wirtschaft natürlich. Die Boulevardpresse interessierte sie nicht.

Sie wollte nach New York, zur New York Times oder besser noch, dahin, wo die Nachrichten geschrieben wurden, zur Associated Press.

Als sie dies bei einem der seltenen gemeinsamen Essen mit ihren Eltern am Tisch verlauten ließ, wurde ihre Mutter augenblicklich zur Furie: »Was sind das für abstruse

Ideen, die da in Deinem Kopf entstehen. Du bist die Tochter des größten Arbeitgebers dieses Ortes und damit hast Du Verantwortung. Dein Platz ist hier. Zur gegebenen Zeit wirst Du die Firmenleitung übernehmen. Wenn Du etwas studierst, wird das Betriebswirtschaftslehre sein. Und damit basta.«

'Mom tut gerade so, als sei sie die Königin des Landes und ich die Thronfolgerin,' dachte Jessica.

Fast hätte sie lachen müssen. Zu gerne hätte sie erwidert: »Und wer bestimmt das?« Doch sie schluckte es erst einmal hinunter. Sie wusste, dass vorsichtiges Taktieren geboten war, wollte sie ihre Pläne in die Tat umsetzen. Auch wenn sie einen dicken Kopf hatte, mit dem sie bei ihrer Mutter bereits das eine oder andere Mal ihr Ziel durchgesetzt hatte, war Zurückhaltung manchmal das bessere Mittel der Wahl.

Jessica kannte die Pläne ihrer Mutter zu genau. Renée machte schließlich kein Geheimnis daraus. Und vielleicht war gerade das mit ein Grund dafür, dass Jessica sich allem, das mit der Firma zu tun hatte, entzog.

Sie setzte sich letztlich durch und studierte Journalismus in New York. Dies war das erste Mal, dass sie fern der Heimat war. Die örtliche Trennung von den Eltern empfand sie als wohltuend. Endlich konnte sie sich auf ihre Ziele konzentrieren, statt pausenlos Widerstand gegen die Mutter aufrechterhalten zu müssen. Erst jetzt merkte sie, wie anstrengend ihr permanenter Kampf in den vergangenen Jahren gewesen war.

Nach erfolgreichem Abschluss lud der Vater sie zum Essen in ein nobles New Yorker Restaurant ein. Sie sah den Stolz in seinen Augen.

'Bestimmt hätte er es zu verbergen gewusst, wenn Mom dabei gewesen wäre,' dachte Jessica nicht ohne Bitterkeit.

Seine Angepasstheit ärgerte sie manchmal fast noch mehr als die Kälte der Mutter. Stets entzog er sich, wenn Mutter und Tochter debattierten. Nie bezog er Stellung. Es hatte etwas Verlogenes an sich, fand sie, zumindest aber war es in ihren Augen höchst inkonsequent.

Renée hatte sich entschuldigen lassen. Sie habe einen wichtigen geschäftlichen Termin, den sie nicht absagen könne. Jessica wusste, dass das nicht stimmte und dass dies nur eine Form der Abrechnung war. Irgendwie war es ihr aber auch recht. Dieser Tag mit ihrem Vater war ungewohnt schön und sie genoss ihn in vollen Zügen.

Kurze Zeit später gab Renée eine Cocktailpartys, eine der wenigen regelmäßigen gesellschaftlichen Pflichtveranstaltungen, die erst stattfanden, seit Jessica im heiratsfähigen Alter war.

Renée lud zu diesen Partys Heiratskandidaten für Jessica ein und machte sich nicht einmal die Mühe, ihre Absichten zu verbergen. Manchmal machte es Jessica wütend, ein anderes Mal amüsierte sie sich darüber. Sie sann über immer neue Strategien nach, um ihrer Mutter den Eindruck zu vermitteln, dass sie endlich angebissen hatte, nur um nachher die Triumphierende zu sein.

Sie hätte sich sogar vorstellen können, nie zu heiraten, nur um Renée zu ärgern.

Dieses Mal sollte Jessicas Collegeabschluss gefeiert werden, so dass sie keine Möglichkeit hatte, sich zu entziehen.

Und ihre Mutter hatte wieder einen Heiratskandidaten eingeladen. Es war Ben. Renée schien auch dazugelernt zu haben, denn sie ignorierte Ben, so dass Jessica nie auf die Idee gekommen wäre, dass ihre Mutter ihn auserkoren hatte.

Er arbeitete seit ein paar Monaten in der Firma. In der kurzen Zeit hatte er es irgendwie geschafft, sich in den Augen Renées unentbehrlich für die Firma zu machen. Doch auch das wusste Jessica nicht, als sie ihn auf der Party kennenlernte.

Als Ben ihr die Hand gab und sie ansah - sein Lächeln entblößte eine blitzblanke weiße Zahnreihe, und sein Blick hatte etwas Magisches -, war es um sie geschehen. So hatte sie noch kein Mann angeschaut. Sie hatte das Gefühl, etwas Besonderes zu sein.

Trotzdem war sie am Anfang noch ein bisschen misstrauisch.

'Wenn er Mom gefällt, dann taugt er nichts', dachte sie. Schließlich ließ Renée sich gerne von Äußerlichkeiten blenden. Hatte jemand formvollendete Manieren, trug maßgeschneiderte Anzüge, war rhetorisch gut geschult - all das traf auf Ben zu - dann war sichergestellt, dass ihre Mutter auf ihn abfuhr.

Doch dieses Mal schien es nicht so zu sein. Renée beachtete ihn nicht einmal. Immer wieder schielte Jessica zu ihr rüber. Renée unterhielt sich angeregt mit einem anderen jungen Mann.

Jessica trank an diesem Abend zu viel Wein. Sobald ihr Glas leer war, füllte Ben es wieder auf. Sie bemerkte es jedoch nicht. Viel zu sehr war sie damit beschäftigt, Bens Fragen zu beantworten, obwohl er damals sicher längst alles über sie wusste. Ihr fiel nicht auf, dass sie kaum etwas über ihn erfuhr. Sie schlug alle Vorsicht in den Wind, fühlte sich gelöst wie nie zuvor und genoss dieses neue Gefühl. An diesem Abend gab es nur Ben und sie. Wenn sie tanzten, hatte sie das Gefühl, zu schweben. Und die ganze Zeit war da ein Flattern in ihrer Brust, wenn er sie ansah. Was war nur los mit ihr?

'Ist der Alkohol schuld?' dachte sie mehr als einmal und verdrängte den Gedanken gleich wieder.

Und dabei war Ben nicht einmal ihr Typ.

Er sah gut aus, keine Frage; groß, schlank, durchtrainiert, dunkles lockiges Haar, modisch geschnitten. Er wirkte südländisch, trug einen Anzug, der perfekt saß und seine Figur betonte. Normalerweise mochte sie die Anzugtypen nicht. Sie stand eher auf unscheinbarere Männer; auf solche, die sich Gedanken darüber machten, wie sie die Welt verbessern konnten und nicht, welcher Anzug ihnen am besten stand. Zu Ben passte er. Er hätte sich nicht besser in Szene setzen können. Nur dass ihr nicht auffiel, dass er genau das tat; dass alles, was er tat, aus Berechnung geschah.

Für sie gab es in diesem Moment nichts an ihm auszusetzen, außer, dass er vielleicht zu perfekt war.

Nach der Party entwickelte sich alles ganz schnell. Sie und Ben schienen unzertrennlich. Ein paar Monate später war sie schwanger und konsequenterweise kam auch gleich der Heiratsantrag von Ben. Sie schwebte im siebten Himmel.

Seltsamerweise war dies die einzige Zeit, in der Mutter und Tochter einander näherkamen. Ben war das Bindeglied zwischen ihnen. Beide Frauen waren gleichermaßen entzückt von ihm. Er las ihnen jeden Wunsch von den Augen ab, Mutter wie Tochter. Er verstand es, wie man das Herz einer Unternehmertochter eroberte und gleichzeitig das der Firmenchefin und sich so die Firma einverleibte. Er war unersättlich. Und sie waren ihm beide aufgesessen.

Viele Anzeichen gab es, die Jessica hätten warnen müssen. Das Allerdeutlichste war die Tatsache, dass ihre Mutter vom ersten Moment an von Ben begeistert gewesen war. Aber auch sein extrem perfektes Äußeres hätte sie abschrecken müssen, eine Nase, nicht zu kurz, nicht zu lang, nicht gekrümmt, einfach genauso, wie sie sein sollte; Augen in Eisblau, in einer Farbe, die man selten sah, unergründlich wie ein klarer Bergsee. Seine Frisur war stets perfekt gestylt; die Kleidung tadellos. Er sagte einmal, er sei bestimmt ein Nachkomme von Cary Grant, von dem man sagte, dass er nie anders als tadellos fotografiert wurde.

Ben hatte etwas Glamouröses an sich, obwohl oder vielleicht auch gerade, weil er aus bescheidenen Verhältnissen stammte. Viel später, als sie bereits verheiratet waren, erfuhr sie, dass er in einem Wohnwagen aufgewachsen war, zusammen mit seiner Mutter und mehreren Halbbrüdern. Nicht, dass diese Offenbarung sie störte, aber sie erklärte unter Umständen, warum er so versessen darauf war, Firmenchef zu werden und in einer riesigen Villa zu leben. Kurz nach der Hochzeit sollte Jessica erfahren, dass

Ben nur aus diesem Grund um sie geworben hatte. Liebe war nicht im Spiel gewesen.

»Schau mich an. Ich hab's geschafft,« sagte er am Tag nach der Hochzeit mit Siegerpose. Über Nacht verwandelte er sich vom vollkommenen Gentleman zum egoistischen Monster. Während der Flitterwochen bereits trank er jeden Abend Unmengen an Alkohol. Er wurde überheblich und grob und zeigte ihr seine hässliche Seite, die er bisher sorgfältig vor ihr verborgen hatte, nun auf geradezu brutale Weise und mit einem gewissen Stolz, der Jessica irritierte.

Wenn sie in seine hellblauen Augen sah, sah sie nur die Eiseskälte, obwohl es immer noch dieselben Augen waren, in die sie sich ein paar Monate zuvor verliebt hatte.

'Wie ist es möglich, dass ein Mensch sich derart verstellen kann?' dachte sie. Sie erkannte ihn nicht wieder.

Nach Tonys Geburt zeigte Ben keinerlei Interesse an seiner Tochter. Manchmal schien es Jessica, als müsse sie ihn an Tonys Existenz erinnern.

Als ihre Tochter zwei wurde, bewarb Jessica sich bei der Star Tribune, der hiesigen Tageszeitung, und bekam einen Job als Reporterin im Bereich Lokales.

Dies war nicht das, was sie sich erträumt hatte, aber sie wusste, dass sie sich ihre Position erarbeiten musste, und sie war bereit dazu.

Nach vier Jahren des Verfassens von Artikeln über kulturelle und sportliche Veranstaltungen setzte ihr Chef sie dann endlich auf eine Sache an, die ihm von einem Mitarbeiter eines benachbarten Wasserwerks zugespielt worden war.

Es hieß, in dieser Region sei das Grundwasser mit PFC belastet, und zwar in besorgniserregender Höhe.

Sie wusste, was PFC war, weil dieser Stoff auch bei der Verarbeitung von Papier verwendet wurde, nämlich zum Beispiel beim Recyceln von Altpapier zu Pizzakartons und Coffee-to-go-Bechern.

Auch wenn sie sich nicht für die Firma ihrer Eltern interessierte, so konnte sie sich doch nie ganz den Gesprächen bei Tisch entziehen.

Und gerade in jüngster Vergangenheit war es einige Male um diese Substanzen gegangen; insbesondere wie kostspielig die Entsorgung sei.

Jessica hatte bei Tisch auch von einem Fall in Chartersville gehört, bei dem ein Rechtsanwalt Bauern vertreten hatte, die durch die Entsorgung von PFC auf einem naheliegenden Grundstück gesundheitlich geschädigt worden waren. Normalerweise vertrat die Kanzlei, in der dieser Rechtsanwalt beschäftigt war, Firmen, die wegen irgendwelcher Umweltdelikte verklagt wurden. Dass er zur Gegenseite übergewechselt war, hatte Ben richtiggehend wütend gemacht. Alleine schon deshalb war Jessica damals hellhörig geworden und hatte den Fall gegoogelt.

Daher wusste sie ganz genau, was PFC war: Hochgiftige Fluor-Kohlenstoffverbindungen, die als die stabilsten Verbindungen in der organischen Chemie galten. Sie bauten sich in tausend Jahren nicht ab. Einmal im Grundwasser, waren sie dort kaum noch herauslösbar.

Und jetzt ging es wieder darum. Sie spürte ihre Aufregung und hoffte, dass ihr Chef davon nichts mitbekam.

Ein bisschen wunderte sie sich sogar darüber, dass er ihr die Sache übertrug, anstatt den Fall selbst zu übernehmen, wie er es normalerweise bei besonders brisanten Themen zu tun pflegte.

Schnell wischte sie jedoch alle Bedenken beiseite. Schließlich hatte sie ganze vier Jahre auf solch eine Chance gewartet. Mit Elan stürzte sie sich auf den Fall.

Hätte sie damals gewusst, wie sehr sie persönlich in die Sache verwickelt war, hätte sie diesen Enthusiasmus sicher nicht an den Tag gelegt. Vielleicht hätte sie sogar, ohne weiter nachzudenken, eine Übernahme des Falles abgelehnt.

Sie las sich in die Akte ein, die ihr Chef ihr gegeben hatte. Zuoberst lag eine mehrseitige handgeschriebene Notiz, aus der hervorging, dass ein paar Wochen zuvor beim Wasserwerk einer Gemeinde, die rund zwanzig Kilometer von Cannon Falls entfernt war, Hinweise eingegangen waren, wonach mit dem Trinkwasser irgendetwas nicht stimmte. Der Mitarbeiter des Wasserwerks, von dem die Notiz stammte, wollte ungenannt bleiben. Er fürchtete berufliche Konsequenzen, weil man in der Chefetage das Ganze unter den Tisch fallen lassen wolle. Das könne er aber mit seinem Gewissen nicht vereinbaren.

Er habe damals einen Anruf von einem verzweifelt klingenden jungen Mann erhalten, der gerade Vater eines Jungen mit Missbildungen geworden sei. Unerklärliche Missbildungen. Keine genetisch bedingten. So etwas habe es bisher in dieser Familie nicht gegeben.

Also habe der Anrufer angefangen, zu recherchieren und herausgefunden, dass sein Kind kein Einzelfall war. Die Fälle häuften sich in letzter Zeit gerade in dieser Region. Auffällig sei auch die explosionsartig angestiegene Krebsrate bei Kleinkindern. Und so läge die Vermutung nahe, dass ein Zusammenhang mit der Wasserqualität gegeben sei, weil all diese Fälle im Versorgungsbereich des Wasserwerkes aufgetreten waren.

Der Anrufer habe von PFC gesprochen, weil er bei seinen Recherchen auf den Fall in Chartersville aufmerksam geworden war und dort ähnliche Krankheitsbilder vermehrt aufgetreten waren.

Dieser Fall war dem Mitarbeiter des Wasserwerks ein Begriff. Und ihm war auch bekannt, welche Folgen eine höhere Anreicherung von PFC im Trinkwasser haben kann. Er wusste; dass dies zu einer Beeinträchtigung der Fortpflanzungsfähigkeit führen konnte und zu Störungen im Stoffwechsel, dass das Immunsystem lahmgelegt werden und somit unter anderem die Zahl der Autoimmunerkrankungen ansteigen konnte. Außerdem wurde Krebs begünstigt sowie eine Schädigung des Erbguts, was gegebenenfalls zu Missbildungen von Neugeborenen führte.

Normalerweise werde das Trinkwasser nicht auf PFC untersucht, erwähnte der Mitarbeiter in seiner Notiz.

Es gab einfach zu viele verschiedene dieser chemischen Verbindungen, und nur wenige konnten derzeit zuverlässig analysiert werden. Er führte ein paar prophylaktische Tests durch, obwohl er zu diesem Zeitpunkt noch nicht daran glaubte, dass sich die Befürchtungen des Anrufers bewahrweiten würden.

Als das Analyseergebnis vorlag, sei der Mitarbeiter indes schockiert über die katastrophal hohen Werte gewesen. Der Grenzwert für PFC im Trinkwasser war um ein Vielfaches überschritten, weshalb Schwangere, Stillende und Kleinkinder das Wasser nach Möglichkeit nicht mehr hätten trinken sollen.

Da er sich die hohen Werte nicht erklären konnte, habe er begonnen, zu recherchieren. Vorerst habe er seine Informationen noch für sich behalten und die Chefetage erst einmal nicht informiert.

Ihm sei klar gewesen, dass das PFC nicht auf natürliche Weise ins Grundwasser gelangt sein könne, da es in der Natur nicht vorkommt. Menschliches Handeln musste also dazu geführt haben.

PFC ist wasserlöslich. Entweder war es von jemandem in einen Fluss geleitet worden oder auf irgend eine andere Weise - über den Boden oder die Luft - ins Grundwasser gelangt.

Er prüfte alle Zuleitungen, über die Schadstoffe in die das Grundwasser speisenden Flüsse hätten gelangen können. Doch hier wurde er nicht fündig.

An dieser Stelle der Notiz begann Jessica sich zu fragen, warum der Mitarbeiter des Wasserwerkes sich nicht an die für seinen Bereich zuständige Zeitung gewandt hatte.

Sie schaute sich das Versorgungsgebiet des Wasserwerks an, das sie auf einer vom Mitarbeiter mitgelieferten Karte einsehen konnte.

Es wurde von einem Fluss versorgt, der nicht mit Cannon Falls in Verbindung stand.

Vielleicht hatte er die Information ja breit streuen wollen. Oder vielleicht hatte die zuständige Tageszeitung kein Interesse gezeigt. War das denkbar?

Jessica las weiter.

Der Mitarbeiter habe den Fall in Chartersville im Internet genauer recherchiert, weil er hoffte, hilfreiche Hinweise für diesen Fall zu finden.

In den achtziger Jahren hatte eine Firma in Chartersville, West Virginia einem Farmer ein Grundstück abgekauft, um es heimlich als Sonderdeponie für Giftschlämme aus PFC zu nutzen. Als Anfang der neunziger Jahre dem Nachbarfarmer die Kühe reihenweise wegstarben, vermuteten die betroffenen Bauern sofort einen Zusammenhang mit diesem Grundstück, denn die Todesfälle begannen kurz nach der Umzäunung des Gebietes. Einer der Bauern wandte sich an einen Rechtsanwalt, der normalerweise die Gegenseite vertrat, der aber einen emotionalen Bezug zu dieser Gegend hatte. Und genau dieser Bezug veranlasste ihn, den Fall zu übernehmen.

Jessica erinnerte sich wieder an die heiße Diskussion bei Tisch, als es um den Fall in Chartersville gegangen war.

Ben hatte das Thema aufgebracht. Jessica war damals aufgefallen, wie schroff ihre Mutter auf einmal geworden war. Fast schon aggressiv.

Beim Recyceln von Altpapier blieben mehrere Millionen Tonnen PFC-haltiger Papierschlämme zurück, die hoch giftig war und als Sondermüll entsorgt werden musste. Das war eine kostspielige Angelegenheit.

Ben hatte eifrig versucht, mit ihrer Mutter kostengünstigere Möglichkeiten zu diskutieren. Dabei hatte Jessicas Mutter sich über seine - ihrer Meinung nach - kriminellen Ideen aufgeregt. Zum ersten Mal waren die beiden wie zwei tollwütige Hunde aneinander hochgegangen.

»Willst Du das Gleiche erleben wie die in Chartersville?« hatte ihre Mutter geschrien.

»Warum lässt dieser Winkeladvokat auch nicht locker,« hatte Ben gesagt. »Sonst wäre es nie so weit für die Firma gekommen.«

Und das hatte Jessicas Neugier geweckt. Sie hatte nach Tisch sofort im Internet recherchiert. Und das, was sie herausgefunden hatte, hatte ihr die Nackenhaare aufgestellt.

Beim Gedanken an dieses Gespräch spürte Jessica ein ungutes Gefühl in der Magengegend.

'So weit ist Ben doch hoffentlich nicht gegangen, oder?' dachte sie. Sie las weiter.

In der Notiz stand, dass der Mitarbeiter des Wasserwerks schließlich zu der Vermutung kam, dass Papierschlämme die Ursache sein könnte. Also schaute er, wo es papierverarbeitende oder -herstellende Betriebe gab und wurde im zwanzig Kilometer entfernt liegenden Cannon Falls schnell fündig. Nur, wie sollte man das nachweisen.

Jessica wurde übel.

'Deshalb habe ich den Fall zur Bearbeitung bekommen,' dachte sie.

Was sollte sie nur tun? Sie konnte unmöglich an dieser Sache dran bleiben. Aber die Augen verschließen konnte sie auch nicht. Sie hatte selbst eine Tochter und das letzte, was sie wollte, war eine solche Gesundheitsgefährdung für ihr Kind. Außerdem war sie Journalistin und hatte diesen Beruf nicht gewählt, um sich beim ersten Problem aus der Affäre zu ziehen. Und sie wusste doch noch gar nicht, ob an dem Verdacht des Wasserwerkmitarbeiters etwas dran war.

Sie zwang sich zur Ruhe und las weiter.

Der Vater des missgebildeten Kindes, der vom Mitarbeiter des Wasserwerkes über dessen Recherchen in Kenntnis gesetzt worden war, hatte sofort einen Brief an die Firma von Jessicas Eltern gesandt.

Darin äußerte er den Verdacht, dass die Papierschlämme auf irgend eine illegale Art und Weise in den Wasserkreislauf seiner Gemeinde gelangt sein müsse.

Der Firmenanwalt von Jessicas Eltern drohte dem jungen Vater eine Verleumdungsklage an, sollte er mit seinen Mutmaßungen fortfahren.

Die Korrespondenz des Mannes mit der Firma von Jessicas Eltern und deren Anwalt befand sich in der Akte.

Normalerweise hätte Jessica jeden Gedanken daran, dass er mit seinen Anschuldigungen Recht haben könnte, von sich geschoben.

'Ausgeschlossen,' hätte sie gedacht. 'So etwas macht Mom nicht.'

Doch das Tischgespräch und das Wissen um Bens Einfluss auf ihre Mutter konnte sie nicht so einfach wegwischen. Sie traute Ben solch ein korruptes Handeln ohne weiteres zu.

Was nur tat sie jetzt am besten? Sollte sie ihren Chef bitten, den Fall selbst zu übernehmen, auch wenn dies deutlich machte, dass sie von der Schuld der Eltern überzeugt war?

Sollte sie die Mutter zur Rede stellen? Oder Ben?

Würden die ihr die Wahrheit sagen? Und wenn ja, was sollte sie dann damit anfangen? Sie konnte doch nicht die eigene Mutter verraten. Aber die Augen verschließen konnte sie auch nicht. Und außerdem musste sie sicherstellen, dass - falls die Firma der Eltern tatsächlich in den Skandal verwickelt war -, die Einbringung der Gifte ins Grundwasser in Zukunft unterblieb, auch wenn der Schaden nicht revidierbar war.

Sie traf die Mutter zuhause an. Kurz war sie überrascht, dann aber überwog die Erleichterung über die Aussicht, die Mutter alleine zu erwischen. Sie wollte unter allen Umständen vermeiden, dass Ben etwas von dem Gespräch mitbekam und gewarnt war. Während der Woche kam er abends selten vor acht nach Hause.

Als Jessica ihre Mutter mit ihren Vermutungen konfrontierte, wurde diese urplötzlich grau wie ein Fels.

Jessica dachte: 'Sie sieht aus wie eine verwelkte Schönheit.' Und irgendetwas an dem Blick der Mutter erzeugte ein Gefühl des Mitleids in ihr. Aber nur kurz.

»Ungeheuerlich, dass Du uns so etwas zutraust,« war Renées Reaktion auf Jessicas Frage.

»Ich erzähle Dir nur von den Vermutungen dieses Vaters. Und ich möchte nur von Dir hören, dass das alles nicht stimmt.«

»Du hast Dich nie für die Firma interessiert. Warum also jetzt?«

»Das beantwortet nicht meine Frage, Mom.«

»Solange ich die Firma geleitet habe, hat es so etwas jedenfalls nicht gegeben. Reicht Dir das?«

»Was soll das heißen, Mom. Du bist ja wohl immer noch die Chefin. Oder etwa nicht?«

»Seit ein paar Wochen nicht mehr. Ben ist der neue Geschäftsführer.«

»Du hast Ben die Leitung übertragen? Hast Du denn noch immer nicht gemerkt, was für ein Mensch er ist? Ich bin wirklich verwundert darüber.«

»Du bist mit diesem Menschen...«, die Mutter machte imaginäre Anführungszeichen in der Luft, »...verheiratet.«

»Ja, als ich ihn geheiratet habe, kannte ich seine wirkliche Natur auch noch nicht. Aber um auf Dich zurückzukommen: Die Firma war Dir immer wichtig. Wichtiger als die Familie. Warum hast Du sie also auf Ben übertragen? Und warum diese Geheimniskrämerei. Ich finde das alles wirklich sehr merkwürdig.«

»Dein Großvater hat die Firma aus dem Nichts erschaffen. Ihm hast Du es zu verdanken, dass Du sorglos aufwachsen konntest. Ich habe Dir immer in Aussicht gestellt, mich später einmal abzulösen. Aber das wolltest Du ja nie. Die Firma hat Dich kein bisschen interessiert. Stattdessen wühlst Du lieber im Morast herum. Ben dagegen tut alles für die Firma. Seit er Geschäftsführer ist, steht die Firma so gut da wie nie zuvor.«

»Ja, gibt Dir das nicht zu denken? Du hast auch zwölf Stunden am Tag gearbeitet. Und Du bist eine gute und knallharte Geschäftsfrau. Wieso läuft die Firma also jetzt so gut? Was denkst Du wohl? Und glaube mir, die Informationen, die ich habe, sind aus einer verlässlichen Quelle. Ich kann Dir nur den einen Rat geben: Kümmere Dich darum. Schaff die Unregelmäßigkeiten aus der Welt. Rede mit Ben. Entlasse ihn von mir aus und übernehm die Verantwortung wieder selbst, bevor es zu spät ist.«

»Gar nichts von alledem werde ich tun,« schrie die Mutter und bebte am ganzen Körper. Dann holte sie kurz Luft, um erschrocken fortzufahren: »Du hast doch noch nicht mit Ben darüber gesprochen?«

»Nein, ich wollte erst von Dir wissen, ob was dran ist, beziehungsweise ob Dir darüber etwas bekannt ist.«

»Da ist nichts dran. Das kannst Du mir glauben. Lass es, auch noch Ben gegen Dich aufzubringen. Ich rate Dir dazu.«

»Das kann ich nicht, Mom. Da Ben jetzt der neue Geschäftsführer ist, muss ich mich wohl oder übel an ihn wenden.«

»Es gibt nichts, NICHTS, hörst Du, was nicht mit rechten Dingen zugeht. Hör auf, rumzustöbern. Sonst kannst Du Deine Koffer packen und verschwinden.«

Musste jemand, der ein reines Gewissen hatte, sich so lautstark verteidigen? Dass hier nicht alles mit rechten Dingen zuging, schien für Jessica nun mehr als sicher.

»Also gibst Du zu, dass es etwas aufzudecken gibt?«

»Kapierst Du es nicht? Da gibt es nichts zu verbergen, absolut nichts,« schrie die Mutter wieder.

'Nie werde ich mein Kind so behandeln wie Mom mich behandelt,' dachte Jessica. 'Nie im Leben.'

»Entweder Du hörst sofort auf, gegen die Firma zu arbeiten oder ich enterbe Dich.«

Sie schien überhaupt nicht bereit, der Sache nachzugehen. Sie vertraute Ben. Das betonte sie mehrmals. Also vertraute sie ihrer Tochter nicht.

Sie benahm sich wie ein ahnungsloser Singvogel, der den Kuckuck aufzog, nachdem der die eigentliche Brut entsorgt hatte. Warum nur merkte sie nicht, dass Ben sie nur ausnutzte, wie er alle Menschen für seine Zwecke nutzte. Wenn er sie wie eine Zitrone ausgepresst hatte, würde er auch sie fallen lassen. Und dann wäre es zu spät.

Als Jessica Ben später in der Firma aufsuchte, hatte sie das Gefühl, dass er bereits wusste, warum sie mit ihm sprechen wollte. Sie sah es an seinem lauernden Blick und sie glaubte, eine gewisse Unsicherheit wahrzunehmen.

Sie kam gleich zur Sache.

Er reagierte auf eine bedrohlich ruhige Art.

»Du glaubst, zu wissen, was Sache ist. Aber nichts weißt Du, Du kleine Journaille. Du denkst, Du bist Mrs. Spürnase, die den ganz Großen auf die Schliche kommt. Größenwahn nennt man so etwas. Du hast absolut keine Ahnung, mit wem Du es zu tun hast. Wie leicht Du Dich blenden lässt, haben wir ja gesehen.«

Er spielte darauf an, dass er sie vor ihrer Hochzeit um den Finger gewickelt hatte. Wie hatte sie nur jemals so blind sein können?

'Gottseidank habe ich ihn inzwischen durchschaut,' dachte sie. Allmählich zwar, Stück für Stück hatte sie sich entliebt. So tat es nicht weh, das ganze Ausmaß seiner Boshaftigkeit zu erfassen.

»Es ist also wahr. Du hast tatsächlich diesen Giftmüll illegal entsorgt? Hab ich's doch gewusst.«

»Gar nichts weißt Du. Alles nur Vermutungen.«

»Ben, ist Dir denn total egal, dass Du die Umwelt damit zerstörst?«

»Mädchen wach auf. Was meinst Du, mit welchen Umweltbelastungen die Welt Tag für Tag zu kämpfen hat. Und Du bist auch beteiligt. Alleine schon, wenn Du Dich ins Auto setzt. Sieh die Welt, wie sie ist und akzeptiere es. Und lass um Gottes Willen das Schnüffeln. Es macht Dich unattraktiv,« sagte er mit heruntergezogenen Mundwinkeln. Und genau dieser Gesichtsausdruck machte ihn in Jessicas Augen unattraktiv.

»Also gibst Du es zu?« bohrte sie weiter.

»Gar nichts gebe ich zu.«

»Dann wird es Dir ja nichts ausmachen, wenn die Behörden sich mal hier umschauen.«

Er schnaubte, dann fing er an: »Jessica, liebst Du Deine Tochter?«

»Was hat Tony denn damit zu tun?«

»Ich frage Dich: Liebst Du Deine Tochter?«

»Natürlich, was soll die Frage?«

»Willst Du sie aufwachsen sehen?«

»Soll das eine Drohung sein?«

»Nein, ich will nur, dass Du die Realität endlich siehst. Wach auf. Konzentrier Dich auf die für Dich wichtigen Dinge. Und lass die Finger von Sachen, die zu hoch für Dich sind.«

»Wenn Du ein reines Gewissen hättest, würdest Du keine Drohungen aussprechen. Dann wärst Du auch nicht so aggressiv. Vermutlich hast Du genau so meine Mutter gezwungen, Dir die Geschäftsleitung zu übertragen.«

»Was denkst Du denn, warum Eurer Unternehmen so gut dasteht? So gut wie nie zuvor? Wem habt Ihr das wohl zu verdanken? Deiner Mutter? Mit Sicherheit nicht. Wenn ich die Leitung nicht übernommen und ein paar Dinge geändert hätte, gäbe es die Firma nicht mehr. Es war fünf vor zwölf. Ach was sag ich: zwei vor zwölf.«

»Womit hast Du meine Mutter dazu gebracht, die Leitung aufzugeben, frage ich mich? Die Firma war immer ihr Ein und Alles.«

»Dieses ganze aristokratische Getue von Deiner Mutter. Glaubte, was Besseres zu sein. Ich dachte erst, sie sei eine harte Nuss. Aber alles nur Fassade. Bald ist sie geknackt und dann gehört mir die Firma ganz. Dann will ich keinen von Euch mehr hier sehen.«

Bei diesen Worten hatte er ein süffisantes Lächeln auf den Lippen. Am liebsten hätte Jessica ihm mitten in seine grinsende, selbstgefällige Visage geschlagen. Nicht, weil die Firma irgend eine Bedeutung für sie gehabt hätte, sondern, weil es sie wütend machte, dass sie auf ihn hereingefallen war.

Er machte ihr deutlich, sollte sie weiterforschen, werde er dafür Sorge tragen, dass sie ihren Job verlor und schlimmer noch, in dieser Branche nie mehr Fuß fassen würde. Die schlimmste Drohung jedoch war die, dass er dafür sorgen würde, dass sie das Sorgerecht für ihre Tochter Tony verlor. Und diese wirkte sofort.

Sie wusste, dass er sie so einzuschüchtern versuchte. Und es gelang ihm auch, weil sie inzwischen erkannt hatte, dass er zu allem fähig war.

Sie hoffte, dass er ihre Verzweiflung nicht bemerkte.

Nach diesem Gespräch schrieb Jessica ihre Kündigung und legte ihrem Chef die Akte auf den Tisch. Zu einem Gespräch fehlte ihr der Mut und die Kraft. Sie wollte es ein anderes Mal nachholen. Doch dazu kam es erst einmal nicht.
Sie brach in den frühen Morgenstunden auf, nur mit zwei Koffern bepackt. Niemand bekam mit, wie sie sich raus schlich. Niemand sah, dass sie in ihren Wagen stiegen. Sie fuhr zum Flughafen, stellte den Wagen dort ab. Sollten sich andere darum kümmern. Ihr war es egal.
Sie hatte sich nie für feige gehalten. Und sie war davon überzeugt gewesen, ihr Mut und ihr Gerechtigkeitssinn seien ihre größten Stärken. Doch wenn sie diese Eigenschaften je besessen haben sollte - sie war sich dessen nicht mehr so sicher - waren sie ihr abhanden gekommen.
Sie versuchte sich selbst damit zu beruhigen, dass sie alles nur zum Schutz ihrer Tochter getan hatte. Tony sollte es immer gut haben. Sie sollte nichts mitbekommen von der Auseinandersetzung mit Ben und mit Mutter. Sie sollte nie erfahren, wie ihr Vater war. Sie sollte auch nicht erfahren, dass die Großmutter aus demselben Holz geschnitzt war.
Aber die Sache hatte und behielt einen faden Beigeschmack. Jessica fühlte sich wie eine Versagerin.
Die Nachricht über den Tod der Eltern erhielt sie zwei Monate nach ihrem Umzug nach New York. Die Eltern waren von der Firma nach Hause gefahren. Renée hatte am Steuer gesessen und war frontal gegen einen Baum gefahren. Es gab keine Bremsspuren. Beide waren sofort tot.
Alles deutete auf Selbstmord hin. Doch das konnte Jessica nicht glauben. Wenn die Mutter eins für sie gewesen war, dann ein sehr starker Mensch. Starke Menschen nahmen sich nicht das Leben.
Hätte ihr Vater hinter dem Steuer gesessen, wäre sie weniger überrascht gewesen, schließlich hatte er mit seinem

Alkoholkonsum in den letzten Jahren seines Lebens Selbstmord auf Raten begangen, fand Jessica.

Doch am ehesten konnte sie sich vorstellen, dass Ben die Finger irgendwie im Spiel gehabt hatte. Und diese Vorstellung jagte ihr immer noch kalte Schauer über den Rücken. Sie wusste, dass Ben zu allem fähig war.

Er hatte alles haben wollen. Nun hatte er es, außer das Elternhaus. Das hatte ihr Vater kurz vor seinem Tod auf Jessica überschrieben, kurz nachdem sie nach New York gegangen war.

Bei der Testamentseröffnung erfuhr Jessica, dass ihre Eltern Ben die Firma kurz vor ihrem Tod übertragen hatten.

Beim Landeanflug auf New York merkte Jessica, dass sie zitterte. Sie hatte unbewusst die ganze Zeit ihre Muskeln angespannt.

Dies war das erste Mal, dass sie die Erinnerungen an Ben und ihre Mutter zugelassen hatte.

Die Tatsache, dass sie sich von Ben hatte einschüchtern lassen, geflohen war und nicht für ihren Job gekämpft hatte, aber vor allem nicht für Wahrheit und Gerechtigkeit, die ihr beide immer wichtig gewesen waren, nagte an ihr.

'Es wird Zeit, sich der Vergangenheit zu stellen,' dachte sie. 'damit die Dämonen ihre Macht verlieren.'

Gleich am nächsten Tag würde sie sich ein Bild darüber machen, was in der Presse über den Skandal berichtet worden war und über den Tod der Eltern, denn auch davor hatte sie bewusst die Augen verschlossen. Und dann würde sie ihren damaligen Chef anrufen.

7. Kapitel

Es war bereits später Nachmittag, als die Cessna einen sanften Kreis über den Ellbogen des Cape Cod drehte. Josh konnte den Leuchtturm von Little Pleasant Bay sehen und ein ungeahntes Heimatgefühl übermannte ihn. Er sah ein paar Kutter in der Bucht, deren Scheiben die Sonne reflektierten. Sie flogen jetzt so tief, dass er sogar ein paar Robben auf einer vorgelagerten Sandbank ausmachen konnte.

Sein Vater hatte ihm versprochen, ihn vom Flughafen abzuholen. Josh konnte es kaum erwarten, ihn zu sehen. Er war fast ein halbes Jahr unterwegs gewesen.

'Viel zu lange,' dachte er jetzt.

Zwei Wochen waren seit Emilys Beerdigung vergangen. Josh wäre gerne dabei gewesen, alleine schon, weil er wusste, wie schwer der Verlust der besten Freundin für den Vater war. Doch zu dieser Zeit hatte er sich gerade mitten auf dem östlichen Pazifik befunden.

Er hatte sich im Laufe seines Berufslebens ebenso wie die meisten seiner Kollegen auf ein Gebiet spezialisiert. Bei ihm war es das Sozialverhalten der Buckelwale. Vor den Hawaii-Inseln fanden sich alljährlich in den ersten Monaten des Jahres Tausende dieser Spezies zur Paarung und Aufzucht der Jungtiere ein. Josh und seine Kollegen hatten die Tiere während dieser Zeit intensiv beobachtet und ihre Gesänge bei den Paarungsritualen aufgezeichnet, um aussagekräftige Informationen über das Sozialverhalten dieser Wale in ihren Fortpflanzungsgebieten zu gewinnen.

Als er von Emilys Tod erfahren hatte, war an eine sofortige Unterbrechung seiner Arbeit nicht zu denken gewesen, gerade jetzt, wo die Wale Gruppe für Gruppe aufbrachen, um die nördlichen Fressplätze in der Arktis aufzusuchen. Er hatte bleiben müssen, bis der letzte Wal sich auf den

Weg gemacht hatte. Das Forschungsschiff hatte die Verfolgung der Wale auf ihrem langen Weg aufgenommen, dieses Mal ohne Josh. Er war nach Hause geflogen.

Nachdem er sein Gepäck entgegengenommen hatte und die kleine Halle betrat, schaute er sich nach seinem Vater um. Er sah ihn in der Nähe des Eingangs stehen, in ein Gespräch mit einem Herrn vertieft. Bei näherem Hinschauen erkannte Josh Walter Earnshaw, den Gatten von Theodora Earnshaw. Walter war alteingesessener Bürger der Gemeinde und Direktor der ansässigen Bank. Seine Vorfahren hatten sich vor ewigen Zeiten am Cape angesiedelt und die National Cape Cod Bank gegründet. Sie wurde seit Generationen an die Nachkommen weitergegeben.

Als er näher herankam, fiel Josh auf, dass sein Vater sehr klapprig geworden war, seit sie sich das letzte Mal gesehen hatten. Emilys Tod musste ihm noch mehr zugesetzt haben, als Josh angenommen hatte. Ein Gefühl der Trauer gemischt mit Mitleid für seinen Vater überkam ihn, wusste er doch, wie sehr dieser Emily geliebt hatte, auch wenn er das nie zugegeben hätte.

»Hi, Dad.«

Er legte seinem Vater zur Begrüßung die Hand auf die Schulter und wandte sich dann Walter zu.

»Hallo Mr. Earnshaw. Was treibt Sie zum Flughafen? Sie sind doch sicher nicht wegen mir gekommen.«

»Nein, natürlich nicht. Auch wenn Du fast so etwas wie ein Sohn für mich bist. Allison kommt heute aus dem Urlaub zurück. Sie hat ihr Studium in Harvard beendet. Zur bestandenen Prüfung habe ich ihr eine Europareise spendiert.«

Auf das Vater-Sohn-Getue ging Josh nicht weiter ein. Er war zwar mit Allison befreundet, doch war Walter Earnshaw in den Jahren, in denen sie sich kannten – es waren bereits zwei Jahrzehnte – stets sehr kühl mit ihm umgegangen. Es war diese Art snobistischer Zurückhaltung, die in seinen Kreisen Menschen gegenüber üblich war, die einer tieferen sozialen Schicht angehörten. Und in

Walters Augen traf dies wohl auf die meisten Bewohner Chathams zu.

»Was? Ist die Zeit schon 'rum?« fragte Josh. »Das ging ja wirklich schnell. Wann landet ihre Maschine?«

»Jeden Moment.«

»Ich würde sie gerne noch begrüßen. Sag Dad, hast Du noch so viel Zeit?«

»Natürlich, ich habe mir für den Rest des Tages freigenommen, weil ich dachte, dass Du bestimmt viel zu erzählen hast.«

»Nicht nur das. Ich würde gerne mit Dir Emilys Grab besuchen. Hast Du ihre Nichte kennen gelernt?«

Josh fiel auf, das sich Adams Gesichtszüge entspannten, als das Gespräch auf Emilys Nichte kam.

»Ja, Jessica Freeman ist zur Beerdigung gekommen. Sie ist eine ganz reizende Person und hat große Ähnlichkeit mit Emily.«

»Ich hätte sie gerne kennengelernt«, meinte Josh. »Wird sie noch mal herkommen?«

»Sehr bald sogar. Und dann wird sie Verstärkung mitbringen in Gestalt ihrer siebenjährigen Tochter. Nächste Woche hat sie Urlaub und den will sie in Emilys Haus verbringen.«

»Theodora hat mir von ihr erzählt«, mischte Walter Earnshaw sich in die Unterhaltung ein. »Sie sagte, Emilys Nichte hat erst nach deren Tod von ihrer Existenz erfahren?«

»Das stimmt. Emily und ihre Schwester, Jessicas Mutter, hatten aus mir unbekannten Gründen keinen Kontakt mehr zueinander. Und das wohl schon ziemlich lange. Jessicas Mutter hat ihrer Tochter gegenüber nie erwähnt, dass sie eine Schwester hatte. Inzwischen sind Jessicas Eltern verstorben.«

»Wenn man die Existenz eines anderen Menschen derart verdrängt, dann muss wohl etwas Schlimmes vorgefallen sein, meint ihr nicht?« fragte Walter und schaute dabei vom Vater zum Sohn. Er hatte die Augen zu Schlitzen verengt.

Das was er sagte, wäre aus dem Munde einer anderen Person nichts Schlimmes gewesen, aber Walter Earnshaw hatte, verdammt noch mal, wie Josh dachte, nicht das Recht, in irgendeiner Weise über Emily zu urteilen.

Sein Vater schien über Walters Äußerung ebenfalls verärgert zu sein. Ein bitterer Zug bildete sich um dessen Mundwinkel.

Walter war Geschäftsmann durch und durch und hatte nichts anderes im Sinn, als sein bereits beträchtliches Vermögen weiter zu mehren. Seine Frau Theodora hatte aufgrund ihrer Freundschaft zu Emily von Zeit zu Zeit einen Scheck über eine größere Summe an die Organisation zum Schutz der Wale gespendet, die Emily zusammen mit Bart Nickerson gegründet hatte. Walter hatte das zwar geduldet, da von Menschen in seiner Position so etwas erwartet wurde. Er hatte aber bei jeder Gelegenheit betont, dass Theodora mit ihrer Spende das Geld buchstäblich zum Fenster hinaus warf. Josh schluckte seinen gegen Walter aufkommenden Groll hinunter und wechselte das Thema.

»Was wird Allison hier am Cape Cod mit ihrem Studium anfangen?«

Eine Antwort erhielt er nicht mehr, da Allison die Halle betrat. Walter winkte ihr zu. Als sie die Gruppe erkannte, lenkte sie den Gepäckwagen in ihre Richtung. Bei ihnen angekommen, ließ sie ihn achtlos stehen, fiel Josh um den Hals und gab ihm einen Kuss auf die Wange.

»Das ist der schönste Empfang, den ich mir vorstellen kann«, rief sie aus. »Auch wenn ich finde, Du hättest dieses Gestrüpp mir zuliebe entsorgen können.« Sie griff Josh in den Bart, der ihm zusammen mit den inzwischen schulterlangen Haaren ein verwegenes Aussehen gab.

»Und was ist mit mir, gnädiges Fräulein?« lachte ihr Vater und setzte einen gespielt grimmigen Blick auf. »Da kommt man den weiten Weg, um seine Tochter abzuholen und sie würdigt ihren Vater keines Blickes, nur weil ein gutaussehender, junger Mann neben ihm steht. Ist das gerecht?«

»Entschuldige, liebster aller Väter,« sie schlang ihre Arme um ihn und küsste ihn, »aber Dich sehe ich zukünftig jeden Tag.«

Josh betrachtete sie eingehend, als sie mit ihrem Vater sprach. Er fand, sie war schöner denn je, falls das überhaupt möglich war. Die langen dunklen Haare fielen glatt auf ihren Rücken. Ihr Gesicht war ebenmäßig und die blasse glatte Haut bildete einen edlen Kontrast zu den Haaren und den blauen Augen. Es war einfach alles an ihr makellos. Sie hätte große Chancen gehabt, einen Job als Fotomodell zu bekommen, zumal sie auch das notwendige Selbstbewusstsein besaß und wusste, wie man sich bewegen musste, um die Blicke der Männer auf sich zu ziehen.

Wer sie gut kannte, wusste, dass unter ihrem blassen, makellosen Teint ein Vulkan brodelte. Das Temperament hatte sie von ihrem Vater geerbt. Ständig war sie auf der Suche nach neuen Abenteuern. Sie war so ganz anderes als ihre tugendhafte und gläubige Mutter.

Josh mochte Allison sehr, auf diese Großer-Bruder-kleine-Schwester-Art.

Als er sie das letzte Mal gesehen hatte, hatte sie ihm ihre Liebe gestanden. Er hoffte, dass sie inzwischen andere Männer kennengelernt hatte und über ihre jugendliche Schwärmerei für ihn hinweg war.

Sie war in seinen Augen ein verwöhntes High-Society-Girl, das immer alles bekam, was es haben wollte. Wenn sie es hatte, wurde es in rasender Geschwindigkeit uninteressant für sie. Ihm war aber auch bewusst, dass seine Abweisung ihn unter Umständen nur interessanter für sie machte.

Josh kannte diese Art Mensch zur Genüge. Schließlich war er am Cape aufgewachsen. Hier fanden sich jeden Sommer zahllose betuchte und meist auch einflussreiche Amerikaner ein und feierten ihre Champagnerparties auf riesigen Yachten und in ihren Feriendomizilen mit parkähnlichen Gärten.

'So jemanden sollte Allison sich angeln. Dann wäre sie unter Ihresgleichen,' dachte er.

»Josh, bist Du gekommen, um mich abzuholen oder reist Du ab?« fragte sie mit einem Blick auf sein Gepäck.

»Weder noch. Ich bin eben erst angekommen und werde vorerst hier bleiben.«

»Schön, dann können wir uns in Zukunft wieder häufiger sehen. Wie wäre es, wenn wir schnellstmöglich damit anfangen und gemeinsam essen gehen.«

»Das ist eine gute Idee. Ich rufe Dich an. Dann können wir etwas ausmachen«, entgegnete Josh.

»Aber rasiere Dich vorher und gehe zum Friseur.«

Die Gruppe setzte sich in Richtung Ausgang in Bewegung. Draußen angekommen, verabschiedeten sie sich voneinander. Josh und Adam fuhren nach Hause.

«Allison ist eine schöne Frau geworden,« meinte Adam im Wagen.

»Ja, das habe ich auch gedacht, als ich sie eben sah. Ich mag sie sehr, ihre Energie und diesen Tatendrang. Aber sie kann auch ganz schön anstrengend sein. Ich glaube, immer könnte ich sie nicht um mich haben.«

»Sie Dich dafür umso mehr.«

»Wie meinst Du das?«

»Na, ist Dir nicht aufgefallen, wie sehr Du ihr gefällst? Und das nicht erst seit gestern. Für Allison bist Du schon lange mehr als nur ein guter Freund. Ihre Blicke, die sie Dir eben zugeworfen hat, sprachen Bände. Kaum tauchst Du auf, schon vergisst sie die Welt um sich.«

»Du übertreibst. Allison ist mit mir befreundet, seit sie laufen kann. Ich war immer wie ein großer Bruder für sie, nicht mehr und nicht weniger. Außerdem haben wir uns in den letzten drei Jahren so gut wie nie gesehen. Während ihres Studiums in Boston wird sie nette Jungs in ihrem Alter kennengelernt haben. Vielleicht hat sie auch einen festen Freund. Ach, was mutmaße ich. Ich bin mir sicher, mit ihrem Aussehen und ihrem Selbstbewusstsein hat sie an jedem Finger einen Verehrer gehabt.«

»Du magst Recht haben. Aber wenn Du für Allison nur freundschaftliche Gefühle hegst, dann solltest Du vorsichtig sein und ihr keine Hoffnung machen. Mein Gefühl sagt mir, sie liebt Dich.«

»Vorsicht kann ja nicht schaden. Ich werde Deinen Rat beherzigen. Bist Du nun zufrieden?« Josh grinste seinen Vater breit an.

»Fürs Erste ja. Aber wirklich zufrieden bin ich erst, wenn Du mir die Frau Deines Herzens präsentierst oder besser noch, meinen ersten Enkel.«

»Da kannst Du aber lange warten«, lachte Josh.

»Wenn Du Dich monatelang am Ende der Welt herumtreibst, dann kann das ja auch nichts werden. Spaß beiseite. Ich komme langsam in das Alter, wo man Angst hat, dass man die Großvaterfreuden nicht mehr erlebt. Erst setze ich einen Sohn in die Welt, der mein Geschäft nicht weiterführen will. Und dann schafft dieser es noch nicht einmal, eine Frau für die Produktion meines Enkels zu finden.«

»Es ist schwer, eine Frau zu finden, die akzeptiert, dass ich monatelang unterwegs bin.«

»Das glaube ich gerne. Du sollst aber auch keine Frau finden, die das akzeptiert, sondern eine, die Dich dazu bringt, hier zu bleiben.«

»Die muss erst noch geboren werden. Die Arbeit mit den Walen ist mir viel zu wichtig. Bisher hat es noch keine Frau geschafft, mich derart zu begeistern, dass ich nichts anderes mehr im Sinn hatte, als mit ihr zusammen sein zu wollen.«

»Du hast eben noch nicht die Richtige getroffen.«

Den Rest der Fahrt sprachen sie nicht mehr. Josh dachte über die Worte seines Vaters nach. So kannte er ihn gar nicht. Bisher hatte sein Vater ihm niemals das Gefühl gegeben, mit seiner Berufswahl und seinen vielen Reisen nicht einverstanden zu sein. Er hatte ihn auch nie gedrängt, zu heiraten. Auch wenn seine Worte leichthin und mit einem Lachen gesagt worden waren, so vermutete Josh doch, dass der Wunsch seines Vaters nach einem Familienleben und Enkelkindern mit dem Tod von Emily enorm gewachsen war.

Als Josh, zu Hause angekommen, seine Koffer ausgepackt und geduscht hatte, fuhren Vater und Sohn zum Friedhof. Frische rote Rosen standen auf Emilys Grab.

Erst als sie wieder im Wagen saßen und Josh ein starkes Hungergefühl überfiel, wurde ihm bewusst, dass er seit dem Frühstück nichts mehr gegessen hatte. Also fuhren sie zum Fisher's House, ihrer beider Lieblingsrestaurant. Es dauerte einige Zeit, bis sie einen Tisch zugewiesen bekamen, da das Restaurant bei den Einheimischen für seine vorzüglichen Fischgerichte bekannt war. Dies hatte unter den Touristen, die jedes Jahr herkamen, inzwischen die Runde gemacht. Josh entschied sich für eine Fischplatte nach Art des Hauses und Adam wie immer für gegrillte Scampis.

Endlich fanden sie Zeit, über die Ereignisse der letzten Monate seit Joshs Abreise zu sprechen. Josh wollte alles über Emilys Krankheitsverlauf und ihren Tod erfahren, auch wenn er wusste, dass es seinen Vater schmerzte, darüber zu reden. Kurz bevor Emily von ihrem Arzt erfahren hatte, dass sie Krebs hatte und dass Metastasen ihren Körper bereits in Besitz genommen hatten, war Josh in den Pazifik aufgebrochen. Er und sein Vater hatten während dieser Zeit zwar in Kontakt gestanden, jedoch waren die Kommunikationsmöglichkeiten eher begrenzt gewesen.

»Es ist alles sehr schnell gegangen. In gewisser Weise bin ich jedoch froh, dass es so schnell mit ihr zu Ende ging. Die letzten Wochen hat Martha bei ihr gewohnt, um immer sofort bei ihr sein zu können, wenn sie Hilfe brauchte. Nachts war es wohl besonders schlimm. Dann hat sie keine Luft bekommen. Sie hat zwar nicht allzu starke Schmerzen gehabt, weil sie hoch dosierte Schmerzmittel erhalten hat. Aber die Erstickungsanfälle waren schlimm genug. Trotzdem hat sie nie gejammert. Im Gegenteil, sie hat sogar noch versucht, uns aufzurichten, wenn sie das Gefühl hatte, dass wir mit der Situation nicht mehr fertig wurden.«

»Typisch Emily. Nur nicht klagen und die Zähne zusammenbeißen.«

»Ja, so war sie. Das habe ich besonders bewundert an ihr. Sie war so geduldig und so mutig. Aber dadurch, dass sie sich nie beschwerte und so wenig von sich preisgab, war sie auch immer irgendwie unnahbar«, meinte Adam mehr zu sich selbst. Er zog die Augenbrauen zusammen und starrte vor sich hin, als er fort fuhr: »Mir wird erst jetzt wirklich klar, dass ich sie gar nicht so gut kannte, wie ich immer dachte. Und das tut weh. Alleine diese Geschichte mit ihrer Nichte, die so viele Fragen offen lässt. Wir alle waren stets so begeistert von ihrer Offenheit und nun stelle ich fest, dass ich von ihrem früheren Leben überhaupt nichts weiß.«

»Warum hast Du sie nicht danach gefragt, als sie Dir von ihrer Nichte erzählt hat?«

»Ich weiß es nicht. Irgendetwas hat mich davon abgehalten. Und dann war ich viel zu sehr damit beschäftigt, ihr die letzte ihr verbleibende Zeit so angenehm wie möglich zu machen, dass ich dieses Thema wohl erst einmal verdrängt habe.«

Inzwischen kam die Serviererin mit dem Essen. Josh nahm den ersten Bissen in den Mund. Es schmeckte wie immer köstlich.

»Das gute Essen habe ich vermisst«, sagte er.

»Das glaube ich Dir gern. Wer hat denn dieses Mal an Bord gekocht?«

»Jeff. Und er ist ein miserabler Koch, wie Du weißt, auch wenn er anderer Meinung ist. Aber ich war ja nicht auf einer Kreuzfahrt. Da muss man gewisse Unannehmlichkeiten in Kauf nehmen.«

Nach dem Essen zahlten sie zügig, da bereits die nächsten Gäste auf einen freien Tisch warteten. Sie fuhren heim.

Zuhause angekommen, nahm Adam zwei Dosen Bier aus dem Kühlschrank und folgte seinem Sohn auf die Veranda.

Sie setzten sich nebeneinander auf die Holzbank, öffneten ihre Bierdosen und nahmen gleichzeitig einen ersten

Schluck. Einige Zeit sagte keiner der beiden etwas. Josh lauschte den Geräuschen der gerade eingebrochenen Nacht; dem Zirpen der Grillen, dem Rauschen der nahen Brandung und dem fernen Ruf eines Käuzchens.

»So sehr es mich auch in die Ferne zieht, so gerne bin ich anschließend wieder zu Hause und genieße es, mit Dir abends hier draußen zu sitzen.«

»Das freut mich, mein Sohn. Ich bin ehrlich gesagt froh, dass Du wieder da bist. Ohne Dich und Emily ist mein Leben nicht einmal mehr halb so viel wert. Ich bin ganz schön einsam.«

Sorgenvoll sah Josh seinen Vater an. Jetzt im fahlen Licht des Mondes wirkte dessen Gesicht noch eingefallener als am Nachmittag im Flughafen. Das matte Licht zauberte zudem tiefe Schatten unter dessen Augen. Josh machte sich ernsthafte Sorgen um ihn.

»Für die nächsten Monate werde ich hier bleiben.«

»Ich möchte nicht, dass Du meinetwegen bleibst, Josh. Vergess das Gerede von eben einfach. Ich habe Dich zu einem unabhängigen und selbstständigen Menschen erzogen. Und das sollst Du auch bleiben. Ich komme sehr gut alleine zurecht. Wenn Du nur von Zeit zu Zeit nach Hause kommst und mir von Deinen Abenteuern berichtest, reicht mir das.«

Josh wusste, dass Adam ihn niemals bedrängen würde. Deshalb versuchte er ihn damit zu beruhigen, dass seine Absichten rein beruflicher Natur waren.

»Dad, es gibt auch hier in der Gegend genug für mich zu tun. Gerade jetzt tummeln sich die Wale nur so in der Stellwagen Bank. Warum also immer in die Ferne schweifen. Außerdem möchte ich da sein, wenn Emilys Nichte noch mal herkommt.«

»Ja. Jessica.« Josh sah den warmen Glanz in den Augen seines Vaters, als er ihren Namen aussprach.

»Sie muss schon eine tolle Person sein. Jedes Mal wenn ihr Name fällt, strahlst Du mit der Sonne um die Wette.«

»Ja, das ist sie. Du wirst schon sehen.«

8. Kapitel

Es war nicht schwierig gewesen, Tony von der Idee zu überzeugen, den Sommerurlaub auf Cape Cod zu verbringen. Als Jessica beschrieb, wie toll die Lage des Hauses war und dass man von dort aus das Meer sehen konnte, war ihre Tochter nicht mehr zu bremsen gewesen.

»Gibt es dort Seehunde?« wollte sie wissen.

»Ich habe zwar keine gesehen, aber ich denke schon, dass es dort welche gibt. Ich war ja auch nur kurz am Strand.«

»Nur kurz? Wo der Strand so nah war? Das gibt es doch gar nicht.« Energisch schüttelte Tony den Kopf.

Manchmal war sie wirklich ganz schön altklug für ihr Alter, fand Jessica.

Gleich am Tag nach ihrem Rückkehr vom Cape hatte sie die in den Onlineausgaben der Star Tribune nach Artikeln über den Skandal durchforstet, den sie damals an ihren Chef zurückgegeben hatte. Sie fand nur ein paar Zeilen, sehr vage ausformuliert und an einer Stelle der Zeitung platziert, wo diese Nachricht mit Sicherheit nicht die Aufmerksamkeit der Leser geweckt hatte. Zum Unfall ihrer Eltern fand sie auch nichts, was sie nicht schon wusste. Sie setzte sich mit dem Polizeirevier in Verbindung, das damals den Unfall aufgenommen hatte. Aber auch dort konnte man ihr nichts weiter sagen. Es hatte keine Manipulation der Bremsen gegeben, keinerlei Fremdeinwirkung, und man konnte sich nach wie vor nicht erklären, warum ihre Mutter von der Straße abgekommen war. Das Resümee der Beamten lautete: Selbstmord.

Jessica rief auch ihren früheren Chef an und vereinbarte einen Termin mit ihm. Ihr Treffen würde nach ihrer Rückkehr vom Cape stattfinden. Sie war schon jetzt sehr gespannt, zu erfahren, warum sie in der Zeitung nichts über den Skandal finden konnte.

Jessica hatte sich entschlossen, mit einem Mietwagen nach Chatham zu fahren, da sie im Urlaub gerne ungebunden war. Ein eigenes Auto besaß sie nicht. Das New Yorker Verkehrsnetz war so gut ausgebaut und die Parkplätze derart rar, dass ein Auto überflüssig war.

Ein paar Tage vor ihrer Abreise hatte Jessica Adam angerufen, um ihm den genauen Tag ihrer Ankunft mitzuteilen. Er hatte versprochen, Martha zu informieren, damit sie das Haus für ihren Aufenthalt vorbereitete. Sie vereinbarten, dass Jessica am Nachmittag ihrer Ankunft in seiner Bootswerft vorbeischaute. Während des Gesprächs hatte sie eine gewisse Freude aus seiner Stimme herausgehört. Auch wenn sie ihre Tante nie kennengelernt hatte, so entschädigte die Bekanntschaft mit Adam und Martha sie ein kleines Bisschen dafür. Diese beiden Menschen waren ihr mit ihrer Freundlichkeit und Aufrichtigkeit in der kurzen Zeit, die sie sie kannte, bereits ans Herz gewachsen.

Cynthia war über die Aussicht, dass Jessica nun doch nicht zu ihr kam, weniger begeistert gewesen.

Von New York bis Chatham waren es gerade einmal zweihundertsiebzig Meilen. Jessica wählte die Küstenroute, vorbei an New Haven und Providence. Von dort ging es in südöstlicher Richtung über New Bedford weiter. Die Strecke war kurvenreich und führte die meiste Zeit durch Wälder und vorbei an verschlafenen kleinen Ortschaften. Die Zeit schien hier still gestanden zu haben.

Da Jessica ihre Ankunft erst für den späten Nachmittag angekündigt hatte, konnten sie sich genügend Zeit lassen. In New Bedford, wohl einem der größten Walfanghäfen des 19. Jahrhunderts, machten sie eine längere Pause, schlenderten durch den Waterfront-Distrikt, der vollständig renoviert worden war und von Touristen nur so wimmelte, und aßen fangfrischen Fisch in einem kleinen Fischrestaurant. Große Patrizierhäuser mit riesigen Parks und Gärten ließen den Reichtum erahnen, den die Bewohner der Stadt bis zur Entdeckung der ersten Ölquellen Mitte des 19. Jahrhunderts durch den Walfang erzielt hatten. Das kostbare Walöl war bis dahin in Öllampen verwendet worden. Da es beim Verbrennen angenehm roch und kaum rußte, war es unter den Reichen sehr begehrt gewesen. Ärmere Familien hatten es sich aufgrund des hohen Preises nicht leisten können. Auch jetzt lebte die Stadt noch vom Meer. Die Ausflugsdampfer hatten die Fischer nicht verdrängen können. Die Bemühungen der Bürger, etwas von der ehemaligen Blütezeit dieser Stadt zurückzugewinnen, waren überall spürbar. Kopfsteinpflaster und alte Laternen im Stadtkern buhlten gegen die Spröde der Industrie in den Außenbezirken.

Jessica fand Emilys Haus auf Anhieb wieder. Als sie in die Einfahrt einbog und den Motor abstellte, öffnete sich die Tür und Martha kam heraus geeilt.
Sie breitete die Arme aus, während sie auf die beiden zulief. Liebevoll nahm sie Jessica in die Arme und drückte sie. Dann beugte sie sich zu Tony hinab.
»Du bist also die junge Dame, von der Deine Mutter schon so viel erzählt hat.«
Tony, die Fremden gegenüber selten Scheu zeigte, lachte Martha an und meinte: »Was hat sie denn erzählt?«
»Na, dass Du später mal einen Beruf ergreifen willst, der mit Tieren zu tun hat, zum Beispiel.«
»Das stimmt.«
Tony nickte ernsthaft. Dann erzählte sie Martha von ihren Erlebnissen während der Fahrt. Ihre Wangen glühten vor Eifer. Liebevoll nahm Jessica es zur Kenntnis. Sie freute sich über die Herzlichkeit, mit der Martha ihr und ihrer Tochter begegnete. Es gab ihr das Gefühl, nach Hause zu kommen, obwohl sie noch nicht viel von der Gegend gesehen hatte.
Als sie ausgepackt und Tony das Haus und den Garten eingehend inspiziert hatte, fuhren sie zu Adams Bootswerft im Hafen. Martha machte sich auf den Weg nach Hause.
Da Adam den Weg sehr präzise beschrieben hatte, fanden sie die Werft sofort. Allerdings war die Parkplatzsuche

problematischer. Der Ort war jetzt zur Hauptreisezeit geradezu von Touristen überschwemmt. Und der Hafen zog besonders nachmittags viele Besucher an, wenn die Fischer ihre Fänge von ihren kleinen Fischkuttern luden. Seemöwen kreisten kreischend über dem Hafengelände und versuchten, Reste der ausgeholten Fische zu ergattern. Nach einigen erfolglosen Runden fanden sie schließlich einen Parkplatz unweit der Werft. Das Gelände lag direkt am Wasser mit einem eigenen Bootsanlegesteg. Es befanden sich zwei Holzgebäude auf dem Grundstück, die in roter Farbe gestrichen waren. Bei dem größeren der beiden Gebäude handelte es sich um eine Werfthalle, wie sich später herausstellte. Die beiden Rolltore auf der Hafenseite waren geöffnet. In der Halle befanden sich zwei unfertige Yachten, an denen gearbeitet wurde. Sobald sie das Werftgelände betrat, hielt Jessica Ausschau nach Adam. Er war jedoch weit und breit nicht zu sehen.

»Kann ich Ihnen behilflich sein?« fragte ein Arbeiter, der gerade dabei war, ein vor der Werfthalle aufgebocktes Boot mit schwarzer Bitumenfarbe zu streichen und ihren suchenden Blick bemerkt hatte.

»Ja, ich suche Mr. McMasters.«

»Adam ist dort drüben in seinem Büro.« Er zeigte auf das kleinere Gebäude rechter Hand. »Warten Sie, ich melde Sie an. Wie ist Ihr Name?«

»Ich bin Jessica Freeman. Mr. McMasters erwartet mich.«

Nachdem Adams Angestellter sie angekündigt hatte, dauerte es nicht lange, bis sich die Tür zu Adams Büro öffnete und dieser, ähnlich wie Martha zuvor, herausgestürmt kam.

»Jessica, welche Freude.«

Er reichte ihr die Hand und hielt sie lange in seiner, während er ihr tief in die Augen schaute. Jessica wurde ganz verlegen. Dann wandte er sich Tony zu.

»Und Du bist also Tony. Nach dem, was Deine Mutter mir von Dir erzählt hat, habe ich es gar nicht abwarten können, Dich kennen zu lernen.«

Tony grinste ihn an.

»Baust Du solche Boote?«

»Früher ja. Jetzt halte ich mich meist an dem Papierkram fest, der reinkommt. Für die Arbeit an den Booten habe ich meine Angestellten.«

Er wandte sich wieder Jessica zu.

»Und, war es schwer, Tony zu überzeugen, hier den Urlaub zu verbringen?«

»Überhaupt nicht. Als sie erfahren hat, dass der Ort direkt am Meer liegt und dass sie einen Meeresbiologen kennen lernen wird, war sie gleich begeistert.«

»Josh ist seit ein paar Tagen wieder zu Hause. Er kann es kaum erwarten, Sie endlich kennen zu lernen. Hätten Sie und Tony Lust, morgen Abend zu uns zum Essen zu kommen?«

»Ich möchte Ihnen keine Umstände machen.«

»Das machen Sie nicht. Ich koche gerne in meiner Freizeit. Und außerdem gibt es nichts Besonderes. Was es gibt, verrate ich jedoch noch nicht. Lassen Sie sich überraschen.« Er beugte sich zu Tony hinunter: »Und was ist mit Dir? Magst Du morgen zu mir zum Essen kommen?«

»Ist der Walforscher auch da?«

»Natürlich. Josh wird auch da sein.«

»Gut, dann komme ich.«

Adam zwinkerte Jessica zu und beide fingen herzhaft an zu lachen.

»Das ist meine Tochter, wie sie leibt und lebt. Sie geht keine Kompromisse ein. Wenn Sie gesagt hätten, dass Josh nicht da sein wird, hätte sie Ihnen glatt einen Korb gegeben. Also abgemacht: Wir kommen. Aber nur, wenn wir uns für die Einladung mit einer Gegeneinladung in Emilys Haus revanchieren dürfen.«

»Abgemacht. Übrigens, gut dass Sie davon sprechen. Ich habe mit Peter Riley gesprochen. Sie wissen schon: der Notar. Der Termin für die Testamentseröffnung ist am Freitagmorgen um elf Uhr in seiner Kanzlei. Ich hoffe, das passt Ihnen?«

»Das ist kein Problem. Immerhin habe ich Urlaub. Und wir haben uns noch keine Gedanken darüber gemacht, was wir in den nächsten beiden Wochen machen werden. Ich weiß nur nicht, wo ich Tony während des Notartermins lassen soll.«

»Ich frage Martha, ob sie auf Tony aufpassen kann. Wenn sie Zeit hat, wird sie das sicher gerne tun.«

»Ja, und bei ihr ist Tony bestens aufgehoben. Martha hat uns eben einen so herzlichen Empfang bereitet, dass mir ganz warm ums Herz geworden ist.«

»Typisch Martha. Aber sie ist nicht bei jedem so. Immerhin sind Sie ja auch eine ganz reizende Person.«

Jessica errötete. »Genug der Komplimente. Ich glaube, es ist besser, wir gehen jetzt.« Sie lachte verlegen und warf ihre Haare über die Schulter.

»Also, dann sehen wir uns morgen. Und bringen Sie einen guten Appetit mit.«

Sie ließ den Wagen auf dem Parkplatz stehen und ging mit Tony zu Fuß in die Stadt, weil sie noch ein paar Kleinigkeiten für den Abend und ein Geschenk für Adam besorgen wollte.

Das Ortszentrum war ganz auf Tourismus eingestellt. Nette kleine Antiquitäten- und Souvenirläden wechselten sich mit Boutiquen ab. Außerdem fand man Bücherläden sowie zahlreiche Cafés und Restaurants. Die Attraktivität dieses Ortes schien bei Touristen bekannt zu sein, denn eine gutgelaunte Menschenmenge promenierte auf der Hauptstraße. Jessica und Tony schlenderten im Strom der Touristen an den Auslagen der Läden vorbei.

Es gab so viel zu sehen, dass Jessica sie zu spät bemerkte. Theodora Earnshaw, die Jessica auf dem Beerdigungskaffee kennengelernt hatte, kam ihr entgegen. Sie hatte Jessica bereits erkannt und strebte zielstrebig auf sie zu. Wie beim ersten Mal trug Theodora exklusive, dezente Kleidung. 'Wahrscheinlich aus einer der teuren Boutiquen des Ortes,' dachte Jessica. Alles an ihr strahlte Luxus aus.

»Hallo Mrs. Freeman. So ein Zufall. Ich habe nicht damit gerechnet, sie noch einmal zu sehen. Was führt Sie zu uns?« Die hochnäsige Art, mit der sie das sagte, machte Jessica wütend. 'Was bildete sie sich nur ein.' Aber Jessica hatte nicht vor, sich von ihr provozieren zu lassen. Sie atmete einmal tief durch und reagierte gelassen.

»Oh, wir verbringen unseren Urlaub hier. Das ist meine Tochter Tony.«

»Guten Tag«, begrüßte Theodora Jessicas Tochter steif und wandte sich sofort wieder Jessica zu.

Tony schien nicht sonderlich begeistert von ihr, brachte ein kurzes 'Hallo' hervor und ging wieder zu den Auslagen zurück. Diese Missachtung ihrer Person löste bei Theodora das übliche Anheben der rechten Augenbraue aus, dass Jessica in der kurzen Zeit, seit sie sie kannte, schon häufiger beobachtet hatte.

Sie war in Begleitung einer jungen, sehr schönen Frau, die Jessica fragend und neugierig zugleich musterte. Bisher hatte Theodora versäumt, sie vorzustellen. Jessica schätzte sie auf Mitte zwanzig. Auch ihre Kleidung wirkte teuer und elegant, jedoch eher auffällig. Sie schien zu wissen, dass sie gut aussah und unterstrich dies, indem sie sich figurbetont kleidete. Außerdem war sie perfekt geschminkt, für Jessicas Geschmack jedoch etwas zu stark. Auch ihre Haltung strahlte Selbstbewusstsein und Eleganz aus und zog sicher unweigerlich die Blicke der männlichen Bevölkerung auf sich.

»Ach, darf ich Ihnen meine Tochter Allison vorstellen?«

Die junge Schönheit streckte Jessica ihre Hand entgegen. Ihr Händedruck war schlaff.

»Allison ist gerade aus Übersee zurückgekehrt. Sie hat ihr Studium mit Bravour abgeschlossen und dafür von uns eine Europareise geschenkt bekommen«, klärte Theodora Jessica auf.

»Interessant.« Zu Allison gewandt wollte Jessica wissen: »Und was haben Sie studiert?«

»Jura.«

»Dann werden Sie sicherlich nur vorübergehend hier bleiben?«

Als sie Allisons fragenden Blick gewahrte, fügte sie hinzu:

»Na, hier gibt es sicher nicht so viele Möglichkeiten für eine Juristin.«

»Das mag für viele so stimmen, nicht aber für mich. Ich werde hier bleiben und in der Rechtsabteilung der Bank meines Vaters arbeiten.«

Jessica hörte den Stolz heraus.

»Dann ist Ihre Zukunft ja gesichert.«

»Ja, das kann man wohl sagen.«

Theodora schaute auf die Uhr.

»Ich würde ja gerne einen Kaffee mit Ihnen trinken, aber ich fürchte, wir müssen das auf ein anderes Mal verschieben. Allison ist heute Abend mit Adam McMasters Sohn Josh zum Essen verabredet. Wir suchen nun nach einem geeigneten Kleid für diesen Anlass. Sie glauben ja nicht, wie schwer das in einem solchen Provinznest ist. Da sind Sie in New York ja Besseres gewöhnt.«

»Na, dafür hat Cape Cod andere Attraktionen zu bieten. Alles kann man nun mal nicht haben. Übrigens, Adams Sohn werde ich morgen auch kennen lernen. Wir sind nämlich bei den McMasters zum Abendessen eingeladen.«

»Wenn er Zeit hat und nicht gerade arbeiten muss. Sie müssen wissen, Josh ist mit seinem Beruf verheiratet. Ihn interessieren nur die Wale. Allison ist die Einzige, die es schafft, ihn ab und zu von seiner Arbeit wegzureißen. Die beiden sind von klein an unzertrennlich. Jetzt wo Allison wieder da ist, wird sie sich wieder verstärkt um ihn kümmern, damit er auch mal unter Menschen kommt und nicht zum Einsiedler wird.«

»Komisch, so hat Adam ihn mir gar nicht geschildert.«

»Adam ist ja schließlich auch sein Vater und Eltern sehen ihre Kinder, wie Sie ja sicher aus eigener Erfahrung wissen, mit anderen Augen als der Rest der Welt.«

»Wir werden sehen. Morgen Abend werde ich mir mein eigenes Bild von ihm machen können. Ich möchte Sie jetzt aber wirklich nicht länger aufhalten. Außerdem müssen wir auch noch ein paar Besorgungen machen.«

»Wie lange bleiben Sie denn?«

»Zwei Wochen.«

»Dann werden wir uns sicher noch öfter über den Weg laufen«, meinte Theodora zum Abschied.

'Hoffentlich nicht', dachte Jessica. Doch sie sagte es nicht. Stattdessen wünschte sie den beiden noch viel Erfolg beim Einkauf.

»Woher kennst Du diese Frau?« wollte Tony wissen, als die beiden außer Hörweite waren.

Jessica erzählte ihr von ihrer ersten Begegnung in Emilys Haus.

»Und das war eine Freundin von Emily?«

Tony verzog das Gesicht, als ob sie in eine saure Zitrone gebissen hätte.

»Sie mag Kinder nicht. Ich hoffe, Tante Emily war nicht so.«

»Wie kommst Du darauf, dass sie Kinder nicht mag?« wollte Jessica wissen.

»Weil sie mich nicht angesehen hat, als sie mir die Hand gab. Aber ich kann sie auch nicht leiden.«

Dann wandten sie sich wieder den Geschäften zu. Sie fanden schnell, wonach sie gesucht hatten und machten sich auf den Heimweg.

9. Kapitel

Josh verließ das Institut früher als üblich, da er um acht mit Allison verabredet war und sich noch umziehen musste. Gleich am Tag nach ihrem Zusammentreffen im Flughafen hatte Allison sich bei ihm gemeldet, um einen Termin für ein gemeinsames Abendessen festzumachen. Sie suchte das Restaurant aus, ein neues Szene-Restaurant, das Josh noch nicht kannte.

Ihr zuliebe war er zum Friseur gegangen und hatte sich sogar durchgerungen, seinen Bart abzurasieren, auch wenn er sich jetzt seltsam nackt fühlte.

Kurz vor acht bog er in die Einfahrt zur Villa der Earnshaws ein und staunte, wie jedes Mal, wenn er herkam, über den Reichtum dieser Leute. Die Villa im Georgian Style war Ende des achtzehnten Jahrhunderts erbaut worden und befand sich seit Urzeiten im Familienbesitz. Vor einigen Jahren hatte Walter Earnshaw sie komplett renovieren lassen. Das Haus lag in einer riesigen, gepflegten Parkanlage mit altem Baumbestand. Mehrere Gärtner waren ganzjährig damit beschäftigt, die Anlage in tadellosem Zustand zu halten. Die Rasenflächen waren trotz des fortgeschrittenen Sommers grün und kurz geschnitten. Kein Löwenzahnblättchen oder gar Moos störte die Gleichförmigkeit der Rasendecke. riesige Azaleen und Rhododendronbüsche, die sicher ein Vermögen wert waren, ließen die Gartenanlage wie einen englischen Park erscheinen. Den Abschluss bildete eine ebenfalls ordentlich geschnittene Ligusterhecke.

Josh parkte den Wagen direkt vor dem Haus, stieg aus und ging zum imposanten Eingang des Gebäudes. Das mit weißen Holzschindeln verkleidete Haus war, wie für diesen Stil typisch, vollkommen symmetrisch gebaut. Der Portikus über dem Eingang befand sich im Zentrum des Gebäudes und stellte optisch die Mittelachse dar. Rechts

111

und links davon sorgten jeweils zwei große Sprossenfenster dafür, dass trotz der großen Ahorn- und Lindenbäume, die um das Gebäude herum gepflanzt waren, genügend Licht ins Innere strömen konnte. An den Fenstern befanden sich in dunkelstem Grün gefärbte Fensterläden. Das abgeflachte graue Dach trug zwei Kamine, die ebenfalls symmetrisch angeordnet waren.

Noch bevor Josh klingeln konnte, wurde ihm von Jack, dem Butler, geöffnet.

»Hallo Jack, schön Sie zu sehen.«

»Hallo, Mr. McMasters. Sie waren lange nicht hier. Dachte schon, das Meer hätte sie verschluckt«, entgegnete Jack mit breitem Grinsen.

Josh kannte das Haus und insbesondere den Park der Earnshaws in- und auswendig. Es hatte eine Zeit gegeben, in der er jede Gelegenheit genutzt hatte, sein Taschengeld aufzubessern, indem er den Rasen gemäht und auch die eine oder andere Tätigkeit im Park übernommen hatte. Bei seinem ersten Besuch, er erinnerte sich genau, war Allison noch ein Baby gewesen, das gerade zu laufen begonnen hatte. Emily, die damals bereits mit Theodora Earnshaw befreundet gewesen war, hatte ihn mitgenommen. Vom ersten Moment an war Allison dem damals zwölfjährigen Josh auf Schritt und Tritt gefolgt, sobald sie ihn erblickte. Doch das hatte ihn nicht gestört. Er mochte sie und behandelte sie wie eine kleine Schwester.

»Miss Allison ist noch nicht ganz fertig, aber sie wird jeden Moment herunterkommen. Würden Sie mir bitte solange in die Bibliothek folgen? Mr. Earnshaw ist dort und würde Sie gerne begrüßen.«

Jack schloss die Haustüre und ging Josh voran zur Bibliothek.

Als sie den Raum betraten, erhob Walter Earnshaw sich aus seinem bequemen Ledersessel und ging Josh entgegen.

Der große Raum mit den hohen Decken war an drei Wänden mit Regalen aus dunklem Mahagoniholz ausgestattet, die bis zur Decke reichten und mit teuren Büchern und

Buchbänden gefüllt waren. Freie Stellen gab es nicht. Eine fahrbare Leiter, ebenfalls aus edlem Mahagoniholz war an eines der Regale angelehnt. Lediglich an einer Stelle hatten die Regalreihen einem Kamin aus dunklem Marmor Platz machen müssen. An der noch verbleibenden, bücherfreien Zimmerseite befanden sich zwei hohe Strebenfenster, die einen Blick auf den gepflegten Park gestatteten.

»Hallo Josh«, Walter ergriff Joshs Hand und drückte sie fest.

»Du führst meine kleine Allison also heute aus. Seit Tagen denkt sie an nichts anderes mehr.«

»Na, Du übertreibst«, entgegnete Josh. »Sie ist ja kein Backfisch mehr. In Harvard wird sie schon einige nette Jungs kennen gelernt haben.«

»Ich glaube, die sind ihr alle zu jung und unerfahren gewesen. Aber lassen wir das. Wir wissen beide nur zu gut, dass meine Tochter ihren eigenen Kopf hat. Sag Josh: Die Sache mit Emily hat Deinen Vater ganz schön mitgenommen, oder? Er hat mir neulich im Flughafen gar nicht gefallen.«

»Ja, das Gefühl habe ich auch. Es wird Zeit, dass ich mich ein wenig um ihn kümmere. Deshalb werde ich in nächster Zeit keine längeren Reisen unternehmen.«

»Das ist sehr vernünftig. Was sagt Adam dazu?«

»Ich habe ihm nicht gesagt, dass ich seinetwegen hier bleibe. Das würde er nicht wollen. Aber es gibt tatsächlich genügend Projekte hier am Cape, in die ich einsteigen kann.«

In diesem Moment wurde die Tür geöffnet und Allison kam herein.

Sie trug ein schwarzes, fast bodenlanges Chiffonkleid mit tief ausgeschnittenem Dekolleté und Spaghettiträgern. Das Kleid war an der linken Seite tief geschlitzt. Ihre langen Haare hatte sie kunstvoll hochgesteckt. Sie sah einfach fantastisch aus, fand Josh. Für einen Moment fehlten ihm die Worte, was Allison keinesfalls zu entgehen schien. Als er sich wieder gefangen hatte, besann er sich auf seine Manieren.

»Meine Güte, Du bist während Deiner Studienzeit ja zu einer schönen Frau herangereift. Wahrscheinlich konntest Du Dich in Harvard vor Verehrern nicht retten.«

Gleichzeitig fragte er sich, wann Allison wohl ihre erste Schönheitsoperation haben würde. Er musste an das süße kleine Mädchen denken, dass sie gewesen war, als er sie kenngelernt hatte. Doch wenn er jetzt daran dachte, wurde ihm bewusst, dass sie damals bereits nichts ohne Berechnung getan hatte. Ihr Lächeln, ihre Art, mit Erwachsenen zu reden alles war darauf ausgerichtet gewesen, zu gefallen.

»Dass Dir das endlich auch auffällt. Damit habe ich schon gar nicht mehr gerechnet.«

»Na, ich sehe Dich eben mit anderen Augen als Deine Studienkollegen es tun.«

»Mit welchen Augen denn?« fragte Allison. Sie zog dabei fragend die rechte Augenbraue hoch und erinnerte Josh in diesem Moment an Theodora.

»Mit brüderlichen natürlich.« Josh schmunzelte, als er das sagte. »Immerhin war ich früher so etwas wie ein großer Bruder für Dich.«

Diese Worte schienen Allison nicht zu gefallen. Zwischen ihren schönen dunklen Augen bildete sich eine tiefe Unmutsfalte.

»Na, wenigstens hast Du in der Vergangenheit gesprochen. Können wir nun los?«

»Aber selbstverständlich, ungeduldiges Fohlen. Einen schönen Abend noch, Walter.«

»Den wünsche ich Euch beiden auch. Und streitet nicht so viel«, meinte Walter Earnshaw lachend mit Blick auf seine Tochter.

Allison hielt ihrem Vater das Gesicht hin. Er küsste sie auf die Stirn. Dann drehte Allison sich graziös um und wandte sich dem Ausgang zu, wobei sie Joshs Schulter wie unabsichtlich streifte. Der süße Duft ihres Parfums stieg ihm in

114

die Nase. Erst jetzt gewahrte er, dass das Kleid, das Allison trug, im Rücken sündhaft tief ausgeschnitten war.

'Sie setzt wirklich alle Mittel ein, um mir zu gefallen', dachte er.

Allisons Geschmack hatte sich während ihrer Abwesenheit nicht verschlechtert. Von außen wirkte das Restaurant zwar eher unscheinbar. Das Gebäude zählte zu den ältesten Häusern der Gemeinde. Es war aus rotem Backstein und erst kürzlich renoviert worden. Von innen verhieß es Luxus von seiner reinsten Sorte. Als sie eintraten, wurden sie vom Herrn des Hauses persönlich begrüßt. Allison kannte ihn. Er führte sie zu einem Tisch in einer Nische, der für sie reserviert war. Josh bemerkte die intensiven Blicke der Männer an benachbarten Tischen, als Allison an ihnen vorbei schritt, so als befände sie sich gerade auf dem Laufsteg. Ihr Gang war Selbstbewusstsein und Erotik pur. Josh verspürte für einen Moment so etwas wie Stolz, was ihn irritierte.

Sie bestellten einen Aperitif und widmeten sich dann der Speisenkarte. Die Wahl fiel nicht leicht, da alles irgendwie verheißungsvoll klang und Josh inzwischen großen Hunger verspürte, so dass er am liebsten einmal die Speisenkarte hinauf und wieder hinunter bestellt hätte. Schließlich ließen sie sich vom Kellner beraten und bestellten beide das Chef-Menü, das aus fünf Gängen bestand, die beim Lesen bereits Joshs Appetit anregten. Auf das Dessert verzichtete Allison mit dem Hinweis, sie müsse auf ihre Figur achten. Josh quittierte diese Bemerkung mit dem Heraufziehen der linken Augenbraue.

Während sie auf den ersten Gang des Menüs warteten, erzählte Allison von ihren beruflichen Plänen. Sie hatte großes Glück, einen einflussreichen Vater zu haben, so war für ihre berufliche Zukunft gesorgt.

»Deinen Schilderungen zufolge, bist Du froh, wieder zuhause zu sein«, unterbrach Josh ihren Redeschwall.

»Und ob ich froh bin. Ich konnte es kaum abwarten, nach Hause zu kommen. Jetzt habe ich auch wieder mehr Zeit für Dich, vorausgesetzt, Du jagst nicht wieder Wale am anderen Ende der Welt.«

Zärtlich berührte sie seine Hände über den Tisch hinweg und schaute ihm tief in die Augen.

'Vater hatte Recht', schoss es Josh durch den Kopf. Obwohl er normalerweise nicht auf den Mund gefallen war, fühlte er sich durch ihre direkten Annäherungsversuche verunsichert. Vorsichtig, so dass sie nicht beleidigt sein konnte, entzog er ihr seine Hände und suchte krampfhaft nach einem anderen Thema. Als sie seine Reaktion bemerkte, glitt ein Schatten über ihr Gesicht. Ihre Lippen wurden kurzzeitig zu schmalen Strichen.

Allisons Verstimmung wurde durch den Kellner unterbrochen, der den ersten Gang servierte. Es war eine Suppe, die köstlich schmeckte. Als ihre Teller leer waren, lächelte Allison ihn schon wieder an und fragte:

»Na, hab' ich zu viel versprochen?«

Josh erwiderte ihr Lächeln.

»Du hattest schon immer eine Nase für die guten Dinge des Lebens. Die Suppe ist schon mal hervorragend.«

Sie fragte ihn über seine letzte Reise aus. Doch auch wenn sie ihm viele Fragen stellte, konnte er sich des Eindrucks nicht erwehren, dass diese Dinge sie im Grunde nicht interessierten. Zumal sie die erste Gelegenheit nutzte, das Gespräch wieder auf andere Dinge zu lenken.

»Hast Du mich wenigstens ein bisschen vermisst, als Du für so lange Zeit nur unter Männern im Pazifischen Ozean gekreuzt bist?«

»Um ehrlich zu sein, hatte ich gar keine Zeit, Dich zu vermissen.«

»Na klar. Wie gut, dass keine Frau dabei war. Dann brauche ich mir wenigstens keine Sorgen zu machen, Du könntest mir untreu werden.«

»Die brauchst Du Dir sowieso nicht zu machen. Denn, wenn ich mich richtig erinnere, sind wir kein Paar. Und überhaupt: Seit wann interessieren Dich meine Frauengeschichten?«

Als er dies sagte, verengten sich seine Augen und er schaute sie eindringlich an. Sein intensiver Blick schien sie zu verunsichern. Dies war etwas, das Josh an ihr noch nicht kannte. Allison verfügte normalerweise über ein erstaunliches Selbstbewusstsein. Er hatte schon angenommen, dass es nichts gab, das sie aus der Bahn werfen konnte. Doch jetzt wich sie seinem Blick aus und schaute errötend nach unten.

Er nutzte ihre plötzliche Schwäche aus und fuhr fort: »Allison, wir sind nun schon so lange befreundet und haben schon einiges miteinander erlebt. Ich habe Dir Deine Windeln gewechselt, als Du noch ein Baby warst, hab' Dich getröstet, wenn Du hingefallen bist. Du hast Dich bei mir ausgeweint, als Du Deinen ersten Liebeskummer hattest.«

»Das stimmt nicht«, unterbrach sie ihn brüsk.

»Meinen ersten Liebeskummer hatte ich wegen Dir, als Du eine Affäre mit Nancy hattest. Damit bin ich nicht zu Dir gekommen.«

»Wer zum Teufel ist Nancy?«

Josh zog die Augenbrauen hoch und löcherte Allison regelrecht mit seinem Blick. »Ich kenne keine Nancy.«

Während er noch darüber nachgrübelte, wen Allison wohl meinen könnte, fuhr sie fort.

»Nancy war eine Klassenkameradin von mir. Wir waren damals siebzehn. Es hat mich umgehauen, zu erfahren, dass Du mit dieser dummen Ziege herumknutschst, während ich vor Sehnsucht nach Dir verging.«

Immer noch ungläubig starrte Josh sie an.

»Es tut mir leid, Allison, aber irgendwie stehe ich auf dem Schlauch. Ich kenne Deine Klassenkameradin Nancy nicht. Und Du glaubst doch nicht etwa, dass ich in meinem Alter mit einer siebzehnjährigen Göre herumgeflirtet, geschweige denn geknutscht hätte.«

»Nancy hat damals vor all meinen Freundinnen damit herumgeprahlt, dass sie mit Dir zusammen sei. Dabei wusste sie genau, wie viel Du mir damals schon bedeutet hast.«

Nun war es an Allison, mit dem Grübeln anzufangen.

»Nun wird mir einiges klar. Sie hat das nur getan, um mich vor den anderen zu demütigen. Dieses Biest.«

Josh atmete erleichtert auf. Das war geklärt. Doch wichtiger war, Allison verständlich zu machen, dass ihm an mehr als reiner Freundschaft bei ihr nicht gelegen war.

»Josh, ich bin so erleichtert, dass zwischen Euch nichts war.«

Wieder beugte sie sich weit vor und griff nach seinen Händen. Ihr Parfüm, das den Raum bereits wie ein unsichtbarer Nebel eingehüllt zu haben schien, raubte ihm nun schier die Sinne.

'Typisch Allison', dachte er. 'Sie muss immer übertreiben. Selbst beim Auftragen des Parfums.'

Er ließ sich auf seinem Sitz nach hinten fallen, gerade so, dass das Gefühl der Enge nachließ, sie jedoch nicht beleidigt sein konnte.

»Allison, ich glaube, ich war eben nicht deutlich genug. Unsere Freundschaft bedeutet mir sehr viel und ich möchte sie auf keinen Fall aufs Spiel setzen, schon gar nicht, indem ich mit Dir eine alberne Affäre anfange.«

»Eine alberne Affäre nennst Du das?«

Sie war so laut geworden, dass die Leute an den Nachbartischen aufmerksam wurden. Josh fühlte sich sichtlich unwohl. Es war keine gute Idee gewesen, in einem Restaurant die Fronten zwischen sich und Allison klären zu wollen. Doch jetzt war es zu spät. Er war bereits in die Falle getappt.

Mit leiser und eindringlicher Stimme fuhr er fort.

»Es tut mir leid, dass ich mich nicht richtig ausgedrückt habe. Natürlich wärst Du niemals eine Affäre für mich. Aber ich weiß auch, dass eine Beziehung zwischen uns nicht funktionieren würde. Ich bin einfach nicht der Richtige für Dich. Du wünschst Dir einen Partner, den Du irgendwann heiratest, um mit ihm eine Familie zu gründen. Was Du brauchst, ist ein Mann, der abends nach Hause kommt; nicht so ein Herumtreiber wie ich es bin.«

»Woher weißt Du denn, was ich mir wünsche und was gut für mich ist. Es hat Dich doch bisher auch nicht interessiert«, erwiderte sie bockig.

»Es hat mich schon interessiert. Aber, ich sehe Dich nun mal mit den Augen eines Freundes oder besser noch, mit denen eines großen Bruders.«

Wütend funkelte sie ihn an.

»Lass doch dieses dämliche Große-Bruder-Gequatsche mal sein. Du bist nicht mein großer Bruder. Und außerdem: Jeder Mann, der Augen im Kopf hat, wünscht sich nichts sehnlicher, als mit mir zusammen zu sein. Nur Du scheinst das nicht zu erkennen.«

»Dein Problem ist, dass Du immer haben willst, was Du nicht bekommen kannst. Deine Eltern haben Dir alle Wünsche von den Augen abgelesen. Aber Liebe kann man nicht erzwingen. Und ich liebe Dich nun mal nicht, zumindest nicht so, wie Du es Dir wünschst.«

Im selben Moment, in dem er die Worte aussprach, bereute er sie bereits. Wie konnte er so schonungslos und unsensibel sein. Dabei hatte er gar nicht so schroff sein wollen. Doch sie hatte ihn in die Enge getrieben. Er rechnete schon damit, dass sie aufsprang und das Lokal mit wehenden Fahnen verließ. Doch sie schaute ihn nur an, mit einem Blick voll kalter Wut. In diesem Moment kam der Kellner mit dem zweiten Gang.

Josh war der Appetit vergangen.

Als der Kellner sich diskret zurückgezogen hatte, startete Josh einen weiteren Versuch.

»Allison, versteh' mich nicht falsch. Du bist eine außergewöhnliche Frau, schön und intelligent zugleich. Wahrscheinlich haben Deine Kommilitonen und auch die Professoren Schlange gestanden und auf ein Lächeln von Dir gehofft. Aber ich bin nun einmal nicht so. Mein Beruf bedeutet mir alles. Du kämest erst an zweiter Stelle. Das hast Du einfach nicht verdient.«

Sie lächelte, als er über ihre Chancen während ihrer Studienzeit mutmaßte.

»Ich hatte in der Tat die Auswahl unter den intelligentesten und reichsten jungen Männern in Harvard. Viele von ihnen sahen auch recht passabel aus. Aber sie haben mich schnell gelangweilt. Keiner war so wie Du.«

»Du hast Dich da in was verrannt.«

»Nein, das habe ich nicht. Glaube mir, ich habe wirklich versucht, Dich zu vergessen. Und am Anfang schien mir das auch zu gelingen. Ein Professor hatte ein Auge auf mich geworfen. Er gefiel mir gut und so haben wir uns ein paar Mal getroffen. Aber nach kurzer Zeit ging er mir auf die Nerven mit seiner Besitz ergreifenden Art. Dabei hatte er eine Frau zu Hause sitzen, stell' Dir vor.«

Josh konnte sich gut vorstellen, dass ein Mann, dem Allison Interesse entgegenbrachte, mit allen Mitteln versuchte, sie zu halten. Doch wenn Allison etwas hasste, dann war es Klammern. Sie war wie ein schillernder Vogel, der zu singen aufhörte, wenn man ihn einsperrte. Vielleicht war sie deshalb so auf eine Beziehung zu Josh versessen. Er würde sie nie einengen, liebte er doch selbst seine Freiheit zu sehr.

»Er hat mir sogar einen Heiratsantrag gemacht, obwohl er bereits verheiratet war. Durch Zufall habe ich ihn kurz darauf mit seiner Frau gesehen.«

Dankbar über die Wendung in ihrem Gespräch, nahm Josh ihre lockere Art auf.

»Und? Hattest Du vorher seinen Antrag angenommen?«

»Pah, natürlich nicht. Wie gesagt, wir kannten uns erst kurze Zeit und er ging mir bereits auf die Nerven. Wahrscheinlich hat er das gemerkt und dachte, er könne mich mit einem Heiratsantrag wieder für sich begeistern.«

»Bei uns wäre das auch nicht anders. Wenn ich mich auf Dich einlassen würde, wäre ich schneller Geschichte, als ich Deinen Namen aussprechen könnte.«

»Probier es aus. Du wirst sehen. Wir sind wie füreinander geschaffen.«

»Schlag Dir mich aus dem Kopf. Das haben wir nun hinreichend diskutiert. Wir passen nicht zusammen.«

»Warte es ab, Josh. Ich habe in nächster Zeit genug Gelegenheit, Dich vom Gegenteil zu überzeugen.«

'Ich werde Dir möglichst wenig Gelegenheit dazu geben', dachte Josh bei sich. Er sagte jedoch nur: »Wir werden sehen. Aber lass uns das Thema fürs Erste beenden. Erzähl mir lieber, was Du genau in der Bank Deines Vaters machen wirst.«

10. Kapitel

Es war noch früh am Morgen. Der zunehmende Mond warf sein kaltes Licht auf die spiegelglatte Wasseroberfläche.

Die ersten Fischer waren bereits unterwegs und störten die Ruhe der Meeresbewohner mit ihren höllischen Motorengeräuschen. Noch war der Geräuschpegel, der tagtäglich alleine durch den Boots- und Schiffsverkehr verursacht wurde, erträglich, doch schlimm genug, die beiden Grindwale, die in der Nähe der Boote waren, zum Schweigen zu bringen.

Die beiden hatten sich inzwischen weit von ihrer Familie entfernt, die aus nahezu zwanzig Tieren bestand. Zu Zeiten, wenn Nahrung in Hülle und Fülle vorhanden war, konnten auch gut und gerne fünfhundert Tiere zusammen jagen. Doch diese beiden Tiere schwammen nun alleine, ohne Sicht- und Sonarkontakt zu ihren Artgenossen. Und, was noch schlimmer war: Sie näherten sich unaufhaltsam der für sie gefährlichen Küste.

Zwar schwammen dort nicht selten die dicksten Fische und die größten Schwärme, doch das war nicht der Grund dafür, dass sie sich von ihrer Gruppe entfernten.

Vielleicht versagte auch ihr Echolot, da der Küstenstreifen sehr seicht war und das Echo verfälscht an die beiden zurückgab. Wäre die Küste steil und felsig gewesen, wären ihre Rufe zu ihnen zurückgekehrt wie ein Bumerang, denn Fels vermochten die Klicks, die Wale aussandten, nicht zu durchdringen. Die Tiere erhielten auf diese Weise detaillierte Informationen über eventuelle Hindernisse, über deren Lage und sogar über die Beschaffenheit. Die Echolotung machte die Wale zu Sehenden in der Dunkelheit. An seichten Küstenstreifen jedoch versagte ihre Echoortung, das heißt, ihre ausgesandten Klicks versandeten im wahrsten Sinne des Wortes, was der Wal als Zeichen dafür deutete, dass er sich in tieferem Gewässer befand. Das war für ihn fatal.

Vielleicht war dem etwas jüngeren der beiden Tiere die Gefahr bewusst. Doch auch wenn es so war, so blieb er hinter seinem Kameraden, der zielstrebig auf die Bucht zusteuerte.

Seit Tagen war dies das erste Mal, dass dieser so entschieden wirkte. Denn er hatte sich in letzter Zeit äußerst merkwürdig und für einen Pilotwalen untypisch verhalten. Immer wieder war er vom Kurs, den das Leittier vorgegeben hatte, abgewichen. Sein Bruderwal hatte sich dann jedes Mal an seine Fluke geheftet und war ihm gefolgt; ja hatte auch versucht, dessen Kurs zu korrigieren. Er wusste, wie wichtig es war, bei der Gruppe zu bleiben. Nur sie gab im Notfall Schutz vor Feinden wie dem Killerwal. Ein oder zwei Tiere hatten gegen diese Mörder keine Chance. Wenn Gefahr durch einen Orca drohte, drängten sich normalerweise alle Mitglieder der Schule im Kreis zusammen, die Köpfe zueinander gestreckt und hielten ihrem Feind die Fluken entgegen. Indem sie mit diesen kräftig um sich schlugen, waren sie für den Wal unangreifbar.

Gefressen hatte sein Artgenosse in den letzten Tagen auch kaum noch etwas. Und es lag nicht etwa daran, dass sie keine Nahrung gefunden hätten, keinen Fisch oder keinen Kopffüßler, die zu ihrer Leibspeise gehörten. In der Tiefseezone, in der sie sich zuletzt aufgehalten hatten, hatte es viele Kraken und große Kabeljauschwärme gegeben.

Sein Verhalten war vielmehr ein weiteres Indiz dafür, dass mit ihm etwas nicht stimmte.

Sein Begleiter stupste ihm immer wieder ganz sachte mit seiner Schnauze in die Flanke. Doch der Wal folgte unbeirrt seiner einmal eingeschlagenen Route. Fast schien es, als zöge ihn der Küstenstreifen wie ein Magnet an.

Die beiden erreichten die hufeisenförmige Pleasant Bay, was so viel hieß wie freundliche Bucht. Doch ihnen gegenüber erwies diese Bucht wenig Freundlichkeit. Der

Wasserspiegel war hier viel zu flach für die beiden Zahnwale.

Als sie das erkannten, war es auch schon zu spät. In der aufkommenden Panik versagte jeglicher Instinkt. Anstatt einfach zu wenden und umzukehren, behielten sie weiterhin Kurs, durchquerten den engen Eingang zur Bucht und strebten auf den sandigen Strand zu. Das Wasser wurde immer seichter. Selbst der gesunde Wal war überfordert, denn auch sein Sonarortungssystem gab nun seinen Dienst auf.

Plötzlich spürten sie Sand an der Bauchseite ihrer Körper. Sie machten noch ein paar hektische Züge und landeten auf dem Trockenen. Nach wenigen verzweifelten Versuchen, wieder ins tiefere Wasser zu gelangen, ließen ihre Kräfte rapide nach. Und so blieben sie liegen und überließen sich ihrem Schicksal.

11. Kapitel

Es war noch dunkel, als Jessica von Tony geweckt wurde. Sie schlug die Augen auf und wusste im ersten Moment nicht, wo sie sich befand. Tony hatte kein Licht gemacht, so dass im Raum nur schemenhaft die Umrisse der Möbel erkennbar waren. Die Geräusche, die sie aus der Ferne hörte, waren ungewohnt. Sie vernahm das Rauschen der Brandung, die sich an den Küstenfelsen brach, unterbrochen vom Geschrei der Möwen und dem Zwitschern der Vögel in Emilys Garten. Auch der Geruch des Meeres, vermischt mit dem Duft von wilden Rosen, Lavendel und Fichten, war intensiv und fremd.

»Mommy, Du hast versprochen, dass wir im Morgengrauen zum Strand gehen und den Sonnenaufgang anschauen«, erstickte Tony Jessicas Hoffnungen auf einen ruhigen Morgen. »Wenn Du nicht jetzt aufstehst, ist es zu spät dazu. Die Sonne geht bald auf.«

Sie zog Jessicas Bettdecke weg und sprang aufs Bett, um sie wach zu kitzeln, was ihr in Sekundenschnelle gelang.

'Ein morgendlicher Spaziergang am Strand ist jetzt genau das Richtige', dachte Jessica. 'Zumal ich keine andere Wahl habe.'

Anschließend würden sie beim Bäcker Brötchen und Marmelade kaufen, um auf der Terrasse zu frühstücken.

Nach dem Duschen zog Jessica Blue Jeans und ein T-Shirt an. Mit Badetüchern, Eimer, Schaufel und Förmchen ausgerüstet gingen sie den schmalen Pfad an der Rückseite des Hauses zum Strand hinunter. Der Weg war steinig und führte stellenweise durch kniehohes Dünengras. Damit sie nicht stolperten, leuchtete Jessica ihnen mit einer Taschenlampe den Weg. Um diese Uhrzeit war der Strand noch menschenleer. Nicht einmal einen frühen Jogger sahen sie.

Wie auf Kommando zogen sie gleichzeitig ihre Schuhe und Strümpfe aus, als sie den Strand erreichten, schlugen die Hosenbeine hoch, rannten in die Brandung und ließen ihre Füße von den heranrollenden Wellen umspülen. Die Haut kribbelte angenehm durch die unerwartete Kälte des Wassers und Jessica genoss das Kitzeln unter den Fußsohlen, das durch den Sog des sich zurückziehenden Wassers verursacht wurde. Sie blieb stehen, um das Spiel der Wellen zu beobachten.

Unaufhaltsam näherten sich die Wogen dem seichten Ufer, so als wollten sie es gewaltsam einnehmen und für immer mit sich reißen. Kraft und Größe nahmen auf ihrem Weg zu. Als sie das Opfer ihrer Begierde erreichten, war es noch nass von der letzten Welle; mit Furchen durchzogen wie ein frisch bestellter Acker. Auf dem Höhepunkt ihrer Energie schienen die Wellen in einen Kampf verstrickt. Gischt schäumte auf. Doch im nächsten Moment schon verließ sie alle Energie. Sie verschmolzen mit dem feuchten Quarzsand. Nichts war mehr übrig von der Gewalt, mit der sie zuvor angerollt waren, scheinbar mit dem Ziel der völligen Vereinnahmung. Hatte tatsächlich ein Kampf stattgefunden, so gab es keinen Sieger und keinen Verlierer. Das Meer zog sich, wie durch eine unsichtbare Kraft gezogen, zurück, kraftlos und ohne ein Geräusch, um einen frisch gepflügten Acker zurückzulassen, der einen kurzen Augenblick verschnaufen konnte, bevor die nächste Welle anrollte.

Ein paar Seemöwen stritten sich um einen an den Strand gespülten Fisch. In der Ferne ankerte ein Fischerboot. Die Fischer waren eifrig damit beschäftigt, ihre Netze einzuziehen.

Noch war nur ein Zipfel der Sonne zu sehen, wodurch es noch ziemlich dunkel war. Doch bald würde die Sonne den Himmel und das Meer in Farbe tauchen.

Tony entdeckte eine Muschel, hob sie auf und zeigte sie ihrer Mutter.

»Von dieser Sorte wirst Du bestimmt eine ganze Menge finden. Heb' sie auf. Dann hast Du eine schöne Erinnerung an diesen Urlaub«, meinte Jessica.

Tony legte die Muschel so vorsichtig in ihren Plastikeimer, als handelte es sich um hochexplosiven Stoff und setzte ihre Muschelsuche fort.

Als Jessica einen Platz gefunden hatte, der ihr ideal für das herannahende Schauspiel erschien, rief sie ihrer Tochter zu:

»Bleib bitte immer in Hör- und Reichweite.«

Doch Tony war völlig in ihre Suche vertieft und reagierte erst bei der zweiten Aufforderung ihrer Mutter. Dann war es endlich soweit. Der Anblick der aufgehenden Sonne war atemberaubend. Jessica machte Fotos von Tony bei der Muschelsuche.

Tony füllte ihre Sandschaufel mit Wasser und versuchte, Jessica damit nass zu spritzen. Dann gesellte sie sich zu ihr und beobachtete mit ihr zusammen das Farbenspiel, das am Himmel stattfand.

Als die Sonne in voller Größe am Himmel stand, setzte Tony ihre Muschelsuche fort. Jessica blieb im Sand sitzen, ließ ihre Füße vom Wasser umspülen und hing ihren Gedanken nach. Sie freute sich auf das bevorstehende Abendessen in Adams Haus, denn sie mochte ihn sehr, seiner väterlichen und fürsorglichen Art wegen. Außerdem konnte sie es kaum erwarten, Josh kennen zu lernen, besonders nach dem Gespräch mit den Earnshaw-Frauen am Tag zuvor.

In Gedanken vertieft entging ihr völlig, dass ihre Tochter sich inzwischen weit von ihr entfernt hatte. Erst als Tony mit kalkweißem Gesicht angerannt kam, wurde sie sich ihrer Unachtsamkeit bewusst.

'Da muss etwas passiert sein,' dachte sie sofort.

Sie sprang auf und ging ihr entgegen.

»Schnell Mommy, komm mit. Hinter dem Felsen dort vorne liegen zwei riesige Fische.«

Dann fing sie an zu weinen, so heftig, dass ihr kleiner Körper zuckte. Unter großen Schluchzern brachte sie hervor: »Sie sehen aus wie Delfine, riesig groß. Ich glaube, sie sind tot.«

Aufgeregt griff sie nach Jessicas Ärmel, um sie mit sich zu ziehen.

»Warte Tony. Ich kann unsere Sachen nicht einfach hier liegen lassen.«

Schnell packte Jessica das Badetuch ein, auf dem sie gesessen hatte, nahm ihre Tasche und rannte hinter Tony her. Völlig außer Atem holte sie sie ein, als sie fast bei den beiden Tieren angelangt waren.

Zwei massige, schwarze Körper hoben sich wie vom Meer geschliffene Basaltfelsen aus dem feinen weißen Sand ab. Ein Felsen, der bis ins Wasser ragte, hatte sie verdeckt, so dass man sie von weitem nicht hatte sehen können. Es handelte sich um zwei zirka drei bis vier Meter lange Wale, soviel konnte Jessica erkennen. Ein Großteil des Körpers war tiefschwarz mit einem ankerförmigen Muster am Bauch. Der Kopf war rundlich wie eine Knolle und auf dem Rücken hatten sie eine nach hinten gezogene Flosse.

Im ersten Moment wusste Jessica nicht, was sie machen sollte. Sie fühlte sich total von der Situation überfordert, was sie jedoch unter keinen Umständen vor ihrer Tochter zeigen wollte. Die völlige Hilflosigkeit, mit der diese im Meer wendigen Tiere im knöcheltiefen Wasser lagen, lähmte Jessica geradezu. Fahrig ging sie zuerst in einiger Entfernung ein paar Mal um die Tiere herum. Dann näherte sie sich ihnen vorsichtig, kniete neben ihnen nieder und inspizierte die beiden Wale. Sie lebten noch. Ihre Augen waren geschlossen, jedoch trat Dampf aus ihrem Blasloch aus. Ein wenig erleichtert griff Jessica in ihre Strandtasche, beförderte ihr Handy hervor und wählte den Notruf. Am anderen Ende meldete sich eine Telefonistin. Nachdem Jessica ihr die Situation geschildert hatte, bat die Telefonistin um detaillierte Informationen über den Standort.

Jessica war froh, dass Emilys Haus zu sehen war. So hatte sie einen Anhaltspunkt.

»Miss, ich informiere die Rettungswacht. Sie wird gleich eintreffen. Bitte überprüfen Sie als erstes, ob die Wale noch leben.«

»Das habe ich bereits getan. Sie atmen, aber nur ganz schwach. Bitte beeilen Sie sich. Ich weiß nicht, wie lange die beiden noch durchhalten.«

»Aber natürlich, Miss. Es wird so schnell wie möglich jemand zu Ihnen kommen. Sind noch andere Personen in der Nähe?«

»Nur meine Tochter.«

»Gut. Verhalten Sie sich ruhig. Und fassen Sie die Tiere unter keinen Umständen an. Sie könnten Krankheiten auf Sie übertragen. Wenn es möglich ist, legen Sie nasse Tücher auf ihre Körper, auf keinen Fall aber auf das Blasloch. Machen Sie keinen unnötigen Lärm und achten sie weiterhin auf die Atmung. Mehr können Sie im Moment nicht für sie tun.«

»Ja, ich habe verstanden. Danke für die Hilfe, Miss.«

»Ich gebe den Notruf sofort weiter. Auf Wiederhören.«

Die Verbindung war unterbrochen.

»Tony, kannst Du bitte die Strandlaken im Wasser nass machen? Und fasse die Tiere bitte nicht an. Ich hoffe, das hast Du auch noch nicht getan?«

»Nein, Mom. Hab' ich nicht.«

Sie rollte mit den Augen, als wollte sie sagen: 'Hältst Du mich für blöd.' Dann nahm sie die beiden Strandlaken aus der Tasche und tränkte sie im Wasser. Jessica nahm sie entgegen und deckte die Wale vorsichtig damit zu. Außerdem leerten sie die Muscheln, die Tony gesammelt hatte, aus dem Sandeimerchen in die Tasche und schöpften Wasser auf die Tiere. Sie achteten dabei sorgsam darauf, dass kein Wasser ins Blasloch gelang. Immer wieder nässten sie die Haut der Tiere ein, während sie auf Hilfe warteten.

12. Kapitel

Als Josh an diesem Morgen das Institut erreichte, war es noch still im Gebäude. Er war Frühaufsteher und liebte die morgendliche Ruhe. Es gab viele Dinge aufzuarbeiten. Die Daten, die er und sein Team während ihres letzten Projektes gesammelt hatten, mussten ausgewertet und in einem Forschungsbericht zusammengestellt werden. Damit war er wahrscheinlich noch mehrere Wochen beschäftigt.

Vom Forschungsschiff aus hatte er bereits seinen Chef Roger Farrell, den Direktor des Meeresbiologischen Institutes, um einen Job am Cape Cod gebeten. Die beiden kannten sich schon seit vielen Jahren und schätzten sich gegenseitig sehr. Nur dieser Freundschaft hatte Josh es zu verdanken, dass er immer wieder gute Forschungsprojekte bekam, meist auf mehrere Jahre ausgelegt. Nicht, dass er seine Arbeit nicht gründlich und gut machte. Doch es gab viele Meeresbiologen seines Kalibers. Und es gab viel zu tun, aber leider nicht annähernd die finanziellen Mittel, um auch nur einen Bruchteil der Projekte abzuwickeln, die für eine fundierte Walforschung erforderlich gewesen wären. Über die Meere wusste man immer noch weit weniger als über das All.

Sie hatten sensationelle Entdeckungen gemacht. Josh war sogar einmal bei einer Buckelwalgeburt hautnah dabei gewesen. Dieses Erlebnis würde er nie vergessen; den Augenblick als das Kalb den Mutterleib mit der Flosse voran verließ; diesen unendlich lang scheinenden Moment, in dem es unter Wasser trieb, regungslos, wie tot, bis es unter Hilfestellung der Mutter die ersten Aufwärtsbewegungen machte, die Wasserdecke durchstieß und den ersten Atemzug tat. Das Filmmaterial, das sie dabei gewonnen hatten, war Gold wert. Doch das hatte für Josh den geringsten Stellenwert ausgemacht. Viel wichtiger war ihm die persönliche Erfahrung, die er hatte machen dürfen; dieses Gefühl, an etwas teilgehabt zu haben, das einzigartig war; die Liebe und Fürsorge der Walkuh zu beobachten.

Er liebte sie alle, ob Zahn- oder Bartenwal. Dennoch hatte er sich in erster Linie auf Buckelwale, die Engel der Meere, spezialisiert.

Nun arbeitete Josh wieder im Institut für Meeresbiologie, hatte Einsätze am Cape, denn auch hier gab es viel für einen Walforscher zu tun. Dies war der einzige Ort, an dem Glattwale beobachtet wurden, die direkt an der Wasseroberfläche Nahrung aufnahmen. Wissenschaftler vermuteten, dass die geschützte Bucht am Cape Cod dem Phytoplankton im Winter den perfekten Aufenthaltsort bot. Die Fresstechnik dieser Spezies bot den Forschern überhaupt erst die Möglichkeit, das Fressverhalten von Walen zu beobachten, das normalerweise nur in größeren Tiefen stattfand. In dieses Projekt würde er einsteigen, sobald der Bericht für das Buckelwalprojekt fertig gestellt war.

Er wandte sich als erstes der Post zu, die sich während seiner langen Abwesenheit angesammelt hatte. Die regelmäßig erscheinenden Pressemitteilungen des Institutes lagen aufgestapelt. Die Oberste war von Anfang des Jahres. Die Überschrift auf der Titelseite sprang ihm ins Auge,

'JAPAN MACHT NACH DREISSIG JAHREN WIEDER KOMMERZIELL JAGD AUF WALE'.

'Unfassbar', dachte er. 'Wird sich je etwas ändern?'

Derartige Schlagzeilen machten ihn jedes Mal aufs Neue wütend und traurig zugleich, besonders, weil ihm gerade dann bewusst wurde, dass ein einzelner Mensch nicht viel gegen die Ignoranten und Zerstörer ausrichtete. Er liebte seinen Beruf sehr und konnte sich nicht vorstellen, jemals etwas anderes zu machen. Manchmal jedoch wünschte er sich nichts sehnlichster, als einfach die Augen vor der Realität verschließen zu können. Seit er sich für diese Tiere interessierte und einsetzte, hatte ihr Schicksal immer mehr Menschen berührt. Doch diese Tatsache schien ihnen keine Hilfe im Kampf um ihr Überleben zu sein, denn ihre Zahl ging trotzdem stetig weiter zurück.

Josh hatte früh gewusst, dass er Meeresbiologe werden wollte. Bartholomew Nickerson war ihm dabei immer ein großes Vorbild gewesen. Ihm hatte er seine Liebe zu den Meeressäugern überhaupt erst zu verdanken. Als Zehnjähriger war er zufällig Zeuge einer Unterhaltung geworden, die sein damals junges Leben - davon war er überzeugt - in die entscheidende Richtung gelenkt hatte.

Er war durch ein Geräusch aus tiefstem Schlaf aufgeschreckt. Im ersten Moment wusste er nicht, wo er sich befand. Als er sich umdrehen und weiterschlafen wollte, drangen Stimmen aus der Küche zu ihm nach oben. Er lauschte, konnte aber nicht verstehen, was gesagt wurde.

Neugierig stieg er aus seinem Bett und schlich auf leisen Sohlen nach unten. In der Diele angekommen, erkannte er die Stimmen von Emily, von deren Mann Tom sowie die von Bart und seinem Vater.

Sie waren viel zu sehr in ihr Gespräch vertieft, als dass sie den heimlichen Lauscher in der Diele hätten bemerken können. Hätten sie von seiner Anwesenheit gewusst, wären diese Worte sicher nicht gefallen, denn sie waren nicht für zarte Kinderohren bestimmt.

»Wie habt Ihr erfahren, dass Walfangaktionen liefen?« Josh erkannte Emilys Stimme.

»Dass vor den Shetland-Inseln Wale gefangen werden, ist in Forscherkreisen allgemein bekannt. Also sind wir dort hin und haben uns mit unserer 'Saviour' im Hafen auf die Lauer gelegt, haben ihre Funkfrequenz ermittelt und abgehört. Sobald Wale gesichtet wurden, sendeten sie einen Funkspruch an ihre Leute. Dann dauerte es nie lange, bis die Meute sich auf ihren Motorbooten versammelt hatte und in See stach. Wir haben unsere Schlauchboote fertig gemacht und sind ihnen gefolgt.«

»Das hat ihnen doch sicher nicht gepasst«, wollte Tom wissen.

»Natürlich nicht. Sie waren mit mehreren Booten unterwegs und haben immer ein bis zwei Boote auf uns angesetzt, um uns in Schach und von den Walen fernzuhalten. Einmal haben sie sogar die Hafenpolizei auf uns angesetzt.«

»Und die haben nicht Euch, sondern diese Barbaren unterstützt?« Emily schien aufgebracht. Ihre Stimme war merklich lauter geworden.

»Ja, sie tun schließlich nichts Illegales. Walfang ist nach wie vor erlaubt.«

»Das ist einfach unfassbar.« Josh konnte aus Emilys Stimme die Erregung förmlich spüren.

»Ja, ist es auch. Doch wenn man erlebt hat, wie das ganze abläuft, dann jagt es einem eine Gänsehaut nach der anderen über den Rücken. Einfach unvorstellbar, wozu Menschen fähig sind.«

Bart machte eine kurze Pause. Als er fort fuhr, war seine Stimme belegt. »Also wir jagen hinter den Waljägern her. Es ist früh am Morgen. Der Wellengang ist nicht von schlechten Eltern, gerade noch vertretbar für eine solche Aktion. Leider, denken wir. Denn sonst wäre das Wetter fürs Erste zum Retter der Wale geworden. Die Walfänger sind mit einem Boot zurückgeblieben, um uns aufzuhalten. Doch auch wir sind mit drei Booten unterwegs, die jeweils mit zwei Leuten besetzt sind. Keith und Ray kümmern sich also um dieses Boot, so dass wir weiter an den anderen Booten dranbleiben können. Wir fahren ziemlich weit hinaus. Unsere Boote tanzen wie Nussschalen in den Wellen. Plötzlich hören wir den Ruf 'Da bläst er.' Und schon sehen wir ihn. Es ist ein Pottwal. Das Tier taucht ahnungslos und ruhig aus dem Wasser auf, atmet ein und verschwindet wieder, um kurze Zeit später erneut aufzutauchen. An der Atmung erkennen wir, dass es sich der Gefahr, die von den Booten ausgeht, nicht bewusst ist. Ein Boot der Jäger rast sofort beim ersten Auftauchen auf die Stelle zu. Der Harpunier steht in der Mitte des Bootes, aufrecht, so als sei er mit dem Boot verwachsen. Der Wellengang kann ihm nichts anhaben. Bereit zum Töten hält er sein Werkzeug, die Harpune, in der Hand und wartet nur noch auf den geeigneten Moment, um zuzuschlagen. Doch auch wir preschen auf die Stelle zu und versuchen, uns zwischen Boot und Wal zu stellen. Das ist keine einfache Sache, da die anderen immer wieder versuchen, unser Boot zum Kentern zu bringen. Jedes Mal, wenn der Harpunier glaubt, der richtige Moment zum Abschießen der Harpune sei gekommen, schieben wir uns zwischen ihn und seine Beute.«

»Ist das nicht gefährlich? Wenn er Euch mal nicht rechtzeitig bemerkt, trifft er unter Umständen einen von Euch?«

»Klar wissen wir, dass uns dabei was zustoßen kann. Das ist uns voll bewusst. Aber wenn wir den Tieren helfen wollen, müssen wir ein solches Risiko eingehen. Die Walfänger sind nicht zimperlich. Ein Menschenleben zählt ebenso wenig wie das der Wale. Schließlich haben auch die Walfänger während des Walfangs immer wieder Verletzte und auch Tote zu beklagen.«

»Erzähl weiter«, munterte Adam ihn zum Weiterreden auf.

Josh war so aufgeregt, dass er zu frieren begonnen hatte. Seine Zähne klapperten und er befürchtete, durch den Lärm, den das Klappern verursachte, entdeckt zu werden.

»Also, fürs Erste schaffen wir es, diesem Pottwal das Leben zu retten, doch nur deshalb, weil andere Mitglieder seiner Gruppe auftauchen und die Jäger ablenken. Die Tiere sind schon sichtlich nervös. Sie atmen schnell und flach. Wir beginnen, Lärm zu machen mit allen uns zur Verfügung stehenden Mitteln, in der Hoffnung, die Tiere tauchen ab und verschwinden. Die Jäger lassen von unserem Pottwal ab und gehen mit zwei Booten auf die anderen los. Wir können ihnen gar nicht so schnell folgen. Ein Harpunier erwischt einen Wal, bevor wir Gelegenheit haben, uns schützend vor ihn zu schieben. Er schießt ihm die Harpune tief ins Fleisch. Im ersten Moment bin ich wie erstarrt. Es ist, als habe die Waffe mich getroffen, tief in meinem Innersten. Ich schreie ganz laut, wie ein gequältes Tier. Mein Schrei hallt weit über das Meer. Später sagen mir meine Kameraden, er sei durch Mark und Bein gegangen. Nie zuvor hätten sie einen solchen Schrei vernommen. Auch die Walfänger wirken überrascht. Raum und Zeit scheinen für einen kurzen Moment still zu stehen. Niemand bewegt sich, keiner sagt ein Wort, alle starren mich mit weit aufgerissenen Augen an. Selbst die Wale rühren sich für kurze Zeit nicht von der Stelle. Dann tauchen sie ab und verschwinden. Normalerweise verlassen sie einen verletzten Kameraden nicht. Doch der Lärm scheint sie in die Flucht geschlagen zu haben. Selbst der verwundete Wal taucht ab und zieht das Seil, das an der Harpune befestigt ist, einige hundert Meter mit sich in die Tiefe. Doch dann taucht er wieder auf, um Luft zu holen. Er versucht erneut, zu entkommen; diesmal zieht er das Boot hinter sich her, so lange, bis seine Kräfte nachlassen. Normalerweise kommt nun die Gelegenheit für den Harpunier, den Wal mit der Lanze zu traktieren. Doch diesmal sind wir schneller. Wir schieben uns zwischen Wal und Mensch und suchen nach einer Gelegenheit, das Seil zu durchtrennen. Die Gefahr, zu kentern, ist dabei enorm groß. Doch irgendwann schaffen wir es. Der Wal taucht ab, eine Blutspur hinter sich herziehend. Es tritt eine unnatürliche Stille ein. Kein Wal ist zu sehen. Dann fangen wir an zu jubeln. Die Walfänger rufen uns in ihrer derben Ausdrucksweise Flüche zu. Doch das steigert unsere Freude über die gelungene Rettung nur.«

»Ja, meinst Du, der Wal hat die Verletzung überlebt?«

Josh war froh über Emilys Frage. Er hatte sich selbst kaum bremsen können, diese Frage zu stellen. Doch er wollte auf keinen Fall riskieren, entdeckt zu werden. Dass Lauschen nicht zu den Dingen gehörte, die sein Vater guthieß, wusste er wohl. Dieser wurde zwar niemals ernstlich böse mit ihm, wenn Josh etwas Unrechtes tat. Sein trauriger Blick in solchen Momenten war jedoch eine viel größere Strafe, als eine Ohrfeige je hätte sein können.

»Wir wissen es nicht,« fuhr Bart fort. »Es kommt darauf an, wie tief die Harpune eingedrungen ist und ob sie schlimmere innere Verletzungen verursacht hat. Manchmal leben die Tiere noch längere Zeit, bevor sie an den Folgen einer solchen Verletzung sterben. Es kann aber auch vorkommen, dass die Wunde verheilt. Wir hoffen das Beste für ihn. Eine letzte Gewissheit bekommen wir nicht.«

Eine nachdenkliche Stille machte sich in der Küche breit. Josh war die Geschichte auf den Magen geschlagen. Doch er wollte nicht eher zurück in sein Bett, bevor er nicht alles gehört hatte.

Adam war der erste, der die Stille unterbrach.

»Menschen können wirklich unglaublich brutal sein.«

»In der Tat. Aber es gibt noch viel schlimmere Methoden des Walfanges und vor allem sinnlosere.«

»Ist es tatsächlich möglich, das noch zu toppen?« fragte Emily ungläubig.

»Oh ja. Auf den Färöer Inseln finden beispielsweise regelmäßig Massaker statt, an denen sogar Kinder beteiligt sind. Die Kinder bekommen eigens für diese Anlässe schulfrei. Wenn Gruppen von Pilotwalen an den Inseln vorbeiziehen, werden die Tiere mit Booten in flache Buchten getrieben. Der Lärm der Boote bewirkt, dass sie die Orientierung verlieren und auf die Küste zustreben. Dort warten die Inselbewohner bereits mit langen Messern und Haken auf sie, um ihnen einen langen, qualvollen Tod zu bereiten. Sie rammen den Walen einen Haken in das Blasloch und verursachen damit innere Verletzungen. Das Ende des Hakens ist rund und verhindert so, dass Blut aus dem Blasloch austreten kann. Der Wal erstickt langsam an seinem eigenen Blut; eine ganz besonders qualvolle Methode. Gleichzeitig stechen die Jäger von allen Seiten auf die Tiere ein. Am Ende des Tages sind alle Tiere getötet und die Bucht von ihrem Blut dunkelrot gefärbt. Die Jäger sind in einem regelrechten Rausch und machen auch vor Walkälbern nicht Halt. Es wurden schon Kinder beobachtet, die mit toten Walföten spielten.«

Das reichte. Josh hatte genug gehört. Er wollte nur noch in sein Bett. Genauso leise wie er gekommen war, schlich er sich wieder nach oben. Doch der Schlaf wollte sich nicht einstellen. Immer wieder kreisten Bilder von blutenden Walen vor seinem geistigen Auge. Er träumte von Männern, wie Piraten gekleidet mit langen, ungepflegten Bärten, wenigen Zähnen im Mund und Augenbinde, welche riesige Messer schwangen, so dass es überall funkelte und diese Messer in die Meeressäuger rammten. Er träumte, wie die Tiere sich aufbäumten, wehrlos immer wieder in die Gefahrenzone schwammen, über und über mit blutenden Wunden übersät. Er sah Walkälber, die Schutz bei ihren Müttern suchten und sah Walkühe, die sich aus Sorge um ihre Jungen zwischen Jäger und ihr Junges warfen.

Josh wälzte sich von einer Seite auf die andere, versuchte die Bilder fortzuwischen. Doch es wollte ihm nicht gelingen. Irgendwann gegen Morgen fiel er endlich in einen tiefen, traumlosen Schlaf. Adam musste ihn am nächsten Morgen wecken, was sehr ungewöhnlich war.

Benommen rieb er sich die Augen. Den ganzen Tag über war er ausgesprochen still. Sein Vater schien sich bereits Sorgen zu machen. Immer wieder schaute er Josh prüfend an, sagte aber nichts. Hätte er gewusst, welche Bilder seinen Sohn quälten, hätte er dessen seltsames Verhalten sicher verstanden. Zu gerne hätte Josh mehr erfahren. Er ärgerte sich, dass er am Vorabend schlapp gemacht hatte und vorzeitig nach oben gegangen war. Um sein heimliches Lauschen nicht preiszugeben, blieb er jedoch den ganzen Tag über in sich gekehrt.

In der nächsten Zeit versuchte er, so viel wie möglich über Meeressäuger zu erfahren. Emily war ihm dabei eine große Hilfe. Was er damals noch nicht wusste: auch Emily hatten die Geschichten, die Bart an diesem Abend erzählt hatte, sehr zugesetzt. Sie hatte sogar begonnen, über Möglichkeiten nachzudenken, wie sie selbst einen Beitrag zum Schutz der Tiere leisten konnte. In jeder freien Minute quetschte sie Bart aus, fuhr mit ihren Schülern zu den Walmuseen der Umgebung, las Bücher zum Thema 'Meeressäuger' und besuchte sogar einige Vorlesungen in der

Universität. All ihr neu erworbenes Wissen gab sie ungefiltert an Josh weiter, da sie inzwischen von seinem nächtlichen Spionageakt erfahren hatte. Er hatte so viele Fragen gestellt, dass Emily sich über sein plötzliches Interesse gewundert hatte. Sie wurden zu Verbündeten in ihrer aufkeimenden Liebe zu den sanften Riesen der Weltmeere.

Und so erfuhren sie in ihrer Wissbegierde über alle erdenklichen Bedrohungen, die ursächlich waren für die Ausrottung dieser Tiere.

Sie erfuhren von Delfinen, die gefangen wurden, um in Aquarien ein trauriges Dasein zu fristen. Die Tiere vegetierten in winzigen Betonbecken, die mit stark chloriertem Wasser aufgefüllt waren. Quälende Hautekzeme waren die Folge. Manche Delfinarien veranstalteten regelrechte Streichelzoos, in denen sich Menschenmassen rund um die viel zu kleinen Wasserbecken versammelten, um die Delfine mit Fischen anzulocken und auf die Möglichkeit hofften, einen der Delfine berühren zu dürfen. Der dabei entstehende Lärm und der nahe Kontakt zwischen Tier und Mensch führte nicht selten zu aggressivem Verhalten der Delfine. Manche bissen sogar zu, wenn ihnen Zuschauer einen Fisch anboten. Einige Delfine bekamen Magengeschwüre und andere Krankheiten, die auf die nicht artgerechte Haltung zurückzuführen waren. In den letzten Jahren waren unzählige Delfine an ihren Qualen gestorben. In den Sechzigern hatte man ganze Killerwalgruppen ausgelöscht, um die Clowns unter den Walen einer breiten Öffentlichkeit zugänglich zu machen. An der Küste vor Kanada wurden sie dabei fast ausgerottet.

Josh und Emily erfuhren von unzähligen Walen, die sich jährlich in der Tiefe der See in Fischernetzen verfingen, zappelten und nach Luft schnappten, so lange, bis sie qualvoll erstickten.

Sie erfuhren von der steigenden Zahl der Unfälle, die sich tagtäglich zwischen Walen und Schnellbooten ereignete. Zahlreiche gestrandete Tiere wiesen schwere Verletzungen auf, die nur durch eine Kollision mit einem Boot entstanden sein konnten.

Sie erfuhren von der stetig steigenden Belastung des Meeres mit Schadstoffen und Schwermetallen, die das Leben und den Fortbestand der Wale gefährdete. Der Anteil der unfruchtbaren Tiere stieg besorgniserregend an.

Sie erfuhren von Massenstrandungen, deren Ursachen vielfältig, aber noch immer nicht völlig geklärt waren.

Und schließlich erfuhren sie immer neue Geschichten von den Walschlachtungen der letzten Jahrhunderte, durch die einige Walarten ganz, andere fast ausgerottet worden waren.

In den ersten beiden Jahrhunderten des Walfanges hatten Walfänger sich auf langsamere Wale, wie den Nordkaper konzentriert, da sie mit kleinen Booten und Lanzen gegen schnelle Meeressäuger keine Chance gehabt hätten. Erwischten sie eine Walkuh mit ihrem Kalb, töteten sie zuerst das Kalb, da sie wussten, dass die Mutter ihr Kind niemals im Stich lassen würde, auch wenn es schon tot war. Sie schwamm neben dem toten Kalb her, so dass die Walfänger leichtes Spiel hatten. Sie mussten das Muttertier nur noch abschlachten wie auf einem Schlachthof. Mit einer Gegenwehr des Tieres war dabei nicht zu rechnen, schon gar nicht mit aggressivem Verhalten.

Um 1860 stieg die Zahl der Waltötungen durch die Erfindung einer automatisch abfeuerbaren Kanonenharpune, die im Körper der Tiere explodierte, drastisch an. Die Einführung von riesigen Fangschiffen Anfang des neunzehnten Jahrhunderts, auf denen die Tiere unmittelbar nach der Tötung verarbeitet wurden, kurbelte den Walfang nochmals massiv an.

Delfine waren Ende der siebziger Jahre auf japanischen Inseln in Massen einfach hingemetzelt worden. Fischer hatten sie an den Strand getrieben, aufgespießt und wenn sie noch nicht ihren Verletzungen erlegen waren, brutal niedergeknüppelt, bis sie ihren letzten Atemzug machten. Die Tiere schrien ihre Peiniger um Erbarmen an. Doch das half nichts. Lachend führten diese ihre sadistischen Taten

139

zu Ende, bis zum nächsten Tag, an dem sie von vorne begannen, und das alles nur, weil sie in dem Glauben waren, Delfine seien schuld daran, dass der Fischbestand drastisch zurückgegangen war. Die japanische Regierung hatte diese Massaker nicht nur geduldet, sondern sogar Prämien gezahlt für jeden Delfin, der so auf der Strecke blieb.

All dieses Wissen, dass Emily und Josh im Laufe ihrer Erkundigungen erwarben, flocht ein enger und enger werdendes, unsichtbares Band der Zuneigung zwischen ihnen und den Tieren, aber auch zwischen den beiden.

Josh war es schließlich, der Emily auf die Idee brachte, eine Gesellschaft zum Schutz der Meeressäuger zu gründen. Sie schaffte es, Bart für den Vorstand zu gewinnen, auch wenn er die meiste Zeit auf See war. Sie, Tom, Adam und Josh wurden Gründungsmitglieder. Nun galt es, eine Satzung auszuarbeiten, Spenden zu sammeln und vor allem Öffentlichkeitsarbeit zu betreiben.

Welche Aktionen konnten sie durchführen, um die Bevölkerung auf das Walsterben und nicht zuletzt auf die Folgen für das gesamte ökologische System aufmerksam zu machen? Und vor allem: Wie konnten sie die Menschen für die Gefahren sensibilisieren? Was konnten sie tun, um den Walen direkt zu helfen?

Sie begannen in ihrem näheren Umfeld, sammelten Spenden mit der Sammelbüchse, veranstalteten Sommerfeste, auf denen sie die Gäste über den Walfang informierten. Emily unternahm mit ihren Schülern kleine meeresbiologische Projekte und organisierte Walbeobachtungstouren, die von Meeresbiologen betreut wurden. Es erschienen regelmäßig Artikel in der lokalen Zeitung, die die Bevölkerung über die Arbeit der Gesellschaft auf dem Laufenden hielt.

Im Jahre 1986 war endlich nach langem Aufbegehren eben solcher Tierschutzorganisationen die Aufmerksamkeit der Öffentlichkeit derart erregt, dass die Internationale Walfangkommission gezwungen war, eine Empfehlung zum Verbot des kommerziellen Walfangs auszusprechen.

Einige vom Aussterben bedrohte Walarten hatten nun eine Chance, sich zu regenerieren. An eine Erholung der Bestände war jedoch noch lange nicht zu denken, denn inzwischen war der Walfang nicht mehr alleine verantwortlich für die starke Dezimierung der Wale. Die Meeresverschmutzung, der immer weiter steigende Lärmpegel in den Meeren und nicht zuletzt die klimatischen Veränderungen waren inzwischen die größten Feinde dieser Tiere.

Josh legte die Pressemitteilung zur Seite, stand auf und ging auf den Flur. Dort befand sich ein Kaffeeautomat. Nachdem er seine Tasse gefüllt hatte und gerade zu seinem Schreibtisch zurückkehren wollte, sprach ihn jemand von hinten an.
»Hallo Josh. Auch mal wieder im Lande?«
Er drehte sich um und erkannte Scott Branahan, einen Kollegen und guten Bekannten. Scott war ein paar Jahre jünger als er und sah blendend aus; ein richtiger Frauentyp, musste Josh neidlos anerkennen. Doch dessen war er sich auch voll bewusst und nutzte seine Chancen bei Frauen grenzenlos aus. Jeder, der Scott kannte, wusste, dass keine Frau mit einigermaßen gutem Aussehen vor ihm sicher war. Josh verstand nicht, warum sie ihn nicht durchschauten und ihm scharenweise zu Füßen lagen. Schlimmer noch, sie schienen ihm nicht einmal übel zu nehmen, wenn er nach kurzer Zeit sein Interesse an ihnen verlor.
»Hi Scott. Wie geht's?«
»Ich kann nicht klagen. Und Du? Roger erzählte mir, dass Du wieder im Lande bist. Für länger, wie er sagte. Stimmt das?«
»Ja, stimmt. Ich muss mich ein wenig um meinen alten Herrn kümmern.«
»Ich habe das von Emily Hamilton gehört. Tut mir aufrichtig leid. Ich hab' sie zwar nicht besonders gut gekannt, aber sie schien eine sehr angenehme Person zu sein. Dein Vater leidet bestimmt sehr unter ihrem Tod.«
»Ja, kann man wohl sagen.«

Eine steile Sorgenfalte bildete sich zwischen Joshs Augenbrauen.

»Deshalb bleibe ich auch vorerst hier.«

Sie wurden von Scotts Pieper unterbrochen, der Alarm gab.

»Ich muss die Notrufzentrale anrufen. Irgendetwas ist passiert. Wahrscheinlich wieder eine Walstrandung.«

Scott holte sein Handy aus der Gürteltasche und wählte die Nummer der Notrufzentrale.

Als sich am anderen Ende der Leitung jemand meldete, stellte er sich kurz vor und fragte nach dem Grund des Alarms.

Josh beobachtete ihn. Alle Muskeln in Scotts Gesicht schienen plötzlich angespannt. Mit aller Konzentration stellte er schnelle und präzise Fragen. Nichts deutete mehr auf seine sonst so lockere Art hin.

»Können Sie mir den genauen Fundort beschreiben«, fragte er die Person am Telefon.

»Ja, ich kenne die Stelle. Hören Sie, wir machen uns sofort auf den Weg. Bitte informieren Sie die Polizei. Sie soll den Bereich abriegeln, damit die Wale vor Schaulustigen geschützt sind. Auf Wiederhören.«

Als er das Gespräch beendet hatte, schaute er Josh fragend an.

»Was ist? Hast Du Lust mitzukommen? Ich kann jede Hilfe gebrauchen.«

»Was ist passiert?«

»Zwei gestrandete Wale sind von Passanten in der Pleasant Bay entdeckt worden. Vermutlich leben sie noch. Das heißt, jede Minute zählt.«

»Ich bin dabei.«

»Gut, ich trommele noch zwei oder drei Helfer zusammen und dann kann's losgehen. Am besten nehmen wir das Boot. So sind wir am schnellsten. Warte, ich rufe kurz einen Kollegen an. Zwei Mitarbeiter sollen mit unserem Speziallastwagen über Land zur Fundstelle fahren, damit wir die Wale notfalls zum Aquarium nach Woods Hole transportieren können.«

Nach diesem kurzen Telefonat rannten beide zu Scotts Büro. Scott griff nach der Notfalltasche und nachdem er zwei seiner engsten Mitarbeiter rekrutiert hatte, rannten die vier zum Anlegesteg. Sie sprangen in das Rettungsboot, das schnell startklar war und fuhren zu der beschriebenen Stelle.

Das Institut hatte nur knapp zwanzig feste Mitarbeiter, hatte es aber vor vielen Jahren schon geschafft, ein regelrechtes Strandungsnetzwerk aufzubauen. Helfer, meist Studenten, waren ausgebildet worden, um im Falle einer Walstrandung bei der Rettung eine echte Hilfe zu sein. Scott Branahan und ein weiterer Veterinär standen als Fachleute bereit. Als Josh noch ein Student gewesen war, hatte es dieses Netzwerk bereits gegeben. Damals hatte er ebenfalls zu den Studenten gezählt, die angefunkt wurden, wenn Not am Mann war.

Er kannte die Stelle gut, die sie nun ansteuerten. Emilys Haus befand sich oberhalb dieser Bucht. Hier hatte er als kleiner Junge oft gespielt.

Das Rettungsboot raste mit großer Geschwindigkeit über die Wasserfläche. Es dauerte nicht lange, bis sie die Stelle erreichten, an der die Wale gestrandet waren. Josh sah aus der Ferne bereits das gerade eingetroffene Polizeifahrzeug. Zwei Personen knieten neben den Walen nieder. Er konnte ihre Gesichter nicht erkennen, dafür waren sie noch zu weit entfernt. Als diese das Boot bemerkten, standen sie auf und blickten dem Rettungsteam entgegen. Josh erkannte nun, dass es sich um eine Frau und ein kleines Mädchen handelte. Die Frau stand hinter dem Kind und hatte ihre Arme wie zum Schutz um dessen Hals gelegt. Beide waren sehr blass. Josh war schon bei vielen derartigen Rettungsaktionen dabei gewesen. Doch auch ihn traf es jedes Mal aufs Neue, wenn er diese sanften Riesen hilflos am Strand liegen sah, oftmals in ganzen Gruppen. Meist kam jede Hilfe zu spät.

Als das Boot den Strand erreichte, sprangen die vier Männer heraus und rannten zu der Stelle an der die Wale lagen. Inzwischen hatte ein Polizist die Frau und das kleine

Mädchen aufgefordert, ein Stück zurückzutreten, damit das Rettungsteam mit seiner Arbeit beginnen konnte. Josh schaute kurz zu ihnen hinüber und nickte ihnen freundlich und aufmunternd zu. Dann kümmerten er und Scott sich um die gestrandeten Tiere.

Ein kurzer Blick genügte, um zu erkennen, dass es sich um zwei Grindwale handelte. Scott hörte mit dem Stethoskop nacheinander die Atemfrequenz der Tiere ab.

»Gottseidank. Sie leben noch. Allerdings ist ihre Atmung sehr flach. Sie stehen unter Stress, aber das ist ja nicht weiter verwunderlich,« sagte er leise zu Josh.

Er ließ seinen Blick langsam über die beiden Körper schweifen, auf der Suche nach Wunden als mögliche Ursache für die Strandung. Auf den ersten Blick war nichts Auffälliges zu sehen.

»Der kleinere der beiden scheint stark angeschlagen. Vermutlich hat er aufgrund einer Krankheit die Orientierung verloren. Was meinst Du, Josh.«

Josh nickte.

»Ja. Könnte gut sein.«

Beide wussten nur zu gut, dass die enge soziale Bindung von Grindwalen ihnen des Öfteren zum Verhängnis wurde. Verlor ein führendes Tier aufgrund einer Erkrankung die Orientierung und strandete, schwammen die nachfolgenden Gruppenmitglieder hinterher.

»Es hat keinen Sinn, die beiden sofort ins Meer zu entlassen. Über kurz oder lang werden sie wieder stranden. Oder bist Du anderer Meinung?« Scott schaute Josh fragend an.

»Nein, Du hast Recht. Nur wo bringen wir sie hin?«

»Ins Aquarium nach Woods Hole. Dort habe ich schon öfter gestrandete Tiere hingebracht. Zurzeit ist der Rehabilitationspool leer.«

Scott schaute auf die Uhr.

»Ich hoffe, der Transportwagen trifft bald ein. Sonst sehe ich schwarz für die beiden«, sagte er mehr zu sich selbst.

Er schaute sich in der Menge der Schaulustigen um, die sich inzwischen um die beiden Wale versammelt hatten. Die Polizei hatte sie jedoch gut im Griff. Sie verhielten sich erstaunlich ruhig und behinderten die Arbeit des Rettungsteams nicht.

»Hi Brian, kannst Du mal ein paar Freiwillige rekrutieren, die hier mithelfen?« wandte Scott sich an einen der beiden Kollegen, die mitgekommen waren.

»Wird gemacht, Chef.«

Einige Männer und auch Kinder ließen sich das nicht zweimal sagen und lösten sich sofort aus der Gruppe, um bei der Rettungsaktion mitzuhelfen. Jede Hilfe wurde gebraucht, denn solange die Tiere nicht verladen werden konnten, musste ihre Haut vor dem Austrocknen geschützt werden. Doch die Verladung würde erst das eigentliche Problem darstellen. Das Gewicht der Wale war enorm. Die glatte Haut erschwerte das Anheben der beiden zusätzlich. Außerdem bestand Gefahr, dass sie mit ihrer Fluke oder dem Kopf wild um sich schlugen. Ein Schlag dieser Tiere konnte seinen Rettern schwere Verletzungen zuführen.

Es kam Josh wie eine kleine Ewigkeit vor, bis der Rettungswagen eintraf.

»Ah, da sind sie«, rief Scott aus, sprang auf und winkte den näher kommenden Lastwagen heran. Der Wagen verfügte über eine Kranvorrichtung, die zum Heraufhieven der Tiere unerlässlich war.

Nachdem Scott den Wagen so nah wie möglich an die Strandungsstelle herangelotst hatte, sprangen die Neuankömmlinge aus dem Wagen und holten zwei Tragen aus dem Font. Schnell und mit geübten Handgriffen begann das Rettungsteam, die Wale auf die Planen zu wuchten.

Als ob die beiden geahnt hätten, dass man ihnen helfen wollte, blieben sie die ganze Zeit über völlig regungslos. Als beide auf der Mitte ihrer jeweiligen Planen lagen, wurden Eisenstangen durch die an den Längsseiten verlaufenden Schlaufen gezogen. Die Stangen wurden über den Walkörpern zusammengeführt. An mehreren Punkten wurden Seile eingehakt, deren entgegengesetztes Ende am Kran befestigt wurde. Nacheinander wurden die Tiere nun mit Hilfe des Krans in den Lastwagen gehoben.

Während des Manövers hielt Josh den Atem an. Rutschte einer der Wale von der Plane, würde sein Sturz den sofortigen Tod zur Folge haben.

Erst als beide Tiere sicher im Lastwagen untergebracht waren, atmete er erleichtert auf. Nach mehr als drei anstrengenden Stunden war es vollbracht. Die beiden Grindwale lagen im Lastwagen, jeder auf einem aufgeblasenen Schlauchboot, damit die Stöße, die durch Unebenheiten im Straßenpflaster verursacht wurden, etwas abgefangen wurden. Josh und Scott stiegen zu den Walen in den Wagen. Bevor sie losfuhren, suchte Josh die inzwischen angewachsene Menge nach den beiden Entdeckern der gestrandeten Wale ab. Er sah sie nicht mehr.

'Vermutlich gehen sie in der inzwischen stark angewachsenen Menschenmenge unter, dachte er.

13. Kapitel

Adam und Josh McMasters wohnten in einem Haus im Ortskern, in einer kleinen Seitenstraße, die von der Hauptstraße abbog.

Jessica parkte direkt vor dem Haus. Als sie klingelten, dauerte es nicht lange, bis Adam die Tür öffnete. Er hatte eine graue Stoffhose, ein hellblaues Hemd, eine passende Krawatte und eine weiße Schürze an. Allem Anschein nach hatte er sich für diesen Abend in Schale geworfen. Und er hatte Geschmack, wie Jessica feststellte. Das gefiel ihr.

Sie hatte sich schwergetan bei der Wahl des Kleides. Theodora hatte sie sichtlich verunsichert, als sie Josh als Eremiten beschrieben hatte und seine scheinbare Begeisterung von Allison betont hatte. Irgendwie wollte Jessica einen guten ersten Eindruck bei ihm hinterlassen, ihr war nur nicht klar, warum das so war. Mit Männern war sie schließlich durch. Also, was sollte das?

Am Ende hatte sie sich für ein pastellfarbenes Sommerkleid mit tiefem Dekolleté entschieden, dessen Farbe das Blaugrün ihrer Augen besonders unterstrich und dessen Länge einen Blick auf ihre Beine gestattete. Sie wollte nicht zu dick auftragen. Das passte nicht zu ihr.

»Nur hereinspaziert,« sagte Adam. »Sie sind pünktlich auf die Minute.« Er gab Jessica die Hand. Dann strich er mit der linken Hand Tony über den Kopf.

Als sie das Esszimmer betraten, konnten sie einen dezenten Essensgeruch aus der Küche wahrnehmen. Sofort stellte sich ein Hungergefühl bei Jessica ein.

»Das Essen ist bald fertig.«

Jessica hatte eine Flasche Chardonnay mitgebracht, die sie Adam überreichte. Er bedankte sich und bot ihr einen Platz am bereits gedeckten Esstisch an. Von Josh war nichts zu sehen und auf dem Tisch befanden sich nur drei

Gedecke. Jessica spürte ein Gefühl der Enttäuschung und bemerkte, dass auch Tony nach ihm Ausschau zu halten schien.

»Jessica, darf ich Ihnen etwas zu trinken anbieten?«

»Nein, danke. Im Moment nicht. Wenn Sie Hilfe in der Küche brauchen; ich helfe gerne.«

»Nein, ich habe alles im Griff. Das heißt: Tony, Du könntest mir ein wenig zur Hand gehen, wenn es Dir nichts ausmacht.«

Dabei zwinkerte er Jessica zu.

»Aye, aye, Sir«, antwortete Tony und salutierte.

»Ich wusste gar nicht, dass Ihre Tochter beim Militär war.«

Tony kicherte.

»Wo ist Dein Sohn?« fragte Tony auf dem Weg in die Küche.

Adam drehte sich noch einmal zu Jessica um: »Ja, bevor ich es vergesse. Josh hat eben angerufen, um sich zu entschuldigen. Er schafft es nicht, rechtzeitig zum Essen hier zu sein. Es ist ihm etwas Wichtiges dazwischen gekommen. Aber er versucht, es einzurichten, später noch dazu zu stoßen.«

»Ich hab's mir doch gedacht,« meinte Tony mit einem enttäuschten Ton in der Stimme. »Dann hat diese Hexe also doch Recht gehabt.«

»Tony, so etwas sagt man nicht«, mahnte Jessica sie.

»Wer ist denn diese 'Hexe'?« hakte Adam nach.

Jessica erzählte kurz von dem zufälligen Treffen mit Theodora und Allison Earnshaw am Vortag und von der Äußerung Theodoras in Bezug auf Josh.

Adam fing schallend an zu lachen.

Irritiert fragte Jessica: »Was gibt es denn da zu lachen?«

»Ganz einfach, weil das typisch für Theodora ist. Sie spielt sich gerne auf und liebt es, im Mittelpunkt zu stehen. Wenn sie etwas nicht als Erste weiß, kann sie richtig böse werden. Das haben Sie ja nach Emilys Beerdigung am eigenen Leibe erfahren können, als Theodora feststellen musste, dass man sie nicht über Ihre Existenz aufgeklärt hatte.«

Jessica schmunzelte. »Ja, das stimmt. Theodora hat Josh als Einsiedler beschrieben, der nichts anderes als seine Wale im Kopf hat. Hat sie da auch übertrieben?«

Er schien kurz zu überlegen, bevor er die Frage beantwortete.

»Nein, ich fürchte, da hat sie leider nicht übertrieben. Ihm bedeutet seine Arbeit alles. Das beweist er heute Abend wieder einmal. Wahrscheinlich hat er deshalb auch bisher noch nicht die richtige Frau fürs Leben gefunden. Ein gutes Essen von mir lässt er sich normalerweise nicht entgehen und schon gar nicht in Gesellschaft einer so schönen Frau und ihrer reizenden Tochter.«

Jessica spürte, wie ihr die Röte ins Gesicht schoss. Sie versuchte, ihre aufkommende Verlegenheit zu überspielen.

»Na, wir natürlich auch nicht, stimmt's Tony. Ich hoffe, ihr Essen hält, was sein Duft verspricht. Wir beide haben nämlich einen Bärenhunger.«

»Dann wollen wir mal dafür sorgen, dass es nicht anbrennt,« meinte Adam und zog Tony mit sich in die Küche.

In der Zwischenzeit schaute Jessica sich ein wenig im Wohnbereich um. Esszimmer und Wohnzimmer gingen ineinander über. Der Tisch im Esszimmer war sorgfältig gedeckt. Es wirkte aufgeräumt und sauber im Haus. Adam schien Hausfrauenqualitäten zu besitzen, auch wenn an der einen oder anderen Stelle eine weibliche Hand nicht schlecht gewesen wäre. Die Möbel wirkten alt und abgenutzt. Und die Wände waren auch schon ziemlich lange nicht gestrichen worden.

Als sie sich in den Ohrensessel im Wohnzimmer setzte, kam eine Katze, sprang auf ihren Schoß und machte es sich bequem. Sie schnurrte laut.

»Na, wer bist Du denn?« wollte Jessica wissen und streichelte sie. »Da wird Tony sich aber freuen.«

In dem Moment kamen die beiden aus der Küche zurück.

»Worüber werde ich mich freuen? Und mit wem redest Du eigent...«.

Da sah sie die Katze, und ihre Augen weiteten sich.

Sie stellte den Brotkorb, den sie aus der Küche mitgebracht hatte, auf dem Esszimmertisch ab und eilte zur Katze.

»Ist die süß. Wie heißt sie.«

»Das ist Lucky. Sie ist uns vor zwei Jahren zugelaufen, als sie noch ganz klein war«, meinte Adam, der einen großen Topf auf dem Tisch abstellte. Jessica schnupperte und warf einen Blick in den Topf, in dem sich etwas Helles befand, vielleicht Gemüse in Sahnesoße. Als Adam ihren fragenden Blick gewahrte, grinste er sie an.

»Neugierig? Ich habe uns ein typisch neuenglisches Gericht zubereitet: Clam Chowder. Warten Sie ab! Das schmeckt Ihnen bestimmt.«

Nachdem Tony sich mit Lucky angefreundet hatte, setzten sich alle drei an den Tisch.

Adam öffnete die Flasche Chardonnay, die seine Gäste mitgebracht hatten und schenkte zuerst Jessica und dann sich selbst ein. Tony bekam gelbe Limonade. Anschließend füllte er ihre Teller.

Jessica ließ sich den ersten Bissen langsam auf der Zunge zergehen und versuchte herauszubekommen, aus welchen Zutaten das Gericht bestand.

»Es ist in der Tat köstlich. Aber ich kann nicht genau ausmachen, was es ist. Verraten Sie es mir?«

»Kein Problem. Das Gericht besteht in erster Linie aus Kartoffeln und Muschelfleisch und wird mit einer sahnigen Soße angemacht. Es kommt bei Gästen eigentlich immer gut an. Aber ich bin trotzdem erleichtert, dass es Ihnen beiden schmeckt. Übrigens Jessica, Tony hat mir eben in der Küche von ihrem Erlebnis mit den gestrandeten Walen erzählt.«

»Oh ja, wir haben heute wirklich schon einiges erlebt. Ich hätte nie gedacht, dass ein Strandurlaub so spannend werden kann. Adam, wir haben eigentlich gehofft, durch Josh etwas über den Zustand der beiden Wale erfahren zu können.«

»Das kann er sicher. Die Rettungsaktion wurde mit Sicherheit von Mitarbeitern des Instituts durchgeführt, bei dem Josh angestellt ist. Josh ist früher oft an solchen Rettungsaktionen beteiligt gewesen.«

»Dann hoffe ich, dass er später noch kommt. Ansonsten könnten Sie ihn vielleicht fragen? Ich hätte gerne eine Telefonnummer oder eine Adresse von diesem Rettungsteam.«

»Er wird bestimmt nicht mehr allzu lange auf sich warten lassen.«

Nach dem Essen räumten Adam und Jessica gemeinsam den Tisch ab und brachten das Geschirr in die Küche. Tony spielte mit Lucky. Jessica hatte vermutet, dass die Küche einem Schlachtfeld glich und war überrascht, wie aufgeräumt sie war. Das zeigte ihr, dass Adam es gewohnt war, zu kochen. Er überraschte sie immer wieder. Nicht nur, dass er gut aussah und überaus charmant war. Er schien auch ein guter Hausmann und Vater zu sein; kurzum ein Mann zum Verlieben.

'Warum waren er und Emily nur kein Paar gewesen?' ging es ihr wieder einmal durch den Kopf.

Als alles gespült und aufgeräumt war, gingen sie auf die Veranda.

Adam brachte ihre Gläser frisch gefüllt auf einem Tablett mit und setzte sich zu ihr auf die Bank. Die Veranda befand sich an der Vorderseite des Hauses und war durch einen ziemlich langen Vorgarten von der Straße getrennt. Jetzt um diese Uhrzeit, es dämmerte bereits, war die Straße wie leer gefegt. Sie genossen die Stille und sagten beide nichts, bis Adam Jessica aus ihren Gedanken riss.

»Ich habe übrigens Martha gefragt, ob sie am Freitag auf Tony aufpassen kann. Es ist, wie ich vermutet habe. Sie macht es liebend gerne. Können Sie Tony am Freitag gegen zehn Uhr bei ihr abliefern?«

»Aber natürlich. Mir fällt ein Stein vom Herzen. Wenn Martha sie nicht nehmen würde, wüsste ich nicht, wo ich sie solange lassen sollte.«

»Ich hätte es auch getan. Sie ist ein sehr wohlerzogenes Mädchen. Aber, wie es scheint, hat Emily mich in ihrem Testament bedacht. Ich bin ebenfalls zur Testamentseröffnung eingeladen.«

»Das wundert mich nicht. Immerhin waren Sie beide die besten Freunde. Da ist es doch nur selbstverständlich, wenn Emily Sie bei der Verteilung ihres Nachlasses berücksichtigt.«

»Wissen Sie schon, was Sie mit dem Haus anfangen werden?« wollte Adam wissen.

»Nein, ich weiß schließlich noch gar nicht, ob ich es erbe. Es erscheint mir auch irgendwie nicht richtig. Vielleicht hat Emily es ja Ihnen vermacht.«

»Oh nein, mit Sicherheit nicht. Sie hat mir gesagt, dass sie es Ihnen vermachen wird. Es schien ihr überaus wichtig zu sein, dass Sie es bekommen. Vielleicht wollte sie damit Ihnen gegenüber gutmachen, was sie bei Ihrer Mutter versäumt hatte.«

»Ich hoffe, dass Emily ihr Geheimnis doch noch lüftet,« sagte Jessica mehr zu sich selbst.

In diesem Moment bog ein Jeep in die Straße ein, fuhr bis zu Adam's Haus und parkte in der Einfahrt. Ein Mann Mitte Dreißig stieg aus, ging um den Wagen herum auf das Haus zu. Als er fast die Veranda erreicht hatte, erkannte Jessica ihn.

'Natürlich, er war heute Morgen an der Rettungsaktion beteiligt. Er war einer der beiden, die die Wale untersucht haben', dachte sie.

Jetzt fiel ihr seine Ähnlichkeit mit Adam auf. Er hatte zwar volleres und dunkles Haar sowie braune Augen, aber seine Figur und sein Gang und auch die Gesichtszüge zeigten unverkennbar, dass die beiden Männer miteinander verwandt waren. Er war Adam in einer jüngeren Ausgabe.

*

Als Josh die Stufen zur Veranda hinaufsprang, sah er sie und es verschlug ihm für einen Augenblick den Atem. Sie war attraktiv, aber dennoch nicht übermäßig schön. Es waren ihre Augen - von der türkisblauen Farbe des indischen Ozeans - und der etwas zu groß geratene Mund mit der geschwungenen Oberlippe, die ihn in ihren Bann zogen. Ihre Augen standen etwas weiter auseinander. Die Oberlippe kräuselte sich leicht, als sie ihn anlächelte. Er wusste nicht, wo er hinschauen sollte und wanderte immer wieder von ihren Augen zu diesem sinnlichen Mund.

Erst dann erkannte er sie.

»Sieh mal einer an. So sieht man sich wieder,« begrüßte er sie.

Und gleichzeitig dachte er: 'Das ist also die Frau, von der Dad so geschwärmt hat.' Jetzt verstand er ihn.

»Sie müssen Jessica Freeman sein. Mein Vater hat schon so viel von Ihnen erzählt, dass ich das Gefühl habe, Sie bereits gut zu kennen.«

Sie strich sich mit der linken Hand eine Strähne ihres weizenblonden Haares aus der Stirn. Diese Geste ließ sie jung und zerbrechlich wirken.

»Ich hoffe, er hat nicht übertrieben, und Sie sind nun enttäuscht?« sagte sie und biss sich auf die Unterlippe. Die Oberlippe kräuselte sich wieder, was sie besonders anziehend machte.

»Nein, ganz und gar nicht. Mein Vater war schon lange nicht mehr so begeistert von einer Frau. Ich gebe zu, das hat mich neugierig gemacht. Und jetzt verstehe ich ihn.«

Jessica errötete prompt. Josh vermutete, dass sie Komplimente nicht gewohnt war. Und er kannte sich selbst so nicht.

»Ihr kennt Euch schon?« Adam schaute fragend von einem zum anderen.

»Ja, das ist der Waldoktor von heute Morgen,« entgegnete Tony.

»Ja, das stimmt, kleine Dame. Ich nehme an, Du bist Tony.« Er strich ihr zart über die Wange. Das schien ihr zu gefallen, denn sie schaute ihn mit offener Bewunderung an.

»Haben Sie die Notrufzentrale angerufen?« fragte er Jessica

»Ja, Tony hat die Wale gefunden.«

»Ich habe gehört, Du willst später Tierärztin werden?« wandte Josh sich wieder an Tony.

Sie nickte.

»Sag mal, wo wir doch bald so etwas wie Kollegen sind, warst Du heute Morgen zufrieden mit meiner Arbeit?«

Nun neigte sie ihren Kopf leicht zur Seite. Es bildete sich eine steile Falte zwischen ihren Augenbrauen, als Zeichen dafür, dass sie angestrengt nachdachte. Dann antwortete sie: »Na ja, das war schon ganz gut. Wahrscheinlich hätte ich es auch nicht besser gemacht.«

Darüber mussten alle herzhaft lachen.

»Lacht ihr etwa über mich?« fragte Tony.

»Nein, natürlich nicht«, entgegnete Josh.

»Das wollte ich aber auch meinen. Was passiert denn jetzt mit den beiden Walen?«

»Ich hole mir jetzt erst einmal ein Bier. Dann erzähle ich ausführlich, wie es ihnen ergangen ist, okay?«

Tony nickte. Als Josh mit einem Bier zurückkam, setze er sich in den freien Schaukelstuhl, öffnete den Verschluss der Dose und nahm einen tiefen Schluck. Dann hob er Tony auf seinen Schoß.

»Ich glaube, in Tony haben Sie schon eine Freundin gefunden«, meinte Jessica.

»Das beruht auf Gegenseitigkeit. Zwei so artverwandte Menschen wie wir beide müssen sich doch einfach verstehen, nicht wahr Tony?«

Tony lächelte ihn an und nickte ernsthaft. Josh fiel auf, dass sie die gleichen Lippen wie ihre Mutter hatte.

»Also,« begann Josh. »Ich komme gerade vom Aquarium. Den beiden geht es den Umständen entsprechend gut. Sie haben zwar sehr viel Flüssigkeit verloren und einer der beiden hat eine Infektion, aber jetzt wird alles getan, damit sie bald wieder bei Kräften sind.«

»Wir haben unsere Badetücher nassgemacht und sie damit nass gehalten,« sagte Tony.

»Das war sehr gut. Sonst hätten sie das bestimmt nicht überlebt. Die beiden haben großes Glück gehabt, dass Ihr sie so schnell gefunden habt. Wale, die lebend stranden, befinden sich in akuter Lebensgefahr. Sie sind an Land nicht lange überlebensfähig und sterben ohne fremde Hilfe meist innerhalb weniger Stunden.«

»Warum sind die beiden an Land geschwommen?«

»Das kann unterschiedliche Ursachen haben. Mit dieser Frage beschäftigen sich ganze Heerscharen von Wissenschaftlern. Bis heute wissen wir nicht genau, weshalb so etwas passiert. Manchmal finden sogar regelrechte Massenstrandungen statt.«

»Hier am Cape Cod sollen viele Wale stranden, wie ich gehört habe«, mischte sich nun Jessica ein.

»Ja, das stimmt. Man vermutet, dass der Grund dafür die flache sandige Küste ist. Massenstrandungen häufen sich, wenn magnetische Strömungen im rechten Winkel auf die Küstenlinie treffen. Die Wale verlieren dann die Orientierung und stranden. Aber es gibt auch andere mögliche Ursachen, zum Beispiel Krankheiten aufgrund der immer weiter fortschreitenden Meeresverschmutzung durch industrielle Schadstoffe, die das Immunsystem der Tiere schwächt. Auch akustische Meeresverschmutzung kann die Ursache sein.«

»Was ist das denn?« Tony schaute Josh fragend an.

»Der Lärm in den Meeren nimmt tagtäglich zu. Wale benutzen Töne, um zu kommunizieren, zur Orientierung und zum Aufspüren von Nahrung. Sie können über riesige Entfernungen miteinander kommunizieren. Man nimmt an, dass durch den ständig steigenden Lärmpegel die Kommunikation gestört wird.«

»Welcher Lärm?« wollte nun Jessica wissen. »Etwa Motorengeräusche von Schiffen?«

»Unter anderem. Aber auch Bohrinseln zur Gewinnung von Öl und Gas verstärken den Lärm in den Meeren; und der stetig steigende Wassertourismus trägt ebenfalls dazu bei. Am schlimmsten sind die zunehmenden militärischen Aktivitäten unter. Die Reaktionen der Wale auf Lärmbelästigungen können ein einfaches Wegbewegen vom Lärm sein, aber auch Meiden von Aufzucht- und Nahrungsgebieten und eben körperliche Reaktionen wie Erhöhung der Atemfrequenz. Die militärischen Sonarortungen und auch Sprengungen können das Gehör von Walen dauerhaft schädigen. «

»Das hört sich alles alarmierend an«, meinte Jessica mit besorgtem Blick. »Dass wir Zivilisten diesen wunderbaren Tieren so viel Leid zufügen, war mir gar nicht bewusst.«

»Ich glaube, das ist den meisten Menschen nicht bewusst. Und wenn Walschützer auf die Gefahren hinweisen, werden die Probleme von Industriellen, Politikern und denen, die Nutzen aus den Tieren ziehen, verharmlost.«

»Und warum haben Sie nicht nur das kranke Tier mitgenommen und dem gesunden wieder ins Meer zurückgeholfen?«

»Am Strand war noch nicht erkennbar, ob nur eines der Tiere oder beide krank sind. Hätten wir es dort schon erkennen können, hätten wir trotzdem beide ins Aquarium gebracht. Wir hätten es nicht geschafft, das gesunde Tier wieder ins tiefere Wasser zu bringen, solange sein kranker Freund in der Nähe war. Diese Wale haben eine sehr enge Bindung zueinander. Es sind Grindwale. Man nennt sie auch Pilotwale, weil sie in Gruppen unterwegs sind und einem Leittier folgen. Strandet ein Tier der Gruppe, weil es erkrankt ist, stranden die ihm folgenden Tiere ebenfalls. Sie kommunizieren pausenlos miteinander. Es hat schon Massenstrandungen von kompletten Schulen gegeben, bei denen ihre Retter es nicht schafften, die Tiere ins Meer zurück zu manövrieren. Immer, wenn ein Tier erfolgreich ins tiefe Wasser befördert worden war, strandete es erneut.«

»Aber wenn die beiden sich erholt haben, können sie doch wieder ins Meer ausgesetzt werden? Oder müssen sie jetzt bis an ihr Lebensende im Aquarium bleiben?«

Als Tony dies sagte, bekam sie einen roten Kopf.

»Sobald sie wieder gesund sind, werden wir versuchen, sie freizulassen. Allerdings wird das nicht einfach werden. Wie ich schon sagte, leben sie in einer Gemeinschaft. Für Grindwale sind ihre Artgenossen überlebenswichtig. Stoßen sie nicht wieder auf eine Gruppe, haben sie kaum eine Chance gegen ihre natürlichen Feinde wie den Schwertwal.«

Josh sah die Besorgnis in Tonys Blick und fügte schnell hinzu: »Keine Angst! Wenn wir sie freilassen, wählen wir den Zeitpunkt sorgsam aus und beobachten, ob sich in der Nähe eine Grindwalgruppe aufhält. In dieser Jahreszeit ist das in der Regel kein Problem. Wir werden sie schon durchkriegen und sie finden bestimmt ihre alte Schule wieder.«

»Schule?«

»Ja, so nennt man die Gruppen, in denen Wale zusammen leben.«

Tony war im Verlaufe der Unterhaltung immer nachdenklicher geworden.

Schließlich meinte sie: »Vielleicht ist es doch besser, wenn die beiden für immer im Aquarium bleiben. Dort müssen sie wenigstens keine Angst vor Lärm und Wasserverschmutzung haben.«

»Ich kann Deine Sorgen gut verstehen«, meinte Josh. »Mir geht es auch immer so. Ich würde die sanften Riesen gerne vor diesen Gefahren beschützen und habe manchmal das Gefühl, dass ich alleine nichts ausrichten kann. Aber Wale in einem Aquarium einzusperren ist trotzdem nicht der richtige Weg, um ihnen zu helfen. Wir müssen immer wieder versuchen, die Menschheit auf die Dinge aufmerksam zu machen, die sie im Zusammenhang mit der Meeresverschmutzung zu verantworten haben. Wir dürfen nicht zulassen, dass Meeressäuger vollständig ausgerottet werden.«

Josh merkte plötzlich, dass seine Leidenschaft für diese Tiere ihn übermannt hatte. Der Funke schien auf Tony übergesprungen zu sein, denn obwohl der Tag ereignisreich und anstrengend für sie gewesen sein musste, wirkte sie frisch und munter. Ihre Wangen waren gerötet und ihre Augen glänzten, als sie Josh ansah und jedes seiner Worte mit Begeisterung aufzunehmen schien.

»Dürfen wir die Wale morgen besuchen«, bettelte sie.

Jessica wollte sie gerade zurechtweisen, doch Josh kam ihr zuvor.

»Aber natürlich, Tony. Morgen Vormittag habe ich Schicht im Versorgungsteam, das für die beiden Wale zuständig ist. Ich mache einen Schlenker und hole Euch ab, bevor ich meine Schicht beginne. Ist das für Sie okay, Jessica?«

Sie nickte zustimmend. »Wenn es Ihnen nichts ausmacht?«

»Oh ja«, rief Tony aus und hüpfte von einem Bein aufs andere.

»Sie haben keine andere Wahl. Tony hat entschieden. Ich komme so gegen halb acht bei Ihnen vorbei.«

Als Lucky um Tonys Beine strich, wurde sie jäh abgelenkt. Sie setzte sich auf den Boden, um mit der Katze zu spielen.

»Sie leben in New York, wie mein Vater mir erzählte?« fragte Josh und sah Jessica unverwandt an.

»Ja, seit ziemlich genau einem Jahr.«

»Also, dann sind sie keine geborene New Yorkerin?«

»Nein, ich bin im Südosten von Minnesota aufgewachsen. Auf dem Lande sozusagen.«

»Was machen Sie beruflich in New York?«

»Ich arbeite als Chefredakteurin für einen großen Verlag und bin für die Herausgabe einer Wellness-Zeitschrift verantwortlich.«

Josh beugte sich interessiert vor. Seine Augen verengten sich leicht, als er sie intensiv anschaute. Wieder fiel ihm die ungewöhnliche Farbe ihrer Augen auf.

»Wellness. Was muss ich mir darunter vorstellen?«

»Wir informieren unsere Leser über gesundheitliche Fragen, geben Anregungen für sportliche Aktivitäten und haben auch eine Rubrik, in der wir psychologische Themen aufgreifen, die insbesondere Frauen in der heutigen Zeit interessieren, wie zum Beispiel Ängste.«

»Das hört sich sehr interessant an.«

»Ist es auch; und vor allem abwechslungsreich. Ich hätte selbst nie gedacht, dass ich eines Tages eine Wellness-Zeitschrift herausgeben würde.«

Josh zog die linke Augenbraue hoch.

»Was schwebte Ihnen stattdessen vor?«

»Nun ja, ich wollte so wie die meisten Journalisten etwas bewegen, Skandale aufdecken, das Weltgeschehen beeinflussen.«

Sie erzählte kurz von dem Glück, das sie gehabt hatte, als sie nach New York kam, von Cynthia, von dem großen Vertrauen, das John Diver in sie steckte.

»Das hört sich nach viel Verantwortung an.«

»Ja, schon. Aber es macht auch großen Spaß. Und im Team kommt es auf jeden an.«

Einen Moment war es still, dann fing Jessica wieder an zu sprechen.

»Wie sind sie auf die Idee gekommen, Meeresbiologie zu studieren?«

»Ich hatte von Kindesbeinen an ein großes Vorbild.«

»Bartholomew Nickerson?«

»Ja, Sie kennen ihn?«

»Ich hatte das Vergnügen auf der Beerdigung meiner Tante.«

»Bart hatte Zeit für Emilys Beerdigung? Das zeigt, wie sehr er sie bewundert hat. Denn normalerweise hat Bart nie Zeit. Er taucht immer wieder auf, wie ein Zugvogel nach einem langen Winter, bleibt, manchmal nur ein paar Tage, manchmal auch länger. Und dann ist er wieder unterwegs zu einem seiner Abenteuer. Dieser Mann ist ein Pirat. Doch er zählt zu den besten und aufrichtigsten Menschen, die ich kenne. Er setzt sein Leben für die Wale ein.«

Josh erzählte, wie er in seiner Kindheit immer Barts verwegene Taten bewundert hatte. Er erzählte von seiner nächtlichen Lauschaktion als Zehnjähriger, von der Walschutzorganisation, die sie alle gemeinsam gegründet hatten; von ihren Erfolgen, aber auch von Fehlschlägen im Walschutz. Er hatte keine typische Jugend erlebt; hatte seine Freizeit nicht mit Freunden auf dem Fußballplatz verbracht oder Karten gespielt. Die meiste Zeit war er mit Erwachsenen zusammen gewesen und hatte gemeinsam mit ihnen Strategien entwickelt, um gegen illegale Walfänger vorzugehen oder um die Öffentlichkeit über Wale zu informieren. Sie hatten ihn akzeptiert wie Ihresgleichen.

Jessica und Tony waren fasziniert von seinen Schilderungen und unterbrachen ihn nur, wenn sie etwas nicht verstanden. Dann erklärte er es mit anderen Worten.

Niemandem fiel auf, dass es schon spät geworden war. Erst als Josh innehielt, schaute Jessica auf ihre Armbanduhr und erschrak.

»Was, schon so spät. Ich glaube, es ist besser, wenn wir jetzt fahren, damit wir morgen fit sind.«

»Och, Mommy. Ich bin noch gar nicht müde. Können wir nicht noch ein bisschen bleiben?«

Alles Betteln half nichts. Sie verabschiedeten sich von ihren Gastgebern und fuhren nach Hause.

Als Vater und Sohn alleine waren, konnte Adam seine Neugierde nicht länger verbergen.

»Und, hab’ ich Dir zu viel versprochen? Sind die beiden nicht reizend?«

»Du hast nicht übertrieben. Mich freut vor allem, dass Tony so viel Interesse an Walen zeigt.«

»Na, das war ja wieder einmal klar. Und? Jetzt sag schon: Wie findest Du Jessica? Und sag’ nur nicht, dass Du sie gar nicht so genau angeschaut hast. Du konntest Deine Augen ja gar nicht mehr von ihr abwenden.«

»Dad, jetzt übertreibst Du aber. Natürlich habe ich sie mir angeschaut. Sehr genau sogar. Sie scheint mir eine sehr hübsche und intelligente Person zu sein. Und außerdem hat sie verdammt viel Ähnlichkeit mit ihrer Tante. Ist das nicht schmerzlich für Dich?«

»Nein, so ist Emily wieder lebendig für mich.«

Joshs Blick wurde auf einmal ernst.

»Vorhin habe ich übrigens nicht ganz die Wahrheit gesagt, als ich den Zustand der beiden Wale beschrieben habe. Einem der beiden geht es sehr schlecht. Wir wissen nicht, ob er durchkommt.«

»Aber dann hättest Du Tony davon abbringen müssen, ins Aquarium zu kommen«, rief Adam bestürzt aus. »Spätestens morgen wird sie es selbst feststellen. Das wird ein Schock für sie sein. Das kannst Du nicht machen.«

»Ja, inzwischen ist mir auch klar, dass das unklug von mir war. Aber, ich habe ich es einfach nicht über mich gebracht, ihr die Wahrheit zu sagen, als sie mich so erwartungsvoll angeschaut hat.«

Nach einer kurzen Pause fuhr er fort: »Morgen früh, bevor ich zu Jessica und Tony fahre, werde ich im Aquarium anrufen und mich nach dem Zustand des Wales erkundigen. Geht es ihm schlecht, werde ich den beiden unter irgendeinem Vorwand absagen.«

»Das wird wohl das Beste sein.«

Adam seufzte tief.

»Ich gehe ins Bett. Der Tag war anstrengend und ich bin todmüde.«

Mit diesen Worten erhob er sich schwerfällig, räumte die leeren Gläser weg und ging nach oben. Adams fahle Gesichtsfarbe, die eingefallenen Wangen und die Kraftlosigkeit, mit der er sich dahinschleppte, entgingen Josh nicht. Die Wale waren nicht die einzigen Lebewesen, um die er sich sorgen musste, dachte er.

14. Kapitel

Josh holte die beiden am nächsten Morgen wie versprochen ab.

Zuvor hatte er im Aquarium angerufen und sich nach dem Gesundheitszustand der beiden Wale erkundigt. Wie es aussah, erholten sie sich. Der besonders angeschlagene Wal schien auf das Antibiotikum anzusprechen und hatte bereits erste selbstständige Schwimmversuche unternommen.

»Pünktlich auf die Minute«, begrüßte Jessica ihn.

»Schöne Frauen lässt man eben nicht warten.«

Jessica strich sich mit der linken Hand eine Strähne aus dem Gesicht und lächelte ihn an. Für einen Moment war er wie gebannt von ihrem Anblick, doch dann riss er sich los und wandte sich Tony zu.

»Wir haben den beiden Walen inzwischen Namen gegeben. Ich hoffe, Du bist einverstanden damit, dass wir sie aus Deinem Vornamen und dem Deiner Mom abgeleitet haben.«

Josh war die Idee in der Nacht gekommen.

Jessica zog die linke Augenbraue in die Höhe.

»Das kommt ganz darauf an, was Sie mit unseren Namen angestellt haben«, sagte sie mit einer Portion Skepsis.

»Nun, verunstaltet haben wir Ihre Namen nicht. Hoffe ich zumindest. Wir dachten nur, da Sie beide die Wale gefunden haben, könnten wir sie Ihnen zu Ehren auch nach Ihnen benennen. Es sind zwei Männchen. Das gesunde Tier rufen wir Jesse und dem kranken Wal haben wir den Namen Antony gegeben. Er scheint der Jüngere von beiden zu sein.«

»JESSE und ANTONY, ANTONY und JESSE«, sang Tony.

Josh schaute Jessica an und sah, wie sich ihre Lippen zu einem Lächeln kräuselten.

162

»Ich glaube, damit können wir leben.«

»Dann haben wir also Ihre Zustimmung?«

»Wie Sie sehen, ist Tony ganz begeistert von Ihrer Namenswahl. Und ich fühle mich geehrt.«

»Jetzt gibt es zwei Wale, die so heißen wie wir, Mommy. Ist das nicht toll? Meine Freundinnen werden neidisch sein, wenn ich ihnen das erzähle. Wie weit ist es bis zum Aquarium?« war Tonys nächste Frage, als der Motor noch nicht gestartet war.

»In einer halben Stunde werden wir dort sein.«

Während der Fahrt bombardierte Tony Josh mit weiteren Fragen. Es schien ihm fast so, als habe sie die vergangene Nacht damit zugebracht, einen ganzen Fragenkatalog auszuarbeiten. Er beantwortete sie alle. Tonys Interesse an seiner Arbeit gefiel ihm und erinnerte ihn an damals, als er in ihrem Alter gewesen war.

Als er einmal kurz zu Jessica hinübersah, weil er ihren Blick gespürt hatte, errötete sie und schaute weg.

Für einen Moment sagte keiner etwas, nicht einmal Tony.

Dann begann Jessica: »Ich hoffe, dass die vielen Fragen meiner Tochter Sie nicht allzu sehr nerven.«

»Keineswegs. Ich mag aufgeweckte Kinder wie Tony. Ein chinesisches Sprichwort sagt: Wer fragt, ist ein Narr für fünf Minuten. Wer nicht fragt, ist ein Narr für immer. Na, was ist Ihnen lieber?«

»Ich habe verstanden«, entgegnete Jessica lachend. »Aber beschweren Sie sich ja nicht, wenn Tony Ihnen ein Loch in den Bauch fragt.«

»Wie fragt man jemandem ein Loch in den Bauch?« kam auch schon die nächste Frage aus dem Hintergrund.

Jessica und Josh schauten sich an und fingen gleichzeitig an zu lachen.

Als sie in Woodshole ihr Ziel erreichten, öffnete der Pförtner unaufgefordert die Schranke. Er kannte Josh.

Von dort aus benötigten sie noch geschlagene zwei Minuten bis zum Hafenabschnitt, in dem sich das Aquarium befand. Josh kannte das Gelände wie seine Westentasche und doch war er jedes Mal aufs Neue von den Dimensionen dieses Geländes überwältigt. 'Wie muss es Menschen gehen, die dies zum ersten Mal sehen?' dachte er.

Sie fuhren an zahlreichen großen mehrstöckigen Gebäudekomplexen unterschiedlichster Art vorbei. Das Hafengelände war genauso gewaltig. Drei riesige Motorschiffe lagen vor Anker. Das kleinste Schiff war ungefähr sechzig Meter lang, das Größte schätze Josh auf circa hundert Meter Länge.

»Sie sind so schweigsam. Beeindruckt?« Josh schaute amüsiert zu Jessica hinüber.

»Beeindruckt ist gar kein Ausdruck. Ich bin überwältigt«, entgegnete sie. »Das gehört tatsächlich alles zum Aquarium?«

»Na, sagen wir besser: Das Aquarium gehört zu diesem Komplex. Dies ist eines der größten meeresbiologischen Institute dieser Gegend. Es wurde in den zwanziger Jahren gegründet. Das Gelände umfasst ungefähr hundert Morgen Land mit mehr als vierzig Gebäuden. Ein paar Gebäude gehören allerdings staatlichen Organisationen, die meeresbiologisch tätig sind und eng mit dem Institut zusammenarbeiten. Die drei großen Schiffe, die Sie dort sehen, sind mit den neuesten Technologien ausgestattet. Man könnte sie auch als schwimmende Laboratorien bezeichnen.«

»Sind Sie bei Ihren Projekten auch mit eines dieser Schiffe unterwegs? Ein derartiges Projekt ist ja dann fast so etwas wie eine Luxuskreuzfahrt«, meinte Jessica.

»Mit einer Luxuskreuzfahrt hat Arbeit auf diesen Schiffen nichts gemein. Die Crew arbeitet gemeinsam an einem Projekt, dessen Ziele erreicht werden müssen. Da können die Schichten auch mal doppelt so lang sein, wie normal. Aber, um auf Ihre Frage zurückzukommen: Nein, mit solch riesigen Kähnen bin ich nicht unterwegs. Ich arbeite nicht hier, sondern drüben in Provincetown. Das Institut, in dem ich arbeite, ist bei weitem nicht so groß wie dieses hier, dafür aber sehr familiär. Bis vor ungefähr einer Woche war ich an der Pazifikküste. Unser Schiff war eine Nussschale im Vergleich zu diesen Kähnen hier.«

Inzwischen hatten sie das Aquarium erreicht. Josh parkte den Wagen direkt davor, stieg aus und öffnete zuerst Jessica und danach Tony die Tür.

Als sie die Beckenanlage betraten, löste sich eine kleine Gruppe von Mitarbeitern auf, die am Beckenrand gestanden und die beiden Wale beobachtet hatte. Einer aus der Gruppe kam auf Josh und seine Begleiter zu.

»Jessica, darf ich Ihnen Scott Branahan vorstellen. Er ist ein auf Meeressäuger spezialisierter Veterinär und eine Koryphäe auf seinem Gebiet. Wir sind Kollegen und gemeinsam für das Wohl Ihrer beiden Findlinge verantwortlich.«

»Hallo Jessica. Schön Sie kennen zu lernen.« Scott reichte ihr die Hand und schaute ihr dabei tief in die Augen. Sie schien ihm zu gefallen. Daraus machte er keinen Hehl. Und das gefiel Josh irgendwie gar nicht.

»Sie waren doch gestern bei der Rettungsaktion dabei, oder täusche ich mich?« fragte Jessica.

»Stimmt. Dann sind Sie die beiden, die die Wale entdeckt haben?«

»Ja, meine Tochter Tony hat sie gefunden.«

Er wollte gerade sein Gespräch mit Jessica vertiefen. als Josh ihn ungeduldig am Ärmel mit sich zog.

»Komm schon, Scott. Die Wale warten.«

Und zu Jessica gewandt meinte Josh: »Ich schicke Ihnen einen Mitarbeiter, der Sie ein wenig auf dem Gelände herumführen und Ihnen alles erklären kann. In Ordnung?«

Dann verschwanden er und Scott Branahan hinter einer Tür.

Der Pool war riesig. Jessica schätzte seine Länge auf fünfzig Meter. Er schien zudem einige Meter tief zu sein. Die beiden Wale wirkten geradezu klein darin. Antony befand sich nach wie vor in einer Trage. Jesse hielt sich immer in seiner Nähe auf. Von Zeit zu Zeit rieb er seine Schnauze an der des anderen, so als wollte er sagen: 'Ich bin bei Dir, mein Freund.'

Obwohl Josh Tony bereits auf der Hinfahrt darauf vorbereitet hatte, dass es dem einen der beiden Wale noch nicht so gut ging, schien sein Zustand Tony sehr zu bedrücken. Sie ließ sich am Beckenrand nieder und beobachtete die beiden . Die Sorge um die Tiere stand ihr buchstäblich ins Gesicht geschrieben.

»Tony, geh nicht so nah an den Rand«, mahnte Jessica sie.

»Mommy, sie werden mir schon nichts tun.«

Ein junger Mann, Jessica schätzte ihn auf höchstens zwanzig, kam in diesem Moment auf sie zu.

»Hallo, Sie müssen Jessica sein. Und Du bist sicher Tony. Ich bin Kevin.«

Er reichte beiden nacheinander die Hand.

»Josh hat mich gebeten, mich um Sie zu kümmern, während er mit den Walen beschäftigt ist.«

»Oh, das ist sehr nett. Aber wir wollen Ihnen nicht Ihre kostbare Zeit stehlen. Sie haben doch sicher viel zu tun.«

»Nichts, das nicht warten könnte. Sie haben die beiden gefunden?«

»Ja.«

In diesem Moment kam Josh zurück, in einem dunklen Neoprenanzug und Badeschuhen. Er winkte Jessica und Tony zu. Jessica nutzte die Gelegenheit, während er in das Becken stieg, um ihn eingehend zu mustern. Er war sonnengebräunt und gut gebaut, fand sie.

'Doch das scheint ihm auch durchaus bewusst zu sein,' dachte sie und seufzte.

Kevin machte den Vorschlag, ihnen das Aquarium zu zeigen, doch weder Jessica noch er schafften es, Tony von den Walen weg zu lotsen. Sie wollte keinen Handgriff von Josh und seinem Kollegen verpassen. Resigniert setzte Kevin sich einige Zeit zu ihnen und erklärte, was genau das Team gerade machte.

Zuerst massierte Josh Antony.

»Das macht er, damit dessen Muskeln nicht noch steifer werden,« erklärte Kevin.

Dann wurde die Trage entfernt, in der Hoffnung, dass Antony den Versuch unternahm, sich selbstständig über

Wasser zu halten. Doch den Gefallen tat er ihnen nicht. Und so musste er wieder in die Trage gehievt werden. Unterstützung bei seiner Arbeit erhielt Josh von drei jungen Männern. Nach Aussage von Kevin handelte es sich dabei um Studenten, die in den Semesterferien im Institut arbeiteten. Er selbst war ebenfalls Student.

Josh und sein Team begannen mit der Fütterung der Wale.

»Sie fressen beide mit großem Appetit. Das gibt Anlass zur Hoffnung, dass Antony sich auf dem Weg der Besserung befindet«, meinte Kevin.

»Aber warum schwimmt er dann nicht?« fragte Tony.

»Wir wissen es immer noch nicht genau. Fest steht, dass er sehr viel an Gewicht verloren hat. Wahrscheinlich ist er zu schwach. Scott Branahan hat den beiden gleich bei ihrer Ankunft Blut entnommen und ins Labor geschickt. Die Bluttests sind inzwischen ausgewertet. Insbesondere auf den für Wale gefährlichen Morbillivirus wurde das Blut untersucht. Doch der wurde glücklicherweise nicht entdeckt. Um völlige Sicherheit zu haben, hat Scott ihnen heute Morgen eine zweite Blutprobe entnommen. Erst, wenn auch diese ohne Befund ist, wissen wir mit Gewissheit, dass sie nicht mit diesem Virus infiziert sind.«

»Ist das eine gute Nachricht?« fragte Jessica hoffnungsvoll.

»Schon. Nur leider ist der Morbillivirus nicht der einzige Virus, der bei vielen Walen zum Tode führt. Und wir kennen längst nicht alle Viren.«

Als Kevin die Betroffenheit in Tonys Blick sah, fügte er schnell hinzu:

»Wir sollten das Ganze nicht zu sehr schwarzsehen. Das Antibiotikum scheint ja anzuschlagen und gestern hat er auch schon ein paar Züge alleine gemacht. Er schafft es schon, Du wirst sehen. Er ist ein zäher Bursche. Und sein Freund unterstützt ihn dabei. Sieh nur, wie besorgt er immer neben ihm her schwimmt. Da kann Antony gar nicht anders, als schnell wieder gesund zu werden.«

Jessica lächelte Kevin dankbar an, als sie sah, wie Tonys Gesichtszüge sich entspannten. Sie fragte sich inzwischen, ob es wirklich eine so gute Idee gewesen war, gleich einen Tag nach der Rettungsaktion hierher zu kommen. Wie würde Tony es aufnehmen, wenn eines der Tiere oder sogar beide starben?

Als die Wale versorgt waren, überließ Josh sie für einige Zeit sich selbst, damit sie sich ausruhen konnten. Er nutzte die Gelegenheit, ging zu Jessica und Tony, ließ seine Schützlinge aber keinen Moment aus den Augen.

»Sie langweilen sich doch hoffentlich nicht?«

»Keineswegs. Tony ist nicht mehr vom Becken weg zu bekommen.«

»Wird Antony bald wieder schwimmen können?« fragte Tony mit großen Augen.

»Ich hoffe es. Aber versprechen kann ich leider nichts, außer dass wir alles tun werden, damit er wieder gesund wird. Und deshalb muss ich jetzt wieder zu den beiden.«

Er zwinkerte Tony zu und ging wieder zu Antony zurück.

Um zwölf war Joshs Schicht am Rehabilitationspool beendet.

Vier Kollegen kamen, um ihn und sein Team abzulösen. Tony hatte während der ganzen Zeit kaum den Blick von den Walen gewendet. Sie war wie hypnotisiert, sorgsam darauf bedacht, jede kleinste Bewegung des kranken Tieres mitzubekommen.

»Wie sieht's aus, Tony. Soll ich Euch nun nach Hause fahren?«

»Bitte, bitte. Kann ich noch bleiben? Ich bin auch ganz leise. Es wird mich keiner bemerken.«

Flehend schaute sie von einem zum anderen.

»Nein, das geht nicht, Tony«, entgegnete Jessica bestimmt. »Josh muss arbeiten. Und die Tiere brauchen ihre Ruhe.« Zu Josh gewandt fuhr sie fort: »Sie brauchen uns nicht zu fahren. Wir nehmen den Bus. Ich habe bei unserer Ankunft gesehen, dass vor dem Institut eine Bushaltestelle ist.«

»Das kommt gar nicht in Frage. Erstens, fahre ich auf dem Weg ins Büro fast unmittelbar bei Ihnen vorbei. Und außerdem, habe ich Sie hergebracht und werde Sie auch wieder zurückfahren. Keine Diskussion.«

Als Jessica erneut aufbegehren wollte, kam er ihr zuvor.

»Um zwei Uhr habe ich eine Besprechung mit meinem Team. Bis dahin stehe ich Ihnen zur Verfügung.«

»Na gut, Sie haben mich überzeugt. Aber nur unter der Bedingung, dass ich mich revanchieren darf. Wie wäre es, wenn Sie heute Abend zu uns zum Essen kommen. Ich werde etwas Gutes kochen.«

»Wenn Sie sich dann besser fühlen, gerne. Ich freue mich.«

Sie war selbst über ihre spontane Einladung überrascht und bereute es im selben Augenblick in dem sie sie ausgesprochen hatte. Was sollte er nur von ihr denken, schoss es ihr durch den Kopf. Die Wärme in seiner Stimme, als er einwilligte, ließ ihr Herz schneller schlagen. Das verwirrte sie noch mehr. Schnell beruhigte sie sich damit, dass eine Einladung zum Essen das Mindeste war, das sie tun konnte, um den Ausflug ins Aquarium zu honorieren. Danach würde sie ihn wahrscheinlich nicht wiedersehen. Sie verspürte ein leises Bedauern bei dieser Vorstellung, was sie erst recht ins Grübeln brachte.

Er war nicht ihr Typ, sagte sie sich vor wie ein Mantra. Er war zu selbstbewusst und zu gutaussehend; ein Typ, der jede Frau haben konnte. Und zudem war er mit seinem Beruf verheiratet, wie es schien. Genau wie Ben. Ein zweites Mal würde sie nicht auf diese Art Mann hereinfallen.

15. Kapitel

Als Josh am Abend an Emilys Tür klingelte, dauerte es nur einen kurzen Augenblick, bis Jessica ihm öffnete. Sie lächelte ihn an und erneut musste er feststellen, wie gut ihm dieses Lächeln gefiel. Der pastellfarbene Rock mit dezentem Blumenmuster und die eng anliegende Bluse im gleichen Farbton unterstrichen zudem die außergewöhnliche Farbe ihrer Augen. Sie hatte die schulterlangen blonden Haare hochgesteckt. Bevor sie Josh die Hand gab, steckte sie noch eine vorwitzige Strähne ihres Haares hinter das Ohr.

'Was ist nur der Zauber dieser Frau?' dachte er. Er musste an Allisons Aufmachung denken, als er kürzlich mit ihr Essen gewesen war. Wie viele Stunden mochte sie dafür benötigt haben.

'Vergebene Liebesmühe', dachte er, 'wenn sie mich so hatte rumkriegen wollen.'

Jessica hingegen schien diesen Aufwand nicht nötig zu haben. Sie wirkte durch ihre natürliche Art.

»Hallo Josh. Kommen Sie doch herein.«

Er betrat die Diele und streifte sie dabei kurz mit seinem Arm. Ihr Parfüm stieg ihm in die Nase, frisch und unaufdringlich. Der Duft erinnerte ihn an eine Blumenwiese. Unauffällig sog er die Luft tief ein.

»Bin ich zu früh.«

»Nein, genau zur rechten Zeit. Das Essen ist gleich fertig. Wir können gerade noch einen Aperitif zu uns nehmen.«

Er zauberte einen großen Strauß mit bunten Sommerblumen hinter seinem Rücken hervor und überreichte ihn ihr.

»Oh, sind die schön. Woher wussten Sie, dass mir solche Blumen gefallen?«

»Ehrlich gesagt, wusste ich es nicht. Aber ich fand, sie passen zu Ihnen. Natürliche Schönheit für eine Naturschönheit.«

'Was rede ich denn da,' fragte er sich im gleichen Augenblick. 'Was soll sie von mir denken. Dass ich sie rumkriegen will?'
Sie errötete.

»Eigentlich hatte ich erwartet, einen Eigenbrödler und weltfremden Menschen kennen zu lernen, als Sie mir gestern vorgestellt wurden. Stattdessen muss ich feststellen, dass Sie das ganz und gar nicht sind. Im Gegenteil. Sie sind ein Charmeur par Excellence. Machen Sie ihren Damenbekanntschaften immer solche Komplimente?«

»Nur weil ich die Wahrheit sage, bin ich in Ihren Augen gleich ein Charmeur?«

»Na, lassen wir das«, renkte Jessica lachend ein. »Gegen Sie komme ich ja doch nicht an. Sie müssen wohl immer das letzte Wort haben, oder?«

»Wenn ich im Recht bin, schon«, entgegnete er mit einem Grinsen.

»Lassen Sie uns hinein gehen, sonst ist das Essen noch verkocht, bevor wir es genießen können,« sagte sie.

»Verstehe einer mal diese Frauen«, brummte Josh vor sich hin, während er Jessica ins Wohnzimmer folgte. Dort angekommen, hielt er nach Tony Ausschau. Er war verwundert, dass sie noch nicht aufgetaucht war. Jessica schien seinen suchenden Blick zu bemerken.

»Tony zieht sich noch um. Sie hat so sehr getrödelt, dass sie nicht rechtzeitig fertig wurde.«

Für einen Moment standen sie sich gegenüber ohne dass einer von beiden etwas sagte. Zum ersten Mal hatte Josh das Gefühl, nicht Herr der Lage zu sein. Er spürte, dass sie ebenfalls nach Worten suchte. Sie zupfte ihren Rock gerade und zog an ihrer Bluse, als wolle sie sie glätten.

»Setzen Sie sich doch. Was möchten Sie trinken?«

»Was können Sie mir anbieten?«

»Das ist eine gute Frage. Leider ist die Auswahl nicht allzu groß. Ich habe Bier und Wein gekauft. In Emilys Bar befindet sich eine Flasche Barcardi und eine Flasche Whisky. Ich denke nicht, dass Emily etwas dagegen hätte, wenn ich Ihnen Getränke aus der Bar anbiete.«

»Dann nehme ich einen Barcardi auf Eis. Was trinken Sie?«

»Ich finde, Bacardi ist keine schlechte Wahl. Ich mag ihn allerdings lieber mit Orangensaft.«

»Setzen Sie sich hin, ich kümmere mich um die Getränke.«

Bevor Jessica widersprechen konnte, war er bereits in Richtung Küche verschwunden, um Eis und Gläser zu holen.

Als er ins Wohnzimmer zurückgehen wollte, kam Tony gerade die Treppe herunter.

»Hallo Josh. Du bist ja schon da. Ich habe Dich gar nicht kommen gehört.«

»Ich war auch schon ganz schön enttäuscht, weil Du mich nicht begrüßt hast.«

Er schaute sie dabei gespielt traurig an. Doch dann grinste er.

»Komm mit ins Wohnzimmer. Wir dürfen Deine Mom nicht so lange warten lassen.«

Der Esszimmertisch war hübsch dekoriert. Jessica hatte Emilys bestes Tafelgeschirr aus dem Schrank geholt. Kerzen spendeten ein mildes Licht, obwohl es draußen noch taghell und künstliches Licht nicht erforderlich war. Jessica hatte inzwischen eine Vase für die Blumen gefunden, die Josh mitgebracht hatte.

Es gab Spinat-Lasagne mit Lachs.

»War das gut. Woher wussten Sie, dass das meine Leibspeise ist?« fragte Josh.

Jessica kam nicht dazu, zu antworten, weil Tony ihr ins Wort fiel.

»Sie wusste es nicht. Josh, Du kannst mir glauben, es war heute ganz schön anstrengend, mit ihr durch die Stadt zu laufen, um die Zutaten für das Essen einzukaufen. Sie konnte sich einfach nicht entscheiden.«

Jessica errötete wieder und zupfte an ihrer Hochsteckfrisur herum. Dann trafen sich ihre Blicke und sie fingen beide an zu lachen.

»Wird man denn in diesem Hause niemals ernst genommen?« entrüstete sich Tony darüber.

»So, kleine Dame, dann fangen wir mit dem Ernstnehmen direkt mal an. Für Dich ist jetzt Schlafenszeit. Gehe schon mal nach oben, putze Dir die Zähne und ziehe Deinen Schlafanzug an. Ich komme gleich nach.«

»Immer wenn es spannend wird, muss ich ins Bett«, maulte Tony. »Es ist noch hell draußen und ich bin noch gar nicht müde.«

Doch alles Murren half nichts. Der strafende Blick ihrer Mutter reichte. Sie stand auf und ging Richtung Flur, drehte sich noch einmal um und meinte, zu Josh gewandt: »Aber nur, wenn Du mir eine Gutenachtgeschichte erzählst.«

»Also, ich muss schon sagen: Das hat noch niemand geschafft, und noch dazu in so kurzer Zeit. Bisher hatte nur ich dieses Privileg. Sie haben das Herz meiner Tochter im Sturm erobert.«

»Ich fühle mich geehrt.« Josh zwinkerte Tony zu. »Ich weiß nur nicht, ob mir auf die Schnelle eine Geschichte einfällt. Es ist schon lange her, dass ich das gemacht habe.« Er grübelte kurz nach und meinte dann: »Ich weiß schon. Ich werde Dir meine Lieblingsgeschichte erzählen; eine Geschichte, die mir Emily erzählt hat, als ich in Deinem Alter war.«

»Au ja. Ich beeile mich. Bin quasi schon weg.«

Sie gab ihrer Mutter einen Kuss und rannte nach oben.

»Ich entdecke ja immer neue Qualitäten an Ihnen. Im Umgang mit Kindern sind Sie wirklich sehr geübt.«

»Finden Sie? Das war mir gar nicht bewusst.«

Es dauerte nicht lange, bis Tony rief: »Ich bin fertig. Josh kann nach oben kommen.«

Als er Tonys Zimmer betrat, lag sie bereits im Bett, die Decke bis unter die Arme gezogen. Er setzte sich auf den Rand des Bettes und begann von einem kleinen Jungen zu erzählen, der mit seiner Familie am Meer lebte. Der Vater war Fischer und nahm die größeren Brüder immer mit aufs Meer. Der Junge war deswegen traurig. Er wäre gerne mit zum Fischen gefahren.

Während Josh sprach, kam die Erinnerung zurück, als wäre es gestern gewesen.

Er sah Emily vor sich, wie sie an seinem Bett saß und ihm erzählte, wie der Sohn des Fischers immer auf den Klippen - seinem Lieblingsplatz - gesessen und dem Meer von seinem Kummer und Erlebnissen erzählt hatte; und wie er sich eines Tages mit einem Wal anfreundete, der ihn in seinem Maul mit auf die Reise nahm, um ihm seine Freunde vorzustellen. Als Josh an die Stelle mit Fips, Lips und Fratz kam, lächelte Tony, die die ganze Zeit aufmerksam zugehört hatte, verschmitzt und meinte:

»Ach, ich weiß schon. Es sind Delfine.«

»Richtig geraten«, meinte Josh. »Doch nun geht die Reise weiter.«

Darüber, dass der Fischer und seine Söhne Jonathan nicht bemerkten, als er im Maul des Wales an ihnen vorbeischwamm, schien Tony sich sehr aufzuregen. Ihre Wangen waren gerötet und die Augen glühten. Die Geschichte hatte sie bereits gepackt.

Josh sah aus dem Augenwinkel, dass Jessica im Türrahmen stand und seinen Worten lauschte. Als er fertig war, fragte Tony: »Meinst Du wirklich, dass Blue verstanden hat, warum Jonathan nicht mehr zu den Klippen kommen konnte?«

»Ganz sicher. Er hat es ja irgendwie schon geahnt. Und? Hat Dir die Geschichte gefallen?«

»Oh ja, sie war traurig und schön zugleich. Du kannst sie mir jetzt jeden Abend erzählen.«

»Ich glaube, das würde Deiner Mom nicht gefallen.«

Tony machte einen Schmollmund, zog die Augenbrauen zusammen und schaute Josh durch diese hindurch an. Dann hellte sich ihre Mine schlagartig auf.

»Wenigsten ab und zu. Und zudem glaube ich, dass Mommy Dich mag. Sie hätte bestimmt nichts dagegen, wenn Du öfter bei uns vorbeischaust, solange wir noch hier sind.«

Josh dachte: 'Tony scheint sich besonders gut darauf zu verstehen, ihre Mutter vor mir bloßzustellen. Arme Jessica.'

Als er Jessica jetzt anschaute, hatte ihr Gesicht die Farbe eines Hummers angenommen. Die Vorstellung, mit den beiden häufiger etwas zu unternehmen, gefiel ihm ausnehmend gut.

Er gab Tony einen Kuss auf die Stirn, deckte sie fürsorglich zu und löschte das Licht.

Als er die Tür schließen wollte, sagte Jessica im Flüsterton: »Sie muss immer einen Spalt weit offen stehen. Sonst ängstigt Tony sich nachts.«

»Das ist ja ganz was Neues. Ich wusste nicht, dass Ihre Tochter vor irgendetwas Angst haben kann«, flüsterte er.

Sie lächelte ihn an.

»Ja, das stimmt. Sie wirkt so stark und unerschütterlich. Aber im Grunde ist sie doch ein kleines siebenjähriges Mädchen, verletzlich und schutzbedürftig.«

Das war es, was ihm auch an Jessica aufgefallen war, und das ihn irgendwie anzog; diese Verletzlichkeit, die sie immer zu verbergen suchte. Woran mochte das wohl liegen. Jemand musste ihr sehr weh getan haben. Josh nahm sich vor, es herauszubekommen.

»Was war das für eine Geschichte, die Sie Tony gerade erzählt haben?« fragte Jessica, als sie wieder unten waren.

»Ich habe nur das Ende mitbekommen. Das schien mir eine sehr gute Geschichte zu sein. Tony war ganz ergriffen.«

Er schilderte kurz den Inhalt der Geschichte.

»Ich habe diese Geschichte als Kind geliebt. Ich wusste zwar damals schon, dass es sprechende Wale nicht gibt, erst recht keine, die kleine Jungen im Maul mit auf Reisen nehmen. Das hat mich aber nicht davon abgehalten, insgeheim nach solch einem Wal Ausschau zu halten.«

Jessica war sehr nachdenklich geworden.

»Was mir an dieser Geschichte nicht so recht gefallen will, ist der Schluss. Finden Sie es nicht traurig, dass der Junge die Fähigkeit verliert, mit den Walen zu sprechen?«

175

Fragend schaute sie Josh an.

»Das habe ich anfangs auch gedacht. Doch heute glaube ich, die Geschichte will uns etwas anderes damit sagen.«

»Und was ist das Ihrer Meinung nach?«

»Nun, ich glaube, dass wir Menschen mit dem Heranwachsen häufig unsere Phantasie verlieren. Viele von uns haben sie selbst als Kind nie besessen. Kindern kann man durch die Vermenschlichung von Tieren - also indem man ihnen unsere Sprache überstülpt - deutlich machen, was wir Menschen der Natur und den Tieren antun. Vielleicht will diese Geschichte uns auch sagen, dass es wichtig ist, sich selbst als Teil der Natur zu sehen und nicht als Herrscher über allen Lebens. Der Mensch beutet die Natur aus, ohne Rücksicht auf Verluste. Er glaubt, das Recht dazu zu haben, sich alles nehmen zu können. Und das nur, weil er der Meinung ist, das einzige Lebewesen mit Gefühlen zu sein. Der Junge hat Blue wahrgenommen wie ein ebenbürtiges Wesen. Und er hat ihn auch später nicht vergessen, auch wenn er ihn nicht wieder getroffen hat. Wahrscheinlich war für ihn jeder Wal von da an ein klein wenig sein Freund Blue. Mit der Erinnerung im Herzen hat er sich auf jeden Fall schon ein Stück Kindheit bewahrt. Und vielleicht will uns die Geschichte ja auch sagen, dass man nur, wenn man jedes Lebewesen achtet, dazu beitragen kann, die Welt zu erhalten.«

Jessica lächelte Josh an.

»Aus Ihrer Interpretation hört man deutlich den Meeresbiologen heraus. Ich finde diese Art der Sichtweise interessant. Sie gefällt mir.«

»Das freut mich, Jessica.«

Sein durchdringender Blick schien sie nervös zu machen. Schnell schaute sie auf ihre Uhr und fragte:

»Haben Sie noch Zeit?«

»Solange, wie Sie mich ertragen können. Ich habe mir den Abend für Sie freigehalten.«

»Welche Ehre«, entgegnete sie. Josh hörte einen leichten Anflug von Sarkasmus heraus und schaute sie forschend

176

an. Sein Blick schien ihr nicht zu entgehen. Eine Spur herzlicher fuhr sie fort:

»Wie wär's, wenn wir ein wenig in den Garten gehen. Es gibt dort einen Platz, von dem aus man eine phantastische Aussicht hat.«

»Da können Sie nur die Bank unter dem Ahornbaum am Ende des Gartens meinen.«

»Ja, genau.«

»Das war der Lieblingsplatz Ihrer Tante.«

»Ich weiß. Das hat Ihr Vater mir schon erzählt.«

Der Gartenweg war relativ schmal, so dass ihre Arme sich leicht berührten, als sie nebeneinander hergingen. Doch Jessica zog ihren nicht weg. Josh freute sich darüber.

»Sie haben Emily wohl sehr gemocht?« unterbrach sie als Erste die Stille.

»Ja, meine Mutter ist gestorben, als ich noch ein kleiner Junge war. Emily und Tom waren gute Freunde der Familie. Emily hat sich sehr um mich gekümmert und versucht, mir über die schwere Zeit hinweg zu helfen. Das werde ich ihr nie vergessen.«

»Ja, das hat Ihr Vater mir auch erzählt.«

Jessica strebte nun weiter in Richtung Gartenbank. Josh ging hinter ihr her. Er nutzte die Gelegenheit, ihre Rückenansicht ungeniert zu betrachten, die schmalen Schultern und die knabenhaft schlanken Hüften. Der geschmeidige Stoff des Rockes lag sanft an ihrem Po an und ließ ihre Rundungen erahnen. Jessica schien seinen Blick zu spüren, denn sie blieb unvermittelt stehen und drehte sich um. Dabei lächelte sie verlegen und legte eine Strähne ihres Haares hinter das linke Ohr. Sie machte ihm an ihrer rechten Seite Platz, so dass sie wieder auf gleicher Höhe weitergehen konnten.

Als sie die Bank erreichten, ließ sie den Blick über die unendliche Weite des Meeres schweifen, die sich ihnen von diesem Platz aus bot und atmete hörbar ein.

Für einen kurzen Augenblick sagte keiner der beiden etwas. Sie genossen die Aussicht, die Geräusche der Zikaden und das Rauschen des Meeres, und nahmen die intensiven Gerüche in sich auf. Vereinzelt waren noch Menschen am Strand unterwegs. Ein Mann lief mit seinem Hund direkt an der Brandung entlang, nahm immer wieder einen Gegenstand von seinem Hund entgegen, den dieser gefangen und seinem Herrchen zurückgebracht hatte und warf ihn zurück ins Meer, worauf sein Hund los sprintete, um ihn erneut zu apportieren.

Ein Liebespaar ging eng umschlungen am Wassersaum. Die beiden schienen die Welt um sich herum nicht wahrzunehmen. Immer wieder blieben sie stehen und küssten sich. Plötzlich riss das Mädchen sich von ihrem Geliebten los und rannte davon. Doch er hatte sie schnell eingeholt, umschlang sie, so dass sie sich ihm nicht wieder entziehen konnte. Spielerisch rangen sie kurze Zeit miteinander, bis sie nachgab und ihn voller Hingabe küsste.

Josh merkte, dass auch Jessica das Paar beobachtete. Als er nun seinen Blick auf Jessica richtete, schien sie es zu spüren. Schnell wendete sie ihren Blick von dem Paar ab und schaute in eine andere Richtung. Er wollte ihre Verlegenheit überspielen und fing an zu sprechen.

»Emilys Tod macht meinem Vater sehr zu schaffen. Ich war über sein Aussehen erschrocken, als ich kürzlich von meiner Reise zurückkam.«

»Ja, man merkt sofort, dass sie ihm sehr viel bedeutet haben muss.«

Er seufzte.

»Das hat sie in der Tat. In nächster Zeit werde ich mich um ihn kümmern. Das bin ich ihm einfach schuldig.«

»Heißt das, sie bleiben vorerst hier?«

»Ja, ich hab' sogar schon ein neues Projekt. Neben der Arbeit mit den beiden Walen natürlich.«

»Das freut Ihren Vater bestimmt.«

»Ich denke schon. Er würde mich zwar nie bedrängen, hier zu bleiben, aber es beruhigt ihn doch, wenn ich in seiner Nähe bin, jetzt wo er langsam alt und klapprig wird. In letzter Zeit kommt er sowieso auf die seltsamsten Ideen; wünscht sich eine Schwiegertochter und hätte lieber heute als morgen einen ganzen Stall voller Enkelkinder. So kenne ich ihn gar nicht.«

»Also, ich muss schon sagen: Irgendwie kann ich ihn verstehen«, entgegnete Jessica.

Sie legte den Kopf schief und schaute Josh abschätzend an. »Wieso sind Sie eigentlich nicht verheiratet.«

Bevor er antwortete, warf er ihr einen Seitenblick zu.

»Kommt jetzt ihr journalistischer Spürsinn zum Vorschein?«

fragte er sie und fing an zu lachen. Sie stimmte in sein Lachen ein. Wieder war er wie gebannt von dem warmen Glanz in ihren Augen.

»Das kann schon sein«, entgegnete sie.

Doch dann wurde ihr Blick ernst.

»Verstehen Sie mich nicht falsch. Es geht mich wirklich nichts an. Ich hätte nur gerne gewusst, ob Ihr Vater noch auf Enkelkinder hoffen darf, jetzt wo ich weiß, wie gut Sie mit Kindern können.«

»Es freut mich, dass sie so viel Anteil an dem Leben meines Vaters nehmen«, entgegnete Josh. »Wie es mir dabei geht, scheint Ihnen ja völlig egal zu sein.«

Er setzte ein Mitleid erregendes Gesicht auf.

»Soll ich Sie jetzt noch bedauern?«

»Ich bitte darum. Aber Spaß beiseite. Bei meinem Beruf ist es nicht so einfach, eine Frau zu finden, die bereit ist, monatelang zu Hause zu sitzen und auf mich zu warten.«

»Aber es gibt doch auch genügend Meeresbiologinnen mit der gleichen Leidenschaft, die ebenfalls unterwegs sind.«

»Schon. Bisher war eben nicht die Richtige dabei. Reicht Ihnen die Antwort vorläufig?«

Jessica errötete. Und, um noch eins drauf zu setzen, fuhr Josh fort:

»Glauben Sie ja nicht, dass ich noch irgendetwas ohne meinen Anwalt sage. Wie wäre es denn, wenn Sie mir zur Abwechslung mal etwas aus Ihrem Leben erzählen.«

»Ach, da gibt es nicht viel zu erzählen. Ich bin als Einzelkind eines Fabrikantenehepaares in Minnesota aufgewachsen, habe Journalistik studiert, geheiratet und eine Tochter geboren, die Sie ja schon kennen gelernt haben. Nach meiner Trennung vor einem Jahr bin ich nach New York gezogen und arbeite dort als Chefredakteurin. Ich liebe meine Tochter und meinen Job, genau in dieser Reihenfolge. Ach ja, und vor zehn Monaten sind meine Eltern ums Leben gekommen. Und schon kennen Sie mein ganzes Leben.«

Als sie ihre Eltern erwähnte, fiel Josh auf, dass sie erneut rot wurde und plötzlich sehr schnell und irgendwie monoton sprach.

Er versuchte, sie aufzuheitern und sagte: »Das ist in der Tat ein ziemlich langweiliges Leben.«

Als er sie anschaute, wirkte sie im ersten Moment verblüfft, doch dann musste sie lachen.

»Nein, Spaß beiseite. Das mit Ihren Eltern tut mir leid. Das muss ein ziemlicher Schock für Sie gewesen sein.«

Jessica wirkte auf einmal verschlossen. Sie schaute aufs Meer hinaus und sagte eine Weile nichts, so als müsse sie sich erst die Worte zurechtlegen. Ihr Zögern irritierte ihn.

»Es tut mir leid, wenn ich einen wunden Punkt getroffen habe. Wir können gerne über etwas anderes sprechen.«

»Nein, das ist schon in Ordnung. Es ist ja jetzt bereits fast ein Jahr her. Dafür, dass ich mich mit meiner Mutter nicht besonders verstanden habe, nimmt mich ihr Tod erstaunlich mit. Ich verstehe es selbst nicht.«

Sie lachte bitter auf.

Josh wusste nicht, was er darauf sagen sollte. Er spürte, wie sehr die Vergangenheit sie aufwühlte. Sollte er noch einen Versuch starten, das Thema zu wechseln? Doch sie kam ihm zuvor.

»Ich hatte einen fürchterlichen Streit mit meiner Mutter. Und mit Ben, meinem Exmann. So schlimm hatte ich sie beide noch nie erlebt. Meine Ehe war die Hölle. Vom ersten Tag an. Ungelogen. Und meine Mutter war - seit ich denken kann - eine unmögliche Person, eine Despotin. Dieser Streit war der Tropfen, der das Fass zum Überlaufen brachte. Ich packte heimlich unsere Koffer und verschwand wie ein Dieb in der Nacht mit Tony nach New

York zu meiner Freundin Cynthia. Das war vor einem Jahr. Mein Vater besuchte mich noch einmal in New York. Eine Woche vor seinem Tod. Er wollte mich überreden, mitzukommen und unseren Streit zu begraben. Ich lehnte ab. Seither lässt mich dieses Schuldgefühl nicht los. Hätte ich ihren Tod verhindern können, wenn ich nicht so stur gewesen wäre?«

Sie hatte sehr schnell gesprochen, so als spule sie ein Tonband ab.

»Das muss sehr schlimm für Sie gewesen sein.«

Mit so etwas hatte er nicht gerechnet. Er war betroffen.

»Ich hatte ja keine Ahnung. Jessica, glauben Sie mir, ich wollte das alles nicht wieder in Ihnen aufwühlen.«

»Das ist schon in Ordnung.«

Sie sah ihn an.

»Bisher kennt nur Cynthia diese Geschichte. Das ist nichts, mit dem man sich brüsten kann. Ich habe versucht, alles zu verdrängen. Es tut gut, einmal darüber zu reden.«

Dann machte sie eine Pause, bevor sie weitersprach.

Josh schaute sie von der Seite an, während sie so da saß und wie gebannt aufs Meer starrte.

»Nach allem, was ich bisher über Emily erfahren konnte, hatten die beiden Schwestern nicht sehr viel gemeinsam. Äußerlich vielleicht. Aber das war es auch schon. Ich habe Emily zwar nicht kennengelernt; sie ist mir durch die Schilderungen ihrer Freunde jedoch schon jetzt näher, als meine Mutter es jemals war. Ist das nicht komisch und traurig zugleich?«

Wieder machte sie eine Pause, schien sich das Bild ihrer Mutter in jeder Einzelheit ins Gedächtnis zurückzuholen. Es bildete sich eine steile Falte zwischen ihren Augenbrauen.

»Meine Mutter war ein Workaholic. Sie war geradezu besessen von der Arbeit in der Firma. Für den Haushalt hatte sie Personal, für meine Erziehung war auch gesorgt. Und doch hatte sie ihre Augen überall. Ihr entging einfach nichts. Sie musste immer die Kontrolle über alles haben,

181

über die Firma, meinen Vater, über mich und über ihre Angestellten.«

»Was war das für ein Unternehmen, das sie betrieb?«

»Das meine Eltern betrieben«, verbesserte Jessica ihn. »Denn mein Vater war der Geschäftsführer, zumindest offiziell. Inoffiziell entschied sie, was zu tun war. Mein Großvater hatte in den fünfziger Jahren eine Papierfabrik gegründet. Er hatte damals ganz klein angefangen, mit einem Familienunternehmen, das nur aus zwei Beschäftigten bestand, seiner Frau und ihm. Sie betrieben eine Papierverarbeitungsmaschine. Bald hatte er aus der Firma eine gut florierende Fabrik geschaffen, die vielen Mitgliedern der kleinen Gemeinde, in der wir lebten, Arbeit verschaffte. Dadurch gewann meine Familie großes Ansehen und Einfluss im Ort.«

Jessica schien nun ganz in Erinnerung versunken und Joshs Anwesenheit nicht mehr wahrzunehmen. Ihr Blick war aufs Meer gerichtet.

»Mein Großvater liebte seine Tochter sehr. Doch er war auch ein Mensch der alten Garde. Für ihn war eine Frau nach wie vor in erster Linie für das Wohl der Familie zuständig. Auf keinen Fall durfte es so weit gehen, dass sie eine Firma leitete. So hatte er Renée, meine Mutter, erzogen. Sie wollte ihm wohl immer beweisen, dass sie besser war als jeder Mann. Ich habe erst bei dem Besuch meines Vaters in New York die Gründe für ihren Übereifer erfahren. Zumindest nach außen wahrte sie immer den Schein. Mein Großvater suchte einen Nachfolger. Dieser sollte zur Familie gehören. Was lag da näher, als Renée mit dem passenden Partner zu verheiraten. Mein Vater war in seinen Augen der Richtige. Er verfügte über ein Betriebswirtschaftsstudium und war als ruhiger und besonnener Mensch bekannt.«

Jessica lachte kurz bitter auf.

»Und er war in der Tat der Richtige, weil er machte, was von ihm verlangt wurde. Nie aufbegehrte. Das war genau das, was meine Mutter sich wünschte.«

Jessica schaute Josh an und schien seinen Blick ergründen zu wollen.

»Vielleicht denken Sie, ich sei verbittert und undankbar«, fuhr sie fort, »aber glauben Sie mir, meine Mutter hat es niemandem leicht gemacht, ihr dankbar zu sein, geschweige denn, sie zu mögen. Ihre fordernde Art hat alle auf Abstand zu ihr gehalten.«

»So, wie sie ihre Mutter schildern, war sie sehr beherrschend und hat Ihnen keinen Raum gelassen für Ihr eigenes Leben.«

»Ja, genau so habe ich es empfunden. Sie hat ihre ganze Energie in die Firma gesteckt und von uns, meinem Vater und mir, erwartet, dass wir es ihr nachtun.«

»Und Ihr Vater hat sich niemals dagegen gewehrt?«

»Nein, niemals. Zumindest habe ich es nie mitbekommen. Am Anfang wurde er von seinen Mitarbeitern noch sehr geschätzt. Dann hat sie begonnen, mehr und mehr das Regiment zu übernehmen. Zuhause ging es immer nur um die Firma, morgens nach dem Aufstehen und am Abend beim Abendessen. Es gab kein anderes Thema. Irgendwann hat mein Vater wohl im Alkohol Trost gefunden.«

»Ich verstehe.«

»Meine Mutter war eine sehr starke Persönlichkeit, viel stärker als er. Ich glaube, das hat er nicht verkraftet.«

»Zu Ihrem Vater hatten sie ein enges Verhältnis?«

»Am Anfang schon. Da war er noch ein fabelhafter Vater, sanft und sensibel. Er nahm mich als Mensch wahr. Und er glaubte an mich. Doch was ich ganz und gar nicht mochte, war seine Inkonsequenz in Bezug auf meine Mutter. Manchmal wusste ich nicht, was schlimmer war für mich, die Herrschsucht meiner Mutter oder sein Kriechen vor ihr. Und als er mit dem Trinken anfing, interessierte er sich für nichts mehr.«

»Wie haben Sie sich gegen ihre Mutter behauptet?«

»Es war ein ewiger Kampf. Manchmal siegte sie, manchmal ich. Sie müssen wissen, ich bin ein richtiger Dickkopf. Wenn ich mir etwas in den Kopf gesetzt habe, ziehe ich es durch, ohne Rücksicht auf Verluste. Da komme ich wohl auf sie.«

Sie grinste ihn an.

»Dann sind Sie ja in guter Gesellschaft. Ich kann auch ein ganz schöner Sturkopf sein, wenn es nötig ist,« sagte er.

Er sah, dass sie zitterte. Instinktiv legte er seinen Arm um sie, um sie zu wärmen, doch er spürte ihre Anspannung, ein inneres Aufbäumen gegen seine Berührung.

»Das alles muss sehr schlimm für Sie gewesen sein.«

Jessica seufzte. Sie löste sich aus seiner Umarmung und fuhr fort.

»Ja, das war es. Finden Sie es nicht auch komisch? Da ist man ständig im Kampf mit einem Menschen. Und kaum ist dieser Mensch nicht mehr greifbar, fängt man an, ihn zu vermissen. Seit meine Eltern gestorben sind, vermisse ich sie wahnsinnig. Ja, ich vermisse sogar manchmal die Firma, die ich früher so sehr gehasst habe. Und ich glaube, ich vermisse meine Mutter sogar noch ein bisschen mehr als meinen Vater. Das ist doch verrückt.«

»Ich glaube, man ist immer versucht, Harmonie herzustellen. Wenn einem das in der Familie nicht gelingt, dann hat man so ein Gefühl des Versagens. Das kenne ich auch.«

Sie schaute aufs Meer hinaus und sprach mehr zu sich selbst. »Sie sind ein wildfremder Mensch für mich. Wie haben Sie es nur geschafft, mir das alles zu entlocken? Aber ich muss sagen: Ich fühle mich irgendwie von einer Last befreit. Es tat gut, einmal alles los zu werden.«

»Ihr Vertrauen ehrt mich und Sie können versichert sein, dass ich es nicht enttäuschen werde.«

Sie schauten sich an und für einen Augenblick hatte Josh das große Verlangen, sie an sich zu ziehen und zu küssen. Doch er beherrschte sich. Sie hatte ihm zuvor deutlich zu spüren gegeben, dass sie eine solche Nähe nicht wollte.

Es war bereits stockdunkel um sie herum und die Luft kühlte merklich ab. Jessica begann wieder zu zittern. Josh hatte keine Jacke dabei, die er ihr anbieten konnte.

»Ich glaube, wir sollten besser hineingehen. Sonst erkälten Sie sich noch«, schlug er deshalb vor.

»Ja, Sie haben Recht.«

Sie standen auf und gingen zurück zum Haus.

»Jessica, ich habe mir morgen frei genommen, weil ich dachte, dass Tony und Sie vielleicht gerne eine Walbeobachtungstour mit mir unternehmen würden. Hätten Sie Lust? Nachmittags um vier muss ich allerdings wieder im Aquarium sein, um Ihre beiden Findlinge zu versorgen.«

Jessicas Augen leuchteten.

»Ja, das ginge. Morgen haben wir noch nichts vor. Und ich glaube..., nein ich weiß, dass Tony begeistert sein wird.«

»Gut, dann sehen wir uns morgen. Meinen Sie, Sie können so gegen neun Uhr im Hafen sein?«

»Ja, das ist kein Problem. Wie finde ich Ihr Boot?«

»Es ist die 'Kleine Seemöve'. Sie liegt am Ende des Piers. Sollten Sie Probleme haben, sie zu finden, gehen Sie entweder zu meinem Vater oder fragen jemanden. Die Bootswerft meines Vaters ist ganz in der Nähe.«

»Die kenne ich bereits. Ich war vorgestern dort. Machen Sie sich also keine Gedanken. Wir werden Sie schon finden.«

»Ach, und mitbringen müssen Sie nichts, außer guter Laune. Ich sorge für die Verpflegung. Und damit wir morgen alle ausgeruht sind, fahre ich jetzt nach Hause.«

Jessica brachte ihn zur Tür. Bevor er zu seinem Wagen ging, kam er noch einmal zurück, gab ihr einen sanften Kuss auf die Wange, drehte sich abrupt wieder um und verschwand.

16. Kapitel

Der Frühnebel lag wie ein zarter Brautschleier über der Bucht und verfing sich in den sanften Hügeln. Doch die Sonne erkämpfte sich bereits ihren Weg durch den Dunst, indem sie ihre Strahlen bündelte und den Nebel an den Stellen durchdrang, an denen er bereits an Intensität verloren hatte. Bald würden auch die letzten Nebelfetzen verschwunden sein, um einem weiteren sonnigen und warmen Tag Platz zu machen.

Tony war jauchzend vor kindlicher Vorfreude durch die Küche gesprungen, als Jessica ihr von dem bevorstehenden Ausflug erzählt hatte und Jessica hatte es einige Anstrengungen gekostet, den Enthusiasmus ihrer Tochter ein wenig zu bremsen.

Als sie nun im Hafen ankamen, war es zwar noch früh am Morgen, doch es herrschte bereits emsiges Treiben auf dem Pier. Viele Bootsbesitzer hatten sich auf ihren Yachten eingefunden, um das viel versprechende Wetter auszunutzen.

Jessica und Tony schlenderten den Pier entlang, noch auf der Suche nach Joshs Boot. Im selben Moment, in dem Jessica und Tony die 'Kleine Seemöwe' entdeckten, streckte Josh seinen Kopf aus der Kabine. Er war gerade dabei, Getränke in den Kühlschrank zu räumen. Als er Jessica und Tony bemerkte, ließ er alles stehen und liegen und trat auf das hintere Außendeck, um sie zu begrüßen.

Die 'Kleine Seemöwe' wirkte mit einer Länge von elf Metern eher unscheinbar zwischen den weitaus größeren Luxusyachten, die im Yachthafen vor Anker lagen. Jeder Yachtbesitzer schien darauf bedacht, den Nachbarn in Größe und Ausstattung seines stolzen Eigentums übertrumpfen zu wollen. Doch die 'Kleine Seemöwe' vermochte sich alleine durch die Tatsache von den anderen abzuheben, dass ihr Rumpf nicht in blitzblankem Weiß erstrahlte, sondern schlicht dunkelblau gestrichen war.

Unwillkürlich bekam Jessica Herzklopfen, als sich ihr Blick mit dem von Josh kreuzte. Er sah unverschämt gut aus, wie sie fand. Er trug eine weiße Leinenhose, ein gelbes Poloshirt und weiße Leinenschuhe. Durch die Kleidung kam seine Bräune voll zur Geltung. Wieder fiel ihr seine athletische Figur auf.

Sie musste wieder an die Unterhaltung vom Vorabend und an Joshs Abschiedskuss denken und ihr Puls ging noch mehr in die Höhe, ein wenig auch aus Scham, weil sie ihm so viel anvertraut hatte. Gleich, als er gefahren war, hatte sie es bereut. Schließlich kannte sie ihn erst seit ein paar Tagen. Normalerweise brauchte sie sehr lange, bis sie sich einer Person gegenüber öffnete. Und jetzt hatte sie geradezu aus dem Nähkästchen geplaudert.

Während ihrer Unterhaltung im Garten hatte sie zudem eine Spannung zwischen ihnen gespürt, die sie sehr verwirrt hatte. Zu keinem Mann außer Ben hatte sie sich auf Anhieb derart hingezogen gefühlt. Damit hatte sie nach den Erfahrungen, die sie mit Ben gemacht hatte, nicht mehr gerechnet. Und sie wusste nicht, ob sie einem solchen Gefühlschaos noch einmal gewachsen war.

Trotzdem hatte Joshs Vorschlag, eine gemeinsame Walbeobachtungstour zu machen, ein Hüpfen ihres Herzens ausgelöst.

Was, wenn sie begann, in Josh mehr zu sehen, als einen netten Freund? War das nicht vielleicht schon längst passiert? Sie würde ihm nie so viel bedeuten, dass er seinen Job für sie aufgab. Sie überlegte, ob sie bereit wäre, für einen Mann ihre Unabhängigkeit aufzugeben, und musste diese Frage klar mit nein beantworten.

Sicher sah Josh sie nur als einen kurzen Flirt an, der nach zwei Wochen wieder verschwand. Sein plötzlicher Aufbruch am Abend zuvor hatte ihr dies noch einmal deutlich gemacht. Im ersten Moment hatte sie es zwar als Geste der Rücksichtnahme verstanden, weil sie so offen über ihre

Familie gesprochen hatte und glaubte, dass er ihre offensichtliche Verwundbarkeit nicht hatte ausnutzen wollen.

Doch jetzt tendierte sie mehr zu der Version, dass er bewusst Abstand zu ihr hielt, aus Angst, er könne bei ihr Hoffnungen wecken.

Sie war froh, dass sie gerade noch die Kurve bekommen hatte, als sie von Ben angefangen hatte. Immerhin ging es niemanden etwas an, auf was für einen Menschen sie hereingefallen war. Es reichte, wenn sie sich dies selbst nicht verzeihen konnte.

«Sind wir zu spät?« fragte sie, als er ihr die Hand hinhielt, um ihr ins Boot zu helfen.

Sie spürte die Schwielen an seinen Händen. Kraftvoll zog er sie ins Boot. Dabei kam sie ihm gefährlich nahe. Ihre Blicke trafen sich kurz, doch lang genug, um sie aus dem Konzept zu bringen. Der Geruch seines Aftershaves stieg ihr in die Nase. Schnell löste sie sich von ihm, sobald sie festen Boden unter den Füßen spürte und trat zur Seite.

«Nein, keineswegs. Zehn Minuten nach der vereinbarten Zeit ist immer noch im akademischen Viertel. Ich habe die Zeit genutzt, um das Boot schon mal startklar zu machen.« Dann half er Tony ins Boot, die sofort anfing, alles zu inspizieren. Als sie die Kajüte entdeckte, warf sie einen Blick hinein und rief aufgeregt:»Schau nur Mummy, hier ist es wie in einer richtigen Wohnung. Ich hätte nie gedacht, dass man auf einem Boot so viel Platz hat.«

Josh lächelte. Dann wendete er sich Jessica zu.

»Sind Sie schon einmal gesegelt?«

»Nein, dies ist das erste Mal.«

»Dann führe ich Sie am besten erst einmal herum.«

Jessica staunte nicht schlecht, als sie sah, dass alles vorhanden war, um längere Zeit auf dem Boot zu leben. Die kleine Kochnische im Eingangsbereich der Kajüte bestand aus einem Kühlschrank, einem Gaskocher mit drei Flammen sowie einem Schrank für Geschirr und Nahrungsvorräte. Im mittleren Teil befand sich eine Sitzecke, die man auch zu einem Bett umfunktionieren konnte. Außerdem gab es noch eine abgeschlossene kleine Innenkabine in der

Spitze des Bootes, die mit einer Matratze vollständig ausgepolstert war, wie ein kuscheliges Nest. Durch zwei Bullaugen fiel Licht hinein. Zwei Personen fanden problemlos Platz darin.

Für einen kurzen Moment fragte sie sich, ob wohl schon viele junge Damen mit Josh eine Nacht auf diesem Boot und in diesem Bett verbracht hatten, vielleicht sogar Allison. Doch im gleichen Augenblick ärgerte sie sich über sich selbst. Was ging sie das überhaupt an?

Als Josh seinen Gästen Limonade serviert hatte, wies er ihnen Plätze auf dem hinteren Außendeck zu. Tony wäre am liebsten nicht mehr von seiner Seite gewichen. Sie wollte jeden seiner Handgriffe erklärt haben und Jessica befürchtete bereits, der Kapitän könnte noch vor dem Ablegen kapitulieren. Doch auch dieses Mal ließ Josh sich von ihrer Neugier nicht aus der Ruhe bringen und beantwortete alle Fragen sorgfältig, während er die letzten Vorbereitungen traf, damit die Fahrt beginnen konnte.

Weder Josh noch Jessica bemerkten das Segelboot, das in diesem Moment an ihnen vorbei aus dem Hafen manövriert wurde. Die ebenmäßig helle Porzellanhaut der jungen Frau, die an der Reling stand und zu ihnen hinüberschaute, war einer noch größeren, nahezu unnatürlichen Blässe gewichen. Ihre geschminkten Lippen hatte sie zu zwei Strichen zusammen gepresst. Innerlich bebend schaute sie der fröhlichen Gruppe auf der 'Kleinen Seemöwe' hinterher und trommelte dabei mit ihren sorgfältig manikürten Fingernägeln auf der Reling.

Drei Tage zuvor, als Allison ihn gefragt hatte, wann sie wieder gemeinsam etwas unternehmen würden, hatte Josh sich damit herausgeredet, dass er im Moment zu viel im Institut zu tun habe. Und jetzt das. Noch nie zuvor hatte ein Mann es gewagt, sie dermaßen zu demütigen und eine andere Frau ihrer Gesellschaft vorzuziehen. Was wollte er eigentlich mit dieser Jessica? Sie war ihr gleich unsympathisch gewesen. Jetzt wusste Allison auch, warum. Wieder einmal eine dieser Städterinnen, die meinten, sie bräuchten nur auf der Bildfläche zu erscheinen und schon stände die ganze Männerwelt am Kap auf dem Kopf.

Eigentlich hasste Allison es, auf der Yacht ihres Vaters mitzufahren. Sie hatte sich von ihm überreden lassen, weil ein wichtiger und einflussreicher Kunde sie unbedingt dabei haben wollte. Jetzt war sie froh darüber. So wusste sie wenigstens, dass sie noch mehr Anstrengungen unternehmen musste, um Josh für sich zu gewinnen.

Josh würde schon noch zu Kreuze kriechen, dafür würde sie sorgen. Sie wusste zwar noch nicht wie, aber ihr würde schon noch etwas einfallen. Schließlich kannte sie niemanden, der besser im Schmieden von Intrigen war als sie selbst. Und sie hatte noch keinen Mann kennengelernt, der ihren Reizen nicht früher oder später erlegen war. Sie würde Josh zum Winseln bringen.

Ein wenig beruhigt und kampfesmutig schaute sie nach vorne zur Hafenausfahrt. Die Kleine Seemöwe war inzwischen aus ihrem Sichtkreis verschwunden.

Josh band die Leinen los, mit denen das Boot vertäut war und warf den Hilfsmotor an, um das Boot aus dem Hafen zu lenken. Gekonnt steuerte er es an den im Hafen ankernden Booten vorbei aufs offene Meer hinaus. Als sie die Hafeneinfahrt hinter sich gelassen hatten, stellte er den Motor ab und hisste das Hauptsegel. Er wartete, bis der Wind das Segel in die richtige Position gebracht hatte und sicherte es mit den Seilen. Jessica beobachtete, wie seine Armmuskeln sich dabei anspannten und seine schlanken Finger geschickt die Seile zusammenlegten. Danach kam er zu ihnen auf das Außendeck und setzte sich zwischen Jessica und Tony ans Ruder.

Als sie nahe an einem der Küste vorgelagerten Dünenstreifen vorbeikamen, der seit den sechziger Jahren unter Naturschutz stand, sahen sie vom Boot aus Seehunde, die sich am Strand in der Sonne aalten. Aus den Wellen lugten weitere Dutzend kleiner Seehundköpfe hervor, die mit ihren verschmitzten Gesichtern zahlreiche Touristen anlockten. Tony war so außer sich, dass Jessica Angst bekam, ihre Tochter könnte noch über Bord gehen. Doch Josh konnte sie beruhigen, indem er ihr ein Walerlebnis versprach, das sie so schnell nicht vergessen würde.

Als sie sich von der Küste entfernten und aufs offene Meer hinaussegelten, konnten sie gerade noch einen Blick auf Provincetown mit seinen vornehmen, schindelgedeckten Sommerhäusern direkt an einem traumhaften Sandstrand erhaschen.

Der Nebel hatte einem azurblauen Himmel Platz gemacht und die Sonne brannte erbarmungslos auf die Bootsinsassen nieder.

Sie waren bereits über eine halbe Stunde gesegelt und hatten einige Seemeilen zurückgelegt. Doch weit und breit war kein Blas und erst recht kein Wal zu sehen. Jessica hatte die Hoffnung auf ihr erstes Walerlebnis bereits aufgegeben, als plötzlich, ohne jede Vorwarnung, etwa hundert Meter von ihnen entfernt die Wasserdecke aufbrach und ein riesiger Leib steil aus dem Wasser schoss. Der Wal erhob sich mit seinem gewaltigen Körper fast vollständig aus dem Wasser, schien dann kurz in der Luft zu verharren, drehte sich einmal um die eigene Achse und ließ sich mit Getöse auf den Rücken fallen. Der antrazitfarbene Oberkörper war an der Bauchseite weiß und an der Unterseite des Kopfes von zahlreichen großen Kehlfurchen durchzogen. Mit seinem mit Entenmuscheln und Parasiten bedeckten Maul sah er aus wie ein zerschründeter, moosbewachsener Granitfelsen. Durch den Sprung des Wales wurden Wellen in Bewegung gesetzt, die bis zum Boot zu spüren waren. Dann war es einen Moment lang ganz still, so als sei die Welt stehengeblieben. Kein Luftzug war zu spüren. Das Meer lag ruhig wie eine Spiegelfläche vor ihnen. Nichts deutete mehr auf das gerade geschehene Naturereignis hin. Jessica und Tony waren vor Schreck wie erstarrt. Selbst Josh schien den Atem angehalten zu haben.

Tony und Jessica starrten noch eine geraume Zeit auf die Stelle, an der zuvor der Wal verschwunden war, so als warteten sie auf sein erneutes Auftauchen. Doch er sprang nicht wieder.

»Jeder Sprung erfordert von einem Wal dieser Größe eine enorme Anstrengung. Und trotzdem sind schon häufiger Tiere beobachtet worden, die viele Male hintereinander gesprungen sind,« sagte Josh.

»Warum springen sie?« fragte Tony.

»Gute Frage. Wir wissen es bis heute nicht genau. Aber wir vermuten, dass der Sprung der Kommunikation mit Artgenossen dient. Es gibt jedoch noch viele andere Theorien zur Erklärung ihrer Sprünge, wie Übermut, oder aber als Ausdruck des Zorns.«

In diesem Moment sahen sie die ersten birnenförmigen Atemfontänen, die zischend in unmittelbarer Nähe des zuvor gesprungenen Wales in die Luft aufstiegen.

»Es müssen mindestens fünf Tiere sein,« sagte Josh.

Er ließ ein Gerät ins Wasser hinab. Dann drehte er an einem Regler auf einem elektronischen Gerät, das er in der Nähe des Steuers aufgebaut hatte und das Jessica bisher nicht bemerkt hatte.

Sofort waren fremdartige Klänge zu hören; quietschende Geräusche, als würde irgendwo eine alte schwere Haustür ins Schloss fallen, deren Scharniere dringend geölt werden müssten. Die Geräusche waren unterschiedlich, variierten.

Gerade als Jessica sich erkundigen wollte, was es mit diesem Gerät auf sich hatte, tauchten die ersten Walrücken auf. Sie kamen näher, umkreisten das Boot und tauchten darunter hinweg. Ihre Körper waren lang, deutlich länger als das Segelboot und Jessica wurde es ein wenig mulmig. 'Was, wenn sie die 'Kleine Seemöwe' zum Kentern bringen. Es müsste ein Leichtes für sie sein,' dachte sie.

Sie schaute nervös zu Josh hinüber. Ihm schienen ihre Befürchtungen nicht zu entgehen, denn er legte beruhigend seine Hand auf ihre Rechte, mit der sie sich neben ihrem Sitz abstützte und dabei die Schultern bis zu den Ohren zog. Seine Berührung jagte ihr eine Gänsehaut über den Rücken, trotz der Angst vor einer Havarie. Sie versuchte, sich nichts anmerken zu lassen.

»Wale sind von Natur aus friedliebende Tiere. Den Menschen sehen sie nicht als ihren natürlichen Feind an, obwohl sie allen Grund dazu hätten,« sagte er und lächelte Jessica an.

»Ich muss gestehen: Ich bin von ihrer Größe beeindruckt. So gewaltig habe ich sie mir nicht vorgestellt.«

Nun schien auch Tony sich ein wenig von ihrem Schrecken erholt zu haben.

»Was sind das für Wale? Die sehen ja ganz anders aus als die, die wir am Strand gefunden haben, und so viel größer.«

»Das ist eine Gruppe von Buckelwalen.«

»Woran hast Du erkannt, dass es Buckelwale sind? Und warum überhaupt Buckelwale? Ich seh' gar keinen Buckel.«

»Weißt Du, es gibt etwa neunzig verschiedene Walarten und jede ist auf ihre Art einzigartig. Buckelwale heißen diese hier deshalb, weil sie beim Abtauchen immer einen kleinen Buckel machen. In dem Moment ist dann die Fluke, also die Schwanzflosse und der Kopf gleichsam unter Wasser. Man sieht nur die Rückenfinne und ein Stück des Rückens, wie einen Buckel. Der lateinische Name des Buckelwals bedeutet übersetzt 'der mit den langen Schwingen aus Neuengland'. Vielleicht hast Du die weißen Brustflossen bemerkt, als der Wal gesprungen ist. Es gibt keine andere Walart, die derart lange Brustflossen hat.«

»Und was sind das für Geräusche,« fragte Tony weiter. »Sind das die Wale? Und das Gerät zeichnet sie auf?«

»Ja, richtig erkannt. Ich habe gerade eben ein Unterwassermikrofon ins Wasser gelassen, das mit diesem Verstärker dort verbunden ist. So können wir den Walen bei ihren Gesprächen zuhören. Und so haben wir sie wahrgenommen, bevor sie auftauchten. Buckelwale sind die Meistersänger der Meere. Sie komponieren regelrechte Sinfonien und diese Stücke variieren von Jahr zu Jahr und von Schule zu Schule.«

»Wozu soll das gut sein?« fragte Jessica.

»Sie kommunizieren auf diese Weise über Hunderte von Kilometern mit ihren Artgenossen.«

Weiter kam Josh mit seinen Erklärungen nicht, da Tony aufgeregt aufgesprungen war, in die Ferne zeigte und rief: »Schaut nur, Delfine. Da hinten. Bitte, bitte, Josh, fahr' nah an sie heran.«

Die Wale schienen sie gar nicht mehr zu interessieren.

Doch auch sie hatten ihr Interesse am Boot und seinen Insassen verloren. Sie tauchten nacheinander ab und streckten dabei ihre riesige Schwanzflosse aus dem Wasser, was Tonys Interesse noch einmal kurzzeitig wecken konnte, da sie so riesig und schön aus einer solchen Nähe anzuschauen waren. Die Unterseite der Schwanzflosse war bei allen Walen unterschiedlich gemustert, fiel Jessica auf. Doch sie kam nicht dazu, Josh deswegen zu befragen, denn er kam ihr mit der Antwort zuvor. Während er die Delfine ansteuerte, erklärte er, dass diese unterschiedlichen Markierungen den Forschern die Möglichkeit gaben, einzelne Buckelwale auseinander zu halten. Die Tiere wurden fotografiert und diese Fotos anschließend in einer großen, allen Forschern zugänglichen Datenbank katalogisiert.

»Und was hat man davon?« wollte Tony wissen.

»Eine ganze Menge. Zum Beispiel kann man sie zählen und dann auf den tatsächlichen Bestand schließen. Das ist sehr wichtig, da Wale enorm bedroht sind, wie ich Dir ja schon erklärt habe.«

Tony nickte ernsthaft.

»Auf diese Weise erhalten wir außerdem wichtige Informationen über das Verhalten der Tiere innerhalb der Gruppen. Es wurden einzelne Tiere zu verschiedenen Zeiten in unterschiedlichen Schulen gesichtet. Das lässt darauf schließen, dass Wale nicht in familiären Gruppen schwimmen und das einzelne Gruppenverbände nicht so fest sind, sondern sich in ihrem Bestand von der Fresssaison zur Fortpflanzungszeit ändern.«

Als sie ziemlich nah an die Delfine herangekommen waren, hatte Tony nur noch Augen für die Artisten der Meere und hängte sich gefährlich weit über den Bootsrand, um jede ihrer Bewegungen verfolgen zu können. Insgeheim schien sie zu hoffen, dass sie eine Gelegenheit bekam, eines dieser Tiere zu berühren. Joshs Gelassenheit hatte sich bereits auf sie übertragen. Jessicas Ängste schien sie nicht zu teilen.

Die Delfine tauchten erneut ab. Diesmal aber blieben sie verschwunden, als hätte das Meer sie verschluckt. Tony machte ein enttäuschtes Gesicht, wich aber nicht von der Stelle und hielt ihren Blick gebannt auf der Wasseroberfläche, die sich langsam glättete.

Dann ließ ein Krachen nur etwa zehn Meter vom Boot entfernt Tony und Jessica zusammenfahren.

Ein Wal von enormer Größe schoss ganz nah beim Boot mit seinem gewaltigen Körper senkrecht aus dem Wasser. Er wirkte einen Moment unschlüssig, in welche Richtung er sich fallen lassen sollte, entschied sich dann für die dem Boot abgewandte Seite und ließ sich mit lautem Krachen auf den Rücken fallen. Ob er diese Seite absichtlich gewählt hatte, war nicht erkennbar. Jedenfalls dachte Jessica wieder, wie gefährlich eine Walbeobachtungstour doch sein konnte. Das Manöver des Wales hatte eine riesige Wellenbewegung zur Folge, die das Boot gefährlich zum Schaukeln brachte. Und wie beim ersten Mal verschluckte das Meer auch diesen Wal, die Wogen glätteten sich und nichts deutete mehr auf das Schauspiel hin, das gerade stattgefunden hatte.

Gleich darauf sprang der mächtige Walkörper zwar noch einige Male, doch nicht mehr so nah am Boot wie beim ersten Mal.

»Ich kann mir nicht helfen«, meinte Jessica, als sie sich einigermaßen von ihrem Schock erholt hatte, »aber derartige Manöver direkt am Boot haben nicht gerade eine entspannende Wirkung auf mich. Ist denn noch nie etwas passiert?«

»Hin und wieder sind Boote durch Wale zum Kentern gebracht worden. Einmal ist es mir fast so ergangen. Da Wale sehr empfindliche Ohren haben, orientieren sie sich in erster Linie an den Geräuschen, die sie empfangen. Das Segelboot macht keinen Lärm und so kann es durchaus passieren, dass ein ahnungslos unter einem Boot tauchender Wal sich genau unterhalb des Bootes dazu entscheidet, aufzutauchen und so das Boot zum Kentern bringt. Dabei kann er das Boot massiv beschädigen, ganz zu schweigen von den Verletzungen, die er selbst davon tragen kann.«

»Na, das ist ja sehr beruhigend.«

»Keine Angst. So etwas passiert nur sehr selten. Und dieser Wal gerade hat uns sehr wohl gesehen. Einmal habe ich erlebt, wie ein Wal unmittelbar neben unserem Boot auftauchte und mit seinem Kopf steil aus dem Wasser kam. Ganz deutlich konnte ich sein Auge sehen. Er schien mich zu mustern. Seine Pupillen rollten in den Augenhöhlen hin und her, als ob er mich inspizierte. Dann tauchte er ab und verschwand.«

»Was hat er von Dir gewollt?« Tony schaute Josh fragend an.

»Ich weiß es nicht, aber ich glaube, er war nur neugierig und hat seine Umgebung ausspioniert. Wir nennen diese Art des Auftauchens deshalb »spy hopping«. Man sieht Wale dies häufiger tun. Es wurde auch schon als Teil ihres Fressverhaltens beobachtet. Wenn sie mit dem Kopf aus dem Wasser schießen, erzeugen sie beim Abtauchen einen Sog und reißen vermutlich ihre Beute mit in die Tiefe. Tauchen sie dann sofort wieder auf, müssen sie nur noch ihr riesiges Maul öffnen und die Nahrung fliegt ihnen wie im Schlaraffenland in den Schlund.«

»Sind die Fische dann auch schon gebraten?« fragte Tony kichernd.

»Das wäre natürlich die Krönung,« sagte Josh mit einem Augenzwinkern zu Tony. »Wenn sie Fische fressen würden. Und wenn sie diese dann auch noch gerne gebraten hätten. Aber weißt Du, Bartenwale wie dieser gerade fressen Plankton und Krill. Sie filtern sie durch riesige Barten, die sich im Maul befinden.«

»Das heißt, wir stehen nicht auf ihrem Speiseplan? Ich bin beruhigt,« sagte Jessica.

»Ab und an kommt es vor, dass sich ein größerer Meeresbewohner in ihr Maul verirrt. Der Wal schluckt ihn aber
nicht, sondern spuckt ihn aus.«

Tony schaute Josh mit großen Augen an und schluckte.

Wieder sahen sie zwei Blasfontänen und Josh steuerte
sofort darauf zu. Diesmal war es eine Walkuh mit ihrem
Kalb. Als sie nahe genug an sie herangekommen waren,
schwammen die beiden langsam um das Boot herum, so
als wollten sie es untersuchen. Sie hielten sich dabei in
einigem Abstand. Plötzlich tauchte das Waljunge direkt
neben dem Boot auf und legte sich auf die Seite, so dass
deutlich sein Auge und seine Flosse zu sehen waren. Es
war zum Greifen nahe. Tony war ganz aufgeregt. Als das
Walkalb plötzlich den Kopf an der Bootswand hoch
streckte, gelang es ihr, es zu berühren. »Sei vorsichtig,
Tony,« rief Jessica besorgt.

»Das Kalb wird ihr nichts tun.«

»Die Haut des Babys ist viel dunkler und glatter als die
der Mutter,« rief Tony aufgeregt. »Sie fühlt sich weich an,
wie Wildleder. Und seine Mutter hat überall riesige Po-
cken. Was ist das, Josh?«

»Das sind Seepocken und Parasiten.«

»Sie sieht dadurch aus wie ein Wesen aus der Urzeit,«
sagte Jessica.

Das Waljunge schien die Streicheleinheiten zu genießen.
Es wich Tony nicht mehr von der Seite. Auch Jessica
bekam die Möglichkeit, es zu berühren. Unterdessen blieb
die Walmutter in einem gewissen Sicherheitsabstand und
ließ ihr Junges nicht aus den Augen. Immer wieder tauchte sie mit ihren zwölf Metern Länge unter dem Boot hinweg. Sie war dabei jedoch sehr behutsam und stieß nie ans
Boot an. Einmal, als Tony sich gerade über dem Blasloch
befand, hörte Jessica ein Zischen. Tony schien es auch
gehört zu haben und zog den Kopf ein. Es war jedoch zu
spät, auszuweichen. Die Atemfontäne spritzte ihr voll ins
Gesicht. Sie kicherte wieder.

»Er hat mich geduscht und sein Atem stinkt nach Fisch.«

Doch das schien sie nicht weiter zu stören. Sie streckte den Kopf wieder vor und streichelte das Waljunge weiter.

Irgendwann flachte die Neugier der beiden Tiere ab. Sie tauchten ab und verschwanden genauso plötzlich, wie sie gekommen waren.

»Wie kommt ein Waljunges auf die Welt, Josh?« fragte Tony. »Kann es sofort schwimmen?«

»Tony, Du stellst wirklich gute Fragen. Wale sind keine Fische, wie Du ja bestimmt schon weißt. Sie müssen zum Luftholen auftauchen. Und da Walkühe für die Geburt nun mal nicht einfach an Land gehen können, hat die Natur sich für sie etwas Besonderes ausgedacht. Ihre Jungen werden nämlich in Steißlage geboren, das heißt, sie kommen mit dem Schwanz zuerst auf die Welt oder besser gesagt. ins Meer. Wäre es anders herum, würden sie bei einem längeren Geburtsvorgang ersticken. Sobald sie vollständig den Mutterleib verlassen haben, werden sie liebevoll von der Mutter und den anderen weiblichen Gruppenmitgliedern an die Wasseroberfläche bugsiert. Die Geburt findet in ruhigen und seichten Gewässern statt, so dass der Weg an die Oberfläche kurz ist.«

»Und dann fangen sie gleich an, Fische zu fressen?«

»Nein. Wale sind Säugetiere. Das bedeutet, dass die Waljungen nach der Geburt genauso wie wir Menschen am Anfang durch die Muttermilch versorgt werden. Und da das Saugen unter Wasser nicht so einfach ist wie an Land, funktionieren die Zitzen auch anders als bei den Landsäugetieren. Die Milch ist extrem nahrhaft und sie wird dem Jungen regelrecht mit Druck ins Maul gespritzt, so dass es viel Nahrung auf einmal aufnehmen kann und entsprechend schnell an Gewicht zunimmt. «

»Hm,« sagte Tony. Sie schien zu überlegen, was sie noch fragen konnte. Ihr fiel aber wohl nichts mehr ein.

»Wisst Ihr eigentlich, was Ihr für Glückspilze seid?« fragte Josh. »Es war gerade so, als hättet Ihr in der Welt der Wale verkündet, dass Ihr heute diese Tour macht. Das ist mir schon lange nicht mehr passiert, dass sich so viele unterschiedliche Walarten derart präsentieren wie heute.

Manchmal sieht man weder einen Buckelwal noch einen Delfin, auch wenn man stundenlang auf dem offenen Meer kreist.«

»Ich hab gestern noch ein Fax losgeschickt,« sagte Jessica und grinste Josh an. Er lächelte zurück, und sie spürte, wie sie errötete.

Inzwischen waren einige Stunden vergangen, seit sie den Hafen verlassen hatten. Josh führte ein Wendemanöver durch.

Jessica und Tony waren noch ganz von ihren Erlebnissen eingenommen. Sie hingen ihren Gedanken nach. Zu schön war es gewesen. Jessica verstand plötzlich Joshs Leidenschaft für die Tiere und fühlte sich ihm seltsam nah. Sie spürte ein Gefühl des Bedauerns in sich aufsteigen, Bedauern darüber, dass die Fahrt bald zu Ende war.

Josh, dem ihr nachdenklicher, ein wenig verträumt wirkender Blick nicht entgangen zu sein schien, tippte ihr sanft auf die Schulter, um ihre Aufmerksamkeit auf einen weißen Vogel zu lenken, der über ihrem Boot kreiste.

»Sehen Sie den Vogel dort über uns?«

Jessica schaute nach oben und nickte.

»Das ist eine Seeschwalbe. Sie nisten überall auf Monomoy Island.«

Er zeigte auf die Insel, die sie gerade erreichten und die dem Kap vorgelagert war. In einer kleinen Bucht brachte er das Boot zum Stehen und warf den Anker. Dann gab er Tony ein Fernglas.

»Schau Dir mal die Insel etwas genauer an. Es gibt immer viel zu sehen. Monomoy Island ist ein wahres Vogelparadies und auch von Deinen geliebten Seerobben wirst Du einige entdecken. In der Zwischenzeit mache ich uns etwas zu essen. Du hast doch sicher großen Hunger Tony? Und Sie, Jessica?«

Eifrig nickten beide.

»Kann ich Ihnen irgendwie behilflich sein.«

»Ich habe alles im Griff. Die Kochnische ist außerdem so klein, dass man sich leicht auf die Füße tritt.«

Nach kurzer Zeit kroch der Geruch von frisch gebratenem Speck aus der Kajüte zu ihnen herauf. Jessica spürte ein Hungergefühl. Auch wenn sie ein wenig unter Gewissensbissen litt, weil sie es nicht gewohnt war, sich von einem Mann bedienen zu lassen, so genoss sie doch die Fürsorge, mit der Josh sie beide umgab.

Er machte Spiegeleier mit Speck, dann halbierte er Tomaten und briet sie mit der Innenseite nach unten in der Pfanne. Außerdem hatte er Hackfleischbällchen mitgebracht. Eine weitere Pfanne nutzte er zum Toasten frischer Weißbrotscheiben. Als er genügend Scheiben getoastet hatte, drapierte er alle Zutaten auf einem Tablett und schob es durch die schmale Tür nach oben auf das hintere Außendeck. Jessica nahm es entgegen und deckte den Tisch.

Josh reichte zwei Becher Kaffee nach draußen sowie eine Apfelschorle für Tony.

»Ich hoffe, unsere Segeltour hat Ihnen beiden gefallen?« Josh schaute Jessica bei diesen Worten an und schien die Antwort aus ihren Augen ergründen zu wollen.

»Oh, es war ein unbeschreibliches Erlebnis. Wir werden es sicher so schnell nicht vergessen. Nicht wahr, Tony?«

Tony nickte nur. Sprechen konnte sie nicht, da sie kurz zuvor ein großes Stück Toast in ihren Mund geschoben hatte. Hastig schluckte sie alles hinunter und wischte sich mit der Hand über den Mund.

»Am schönsten fand ich, das Waljunge streicheln zu dürfen. Es hatte so weiche Haut und wie es mich dabei angeschaut hat. Am liebsten hätte ich immer so weiter gemacht«, rief sie mit leuchtenden Augen.

»Ich hätte nie gedacht, dass man so nah an Wale herankommt. Als mich das Waljunge anschaute, hatte ich das Gefühl, es ist irgendwie menschlich«, fügte Jessica hinzu.

»Ja, ich weiß, was Sie meinen. So geht es mir auch jedes Mal. Vielleicht liegt es daran, dass diese Tiere eine Intelligenz besitzen, die der des Menschen ziemlich nahe kommt.«

»Davon habe ich auch schon gehört. Ich frage mich nur, woher wollen wir überhaupt wissen, dass diese Tiere eine höhere Stufe der Intelligenz besitzen?«

»Ganz einfach ist das natürlich nicht in Erfahrung zu bringen. Fest steht, das Wale im Allgemeinen und Delfine im Besonderen ein Gehirn besitzen, das von der Struktur her dem des Menschen ähnelt. In Jahrmillionen hat sich ihr Gehirn weiterentwickelt und den äußeren Umweltbedingungen angepasst. Die Intelligenz dieser Tiere zu messen, ist dennoch schwierig, wenn nicht sogar fast unmöglich. Unterschiedliche Wissenschaftler vertreten hierzu auch die verschiedensten Ansichten.

Betrachtet man bei Walen nur den Aspekt der sozialen Intelligenz, glaube ich, dass sie uns in nichts oder in fast nichts nachstehen. Je mehr soziale Beziehungen zu bewältigen sind, umso höher ist die erforderliche Intelligenz. Wale leben in Gruppen. Und es wurde beobachtet, dass innerhalb dieser Gruppen ein komplexes soziales Verhalten abläuft. Außerdem bestehen Rivalisierungen zwischen verschiedenen Gruppen. Eine Aufgabe dieser Gruppen ist zum Beispiel der bessere Schutz vor Fressfeinden. Wale sind außerdem große Taktiker. Ja, man vermutet, dass sie regelrechte Szenarien durchspielen, um innerhalb einer Gruppe eine bestimmte Position zu erlangen. Und vor allem lässt das Vorhandensein eines sozialen Gedächtnisses auf eine hohe Intelligenz dieser Tiere schließen. Das heißt, sie vergessen nicht, wie ein anderes Mitglied der Gruppe sich in einer bestimmten Situation verhalten hat und können diese Kenntnisse beim Durchspielen von Szenarien verwenden. Sie versuchen also, die Gefühle der anderen Gruppenmitglieder zu ergründen. Der Blick des Waljungen ist Ihnen vielleicht genau aus diesem Grunde so menschlich erschienen.«

Jessica nickte nachdenklich mit dem Kopf.

»Das klingt alles plausibel. Aber ich frage mich nach wie vor: Woher will man das alles wissen. Wir sprechen nicht ihre Sprache und wir sind nicht in der Lage, ihre Gedanken zu ergründen. Woher wollen wir also wissen, dass sie ein soziales Gedächtnis haben.«

»Natürlich werden wir dies nie ganz genau wissen. Die einzige Möglichkeit, die wir haben, um so viel wie möglich über die Meeressäuger zu erfahren, ist die Beobachtung und die anschließende Deutung der beobachteten sozialen Interaktionen.

Vielleicht kann ich Ihnen dies an einem Beispiel verdeutlichen. Vor der Küste Japans wurde nach dem brutalen Abschlachten von ein paar hundert Delfinen einen Tag später der Hafen von Tausenden ihrer Artgenossen blockiert. Sie bildeten mit ihren Leibern eine für die Fischerboote undurchdringliche Mauer und gaben unheimliche, pfeifende Geräusche von sich. Mit dieser Aktion hinderten sie die Fischer einen Tag lang daran, aufs Meer hinauszufahren.«

»Das hört sich nach Vergeltung an; irgendwie menschlich.«

»Ja, ein klarer Fall von sozialer Intelligenz.«

Josh warf einen Blick auf seine Uhr.

»Auch wenn ich die Unterhaltung mit Ihnen sehr genieße, müssen wir uns leider jetzt auf den Rückweg machen. Die Arbeit ruft.«

Auch Jessica schaute auf die Uhr.

»Was? Schon drei Uhr. Die Zeit ist wie im Flug vergangen.«

'Leider', dachte sie.

Als hätte er ihre Gedanken erraten, hörte sie ihn fragen:

»Ich kann um neun Uhr heute Abend bei Ihnen sein. Wie wäre es? Hätten Sie noch Lust auf einen Strandspaziergang?«

Und ob sie Lust hatte. Ihr Herz machte einen riesigen Freudensprung. Vergessen war der Vorsatz, sich zurückzuhalten.

»Sehr gerne«, antwortete sie, um einen neutralen Tonfall bemüht. Doch sie befürchtete, dass der Glanz in ihren Augen sie verriet.

»Ich freue mich darauf«, sagte er mit sanfter Stimme und schaute ihr dabei tief in die Augen.

17. Kapitel

Josh liebte die Arbeit im Rehabilitationspool. Doch an diesem Tag verspürte er zum ersten Mal ein Gefühl der Erleichterung, als seine Ablösung erschien und er sich endlich auf den Weg zu Jessica machen konnte.

Er fuhr nach Hause, um zu duschen und sich umzuziehen. Als er vor dem Haus hielt, sah er seinen Vater auf der Veranda sitzen und setzte sich zu ihm.

»Hallo, Dad. Wie geht's Dir?«

»Gut, mein Junge. Bin zwar ein bisschen müde, aber sonst kann ich nicht klagen. Kommst Du jetzt erst von der Segeltour zurück?«

»Nein, ich hatte am Nachmittag noch eine Schicht im Aquarium.«

»Wie geht es den beiden Walen?«

»Den Umständen entsprechend gut. Antony ist zwar noch immer sehr schwach, aber er macht bereits erste Schwimmversuche. Ich glaube, er schafft es.«

»Na, das ist ja mal eine gute Nachricht.«

»Und ob. Tony wird sich freuen, wenn ich ihr das erzähle.«

»Ich kann mir schon ihr Strahlen vorstellen«, entgegnete Adam.

»Ich hoffe, es macht Dir nichts aus, wenn ich Dich heute Abend schon wieder alleine lasse. Ich wollte mit Jessica und Tony an den Strand, um den Sonnenuntergang mit ihnen zu erleben.«

»Nein, fahr nur. Ich komm schon klar. Ach übrigens, bevor ich es vergesse. Allison hat eben angerufen. Du sollst sie so schnell wie möglich zurückrufen. Sie tat sehr geheimnisvoll und dringend, wollte mir aber nicht sagen, wo der Schuh drückt.«

»Ich habe es eilig. Allison muss warten. Morgen Vormittag rufe ich sie vom Büro aus zurück. Sie soll nicht glauben, dass ich sofort springe, wenn sie ruft.«

»Und wenn es wichtig ist?«

»Das glaube ich nicht. Dann hätte sie Dir bestimmt gesagt, worum es geht.«

»Mag sein, dass Du Recht hast. Na ja, auf jeden Fall habe ich meine Schuldigkeit getan.«

Nachdem Josh geduscht und sich umgezogen hatte, ging er in den Garten und pflückte einen Strauß rosafarbener Rosen, die überall wild auf der Insel wuchsen und ihren süßen Duft verströmten. Die zarten Blütenblätter erinnerten ihn irgendwie an Jessica; und auch die Dornen passten, wie er fand.

Bei dem Vergleich musste Josh über sich selbst lachen. Er hatte gar nicht gewusst, dass er so poetisch sein konnte.

Auf seinem Weg zu ihr hielt er noch kurz bei einem Spiri.tuosenladen an und kaufte eine Flasche Chardonnay.

Jessica öffnete ihm in einem hübschen Sommerkleid, das ihr ausgezeichnet stand. Dies überraschte ihn nicht mehr. Vielmehr fand er, dass sie immer fantastisch aussah, egal was sie trug. Sie war hübsch, doch bis auf die ungewöhnliche Farbe ihrer Augen und ihr strahlendes Lächeln gab es nichts, dass aus ihr eine außergewöhnliche Schönheit gemacht hätte. Es war in erster Linie ihr Wesen, das sie für ihn so anziehend machte, die Art, wie sie ihn anschaute; oder die kleinen Gesten, mit denen sie versuchte, ihre Verlegenheit zu überspielen; oder auch ihr musternder Blick, wenn sie glaubte, er bemerke es nicht und das plötzliche Wegschauen, sobald sie sich dabei erwischt fühlte. Aber vielleicht war es auch die Mischung aus all dem.

»Guten Abend, Jessica.«

Er reichte ihr die Rosen, deren Stiele er zuvor mit Papier umwickelt hatte. Sie roch daran und zog den Duft tief ein. Dabei schloss sie kurz die Augen.

»Herrlich, dieser Duft. Vielen Dank. Kommen Sie doch herein.«

Sie lächelte ihn an. Dabei kräuselte sich ihre Oberlippe und rief in ihm den Drang hervor, sie zu berühren. Leicht irritiert über seine Gedanken zwang er sich zur Ordnung. Er zauberte die Flasche Chardonnay hinter seinem Rücken hervor.

»Oh, das ist eine gute Idee. Ich habe doch tatsächlich vergessen, Wein einzukaufen. Was meinen Sie. Gehen wir gleich runter an den Strand? Oder möchten Sie vorher noch etwas trinken?«

Sie schaute ihn fragend an.

»Von mir aus gehen wir gleich.«

»Gut. Dann muss ich zuvor die Blumen versorgen und den Wein kaltstellen.«

Zwei Minuten später erschien sie wieder.

»Wo ist Tony?« fragte er.

»Sie ist noch oben, muss aber gleich herunterkommen. Sie wissen ja gar nicht, was für eine Freude Sie ihr mit der heutigen Bootsfahrt gemacht haben.«

»Ich dachte mir, dass es ihr gefallen würde.«

»Gefallen ist gar kein Ausdruck. Sie war ganz aus dem Häuschen. So habe ich sie lange nicht erlebt. Jetzt ist ihr Berufswunsch nicht mehr Tierärztin. Sie will Meeresbiologin werden, so wie Sie.«

Josh fing an zu grinsen.

»Das freut mich. Mir ist es damals auch so ergangen, als ich in ihrem Alter war. Und das hat sich nicht mehr geändert.«

»Na, Sie machen mir vielleicht Spaß.«

Sie schaute ihn entsetzt an.

»Der Gedanke, Tony könnte später monatelang auf den Meeren herumkreuzen, will mir überhaupt nicht behagen. Für ihre Zukunft habe ich mir eigentlich etwas anderes vorgestellt.«

»Das kommt mir irgendwie bekannt vor. Haben Sie mir nicht gestern Abend erzählt, dass Ihre Mutter Ihnen vorschreiben wollte, wie Sie Ihr Leben führen sollten?«

Ein wenig gekränkt entgegnete Jessica:

»Auch wenn mir das nicht gefallen würde, ich würde ihr niemals in ihre Berufswahl hineinreden. Das ist der entscheidende Unterschied zwischen meiner Mutter und mir.«

»Ich wollte sie nicht angreifen.« Er hob beschwichtigend die Hände. »Natürlich haben Sie Recht. Ihnen muss schließlich nicht alles gefallen, was Tony macht. Entscheidend ist jedoch, dass sie ihre eigenen Erfahrungen machen kann.«

In dem Moment kam Tony die Treppe herunter.

»Hallo Josh. Ich habe Dich schon wieder nicht kommen gehört. Können wir los?«

»Ja, wir warten nur noch auf Dich«, antworte Jessica. Zu Josh gewandt fuhr sie fort.

»Gehen wir den Weg hinter Emilys Garten runter zum Strand?«

»Nein, ich dachte an einen Strand, von dem aus man ganz besonders tolle Sonnenuntergänge erleben kann. Es ist nicht weit. Doch damit wir es noch rechtzeitig schaffen, nehmen wir am besten den Wagen.«

»Okay. Sie kennen sich aus.«

Sie fuhren zur Cape Cod Bucht, parkten und gingen einen schmalen Pfad entlang, bis sie an eine Stelle oberhalb des Strandes gelangten, von der aus sie einen Blick über die gesamte Bucht hatten. Josh breitete eine Decke aus, die er vorsorglich mitgebracht hatte und forderte Jessica und Tony auf, sich darauf zu setzen. Die Sonne stand bereits tief und färbte das Dünengras in leuchtendem Orange. Es entstand der Eindruck, als würde das Gras brennen. Die Touristen, die Stunden zuvor den Strandabschnitt belagert hatten, waren verschwunden und mit ihnen der Lärm. Eine leichte Brise wehte vom Meer her kühle Luft herüber, als schien sie den Strand von der abgestandenen Hitze des Tages säubern zu wollen.

Eine Zeitlang sagte niemand etwas. Josh empfand die Stille zwischen ihm und Jessica nicht als unangenehm, im Gegenteil, er fühlte sich dieser Frau so nah, wie nie zuvor einer anderen, trotz der Spannung, die zwischen ihnen herrschte.

Wieder musste er an die wilden Rosen denken, die ihn so an Jessica erinnerten. Er wusste, dass er sehr behutsam sein musste, wollte er vermeiden, dass sie sich wieder von ihm zurückzog.

Bei seinen bisherigen Frauenbekanntschaften hatte er sich solche Gedanken nie gemacht. Er kannte seine Wirkung auf Frauen und hatte immer den Augenblick genossen, wohl wissend, dass die Beziehung nicht von Dauer sein würde. Doch bei Jessica war alles anders. Er sehnte sich geradezu nach einem Blick von ihr, einem Lächeln. Hätte man ihm nur wenige Tage zuvor prophezeit, dass er einer Frau gegenüber so empfinden würde, hätte er denjenigen ausgelacht.

Die Sonne sah nun aus wie ein Feuerball, der an der Horizontlinie im Meer versank. Verstärkt wurde der Eindruck dadurch, dass an der Grenze zwischen Himmel und Wasser Dampf aufzusteigen schien.

Ein Schiff fuhr in der Ferne und tauchte kurz vor dem Feuerball auf.

»Wow,« sagte Jessica. »Das wäre ein tolles Motiv.«

Josh zückte sein Smartphone und machte ein Foto. Dann begann er, Jessica zu fotografieren. Sie wirkte verlegen, was sie besonders attraktiv für ihn machte.

Tony, die ebenfalls den Sonnenuntergang angeschaut hatte, stand auf und begann Blumen zu pflücken, die in unmittelbarer Nähe wild wuchsen. Auch sie wurde zu Joshs Fotomotiv.

»Tony, bleib' bitte in Sichtweite«, ermahnte Jessica sie.

»Ich pflücke nur ein paar Blumen für Dich. Hier sind so viele, da muss ich gar nicht weit gehen.«

Josh ließ sich wieder neben Jessica nieder. Sie ließ Sand durch ihre Finger gleiten.

»Ich liebe New York wirklich sehr und dachte schon, es gäbe für mich keinen besseren Ort zum Leben,« sagte sie. »Doch diese Landschaft, das Meer und diese atemberaubenden Sonnenuntergänge könnten mich beinahe ins Wanken bringen.«

Ihre Worte machten Josh wieder einmal bewusst, dass ihr Aufenthalt begrenzt war. In etwas mehr als einer Woche würde sie nach New York zurückkehren. Mit etwas Glück würde sie vielleicht auch ihren nächsten Urlaub hier verbringen. Hoffnungen, sie könne ihren Job in New York aufgeben, um in Emilys Haus zu leben, machte er sich jedoch nicht. Ihm wurde deutlich, dass eine Beziehung zwischen ihnen keine Zukunft hatte, es sei denn, sie waren bereit, an verschiedenen Orten zu leben und sich nur selten zu sehen.

Schnell wischte er die Gedanken beiseite. Es erschien ihm geradezu lächerlich, überhaupt darüber nachzudenken. Schließlich kannte er sie kaum. Deshalb war er über sich selbst überrascht, als er sich fragen hörte:

»Beinahe? Was muss passieren, damit sie New York den Rücken kehren und hierher ziehen?«

Jessica schaute ihn intensiv an, so als wolle sie seine Gedanken lesen.

»Leider kann man nicht immer tun, was man gerade tun möchte, besonders wenn man die Verantwortung für ein Kind hat. In New York habe ich meine Arbeit und Tony hat Freunde in der Schule gefunden. Hier ist es zwar schön, aber womit sollte ich meinen Lebensunterhalt verdienen. Von Journalistenjobs wimmelt es hier sicher nicht. Und ich bin zu sehr Realistin, als dass ich mich der Illusion hingeben würde, mir hier eine Zukunft aufbauen zu können.«

Sie steckte eine Haarsträhne hinter das Ohr, die ihr der Wind ins Gesicht geweht hatte.

»Ich bin froh, dass morgen die Testamentseröffnung ist«, wechselte sie das Thema. »Dort erfahre ich vielleicht endlich, was zwischen meiner Mutter und Emily vorgefallen ist.«

»Sind Sie nervös?«

»Ein wenig, wegen dieses Nichtwissens, welche Überraschung mich erwartet. Mein Bedarf an unliebsamen Überraschungen ist jedenfalls gedeckt.«

»Ich kann, glaube ich, mit Fug und Recht behaupten, dass ich Emily sehr gut gekannt habe. Deshalb kann ich mir nicht vorstellen, dass es wirklich etwas Schlimmes gab, das Emily vor Ihnen zu verbergen hatte. Sie werden sehen, im Nachhinein werden Sie darüber lachen, dass sie sich überhaupt Sorgen gemacht haben. Und: Sie werden das Haus erben. Das war Emilys Wunsch. Wissen Sie schon, was Sie damit machen wollen?«

»Ihr Vater hat mich das auch schon gefragt. Ehrlich gesagt, habe ich den Gedanken daran noch weit von mir geschoben. Erst wenn ich schwarz auf weiß habe, dass es mir gehört, werde ich mir überlegen, ob ich es behalte oder verkaufe.«

Bei diesen Worten verspürte Josh einen Stich in der Brust. 'Na, wenigstens schloss sie nicht aus, das Haus vielleicht zu behalten,' dachte er.

Jessica sah ihn an und schien seinen düsteren Blick zu bemerken.

»Sie verbinden bestimmt viele schöne Kindheitserinnerungen mit diesem Haus. Und es ist auch wunderschön. Ein Haus mit Seele. So etwas findet man nicht alle Tage. Auch wenn ich Emily nicht gekannt habe, meine ich sie dort zu spüren. Finden Sie das nicht verrückt?«

»Nein, überhaupt nicht. Emily war eine außerordentliche Persönlichkeit.«

»Wie gesagt, ich habe mir noch keine Gedanken darüber gemacht, was ich mit dem Haus machen werde, falls es mir gehört. Wenn es soweit ist, werde ich mir die Entscheidung sicher nicht leicht machen.«

Er spürte ihren Blick und erwiderte ihn. Er sah Besorgnis in ihren Augen, legte seinen Arm um ihre Schultern und zog sie kurz an sich. Dann ließ er sie wieder los. Eine Zeitlang sagte keiner der beiden etwas. Doch es lag eine spürbare Elektrizität in der Luft. Josh hätte gerne wieder seinen Arm um sie gelegt. Doch er hatte das Gefühl, dass dies nicht der rechte Moment war. Bisher hatte sie auf keine seiner Berührungen abweisend reagiert und doch meinte er immer eine gewisse Abwehr zu verspüren.

Inzwischen war die Sonne vollständig untergegangen. Tony kam mit einem großen Blumenstrauß und überreichte ihn Jessica mit einem verschmitzten Lächeln.

»Schau Mommy, für Dich.«

»Danke, Kleines.«

»Und das habe ich auch noch gefunden.«

Tony hielt einen toten Vogel hoch, aus dessen weit geöffnetem Schnabel etwas Fadenartiges herausschaute.

»Tony, Du sollst tote Tiere doch nicht aufheben,« schimpfte Jessica mit ihr. »Sie können Krankheiten übertragen.«

»Oh, lass mich mal sehen,« ging Josh dazwischen. »Das ist ein großes Problem, das wir in Zukunft meistern müssen. Diese riesige Flut an Plastikmüll, der an unseren Küsten angeschwemmt wird und in noch größeren Mengen in den Ozeanen bleibt und Schaden anrichtet.«

»Ist er an diesem Zeug da gestorben?« wollte Tony wissen.

»Sieht ganz so aus. Das scheint ein Stück von einem Treibnetz zu sein. Plastik sondert einen Geruch ab, der den Vögeln vorgaukelt, es handelt sich um Nahrungsmittel. Seevögel fressen das; Dinge, die am Strand rumliegen, aber auch Plastikteile, die auf dem Wasser schwimmen. Schildkröten halten Plastiktüten oft für Quallen, Fische verwechseln winzige Plastikteilchen mit Plankton. Die Tiere ersticken, erleiden tödliche Verstopfungen oder verhungern bei vollem Magen.

Und wir Menschen, die Verursacher kommen auch nicht schadlos davon. Wir essen Fisch. Es gibt inzwischen keine Fische mehr, in denen sich nicht jede Menge Plastik angesammelt hat.«

»Musste der Vogel leiden?«

»Ja, ich denke schon.«

»Das ist traurig.«

»Finde ich auch. Umso wichtiger ist es, alles dafür tun, dass kein Plastik mehr im Meer landen kann.«

»Wie kommt es dahin? Werfen Menschen es hinein?« fragte Tony mit ungläubigem Blick.

»Im weitesten Sinne ja. Manchmal auch buchstäblich. Diese Kreuzfahrtschiffe sind eine bedeutende Gruppe von Meeresverschmutzern. Aber es gibt noch ganz viele andere Verursacher. Wenn das Plastik einmal im Meer ist, dauert es bis zu vierhundert Jahren, bis es zerfallen ist. Und dann ist es nicht weniger gefährlich, weil es dann so klein ist, dass die großen Wale, also die Bartenwale, es mit Plankton verwechseln. Ihr Bauch ist irgendwann über und über voll mit Plastik und sie verenden.«

Jessica schaute beunruhigt zu Tony rüber.

Josh entging ihr Blick nicht.

»Entschuldigen Sie, aber wenn das Thema auf Plastikmüll kommt, geht mein Temperament mit mir durch. Dann bin ich nicht mehr zu stoppen. Wir können gerne über was anderes sprechen.«

Jessica lächelte nachsichtig.

Er schaute aufs Meer und fuhr dann fort: »Ich glaube, wir sollten fahren, bevor wir die Hand nicht mehr vor Augen sehen.«

»Oh natürlich.«

Josh wirkte unschlüssig, als sie wieder am Haus waren, ob er noch mit reinkommen sollte oder nicht. Jessica war diesmal froh über Tonys Offenheit, die gleich fragte: »Josh, Du kommst doch noch mit rein? Schließlich musst Du Dein Versprechen einlösen und mir die Geschichte von dem kleinen Fischersohn noch einmal erzählen.«

Dabei schaute sie ihn verschwörerisch an. Josh blickte verunsichert zu Jessica hinüber. Doch diese lächelte und meinte:

»Sagen Sie jetzt nicht nein. Sie können Ihrer neuen 'Freundin schlecht diesen Wunsch abschlagen.«

»Also gut. Gegen die geballten Überredungskünste von zwei schönen Frauen komme ich sowieso nicht an.«

Tony kicherte. Jessica verdrehte die Augen.

Als sie das Haus betraten, wollte Tony sofort ins Wohnzimmer gehen. Doch Jessica rief sie zurück.

»So, kleine Dame. Du gehst jetzt sofort nach oben, putzt Dir die Zähne und ziehst Dich um.«

Tony, die am Blick ihrer Mutter zu erkennen schien, dass Aufbegehren keinen Zweck hatte, kam der Aufforderung sofort nach.

Jessica und Josh standen einen Moment unschlüssig in der Diele.

»Ich hole den Wein und zwei Gläser. Setzen wir uns auf die Terrasse?« Sie schaute Josh fragend an.

»Ja gerne. Aber zuvor will ich meiner Pflicht nachkommen und Tony die Geschichte erzählen.«

Mit diesen Worten folgte er Tony nach oben.

Als er später nach draußen kam, saß sie bereits auf der Bank und schaute gedankenverloren in die Dunkelheit. Bei seinem Erscheinen wandte sie sich ihm zu, nahm die Flasche Wein, die sie bereits entkorkt hatte und füllte die beiden Gläser.

Josh setzte sich neben sie. Sie hob ihr Glas und hielt es ihm entgegen. Dabei schaute sie ihm tief in die Augen.

»Auf Cape Cod«, sagte sie.

Er nahm sein Glas ebenfalls in die Hand und stieß mit ihr an.

»Auf uns«, entgegnete er und erwiderte ihren Blick.

Nachdem beide ihr Glas wieder abgestellt hatten, nahm er ihre Hände in seine. Er wendete dabei seinen Blick nicht von ihr, bis sie verlegen wegschaute.

»So eine Frau wie Sie habe ich bisher noch nicht kennengelernt.«

»Soll das ein Kompliment sein?«

Dabei schaute sie ihn forschend an.

»Aber natürlich. Sie wirken so widersprüchlich; selbstbewusst und doch so verletzlich. Sie sind auf eine wunderbar natürliche Art schön und scheinen sich dessen nicht bewusst zu sein. Die meisten Frauen, die ich bisher kennen gelernt habe, waren die überwiegende Zeit damit beschäftigt, ihre Vorzüge ins rechte Licht zu rücken. Bei Ihnen ist das anders. Sie sind nicht kokett.«

Während er sprach, bemerkte er, wie sich eine leichte Röte in Jessicas Gesicht breit machte.

»Sehen Sie, das meine ich«, rief er aus, als er es bemerkte. »Sie werden noch rot. Das ist auch so etwas, das mir sofort an Ihnen aufgefallen ist und das mir besonders gut gefällt.«

»Dass man eine Frau nicht auf ihre Verlegenheit hinweist, hat Ihnen wohl auch noch niemand beigebracht, was?« unterbrach sie ihn gespielt entrüstet.

»Wenn es so hinreißend wirkt wie bei Ihnen, sei es erlaubt, habe ich mir sagen lassen.«

Er kniff ihr ein Auge und beide begannen zu lachen.

Ihre Wangen bekamen ein noch dunkleres Rot.

»Na, dann will ich noch einmal darüber wegsehen.«

Sie entzog ihm ihre Hände, nahm einen Schluck aus ihrem Weinglas und wechselte das Thema.

»Wie geht es eigentlich Antony und Jesse?«

Josh ging bereitwillig darauf ein. Er hatte sich vorgenommen, sie nicht zu bedrängen.

»Den Umständen entsprechend gut. Antony hat sich inzwischen ganz gut erholt. Er ist zwar die meiste Zeit noch in der Trage, doch ich glaube, nicht mehr all zu lange. Die ersten Schwimmversuche hat er schon hinter sich. Wenn er weiter solche Fortschritte macht, wird er in wenigen Tagen genauso fit sein wie Jesse.«

»Das freut mich sehr. Und Tony erst mal. Ich werde es ihr gleich morgen früh erzählen. Wann meinen Sie, können die beiden wieder in die Freiheit entlassen werden?«

»Nun, das kann ich jetzt noch nicht sagen. Wir wollen natürlich sicher sein, dass sie völlig gesund sind. Das kann sich noch ein paar Wochen hinziehen.«

»Meinen Sie, wir könnten noch einmal bei ihnen vorbeischauen, wenn Antony wieder gesund ist? Tony wäre überglücklich.«

»Das ließe sich machen. Sagen Sie mir vorher Bescheid. Dann hole ich Sie ab. Übrigens, morgen bin ich den ganzen Tag im Institut und anschließend noch im Aquarium. Ich werde also leider keine Zeit für Sie haben.«

»Das macht doch nichts. Sie sind schließlich nicht verpflichtet, sich ständig um uns zu kümmern.«

»Ich sehe das auch nicht als Verpflichtung an. Im Gegenteil, ich genieße jede Minute, die ich mit Ihnen zusammen bin.«

Wieder schaute er ihr tief in die Augen. Sie erwiderte seinen Blick, und für einen Augenblick verspürte er den Wunsch, näher an sie heranzurücken und sie einfach zu küssen. Doch sie machte es ihm nicht leicht. Sie griff nach ihrem Weinglas, schwenkte es und nahm einen weiteren Schluck.

»Wäre das nicht eine Geschichte für Ihre Zeitung?« fragte er.

»Welche Geschichte.«

»Die Sache mit dem Plastikmüll in unseren Ozeanen.«

»Vielleicht.«

»Dann werden Sie sie schreiben?«

Sie schaute ihn prüfend an.

»Nein,« sagte sie dann.

»Warum nicht?«

Wieder schaute sie ihn forschend an.

»Warum sind Sie denn so penetrant in dieser Angelegenheit?« Sie lächelte ihn an. Und dann fügte sie leise hinzu: »Ich schreibe nicht mehr.«

Josh war verblüfft.

»Ich denke, Sie sind Journalistin. Eine Journalistin hält doch ständig nach guten Geschichten Ausschau. Oder liege ich da falsch. Vielleicht ist die Geschichte Ihrer Meinung nach aber auch nur nicht gut genug?«

»Sie ist gut. Aber ich bin jetzt Chefredakteurin.«

»Und Chefredakteurinnen schreiben nicht?«

»Schon. Aber über andere Dinge. Keine Umweltthemen. Ich bin verantwortlich für eine Wellness-Zeitschrift. Unsere Leserinnen interessieren sich für Schönheits- und

Gesundheitsthemen.« Sie sagte dies so brüsk, als wollte sie verhindern, dass er weiterbohrte.

»Okay. Das sind Argumente.«

Er spürte ein leises Bedauern, schob es aber schnell beiseite.

Sie musste sich schließlich nicht für alles interessieren, das ihm wichtig war.

Die plötzliche Stille zwischen ihnen machte Jessica nervös. Auf keinen Fall wollte sie ihm den Grund für ihre Weigerung erklären, jemals wieder etwas zu schreiben, das nicht mit Schönheit oder Wellness zu tun hatte. Sie wollte ihm nicht erzählen, dass sie sich vorkam wie ein Tischler, der bei der Arbeit beide Hände verloren hatte. Und er würde es auch nicht verstehen, da war sie sich sicher.

Krampfhaft suchte sie nach einem neuen Thema, über das sie sich unterhalten könnten, damit er keinen Grund hatte, schon aufzubrechen.

Sie schaute ihn an. Er wirkte gelassen, wandte sich ihr voll zu und sah sie nun mit diesem Blick an, der ihre Knie zum Erweichen brachte. Immer näher kam sein Gesicht, bis sie seinen Atem auf der Wange spürte. Sie wusste, gleich würde er sie küssen. Voller Erwartung schloss sie die Augen. Dann spürte sie seine Lippen auf ihrem Mund, zart und vorsichtig zuerst, als habe er Angst, sie zu erschrecken, dann immer forscher.

Es war, als habe er mit dieser ersten Berührung einen Schalter in ihr umgelegt. Ihr wurde ganz heiß und das Herz schlug ihr bis zum Hals. Sie schlang ihre Arme um ihn und erwiderte seinen Kuss mit einer Heftigkeit, die sie selbst nicht kannte.

Nun bedeckte er ihr Gesicht und ihren Hals mit Küssen und kehrte immer wieder zu ihren Lippen zurück. Wie lange war es her, dass sie so geküsst worden war. Joshs Küsse schienen eine Lawine der Leidenschaft in ihr auszulösen, die nicht mehr zu stoppen war. Doch als Josh begann, mit seinen Händen ihren Körper zu ertasten, erwachte sie aus ihrer Trance. Schlagartig wurde ihr bewusst, dass sie für einen Moment die Kontrolle verloren hatte. Und das konnte sie sich nicht leisten, wusste sie doch, dass eine Beziehung zu diesem Mann nicht in Frage kam. Er war ein Abenteurer, den das Meer mehr lockte als eine Frau. Sie aber brauchte Konstanten in ihrem Leben, alleine schon wegen Tony. Für eine kurze Affäre war sie zudem nicht geschaffen.

Die Leidenschaft, mit der sie den Kuss erwidert hatte, zeigte ihr jedoch, dass sie schon weit mehr für ihn empfand, als ihr lieb war.

Ruckartig befreite sie sich aus seiner Umarmung, setzte sich aufrecht hin und zupfte verlegen an ihren Haaren herum.

»Was ist mit Dir?« fragte er verwirrt.

»Ich glaube, es ist besser, Du gehst jetzt. Wir hätten das nicht tun sollen.«

Er schaute sie an, als habe sie ihn geschlagen. Doch dann lächelte er wieder.

»Ich möchte wissen, wer Dich so verletzt hat,« sagte er zärtlich und strich ihr sanft mit der Hand über die Wange. Als sie keine Antwort gab, fuhr er fort: »In Ordnung, ich werde jetzt gehen. Aber ich komme wieder. Morgen habe ich ja leider keine Zeit. Darf ich Dich wenigstens anrufen? Mich würde interessieren, wie die Testamentseröffnung gelaufen ist.«

»Äh ja«, entgegnete sie verwirrt.

»Falls Du es mir erzählen willst.«

»Natürlich.«

Er stand auf und ging zur Tür. Sie folgte ihm. An der Tür reichte er ihr zum Abschied förmlich die Hand und gab ihr einen Kuss auf die Wange.

Als er weg war, fühlte sie sich ganz elend. Warum hatte sie ihren Gefühlen nicht einfach nachgegeben. Unsinn, sie hatte richtig gehandelt. Wenn er sich wieder meldete, würde sie ihn auf Abstand halten; sonst konnte sie für nichts mehr garantieren.

Plötzlich musste sie an Ben denken. Und die Narbe der Erinnerung schmerzte. Ihm hatte sie ihr volles Vertrauen geschenkt und war für diese Gutgläubigkeit bestraft worden. Nie wieder würde sie einem Menschen so blind vertrauen können.

18. Kapitel

Arthur Rileys Büro lag im ersten Stock eines Eckhauses in der Hauptstraße. Das Haus war, wie so viele andere Häuser in dieser Straße, an den beiden zur Straße gelegenen Seiten mit Arkaden umsäumt, so dass man bei Regen die Schaufenster der Boutiquen betrachten konnte, ohne nass zu werden.

Als Jessica die Kanzlei betrat, war Bartholomew Nickerson bereits anwesend. Mit ihm hatte Jessica gar nicht gerechnet. Doch sie freute sich, ihn wieder zu sehen. Er hatte sich sichtlich bemüht, sich dem Anlass entsprechend zu kleiden, was ihm, so fand Jessica, auch diesmal alles andere als gelungen war. In der braunen Stoffhose aus ziemlich dickem Tweedstoff musste er sich bei diesen Temperaturen wie in einer Sauna fühlen. Außerdem trug er über einem karierten Hemd ein ebenfalls kariertes Jackett, die farblich absolut nicht zusammenpassten.

Bart begrüßte sie und wieder fiel ihr seine angenehme Art auf.

»Schön, Sie zu sehen, Jessica.«

In diesem Moment betrat auch Adam die Kanzlei. Jessica erschrak bei seinem Anblick. In den beiden Tagen, seit sie ihn das letzte Mal gesehen hatte, schien er wieder merklich gealtert. Was war nur los mit ihm? Setzte Emilys Tod ihm tatsächlich so sehr zu, oder steckte noch etwas anderes dahinter? Sie machte sich ernsthafte Sorgen, denn sie empfand große Sympathie für ihn. Auch Bart schien Adams Aussehen zu beunruhigen. Für einen Moment konnte sie es in seinen Augen lesen. Doch er schien sich schnell wieder gefangen zu haben.

Als Adam Jessica entdeckte, begannen seine Augen zu strahlen und ließen ihn sofort um Jahre jünger und entspannter erscheinen.

»Hallo Jessica. Schön Sie zu sehen.«

Er reichte ihr die Hand.

Zum ersten Mal fiel Jessica auf, dass Adams Augen denen von Josh glichen. Zwar hatten sie eine andere Farbe, jedoch die kleinen Fältchen, die sich bildeten, wenn er lächelte und der intensive Blick erinnerten sie an Josh. Adam wandte sich Bartholomew zu.

»Bart, alter Junge. Lange nicht gesehen. Wie geht es Dir?«

»Ganz gut für meine alten Tage. Ich wollte längst mal vorbeischauen. Aber Du weißt ja, wie das ist. Kaum hat man richtig durchgeatmet, schon ist der Tag 'rum.«

»Ja, ja. Versuche nur, Dich rauszureden. Einmal lass ich es noch durch gehen. Aber wenn Du in den nächsten Tagen nicht bei mir reinschaust, bin ich ernsthaft beleidigt.«

»Darauf will ich es auf keinen Fall ankommen lassen. Wie wär's mit Samstagnachmittag?«

»Abgemacht. Du kommst zu mir?«

Bart nickte kurz. In diesem Moment kam Arthur Riley aus seinem Büro und trat auf die Wartenden zu, um sie zu begrüßen.

»Sie müssen Mrs. Freeman sein.« Er reichte ihr die Hand. »Es tut mir leid, dass ich Ihnen nicht ersparen konnte, ein zweites Mal anzureisen. Aber ich war damals geschäftlich unterwegs und der Termin ließ sich nicht verschieben. Viele meiner Klienten haben ihren Zweitwohnsitz am Cape, halten sich aber nur in den Sommermonaten hier auf. Das bringt es so mit sich, dass ich das eine oder andere Mal meiner Klientel hinterher reise.«

»Kein Problem, Mr. Riley. So haben meine Tochter und ich wenigstens die Gelegenheit, diese wunderschöne Gegend kennen zu lernen.«

»Ach, Sie haben Ihre Tochter mitgebracht?« mischte Bart sich neugierig ein.

»Ja, wir verbringen unseren Urlaub hier und wohnen in Emilys Haus. Martha passt gerade auf Tony auf.«

»Hallo Mr. Nickerson. Was machen die Wale?« fragte Arthur Riley und gab Bart die Hand.

»Immer das gleiche. Sie sind nach wie vor bedroht«, entgegnete Bart mit einem ironischen Unterton.

»Wie schön, dass es Menschen wie Sie gibt, die nicht aufhören, für sie zu kämpfen,« sagte Arthur Riley. Dann wandte er sich Adam zu.

»Hallo Adam, schön Dich zu sehen. Das mit Emily tut mir sehr leid. Jeder weiß, wie eng Ihr befreundet wart. Wie geht es Josh?«

»Er ist wieder im Lande. So wie es aussieht, sogar für länger. Er behauptet zwar, dass ihn ein Projekt hier vor Ort dazu veranlasst hat, vorerst hier zu bleiben. Ganz glaube ich es aber noch nicht. Eher ist es die Sorge um seinen klapprigen alten Vater. Doch egal, aus welchem Grund er hier bleibt. Ich freue mich darüber.«

Adam wandte sich Jessica zu.

»Arthur Riley ist seit vielen Jahren unser Rechtsanwalt und Notar, wann immer es etwas gibt, für das wir einen Rechtsverdreher benötigen.«

Dabei schlug er Arthur freundschaftlich auf den Rücken.

»So schlecht können meine Dienste nicht gewesen sein, wenn Ihr schon so lange zu meiner Klientel zählt«, entgegnete Arthur lächelnd. Sein Blick wanderte zur Uhr. Dann räusperte er sich, drehte sich um und ging voraus in sein Büro.

Der Raum war trotz der Julihitze angenehm kühl. Arthur Riley bot ihnen Sitzplätze in einer legeren Sitzgruppe aus Ledersesseln an. Jessica schaute sich um und musste anerkennend feststellen, dass das Büro stilvoll ausgestattet war, mit seinem schweren antiken Mobiliar; für ihren Geschmack zwar ein wenig zu dunkel, aber für eine klassische Kanzlei durchaus üblich.

»Mrs. Freeman, der Form halber muss ich Sie bitten, sich auszuweisen, bevor ich mit der Verlesung des Testaments beginne. Bei den anderen beiden erübrigt es sich. Schließlich kennen wir uns lange genug.«

Jessica reichte ihm ihren Ausweis.

Nachdem die Personalien überprüft waren, zog Arthur Riley einen verschlossenen und versiegelten Brief aus einer ledernen Arbeitsmappe hervor und öffnete ihn mit einem Brieföffner. Eine feierliche Stille machte sich im Büro breit. Jessica spürte ein unerklärliches Kribbeln in der Magengrube, das sich langsam im Brustraum ausbreitete und schließlich bis in den Hals aufstieg.

Arthur räusperte sich kurz, schaute alle Anwesenden nacheinander an und begann, laut und deutlich, das Testament vorzulesen.

»Ich, Emily Hamilton, setze im Vollbesitz meiner geistigen Kräfte dies als meinen letzten Willen fest:

Adam McMasters und Bartholomew Nickerson, Ihr beiden wart meine besten Freunde und standet mir immer, besonders in den letzten Stunden meines Lebens, zur Seite. Deshalb möchte ich, dass jeder von Euch ein Erinnerungsstück bekommt, von dem ich weiß, dass ihr es immer sehr gemocht habt.

Adam, ich weiß, wie sehr Dir das Gemälde von Edward Hopper gefallen hat. Deshalb möchte ich, dass Du es bekommst und ich hoffe, dass es Dir viel Freude bereitet und Dir Kraft gibt, in die Zukunft zu blicken. Du weißt, was ich meine.

Bart, auch Du warst mir immer ein guter Freund in Deiner ruhigen und zurückhaltenden Art. Ich weiß, dass ich Dir mit irdischen Gütern keine Freude hätte machen können. Deine einzige, dafür aber umso größere Liebe galt den Meeressäugern. Als Zeichen meiner Dankbarkeit für Deine Freundschaft vermache ich Dir deshalb einen Sparvertrag, den ich für unsere gemeinsamen Freunde abgeschlossen habe. Inzwischen dürften so ungefähr fünfzigtausend Dollar angespart sein. Ich weiß, dass das Geld bei Dir in guten Händen ist.

Vergesst mich nicht, meine Freunde. Ihr seht also, es war rein egoistisch von mir, Euch in meinem Testament zu berücksichtigen.

Jessica Freeman, ich weiß, wie unverzeihlich es von mir war, nie Kontakt zu Dir aufzunehmen. Vielleicht wirst Du eines Tages verstehen, warum ich nicht anders konnte. Du und Deine kleine Tochter Tony, ihr seid meine einzige noch lebende Verwandtschaft. Mein gesamtes sonstiges Vermögen hinterlasse ich Dir in der Hoffnung, mein Versäumnis ein wenig wieder gut zu machen. Dieses Vermögen setzt sich aus meinem Haus inklusive der Einrichtung, meinem Schmuck und meinen sonstigen Ersparnissen zusammen.

Zum Verwalter meines Nachlasses setze ich Arthur Riley von der Kanzlei Riley und Partner ein.«

Als er das Testament zu Ende gelesen hatte, war es für einen Moment ganz still im Raum. Arthur schaute von einem zum anderen. Niemand sagte etwas. Jessicas anfängliche Nervosität hatte einem Gefühl des Bedauerns Platz gemacht; Bedauern darüber, dass Emily kein Wort der Erklärung für ihr jahrelanges Schweigen hatte verlauten lassen. Dass sie das Haus geerbt hatte, empfand Jessica eher als nebensächlich.

Arthur fuhr fort: »Außerdem übergab Mrs. Hamilton mir einen versiegelten Brief, den ich Ihnen bei der Testamentseröffnung überreichen soll. Dies tue ich hiermit.«

Er öffnete erneut die lederne Arbeitsmappe, förderte einen großen weißen Briefumschlag mit einem Notarsiegel zutage und übergab ihn an Jessica. Überrascht schaute sie zu Adam und Bart hinüber. Adams Blick verriet ihr, dass er nichts von der Existenz dieses Briefes gewusst hatte. Bart hatte sein übliches Pokerface aufgesetzt.

Sie nahm den Brief entgegen und ließ ihn in ihre Handtasche gleiten. Sobald sie alleine war, würde sie ihn lesen.

Nachdem alle Beteiligten die erforderlichen Unterschriften auf den Dokumenten geleistet hatten, die Arthur ihnen vorlegte, verabschiedeten sie sich von ihm und verließen gemeinsam die Kanzlei. Eine halbe Stunde nachdem sie die Kanzlei betreten hatten, standen sie wieder auf der Straße.

»Wollen wir noch irgendwo einen Kaffee zusammen trinken?« fragte Adam.

»Das würde ich gerne,« entgegnete Jessica. »Aber ich kann Martha nicht zumuten, so lange auf Tony aufzupassen.«

»Das ist für Martha keine Zumutung. Erstens ist Tony ein braves Mädchen und zweitens liebt Martha es, ab und an auf kleine Mädchen aufzupassen. Das entschädigt sie in gewisser Weise dafür, dass es ihr nicht vergönnt war, eigene Enkelkinder zu haben.«

»Das tut mir leid,« meinte Jessica mit echtem Bedauern. Sie bemerkte, dass sie rein gar nichts von Martha wusste. Das würde sie schnellstens ändern, nahm sie sich vor.

»Also abgemacht. Gehen wir noch einen Kaffee trinken«, sagte sie.

Bart hatte sich bisher vollkommen zurückgehalten.

»Tut mir leid, aber ich habe leider keine Zeit. Obwohl ich gerne noch ein wenig mit Euch plaudern würde.«

Er schaute Jessica lächelnd an. Die schwarzen Punkte in seinen Augen begannen zu tanzen.

»Schade«, entgegnete sie.

»Wie lange sind Sie noch hier, Jessica?«

»Sonntag in einer Woche fahren wir zurück nach New York.«

»Ich werde versuchen, in den nächsten Tagen bei Ihnen vorbeizuschauen. Ich möchte vor allem Tony kennen lernen.«

»Ich würde mich freuen. Rufen Sie einfach kurz an, wenn es Ihnen passt. Warten Sie, ich gebe Ihnen meine Visitenkarte. Unter der Funkrufnummer bin ich fast immer zu erreichen.«

Jessica griff in ihre Handtasche, holte eine Visitenkarte heraus und reichte sie Bartholomew.

»Vielen Dank. Ich werde versuchen, es einzurichten.«

»Na, wie ich Dich kenne, kommt wieder etwas dazwischen«, brummte Adam.

»Verlassen Sie sich mal nicht zu sehr darauf, dass er kommt, Jessica. Bart ist nicht gerade der zuverlässigste Mensch.«

»Musst Du mich vor Jessica denunzieren. Das ist kein feiner Zug von Dir. Glauben Sie nicht alles, was Adam sagt. Ich verspreche Ihnen hiermit hoch und heilig, dass ich mein Ihnen gegebenes Wort halten werde.«

Dabei hielt er die Hand zum Schwur vor seine Brust, um die Ernsthaftigkeit seiner Worte zu unterstreichen. Jessica lachte.

»Ich glaube Ihnen schon Bart, keine Angst. Und wenn Sie es nicht schaffen, dann weiß ich, dass Sie gute Gründe dafür hatten.«

»Danke für Ihr Vertrauen, Jessica. So, ich muss los.«

Er reichte ihr die Hand und drückte sie fest und lange. Dabei schaute er ihr tief und liebevoll in die Augen.

»Und, wenn Sie den Brief lesen, denken Sie daran: Alles, was im Leben passiert, hat seinen Sinn. Und sollten Sie jemanden zum Reden brauchen: Ich bin ein guter Zuhörer. Und ich kann schweigen wie ein Grab.«

Diese Worte verwirrten sie. Sie bemerkte, dass auch Adam aufhorchte. Doch Bart drehte sich um und ging davon, ohne ihr Gelegenheit zu geben, nachzuhaken.

»Er hat es jetzt aber ganz schön eilig. Er scheint ein wirklich viel beschäftigter Mann zu sein.«

»Er ist ständig unterwegs im Kampf um die Meeressäuger.«

»Hat er Familie?«

»Nein. Seine Welt ist draußen auf dem großen Ozean.«

»Der einsame Seewolf«, sagte Jessica mehr zu sich selbst.

»Wo gehen wir hin. Haben Sie einen Vorschlag?« fragte Adam.

»Ich kenne mich hier nicht aus. Aber wie wäre es mit dem Café gleich dort drüben?« Sie zeigte auf die andere Straßenseite.

»Eine gute Idee.«

Sie hatten Glück. Draußen gab es noch einen freien Tisch. Nachdem sie einen kurzen Blick in die Getränkekarte geworfen hatten, entschieden sich beide für einen Cappuccino. Erst nachdem der Kellner ihre Bestellung entgegen genommen hatte, nahmen sie das Gespräch wieder auf.

»Die Testamentseröffnung ging ja schneller vorüber als ich gedacht habe,« meinte Jessica.

Adam seufzte.

»Ja, irgendwie habe ich mir dieses Ereignis würdevoller vorgestellt. Immerhin wurden Emilys Hinterlassenschaften verteilt. Es ist, als würde man ihre letzten Spuren verwischen.«

»Ich weiß, was Sie meinen. Aber in Wirklichkeit ist es natürlich nicht so. Den Menschen, denen man zu Lebzeiten nahe stand, bleibt man so oder so in guter Erinnerung. Die materiellen Dinge sind Gottseidank eher nebensächlich.«

»Natürlich, Sie haben Recht. Aber solche Momente wie die Beerdigung und die Testamentsvollstreckung haben mir noch einmal deutlich gemacht, dass Emily für immer von uns gegangen ist. Und außerdem ...«

Adam hielt plötzlich inne und schien nach Worten zu suchen. Jessica schaute ihn fragend an. Dann fuhr er fort.

»Wenn ein Mensch stirbt, der einem sehr viel bedeutet hat, beginnt man automatisch auch, über die eigene Vergänglichkeit nachzudenken. Wann bin ich an der Reihe? Was lasse ich zurück? Wird jemand um mich trauern? All diese Fragen stelle ich mir in letzter Zeit immer häufiger.«

Jessica schaute Adam mitfühlend an und legte ihre Hand freundschaftlich auf seine.

»Adam, Sie dürfen sich nicht so quälen. Dass Emily gestorben ist, ist sicher ein großer Verlust für Sie gewesen. Und ihre Trauer ist ganz normal. Doch Sie müssen langsam wieder beginnen, nach vorne zu blicken. Ihr Leben geht weiter. Es gibt so viele Dinge, für die es sich lohnt, zu leben. Sie haben einen wunderbaren Sohn, der Sie liebt; und tolle Freunde, wie Martha, Bart und vielleicht dürfen Tony und ich uns auch schon zu Ihren Freunden zählen; und Sie haben das Glück, an einem so wunderschönen Ort zu leben. Schauen Sie, ich kenne Sie kaum. Doch mir bricht es fast das Herz, Sie so traurig zu sehen. Emily hat ganz treffend in ihrem Testament gesagt, dass das Bild Ihnen die Kraft geben möge, in die Zukunft zu blicken. Sie hätte sicherlich nicht gewollt, dass Sie sich ihretwegen so quälen.«

Ihre Worte schienen Wirkung zu zeigen. Der gequälte Ausdruck auf seinem Gesicht wich einem vorsichtigen Lächeln.

»Danke für die mitfühlenden Worte, Jessica. Sie haben Recht. Emily hätte nicht gewollt, dass ich mich so gehen lasse. Vor ihrem Tod hat sie mich immer wieder aufgemuntert, wenn sie gemerkt hat, wie nah mir ihre Krankheit ging. Sie war so stark und tapfer. Das habe ich sehr an ihr bewundert. Egal wie schlecht sie sich selbst gerade fühlte. Sie hatte stets noch ein Auge und ein Ohr für andere.«

Er atmete tief ein und richtete sich auf.

»Ich werde mich bemühen, Ihre Worte in die Tat umzusetzen und wieder nach vorne schauen. Vielleicht brauche ich von Zeit zu Zeit einen Tritt in meinen Allerwertesten, damit ich mich wieder daran erinnere. Würden Sie das übernehmen? Schließlich haben Sie mir gerade den Kopf so gründlich gewaschen.«

»Diese Aufgabe übernehme ich mit Vergnügen, Adam. Dazu eigne ich mich nämlich ganz gut.«

Beide schmunzelten.

Plötzlich fiel Jessica der Brief wieder ein, den Emily an sie geschrieben hatte und der nun in ihrer Handtasche lag und darauf wartete, gelesen zu werden.

»Ob Emily mir in ihrem Brief wohl mitteilt, was damals zwischen ihr und meiner Mutter vorgefallen ist?«

»Ach ja, der Brief. Den hätte ich fast vergessen. Er wird hoffentlich alle Fragen beantworten, die Emily Ihnen gegenüber offen gelassen hat.«

»Ich werde ihn heute Abend lesen, wenn Tony schläft. Ich bin zwar wahnsinnig neugierig, aber zugegebenermaßen habe ich auch ein bisschen Angst vor dem, was drin stehen könnte.«

Adam legte seine Hand auf Jessicas und schaute sie sanft an.

»Ich verstehe Sie, aber ich glaube nicht, dass etwas Schlimmes drinsteht.«

Nach dem gemeinsamen Cafébesuch mit Adam fuhr Jessica sofort zu Martha, um Tony abzuholen. Die beiden schienen sich prächtig zu verstehen. Martha hatte mit Tony einen Kuchen gebacken. Jessica musste sofort ein Stück kosten. Die gedeckte Pfirsichtorte schmeckte köstlich. Nach dem ersten Bissen schaute Tony ihre Mutter erwartungsvoll an.

Jessica wusste, was zu tun war. Sie schloss die Augen, rieb sich über den Bauch und ließ ein hingebungsvolles »Hmm.« vernehmen.

»Er schmeckt himmlisch. Bei Gelegenheit musst Du mir das Rezept verraten.«

»Ein guter Koch ist wie ein Zauberer. Er verrät seine Rezepte äußerst ungern. Stimmt's Tony?« Martha kniff Tony verschwörerisch ein Auge. Diese begriff sofort.

»Tut mir leid, Mommy. Aber wie Du hörst, kann ich Dir das Kuchenrezept leider nicht preisgeben. Aber vielleicht backe ich Dir zuhause mal wieder einen, wenn Du ganz lieb bist.«

Martha und Jessica warfen sich einen viel sagenden Blick zu. Sie konnten sich das Lachen kaum verkneifen.

»Jetzt erzähl' mal. Wie war es auf dieser Testeröffnung?«

»Das heißt Testamentseröffnung, mein Schatz.«

Tony seufzte, bevor sie fort fuhr.

»Okay, also wie war es auf dieser Testamentseröffnung.«

Nachdem Jessica den Ablauf in allen Einzelheiten geschildert hatte, schaute Tony sie ungläubig an und fragte ganz vorsichtig:

»Heißt das, Emilys Haus gehört jetzt uns?«

»Ja, das heißt es.«

»Und, werden wir nun herziehen?«

»Wie kommst Du denn darauf? Nein, davon kann keine Rede sein.«

»Warum nicht? Hier ist es doch schön.«

»Wir leben aber nun mal in New York. Oder hast Du das schon vergessen? Du gehst dort zur Schule, hast dort Melissa und Deine anderen Freundinnen. Zudem haben wir eine wunderschöne Wohnung und ich arbeite in New York.«

»Aber Du könntest doch auch hier Geld verdienen. Auch hier gibt es Menschen, die Zeitung lesen.«

»Kleine Schlaumeierin, das hast Du ganz richtig erkannt. Aber es ist nicht so einfach, hier einen Verlag zu finden, für den ich arbeiten könnte. Die sind nun mal meistens in den größeren Städten angesiedelt. Außerdem macht mir meine Arbeit Spaß. Und Du müsstest die Schule wechseln und Deine Freundinnen aufgeben. Meinst Du, das alles wäre so einfach?«

Tony schaute wütend zu Boden, die Augenbrauen wie ein Nest über der Nase zusammengezogen. Ihre Lippen waren fest zusammengepresst. Sie schien nachzugrübeln, welche Argumente sie als nächstes vorbringen könnte. Doch es schien ihr nichts einzufallen, das den Argumenten ihrer Mutter standhalten würde.

»Es ist nur, hier ist es so schön; das Meer, das Haus, und Freunde haben wir auch schon gefunden.«

Dabei schaute Tony Martha mit einem gewinnenden Lächeln an. Martha, die sich vollkommen aus der Diskussion zwischen Mutter und Tochter herausgehalten hatte, strich Tony zärtlich mit der Hand über den Kopf.

»In mir habt Ihr auf jeden Fall eine Freundin gefunden. Das gilt auch für Sie, Jessica. Wenn Ihr Euren Urlaub hier verbringt, seid Ihr jederzeit bei mir willkommen.«

»Das weiß ich Martha. Sie sind eine gute Seele«, entgegnete Jessica.

Sie hatte längst bemerkt, dass ihr eigenes Denken nicht mehr so sehr auf New York und ihren Job fokussiert war, wie es noch vor ihrer Ankunft am Cape wenige Tage zuvor der Fall gewesen war. Doch sie wusste auch, dass Urlaub und Alltag zwei Paar Schuhe waren. Dinge, die sie jetzt begeisterten, würden ihr später normal erscheinen. Der Zauber, den das Cape für sie hatte, würde verblassen und vielleicht ganz verschwinden.

Ihr war auch bewusst, dass Josh nicht ganz unbeteiligt an diesem Zauber war. Wenn sie an den Vorabend zurückdachte, wurde es ihr wieder ganz heiß ums Herz. Sie hatte sich am Vormittag häufiger dabei ertappt, wie sie ihr Handy herausgeholt und die Mailbox abgefragt hatte, in der Hoffnung, dass Josh sich gemeldet hatte. Doch bisher gab es kein Lebenszeichen von ihm. Einerseits war sie froh darüber, wollte sie ihn doch auf Abstand halten; andererseits sehnte sie sich bereits mit jeder Faser ihres Herzens nach ihm.

Sie fuhren zu Emilys Haus und sie dachte: 'Das ist jetzt mein Zuhause.'

19. Kapitel

Nachdem Jessica und Tony sich von Martha verabschiedet hatten, waren sie nach Plimoth gefahren, um die Plimoth Plantation zu besichtigen. Das Freilichtmuseum lag direkt an der Cape Cod Bay und versetzte die beiden in das frühe siebzehnte Jahrhundert, als die Pilgerväter auf der Mayflower an dieser Küste gelandet waren und ihre erste Siedlung entstand.

Als sie wieder in Emilys Haus waren, startete Tony den nächsten Versuch, Jessica für ein Leben am Cape zu begeistern und auch wenn Jessica sich auf keine Diskussion einließ, musste sie sich insgeheim eingestehen, dass New York für sie im Moment meilenweit entfernt war und dass das Cape bereits seine Arme nach ihr ausstreckte.

Nachdem sie Tony ins Bett gebracht hatte, ging sie an den Strand. Der Briefumschlag, den Arthur Riley ihr am Morgen übergeben hatte, hielt sie in der Hand.

Sie musste ihn sehr fest halten, denn der Wind hatte zugenommen. Die Wellen, die an den Strand spülten, waren höher als an den Tagen zuvor. Sie suchte sich einen Platz, an dem sie nicht Gefahr lief, gesandstrahlt zu werden.

Sie roch das Meer, den Tang, das Salz. Es entspannte sie sofort. Die Sonne, die ihr Gesicht wärmte, tat ihr Übriges.

Dann saß sie noch eine Weile so da - der Sand war noch warm von der Sonne - und starrte auf das raue Meer.

Sie studierte das Siegel der Kanzlei auf dem Brief. Auf der Vorderseite des Briefumschlages stand mit sauberer Handschrift ihr Name. Emily hatte eine schöne Handschrift gehabt, gleichmäßig und geschwungen.

Sie drehte den Brief noch einmal zwischen den Fingern und machte sich schließlich daran, ihn zu öffnen, indem sie das Siegel aufbrach.

Es kamen zwei Blätter zum Vorschein, die beidseitig beschrieben waren sowie ein weiterer Briefumschlag.

Sie begann zu lesen.

Liebste Jessica,

Ich habe lange darüber nachgedacht, ob ich Dir die Wahrheit sagen soll oder ob es nicht doch besser wäre, sie mit ins Grab zu nehmen, um Dich nicht damit zu belasten. Doch nach reiflicher Überlegung bin ich zu dem Schluss gekommen: Du hast ein Recht auf die Wahrheit, egal wie schmerzlich diese im ersten Moment für Dich sein mag.

Dir nun zu schreiben, war nicht einfach. Zweiunddreißig Jahre hatte ich Zeit, mir die Worte zurechtzulegen. Doch wie es scheint, reichte die Zeit nicht aus. Zu groß war meine Angst, Du könntest mich hassen oder verachten. Den Gedanken hätte ich nicht ertragen. Deshalb war ich so feige, Dir dies alles erst nach meinem Tode zu beichten. Und dennoch hat es mich auch die Gewissheit geschmerzt, dass ich Dir in dem Moment der Wahrheit nicht zur Seite stehen kann.

Jessica, Du bist meine leibliche Tochter. Ja, Du hast richtig gelesen. Ich bin Deine Mutter, nicht Renée.

Ich weiß, diese Offenbarung muss wie ein schlechter Scherz auf Dich wirken. Doch es ist die Wahrheit.

Jessica war ganz bleich geworden. Ihre Hand, in der sie den Brief hielt, hatte zu zittern begonnen. Sie hatte das Gefühl, in einem schlechten Film mitzuspielen. Sie schüttelte den Kopf, so als wolle sie mit dieser Gebärde Emilys Worte einfach wegfegen.

Seit sie denken konnte, hatte sie sich gewünscht, eine andere Mutter zu haben als Renée; eine liebevolle Mutter; eine Mutter, wie ihre Freundinnen sie hatten. Und jetzt sollte sie erfahren, dass dies tatsächlich der Fall gewesen war? Jetzt, wo sie erwachsen war? Wo sie keine Mutter mehr brauchte? Wo die ... Mutter nicht mehr lebte?

'Ach, das ist doch ein schlechter Scherz,' dachte sie. Nur, was hätte Emily davon, eine solche Lüge zu verbreiten? Und außerdem, sie hatte diese Geschichte nicht herumerzählt. Keiner außer Jessica schien davon zu wissen.

Sie las weiter:

Meine Mutter starb bei meiner Geburt. Bei Vaters Tod war ich gerade dreizehn. Renée, die elf Jahre älter war als ich - wie Du vielleicht weißt - war bereits verheiratet. Sie und Angus nahmen mich bei sich auf. Dafür war ich ihnen sehr dankbar. Sie ersparten mir damit die Unterbringung in einem Kinderheim.

Manchmal dachte ich allerdings, dass ein Kinderheim vielleicht doch die bessere Wahl gewesen wäre, weil Renée mir das Leben zur Hölle machte. Sie forderte Höchstleistungen von mir und sie erstickte mich geradezu mit ihrer Wut. Und davon hatte sie eine Menge; auf ihren Vater; darauf, dass unsere Mutter durch meine Geburt ums Leben gekommen war, auf Angus, der ihr zu lethargisch war und der sich immer schützend vor mich stellte, wenn Renée mich mit Vorwürfen bombardierte, auf Gott und die Welt.

Ich war gerade fünfzehn, als es passierte. Wieder mal hatte es einen Streit zwischen uns beiden Schwestern gegeben. Renée war wütend in die Firma gefahren. Angus beruhigte mich. Dieses Mal war Renée besonders schlimm gewesen, weil ich kein Interesse für die Firma zeigte. Sie fand mich undankbar und überlegte, mich in ein Internat nach Europa zu schicken. Das wollte ich auf keinen Fall. Ich weinte und konnte gar nicht mehr aufhören. Als sie fort war, tröstete Angus mich. Plötzlich lagen wir uns in den Armen. Und dabei blieb es nicht.

Es gab nur diesen einen Ausrutscher. Wir behielten ihn für uns, bis die Folgen unübersehbar waren.

Angus flehte mich an, Renée nicht zu sagen, dass er der Vater war. Ich war entsetzt. Doch ich sollte ihn noch besser kennenlernen.

Mir war klar, dass Renée mich unter diesen Umständen nicht länger in ihrem Haus dulden würde, auch wenn ich den Vater nicht verriet. Eine Schwangerschaft in meinem Alter und dazu vor der Ehe war damals skandalös. Nie hätte Renée geduldet, dass ich ihren guten Ruf in Gefahr brachte.

Und so war es auch. Jedoch am nächsten Tag hatte sie sich beruhigt und rief mich zu sich. Sie war wie ausgewechselt, bot mir einen Stuhl an und suchte nach den richtigen Worten. Was sie mir dann eröffnete, schockierte mich.

Sie würde mich während meiner Schwangerschaft unterstützen. Ja, sie würde alles tun, damit die Geburt problemlos verlief.

Ich schaute sie überrascht und misstrauisch an. Dann rückte sie mit der ganzen Idee heraus.

Sie konnte keine Kinder bekommen, ich aber sei noch viel zu jung für ein Kind. Das Schicksal schiene es nicht anders zu wollen, als dass ich Dich austragen und sie dann die Mutterrolle an meiner Stelle übernehmen würde. Ich sei noch viel zu unreif, um ein Kind aufzuziehen.

Ich war geschockt, unfähig etwas zu sagen. Doch je länger ich darüber nachdachte, umso klarer wurde mir, dass ich keine andere Wahl hatte, als ihren Vorschlag anzunehmen. Wo sollte ich hin, wenn Renée mich vor die Tür setzte? So war wenigstens für Dich gesorgt.

Ich willigte ein. Über die vollen Konsequenzen war ich mir damals noch nicht im Klaren. Sie wurden mir erst bei Deiner Geburt bewusst.

Als ich die Schwangerschaft nicht mehr verbergen konnte, verließen Renée und ich Minnesota.

Angus erzählte jedem, der sich nach uns erkundigte, Renée sei schwanger und müsse das Bett hüten, damit sie keine Fehlgeburt bekäme. Ich besuche ein Internat in der Schweiz. Renée organisierte alles, angefangen von einer Unterkunft für uns beide in den Bergen von Vermont bis zur Hebamme, die mir bei Deiner Geburt beiseite stehen sollte. Sie hatte sogar einen Arzt gefunden, der mich regelmäßig untersuchte. Ich hingegen begann Gefühle für Dich zu entwickeln. Ich wollte Dich nicht hergeben. Doch ich musste Renées Spiel noch eine Weile mitspielen, wollte ich nicht alleine dastehen.

Mehr und mehr fühlte ich mich wie eine Marionette. Die Fäden führte Renée. Auch Angus spielte nur eine kleine

Rolle in ihrem Theater. Er hatte nicht wirklich etwas zu sagen. Ich wusste, dass ich von ihm keine Hilfe erwarten konnte.

Jessica wusste aus eigener Erfahrung nur zu gut, wie Recht Emily in diesem Punkt hatte. Sie hatte ihren Vater geliebt und jede Minute mit ihm genossen, war jedoch oft verärgert und enttäuscht darüber gewesen, dass er vor Renée so gekuscht hatte. Manchmal hatte sie sich gefragt, ob es denn nichts gab, für das ihm ein Kampf als lohnenswert erschienen wäre.

Nach Deiner Geburt ging alles ganz schnell. Renée nahm Dich mir weg, sobald Du da warst. Ich durfte Dich nicht ein einziges Mal im Arm halten. Sie hatte Angst, ich könne mich weigern, Dich herzugeben. Sie verschwand noch am gleichen Tag und ließ mich von der Geburt geschwächt und völlig aufgelöst zurück. Eine Krankenschwester, die sie engagiert hatte, versorgte mich, bis ich körperlich wieder hergestellt war. Anschließend kam ich in ein Internat in der Nähe von Boston, wo ich meinen Highschool-Abschluss machte.

Ich sehnte mich nach Dir mit jeder Faser meines Herzens und setzte alles daran, Dich zurückzubekommen. Doch Renée hatte alles schlau eingefädelt. Deiner Geburtsurkunde nach waren sie und Angus Deine leiblichen Eltern. Der Arzt, der mich während der Schwangerschaft regelmäßig untersucht hatte, bestätigte, dass Du Renées leibliche Tochter seist. Sie hatte ihn mit irgendetwas bestochen. Sobald ich wieder auf den Beinen war und Geld für die Fahrt gespart hatte, fuhr ich nach Minnesota und suchte das Gespräch mit meiner Schwester. Sie jagte mich wie einen Hund davon. Ich durfte Dich nicht mal sehen. In meiner Verzweiflung ging ich zu Angus. Ich flehte ihn an, Renée die Wahrheit zu sagen, sich von ihr zu trennen und zu mir und vor allem zu Dir zu stehen. Doch ich erfuhr, dass Renée längst im Bilde war. Dann versuchte ich, unbemerkt an Dich heranzukommen, um wenigstens einen Blick auf Dich werfen zu können. Doch das machte meine

Sehnsucht nur noch größer. Bis zu Deinem dritten Geburtstag war ich mehrmals im Jahr in Minnesota, um Dich heimlich zu beobachten und um Angus zu bearbeiten, wenn Renée nicht in seiner Nähe war. Ich ersann Pläne, wie ich Dich entführen könnte. Doch ich wusste, dass es zwecklos war, diese Pläne in die Tat umzusetzen. Renée würde nicht ruhen, bis sie uns gefunden hätte. Und das Recht schien auf ihrer Seite.

Schließlich wurde mir klar, dass ich Dich verloren hatte. Von da an versuchte ich, es zu akzeptieren.

Ich redete mir ein, dass es so am besten für Dich sei. Immerhin konnten die beiden Dir alles bieten. Ich besaß nichts. Meine Schulausbildung zahlte Renée zwar und auch meine Miete, solange ich nicht arbeitete, aber ich besaß nichts.

Als ich Tom kennenlernte und heiratete, warst Du bereits fünf Jahre alt. Tom war Rechtsanwalt. Ich überlegte lange, ob ich ihm alles über Dich erzählen sollte. Vielleicht konnte er mir juristisch helfen, Dich zurückzubekommen.

Doch meine Scham war zu groß. Ich hatte Angst, ihn auch noch zu verlieren. Und außerdem wollte ich das ganze Martyrium nicht noch einmal durchmachen.

Du musst nicht denken, dass ich Dich vergessen habe. Du bist ein wichtiger Teil von mir. Ich bin Deine Mutter. Das konnte Renée mir nicht nehmen. Der erste Gedanke am Morgen gilt bis heute Dir.

Als Du erwachsen warst, dachte ich häufig darüber nach, Kontakt zu Dir aufzunehmen. Doch ich dachte, Du würdest mir sicher nicht glauben oder mich sogar hassen. Ich hätte es verstehen können. Wie kann man einen Menschen um Verzeihung für etwas bitten, das man sich selbst nicht verzeihen kann. Ich werfe mir tagtäglich vor, dass ich nicht genug um Dich gekämpft habe.

Für die Meeressäuger dieser Welt habe ich gekämpft, habe Zeit investiert, Geld gesammelt, Strategien zu ihrem Schutz entwickelt. All diese Bemühungen waren sinnvoll, wenn damit nur ein Wal gerettet wurde. Je mehr ich mich für sie einsetzte, umso klarer wurde ich mir über die Tat-

sache, dass ich Dich verraten habe. Meine einzige Ent-
schuldigung dafür kann sein, dass ich damals noch ein
Kind war, elternlos und von meiner Schwester abhängig.

Kurz vor ihrem Tod nahm Renée Kontakt zu mir auf. Ich
hatte gerade die Diagnose Lungenkrebs erhalten.

Sie schrieb mir und bat mich um Verzeihung. Den Brief
habe ich diesem Schreiben beigefügt. Außerdem klärte sie
mich über ihren Schwiegersohn auf. Er hatte Dokumente
entdeckt, aus denen hervorging, dass Du in Wirklichkeit
meine Tochter bist und dass sie den Arzt bestochen hatte.
Dieses Dokument hat sie mir zugesandt. Auch das wirst
Du im zweiten Umschlag finden. Dein Mann hat sie mit
diesem Wissen erpresst und gezwungen, ihn zum Ge-
schäftsführer zu machen. Was er dann alles getan hat,
kannst Du in ihrem Brief lesen. Sie hat auch noch wichtige
Unterlagen beigefügt, die Dir helfen sollten, Deinen Mann
der gerechten Strafe zuzuführen.

Ich habe versucht, Kontakt zu Deiner Mutter aufzuneh-
men. Aber sie war bereits tot.

Ich denke, sie ist absichtlich gegen den Baum gefahren.
Du wirst sicher zum selben Schluss kommen, wenn Du
ihren Brief liest.

Jessica, ich hätte nie gedacht, dass ich Deiner Mutter je
verzeihen könnte, was sie Dir und mir angetan hat. Aber
inzwischen habe ich meinen Frieden mit ihr gemacht.

Vielleicht kannst Du das auch. Das würde ich Dir wün-
schen.

Glaube mir, ich bedaure nichts mehr, als Dich und auch
meine Enkelin nie kennengelernt zu haben.

In Liebe, Emily

Jessica ließ den Brief sinken. Sie saß reglos da und starrte
auf die Brandung, unfähig, einen klaren Gedanken zu
fassen. Sie fühlte weder Hass noch Traurigkeit. Eine unendliche Leere machte sich in ihrem Kopf breit.

Inzwischen ging die Sonne unter. Aber auch das bemerkte
sie nicht.

Nur ein Stück Treibholz weckte ihre Aufmerksamkeit. Es
war von einer besonders hohen Welle angeschwemmt

worden und blieb für kurze Zeit in ihrer Nähe im Sand liegen, bis die nächste Welle es erfasste und mit sich davon trug. Wie hypnotisiert verfolgte Jessica es mit ihrem Blick. Sie fühlte sich diesem Stück Holz seltsam verbunden.

Ihre gesamte Kindheit war nur Lug und Trug gewesen. Jetzt, nachdem sie die Wahrheit kannte, hatte sie das Gefühl, durch diesen Brief entwurzelt worden zu sein, eben wie dieses Stück Treibholz.

Sie schaute in den zweiten Umschlag und fand einen handschriftlichen Brief von Renée sowie die von Emily genannten Dokumente.

Das Klingeln ihres Handys rief sie schließlich in die Gegenwart zurück. Es war Josh, auf dessen Anruf sie insgeheim den ganzen Tag sehnsüchtig gewartet hatte. Jetzt nahm sie seine Stimme wie aus weiter Ferne wahr. Auf den Inhalt seiner Worte konnte sie sich kaum konzentrieren.

Er schien es zu spüren, denn er fragte: »Ist etwas nicht in Ordnung, Jessica. Du klingst so seltsam.«

Sie wollte ihm auf keinen Fall etwas über den Inhalt des Briefes erzählen. Trotzdem freute sie sich darüber, dass er so feinfühlig war, zu merken, dass sie etwas bedrückte. Seine Aufmerksamkeit tat ihr gut. Schnell hatte sie sich wieder gefasst.

»Nein, nein. Es ist alles in Ordnung. Mit Deinem Anruf hatte ich nur nicht mehr gerechnet«, sagte sie leichthin.

»Es tut mir leid, Jessica, aber im Institut ging es heute drunter und drüber und später im Aquarium hatte ich auch keine Gelegenheit, anzurufen. Dafür habe ich aber die ganze Zeit an Dich denken müssen. Kannst Du mir noch einmal verzeihen?«

Jessica lachte.

»Na, wenn das so ist. Dann will ich mal nicht so sein.«

Josh atmete hörbar ein.

»Da habe ich ja noch einmal Glück gehabt. Und wie ist es auf der Testamentseröffnung gelaufen?«

»Alles ging ganz schnell. Ich glaube, Deinen Vater hat es sehr mitgenommen. Hat er noch nichts erzählt?«

»Ich habe ihn noch nicht gesehen. Und, wie fühlst Du Dich als stolze Eigentümerin eines Strandhauses?«

»Ich muss gestehen, dass ich es noch gar nicht fassen kann, dass mir das Haus nun gehört. Das dauert bestimmt noch eine Weile.«

»Höre ich da einen gewissen Stolz heraus?«

»Na, immerhin wird es mir ein stolzes Sümmchen einbringen, wenn ich es verkaufe«, antwortete Jessica trocken. Ihre Worte taten ihr sofort leid. Sie musste Josh doch nicht für Dinge bestrafen, die ihre Eltern oder Scheineltern begangen hatten.

Für einen Moment sagte keiner der beiden etwas.

»Bist Du noch dran, Josh«, fragte sie schließlich.

»Ja, ich musste diese Neuigkeit nur erst verdauen«, entgegnete er. Sie hörte, dass er verstimmt war.

»Josh, es sollte nur ein Scherz sein. Ich habe Dir doch gesagt, dass ich es mir mit einer Entscheidung wegen des Hauses nicht leicht machen werde.«

»Da bin ich aber beruhigt. Und, hat Emily ihr Geheimnis gelüftet?«

»Nein,« hörte Jessica sich ganz bestimmt sagen. »Sie hat mir einen verschlossenen Brief überreichen lassen. Ich dachte anfänglich, er würde Aufschluss geben. Doch ich habe mich geirrt. Sie hat nur noch einmal beteuert, wie leid es ihr tut, dass wir uns nicht kennen gelernt haben.«

Jessica war selbst überrascht, wie leicht ihr die Lüge über die Lippen ging. Sie war froh, dass Josh ihr nicht gegenüber saß. Wahrscheinlich hätte er an der aufkommenden Röte in ihrem Gesicht erkannt, dass sie nicht die Wahrheit sagte.

»Das überrascht mich sehr. Ich hatte so für Dich gehofft, dass Du mehr über die Sache erfahren würdest. Und ich war mir sicher, Emily würde es nicht versäumen, ihr Geheimnis zu lüften.«

»Wer weiß, wofür es gut ist?«

»Ja, Du hast Recht. Manchmal belastet die Wahrheit nur unnötig. Übrigens Jessica, weswegen ich noch anrufe: Ich bin morgen Abend zu einer Willkommensparty bei einer Freundin eingeladen. Leider konnte ich nicht absagen. Hast Du Lust, mit mir hinzugehen?«

'Nach Feiern steht mir jetzt wirklich nicht der Sinn,' ging es ihr durch den Kopf.

Sie wusste, dass sie Zeit brauchte; Zeit, um über Emilys Brief nachzudenken. Außerdem wollte sie um jeden Preis vermeiden, dass Josh ihre Lüge aufdeckte. Am Telefon konnte sie ihm vielleicht etwas vormachen. Wenn sie ihm gegenüberstand, würde er jedoch schnell merken, dass etwas nicht stimmte. Sie war eine schlechte Schauspielerin. Und Tony konnte sie auch nicht allein lassen.

»Geh nur alleine hin, Josh. Ich kann Tony nicht alleine lassen«, sagte sie deshalb bestimmt.

»Oh, um Tony musst Du Dir keine Gedanken machen. Mein Vater passt liebend gerne auf sie auf. Er freut sich darauf. Dann hat er wenigsten einmal die Gelegenheit, sich wie ein Großvater zu fühlen.«

Jessica konnte sich Adam gut in dieser Rolle vorstellen und musste lächeln.

»Adam würde ich Tony schon blind anvertrauen. Er wäre der perfekte Opa. Aber ich kann Dich trotzdem nicht auf diese Party begleiten. Ich kenne niemanden dort. Und ich bin nicht eingeladen.«

»Ich kenne auch nicht jeden von Allisons Gästen. Es werden sicher viele ihrer Kommilitonen dort sein. Allison lädt immer Gott und die Welt ein. Und was Deine Einladung betrifft, habe ich angekündigt, dass ich noch jemanden mitbringe. Allison hatte nichts dagegen.«

»Allison? Etwa Allison Earnshaw?« fragte Jessica entgeistert.

»Ja, jetzt sag nur nicht, dass Du sie bereits kennst?«

»Ich habe sie am Tag unserer Ankunft in der Stadt getroffen, zusammen mit ihrer Mutter. Sei mir nicht böse, Josh. Aber ich kann auf keinen Fall mitkommen.«

240

»Aber warum nicht? Nenn mir den Grund. Ich bin sicher, ich finde eine Lösung.«

»Wie soll ich das sagen?«

Jessica suchte nach den richtigen Worten. Auf die Party dieser eingebildeten Person wollte sie auf keinen Fall gehen. Doch sie wusste nicht, wie sie das Josh klar machen konnte, ohne dass er beleidigt war. Immerhin war Allison eine gute Freundin von ihm und Jessica schätzte es selbst nicht, wenn jemand ihre Freunde schlecht machte, ohne sie näher zu kennen.

»Ich hatte nicht den Eindruck, dass sie mich sonderlich mag. Und wenn ich ehrlich bin, fand ich sie auch nicht gerade sympathisch.«

»Ach, das ist normal bei Allison. Sie wirkt auf viele Frauen im ersten Moment unsympathisch. Wenn Du sie erst einmal richtig kennen gelernt hast, wirst Du feststellen, dass sie ein ganz netter Kumpel ist.«

'Ich will sie aber gar nicht kennen lernen', dachte Jessica. Laut hörte sie sich sagen:

»Schon gut. Du hast mich überredet. Aber wenn es mir dort nicht gefällt, werde ich die Party verlassen. Dann darfst Du nicht böse sein, versprochen?«

»Das ist ein Wort. Du wirst sehen, es wird Dir dort gefallen. Dafür werde ich sorgen.«

Sie verabredeten, dass er zusammen mit Adam am nächsten Abend gegen sieben Uhr vorbeikommen würde. Adam würde in ihrem Haus übernachten, damit Tony nicht allein war.

Als sie aufgelegt hatte, blieb sie noch eine Weile am Strand sitzen. Ihre Gedanken kehrten zum Inhalt des Briefes zurück. Sie blickte zur dunklen Silhouette des Hauses empor und dachte, wie seltsam doch all das war, was sie in den letzten Wochen erlebt hatte. Allmählich hatte sich ein Gefühl der Vertrautheit Emily gegenüber bei ihr eingeschlichen. Durch die Erzählungen ihrer Freunde und deren spürbarer Zuneigung hatte sie ein sehr positives Bild von ihr gewonnen. Und jetzt wusste sie plötzlich nicht mehr, was sie von dieser Person, die behauptete, ihre Mutter zu sein, halten sollte.

Was war Emily wirklich für ein Mensch gewesen? Hatten ihre Freunde sie überhaupt gekannt? Wussten sie vielleicht sogar Bescheid und hatten Jessica die ganze Zeit die Ahnungslosen vorgespielt? Besaß sie tatsächlich so wenig Menschenkenntnis, dass jeder ihr etwas vorspielen konnte?

Jessica wusste, wollte sie Antworten auf diese Fragen haben, musste sie Adam und Bart geradeheraus fragen.

'Nein, ausgeschlossen', dachte sie. Adam und Josh durften nichts von Emilys Offenbarungen erfahren.

Sie würde erst einmal eine Nacht über alles schlafen. Für Renées Brief hatte sie jetzt keine Kraft mehr.

Sie stand auf und ging den Pfad zum Haus hinauf.

20. Kapitel

Liebe kleine Schwester,

ich kann mir vorstellen, wie überrascht Du bist, wenn Du meinen Brief in Händen hältst und auch, wenn ich Dich so anrede, doch das bist Du für mich: Meine kleine Schwester. Zweiunddreißig Jahre hat es gedauert, bis mir klar wurde, was ich Dir und Jessica angetan habe. Und ich weiß, dass es keine Entschuldigung dafür gibt. Trotzdem möchte ich, dass Du weißt, wie sehr ich mein Handeln bereue.

Wenn Du den Brief erhältst, werde ich nicht mehr am Leben sein. Ich habe so viel Schuld auf mich und auch auf Angus' Schultern geladen, dass ich keinen Ausweg mehr sehe.

Als Du nach Vaters Tod zu uns zogst, war ich nicht sehr nett zu Dir. Schon damals war ich innerlich zerfressen. Ich dachte, ich sei nur etwas wert, wenn ich Vaters Firma zum Erfolg führte. Irrtümlich glaubte ich, er würde es sehen können und er wäre endlich stolz auf mich. Ich dachte, die Firma stände über allem. Meine ganze Kindheit hatte ich ihr bereits geopfert. Freunde hatte ich nicht und Spaß - so dachte ich zumindest - konnte ich mir nicht leisten.

Ich habe alsbald angefangen, die Menschen um mich herum zu manipulieren. Es war so leicht. Keiner setzte mir etwas entgegen; außer Jessica. Doch am Ende besiegte ich auch sie. Und verlor sie.

Emily, bitte glaube mir wenigstens das Eine: Auch wenn ich Dich Deines Kindes beraubt habe, so habe ich Jessica sehr geliebt. Und als sie und Tony fort waren, machte nichts mehr einen Sinn.

Als Du schwanger warst, hat es nicht lange gedauert, bis ich mir sicher war, dass dies eine Fügung des Schicksals sei. Ich konnte keine Kinder bekommen. Angus und ich hatten schon alles versucht. Mir war sofort klar, dass Angus der Vater sein musste, so wie Ihr Euch oft angesehen habt. Wie eifersüchtig ich deswegen auf Dich war. Rasend eifersüchtig. Und ich dachte, dies sei Deine Strafe dafür, dass Du meinen Mann verführt hast. Mit Deinem Kind solltest Du dafür bezahlen. Das war mein Plan, der dann ja auch aufging.

Ein Arzt, der mitspielte, war bald gefunden. Dr. Wheelers hatte bei einer Mitarbeiterin der Firma einen unerlaubten Schwangerschaftsabbruch durchgeführt. Ich wusste davon und habe ihn damit erpresst. Die Geburtsurkunde von Jessica sende ich Dir zu. Zusammen mit meinem Brief müsste dies als Beweis für mein Tun ausreichen, falls Du - und davon gehe ich aus - Jessica reinen Wein einschenken willst.

Und nun will ich Dir sagen, wie es zu meinem Sinneswandel kam. Ich musste erst einem Menschen begegnen, der noch manipulativer und krimineller ist als ich. Und dieser Mann heißt Ben Freeman, Jessicas Exmann. Makaber ist, dass ich die beiden erst zusammengebracht habe. Davon weiß Jessica bis heute nichts.

Nachdem sie sich erfolgreich dagegen gewehrt hatte, in der Firma zu arbeiten und später die Leitung zu übernehmen, habe ich begonnen, für sie einen geeigneten Mann zu suchen, so wie unser Vaters dies für mich getan hatte.

Doch Jessica war stur. Sei mir nicht böse, aber ich glaube, diese Eigenschaft hat sie von mir geerbt. Wir haben uns manchen Kampf geliefert, die ich nicht alle gewonnen habe.

In Bens Fall griff ich deshalb zu einer List. Er arbeitete bereits in der Firma und war mir aufgefallen, weil er ein Verkaufsgenie war. Sein bestes Produkt war allerdings er selbst. Das war mir anfänglich nicht klar. Und so fiel ich auf ihn herein.

Auf Jessicas Willkommensparty nach ihrem bestandenem Studium in Journalistik bot ich Ben die Bühne, um Jessicas Herz zu erobern. Gleichzeitig gab ich vor, eine andere Person als Heiratskandidaten im Auge zu haben. Ben beachtete ich an diesem Abend nicht, zumindest nicht für Jessica ersichtlich.

Jessica fiel darauf herein. Sie verliebte sich in Ben, wurde schnell schwanger. Die beiden heirateten. Und dann zeigte er sein wahres Gesicht.

Er wollte die Firma. Das war bald klar. Und er übte viel Druck auf mich aus, hatte aber zuerst keine Mittel, um mich zum Rücktritt zu bewegen; bis er eines Tages einen Brief von Dir fand, den ich dummerweise aufgehoben hatte. In diesem Brief flehtest Du mich an, Dir Jessica zurückzugeben.

Er recherchierte, fand die Geburtsurkunde im Firmensafe - ein weiterer Fehler von mir - und bekam schnell auch den Namen des Arztes heraus.

Mit diesem Wissen erpresste er mich. Er wollte Jessica reinen Wein einschenken und Dir die Dokumente zuspielen, wenn ich ihm nicht den Posten des Geschäftsführers übertrug. Ich hatte keine andere Wahl. Also machte ich es.

Ben hatte schon seit geraumer Zeit versucht, mich dazu zu bewegen, die Abfallstoffe, die bei unseren Papierverarbeitungsprozessen anfielen, illegal zu entsorgen, weil sie einen großen Kostenblock darstellten. Ich dachte, ich hätte mich erfolgreich dagegen gewehrt. Doch das war für Ben keine Hürde. Er schreckt eben vor nichts zurück und fälschte einfach meine Unterschrift. Diese prangt nun unter dem Vertrag, der den Verkauf der giftigen Fluorkohlenstoffschlämme an einen windigen Komposthändler besiegelte. Dieser Händler wusste genau, was er einkaufte, denn Ben hatte mit der Wahrheit nicht hinterm Berg gehalten, wie er mir stolz erzählte. Der Komposthändler verkaufte die Giftstoffe später ohne Skrupel als Dünger an unwissende Bauern weiter.

Ben prahlte damit, er habe die Firma gerettet. Ich wollte ihn auffliegen lassen, doch er meinte, wenn ich das täte, würde er mich in Bezug auf Jessica auffliegen lassen. Keiner würde mir glauben, dass er meine Unterschrift gefälscht hatte, und ich würde im Gefängnis landen. Er lachte mir boshaft ins Gesicht, zeigte mir den Vertrag mit dem Komposthändler, auf dem meine Unterschrift stand. Das Dokument habe ich als Kopie beigefügt.

Ein junger Vater, dessen Sohn mit Missbildungen geboren wurde, hatte die Vermutung, dass die Schädigungen seines Kindes durch eine Verunreinigung des Grundwassers verursacht worden sein könnten. Er war auf unsere Firma aufmerksam geworden und hatte Anschuldigungen gegen uns erhoben.

Die Presse bekam Wind von der Sache. Jessicas Chef übertrug ihr den Fall; ich denke, wohlwissend, dass etwas an der Sache dran ist. Vielleicht wollte er sehen, wie Jessica damit umging; ob sie sich für die Familie oder ihren Beruf entschied.

Sie warf mir vor, Giftmüll illegal entsorgt oder zumindest die Entsorgung gutgeheißen zu haben. Sie sprach auch mit Ben. Später erfuhr ich von ihm, dass er nur damit hatte drohen müssen, ihr Tony wegzunehmen. Sie ist noch an diesem Abend ausgezogen. Sie wohnt jetzt in New York. Die Adresse findest Du auch im Anhang.

Ich dachte, dies sei der schlimmste Tag meines Lebens, bis Ben mich zwang, ihm die Firma zu überschreiben.

Er drohte, das Dokument mit meiner Unterschrift der Presse zuzuspielen. Ich wusste mir nicht anders zu helfen, als ihm die Firma zu übertragen.

Doch mein Leben macht keinen Sinn mehr, weil ich alles verloren habe, für das es sich zu leben lohnt: Meine Familie.

Angus ertränkt seine Abscheu gegen mich im Alkohol. Jessica will nichts mehr mit mir zu tun haben und ist weit weggezogen. Und Jessicas Tochter Tony, Deine Enkelin, wird nicht hier bei mir aufwachsen. Dich habe ich ja bereits vor langer Zeit verloren. Mir war nicht klar, dass die Familie die Essenz des Lebens ist. Nicht die Firma.

Ben hat seit Übernahme der Geschäftsführung einige illegale Geschäfte getätigt. Ich habe ihn beobachtet, solange ich noch Gelegenheit dazu hatte und habe einige Unterlagen kopieren können, die seine Schuld beweisen. Diese füge ich ebenfalls bei.

Emily, wenn ich auch selbst viel Leid verursacht habe, so möchte ich wenigstens die Gewissheit haben, dass ich im

Tode noch etwas gutmachen konnte. Und Ben soll nicht straffrei davonkommen.

Wenn Du zu Jessica Kontakt aufnehmen solltest, bitte, gebe ihr die Unterlagen, damit sie gegen ihn vorgehen kann.

Liebste Emily, ich wünsche Dir alles Gute für Dein restliches Leben und hoffe, dass Du Deine Familie bald in die Arme schließen kannst.

Deine Dich liebende Schwester Renée

21. Kapitel

Der Weg zur Earnshaw-Villa war hell erleuchtet. Viele Gäste waren bereits eingetroffen. Sie hatten wie Josh ihren Wagen vor dem Haus geparkt und den Schlüssel stecken lassen. Die Aufgabe eines livrierten jungen Mannes bestand darin, die Wagen der Gäste nacheinander auf einem nahe gelegenen freien Platz zu parken.

Der Eingangsbereich der Earnshaw-Villa war in feinstem weißen Marmor gehalten. Riesige Säulen, die den Portikus trugen, erinnerten entfernt an das Weiße Haus.

Josh und Jessica gingen die Stufen des Portals hinauf und wurden von Theodora und einem Mann begrüßt, der sich als Walter Earnshaw vorstellte

Theodora schien Jessica sofort zu erkennen. Für einen kurzen Moment wurde ihre lächelnde Miene frostig, dann lächelte sie wieder und zog dabei die linke Augenbraue etwas hoch.

»Mrs. Freeman, schön Sie zu sehen. Mit Ihnen hätte ich heute Abend allerdings wirklich nicht gerechnet. Ah, wie ich sehe, haben Sie Josh bereits kennengelernt.«

Sie reichte Jessica die Hand, wandte sich aber sofort Josh zu, so dass Jessica keine Gelegenheit hatte, etwas zu erwidern.

Walter Earnshaw nahm Jessicas Hand, führte sie an seine Lippen und hauchte einen Handkuss darauf. Er lächelte sie gewinnend an.

»Sie sind also die Nichte von Emily Hamilton. Freut mich, Sie endlich kennen zu lernen. Adam hat mir bereits von Ihnen vorgeschwärmt. Und ich muss sagen, er hat nicht übertrieben.«

»Vielen Dank.«

Sie spürte, wie sich ihr Gesicht bei diesem Kompliment mit einer leichten Röte überzog. Sie musterte Walter Earnshaw.

Man merkte ihm den Geschäftsmann an. Seine weltgewandte und lockere Art ließ ihn selbstbewusst, aber irgendwie auch berechnend erscheinen. Vielleicht lag es auch an seinen kleinen, eng stehenden grauen Augen, die sie gerade durchdringend musterten. Er wusste, wie man mit Menschen umzugehen hatte.

'Manipulation ist sicher eine seiner Hauptbeschäftigungen', dachte Jessica.

»Josh, mein Lieber«, hörte sie nun Theodora flöten. »Da wird Allison sich aber freuen, dass Sie endlich da sind. Sie wartet schon ganz sehnsüchtig auf Sie.«

Das »sehnsüchtig« betonte sie und setzte ein strahlendes Lächeln auf. Dann ließ sie ihren Blick über die Menschen wandern, die sich in der Eingangshalle aufhielten. Allison war nicht darunter.

»Ach, sie wird im Garten sein,« sagte sie. »Kommen Sie, ich bringe Sie zu ihr.«

»Das ist nicht nötig, Theodora. Ich kenne mich ja hier aus. Kümmern Sie sich ruhig um die anderen Gäste. Wir werden sie schon finden.«

»Danke Josh, sehr aufmerksam von Ihnen. Aber stimmt, unsere Villa ist ja fast schon Ihr zweites Zuhause, so oft wie Sie schon bei uns waren. Gehen Sie nur.«

Mit einem letzten geringschätzigen Blick auf Jessica wendete Sie sich den nächsten Neuankömmlingen zu.

Hatte Jessica sich getäuscht, oder wollte Theodora Earnshaw ihr klar machen, dass Josh mit Allison liiert war? Jessica hätte ihn so gerne sofort gefragt, doch dazu kam sie nicht. Nachdem auch Josh ein paar Worte mit Walter Earnshaw gewechselt hatte, lenkte er Jessica durch die Halle an einigen Gruppen von Gästen vorbei Richtung Gartentür.

In der Halle führte eine Treppe aus massivem Eichenholz in das obere Stockwerk. An den Wänden entlang der Treppe hingen Portraits in kostbaren Rahmen. Jessica schätzte, dass es sich dabei um die Vorfahren der Earnshaws handelte.

Ein riesiger Kronleuchter in der Eingangshalle diente als perfekte Beleuchtung für weitere kostbar wirkende Gemälde.

Jessicas Blick glitt über die Gäste.

Sie sah die Männer, fast ausschließlich in weißen Diner Jacketts gekleidet, alle I-Tüpfelchen-gleich. Auch Josh hatte dieses scheinbar ungeschriebene Gesetz nicht gebrochen. Bisher hatte Jessica ihn nur in Jeans und T-Shirt gesehen. Auch diese Art der Kleidung stand ihm ausgezeichnet, wie sie fand. Er bewegte sich darin so ungezwungen, als würde er sich immer so kleiden.

Sie hörte das stilvolle Gemurmel der Gäste, nur vom leisen Klirren aneinanderstoßender Champagnerkelche unterbrochen.

Sie sah die kurzen Blicke der Gäste, wenn jemand kam, den sie nicht kannten, bemerkte das kurze Stocken in den Gesprächen und das erneute Anschwellen des Gemurmels. Selbst das wirkte vornehm.

Sie sah die mit Schmuck behangenen Frauen, die ausnahmslos extravagante glitzernde Abendroben trugen.

Prüfend schaute Jessica an sich hinunter. Sie fühlte sich auffällig unpassend gekleidet mit ihrem knöchellangen pastellfarbenen Chiffonrock und dem gleichfarbigen, eng anliegenden Spitzentop. Damit war sie durchaus festlich gekleidet, jedoch längst nicht so elegant wie die anderen Frauen.

Am liebsten hätte sie auf dem Absatz kehrt gemacht. Nicht dass eine solche Veranstaltung etwas ganz und gar Ungewöhnliches für sie gewesen wäre. Die Feste, die Renée veranstaltet hatte, waren nicht minder opulent gewesen. Und in New York hatte sie auch ab und zu aus beruflichen Gründen ähnlich festliche Veranstaltungen besucht. Nur war sie in diesen Fällen darauf vorbereitet und passend gekleidet gewesen.

Dass Theodora zu den reicheren Bewohnern von Cape Cod zählte, hatte sie zwar gleich bei ihrem ersten Zusammentreffen erkannt, mit solch einem Prunk hatte sie dennoch nicht gerechnet.

Josh, der ihre plötzliche Befangenheit zu bemerken schien, lächelte sie amüsiert an.

»Was ist mit Dir? Du schaust so kritisch an Dir herunter.« Als sie ihm nicht antwortete und ihn stattdessen wütend anblitzte, stellte er sich vor sie hin, nahm ihre Hände in seine und zwang sie, ihn anzuschauen.

»Jessica, Du bist wunderschön. Hat Dir das heute noch niemand gesagt?«

Jetzt war sie es, die lächeln musste.

»Aber Du hättest mir sagen müssen, was für eine piekfeine Gesellschaft mich heute Abend erwartet. Dann hätte ich definitiv abgesagt,« entgegnete sie, »weil ich bei meiner Anreise nun wirklich nicht damit rechnen konnte, hier Abendkleidung zu benötigen.«

Sie war überrascht darüber, wie selbstverständlich sie inzwischen Joshs Berührungen nahm. Er nutzte jede Gelegenheit, ihre Hand zu ergreifen oder sie am Arm zu berühren. Sie genoss es und war doch auf der Hut.

»Du bist perfekt gekleidet. Mir gefällt, was Du trägst. Dagegen sehen die anderen Damen aus wie Weihnachtsbäume, die die Explosion einer Lamettakanone überlebt haben.«

'Was bleibt mir jetzt anderes übrig, als gute Miene zum bösen Spiel zu machen', sagte sie zu sich selbst.

Das Wort »Garten« war eigentlich eine Beleidigung für die riesige Parkanlage, die Jessica nun zu sehen bekam. In der Mitte der riesigen Rasenfläche hatte man einen großen weißen Zeltpavillon aufgestellt. Dort befand sich die Bar, an der sich bereits einige Gäste versammelt hatten. Unter stämmigen Ahorn- und Lindenbäumen waren Sitzgruppen aufgestellt worden.

Josh nahm Jessicas Hand und führte sie über den Rasen zielstrebig zum Pavillon. Jessica sah Allison, die sich an der Bar mit ein paar jungen Männern unterhielt und sich sehr zu amüsieren schien. Sie lachte und warf dabei den Kopf zurück. Ihre weißen, ebenmäßigen Zähne blitzten.

Wie Jessica vermutet hatte, übertraf Allison alle anderen Gäste in Bezug auf ihre Kleiderwahl. Der zarte violette Pastellton ihres Abendkleides schmeichelte ihrem ebenmäßigen, hellen Teint. Das Dekolleté war gerade so tief ausgeschnitten, dass man es nicht als freizügig bezeichnen konnte. Ihre langen dunklen Haare waren kunstvoll hochgesteckt, wobei jede einzelne Strähne in Form gelegt war. Jessica vermutete, dass allein die Frisur ein kleines Vermögen gekostet hatte. Und sie schien sich ihrer Wirkung in jeder Minute genau bewusst zu sein. Als Allisons Blick auf Josh fiel, begannen ihre Augen zu leuchten. Sie ließ ihre Gesprächspartner stehen und stürmte auf ihn zu.

Dann warf sie sich Josh an den Hals und küsste ihn auf den Mund. Der Abdruck ihres Lippenstiftes blieb auf seinen Lippen zurück.

Ihm schien ihre stürmische Begrüßung eher peinlich zu sein, denn er schob sie ein wenig von sich und zum ersten Mal glaubte Jessica eine leichte Röte in seinem Gesicht festzustellen. Verlegen lächelte er zu Jessica hinüber. Sie konnte nicht deuten, ob er verärgert über Allisons Attacke war oder ob er sich geschmeichelt fühlte.

Jessica konnte Allisons Parfum riechen, ein aufdringlicher Geruch, irgendetwas Orientalisches.

Dann sah Jessica, dass Josh Allison anlächelte. Es versetzte ihr einen kleinen Stich.

'Habe ich etwa gedacht, dass er nur mich so ansieht?' dachte sie ernüchtert.

»Endlich Josh, ich hab' schon geglaubt, Du versetzt mich.«

Allison machte eine Schnute, wie ein verwöhntes kleines Kind, dessen Wünsche nicht erfüllt wurden.

»Ich habe doch versprochen, dass ich komme. Und meine Versprechen habe ich bisher immer gehalten.«

Bei diesem Satz schaute Jessica ungläubig zu Josh. Er bemerkte ihren Blick nicht. Dann griff er nach Jessicas Hand und zog sie zu sich heran.

»Allison, meine Begleiterin, Jessica Freeman, brauche ich Dir ja wohl nicht mehr vorzustellen. Wie ich hörte, kennt Ihr Euch bereits.«

Der Blick, mit dem Allison Josh gerade noch angeschaut hatte, wich einem kalten und geringschätzigen, den sie nun Jessica zuwarf.

'Der Apfel fällt nicht weit vom Stamm', ging es Jessica durch den Kopf. Genau so hatte Theodora sie kurz zuvor noch gemustert.

»Wir haben uns kürzlich in der Stadt getroffen, das stimmt. Aber ich hätte Sie fast nicht wieder erkannt. Nettes Kleid, das Sie da anhaben«, begrüßte Allison sie und ließ einmal kurz ihren Blick über Jessica hinweg gleiten.

Josh legte einen Arm besitzergreifend um Jessicas Schultern und flüsterte ihr ins Ohr, so dass Allison es nicht hören konnte.

»Was habe ich eben gesagt. Du bist perfekt gekleidet.«

Diese Geste der Vertrautheit schien Allison wütend zu machen. Sie wurde kalkweiß. Nur ihre Augen funkelten Jessica gefährlich an.

»Komm Josh«, sagte sie und wollte ihn am Ärmel mit sich ziehen. »Ich möchte Dich ein paar Freunden vorstellen. Sie entschuldigen uns einen Augenblick?« wandte sie sich an Jessica.

»Jessica kommt natürlich mit,« protestierte Josh.

»Ist schon gut, Josh. Ich komme schon zurecht. Geh nur,« hörte Jessica sich sagen, wandte sich ab und ging davon. Sie glaubte, seinen Blick im Rücken zu spüren, zwang sich jedoch, nicht mehr zurückzuschauen.

Sie hatte insgeheim gehofft, er würde insistieren. Das tat er aber nicht. Und da sie sich nicht umdrehte, wusste sie auch nicht, ob er zögerte oder nicht.

Nachdem sie ein Glas Sekt mit Orangensaft von einem Tablett genommen hatte, dass ein umsichtiger Kellner ihr reichte, suchte sie sich ein ruhiges Plätzchen, von dem aus sie einen guten Blick hatte.

Ohne dass es ihr bewusst war, hielt sie Ausschau nach Josh und Allison. Es dauerte einige Zeit, bis sie die beiden entdeckte. Allison hatte sich vertraulich bei Josh einge-hakt. Neidlos musste Jessica zugeben, dass sie ein schönes Paar abgaben. Allison himmelte ihn geradezu an.

'Sie ist in Josh verliebt', dachte sie. Bei diesem Gedanken verspürte sie ein leichtes Ziehen in der Magengegend. Die beiden standen bei einer Gruppe junger Leute, vermutlich ehemalige Kommilitonen von Allison. Je länger Jessica zu ihnen hinüberschaute, umso überflüssiger fühlte sie sich. Wieso hatte sie sich dazu überreden lassen, mit hierher zu gehen? Wenn sie einfach ginge, würde dies sicher nie-mandem auffallen. Nicht einmal Josh, da war sie sich sicher. Er hatte nur noch Augen für Allison, so schien es ihr. Sie hätte seinen Blick gerne eingefangen, doch er schaute nicht in ihre Richtung.

Langsam spürte sie Groll in sich aufsteigen. Als sie Alli-son kurz zuvor das Feld so freimütig überlassen hatte, war sie insgeheim davon ausgegangen, dass Josh auf Jessicas Begleitung bestehen würde. Sein Verhalten hatte sie an Ben erinnert. Niemals wieder wollte sie so etwas erleben wie mit ihrem Exmann.

Aber Josh war nicht Ben. Zudem kannte sie ihn kaum und eine Beziehung mit ihm kam nicht in Frage. Was war also los mit ihr? Was wollte sie von ihm?

‚Nein, es war richtig, dass ich ihn mit Allison habe ziehen lassen. Und es ist gut zu wissen, dass er für mich nicht mehr empfindet, als für andere Frauen. Schließlich ist Josh nur ein guter Freund. Mehr nicht. Basta.'

Ursprünglich hatte sie sich vorgenommen, jegliche nega-tive Gedanken an diesem Abend zu verbannen, merkte jedoch, wie die Ereignisse des vergangenen Tages lang-sam wieder Besitz von ihr ergriffen, während sie so da-stand und die Gäste wie ein Zaunkönig beobachtete.

Auch nachdem sie eine Nacht darüber geschlafen hatte, war sie noch verwirrt wegen Emilys Enthüllungen. Dem anfänglichen Gefühl der Leere war grenzenlose Wut ge-folgt; auf ihre Eltern und auf Emily. Sie konnte nicht sagen, wen der drei sie im Moment mehr verabscheute.

»Schön, Sie wieder zu sehen.«

Eine männliche Stimme riss sie aus ihren Gedanken. Sie erkannte ihn sofort. Es war Scott Branahan, der auf Wale spezialisierte Veterinär, der die Rettungsaktion der gestrandeten Wale geleitet hatte.

»Hallo, Mr. Branahan. Endlich ein bekanntes Gesicht. Sind Sie auch ein Freund der Familie?«

»Sagen Sie Scott. Sie sind Jessica, nicht wahr?«

»Ja.«

»Um auf Ihre Frage zurückzukommen. Ich kenne Allison schon eine ganze Weile. Hier in der Gegend kennt sowieso fast jeder jeden. Das bleibt nicht aus. Immerhin ist die Zahl der ständigen Bewohner des Kaps nicht allzu groß. Darf ich raten, mit wem Sie hier sind?«

Jessica grinste. »Sie werden nie darauf kommen. Also los. Drei Versuche haben Sie.«

»Doch nicht etwa mit Josh?«

»Ich merke schon, Sie sind kein Gentleman. Sonst hätten Sie wenigstens zweimal daneben getippt.«

Sie mochte ihn auf Anhieb. Er sah sehr gut aus. Und seiner Wirkung auf Frauen schien er sich durchaus bewusst zu sein. Sie erkannte es an der Art, wie er sich bewegte und an seiner Mimik. Kein einziges Muskelzucken schien er dem Zufall zu überlassen. Jede seiner Bewegungen schienen sorgsam einstudiert und nur einen Zweck zu verfolgen: dem weiblichen Geschlecht zu gefallen. Er wirkte wie ein Gockel, der sich im Kreise seiner Hennen nach einem eroberungswürdigen Geschöpf umsah. Diesmal schien seine Wahl auf Jessica gefallen zu sein, denn er fuhr alle Geschütze auf, um ihr zu gefallen.

Sein Blick schweifte jetzt suchend über die Menschenmenge.

»Wo steckt der alte Junge. Weiß er denn nicht, dass man schöne Frauen nicht einfach stehen lässt?«

»Scheinbar nicht. Ich sehe, er kann noch einiges von Ihnen lernen.« Bei ihren Worten zwinkerte Jessica Scott zu.

Er verschränkte die Arme vor der Brust und stützte den Ellbogen seines rechten Armes auf der linken Hand ab. Den Zeigefinger der rechten Hand presste er vor seine

Lippen. Dabei sah er sie eindringlich an. Seine Augen verengten sich ein wenig.

»Sagen Sie, woher kennen Sie Allison?« fragte er.

»Ich kenne sie nicht wirklich. Allisons Mutter war eine Freundin meiner Tante.«

Hier machte Jessica eine kurze Pause, weil das Wort 'Tante' sie wieder an Emilys Brief erinnerte.

Sie fuhr fort: »Ich bin Allison nur einmal begegnet. Aber Josh ist mit ihr befreundet, wie Sie wahrscheinlich wissen.«

»Wer ist Ihre Tante?«

»Emily Hamilton war meine Tante«, presste Jessica hervor. Sie hatte keine Lust, ein Gespräch über Emily zu führen und hoffte, dass das Thema mit ihrer knappen Antwort erledigt war.

Scott schien davon nichts mitzubekommen.

»Ah, die liebe Emily. Das war Ihre Tante?«

Er schaute Jessica intensiv an.

»Jetzt, wo sie es sagen, sehe ich die Ähnlichkeit.«

»Wie geht es übrigens den beiden Walen?« versuchte Jessica das Thema zu wechseln.

»Erstaunlich gut. Wenn sie so weitermachen, können wir sie bald wieder freilassen. Kommen Sie doch einfach vorbei und überzeugen Sie sich selbst.«

»Ich weiß nicht, ob wir noch Gelegenheit dazu haben werden. Falls ja, nehme ich Ihr Angebot gerne an. Tony, meine Tochter, wäre begeistert.«

Scott kramte in seiner Hemdtasche und beförderte eine Visitenkarte hervor.

»Auf diese Weise habe ich wenigstens Gelegenheit, Ihnen meine Telefonnummer zuzustecken, ohne gleich als Schwerenöter zu gelten. Wenn Sie also Lust haben, die Wale zu sehen, oder vielleicht auch mich ...?« Er zwinkerte ihr zu. »... dann rufen Sie mich einfach an. Ich bin unter dieser Nummer Tag und Nacht für Sie zu sprechen.«

Jessica nahm die Visitenkarte entgegen.

»Wer weiß, vielleicht komme ich auf Ihr Angebot zurück;... ähm .... ich meine, wegen der Wale« entgegnete sie mit einem spitzbübischen Grinsen.

»Wie mir scheint, kommt Josh nicht so schnell zu Ihnen zurück. Allison hat ihn in Beschlag genommen.«

»Das Gefühl habe ich auch.«

»Was halten Sie davon, wenn ich Sie ein wenig herumführe und mit anderen Gästen bekanntmache? Anschließend könnten wir uns über das Buffet hermachen.«

»Sehr gerne.«

Er hielt ihr galant seinen linken Arm hin. Dankbar hakte sie sich ein.

Scott stellte ihr einige Gäste vor und ging dann mit ihr zum Buffet. Sie hatte gerade den letzten Bissen von Ihrem Teller geleert, als Josh ihr ins Ohr flüsterte.

»Schön, dass ich Dich endlich gefunden habe. Ich hatte schon Angst, Du könntest die Party ohne mich verlassen haben.«

»Es freut mich, dass Du mich nicht ganz vergessen hast. Aber wie Du siehst, kann ich mich auch ohne Deine Hilfe ganz gut amüsieren. Scott hat Dich glänzend vertreten,« sagte sie und ärgerte sich über die Bissigkeit, mit der sie das sagte.

Scott, der sich gerade Nachschub vom Buffet geholt hatte, schnappte Jessicas letzte Worte auf. Er grinste Josh an.

»Josh, wie ich feststellen konnte, weißt Du nicht, dass man schöne Frauen nicht einfach sich selbst überlässt. Aber wie Jessica schon sagte, haben wir uns gut amüsiert.«

»Dass Du Dich gut darin auskennst, wie man Damen behandelt, ist allseits bekannt, Scott«, sagte Josh.

Jessica hörte Verärgerung heraus. Oder täuschte sie sich? Ihr zugewandt, fuhr Josh fort: »Mein Verhalten tut mir wirklich leid. Ich hätte darauf bestehen sollen, dass Du mitkommst. Sowas wird nicht wieder vorkommen. Ab sofort weiche ich nicht mehr von Deiner Seite.«

Gerade als Jessica etwas erwidern wollte, fiel ihr Blick auf einen Mann, der im Gespräch mit Allison war. Er trug eine Sonnenbrille, so dass sie seine Augen nicht erkennen konnte und auch nicht sicher wusste, ob er zu ihr herüberschaute. Ihr blieb das Herz stehen. Die Ähnlichkeit mit Ben war frappierend. Das konnte ja gar nicht sein, beruhigte sie sich. Gleichzeitig ging ihr durch den Kopf: Jemand, der aussah wie Ben, sich genauso kleideten, die gleiche Frisur trug, war das möglich? Das musste er sein. Aber wenn ja, wie kam er hierher? Hatte Allison ihn eingeladen? Ach, das war doch unmöglich.

'Jetzt geht die Fantasie mit mir durch'. dachte sie.

Warum sollte Allison das tun? Sie wusste nicht von Ben. Und wenn, wie sollte sie ihn ausfindig gemacht haben? Und warum sollte sie es getan haben? Dass machte keinen Sinn.

Und dass sie und Josh in den letzten Tagen so viel Zeit miteinander verbracht hatten und sich näher gekommen waren, wusste Allison schließlich auch nicht.

Er war es nicht. Basta.

Jessica merkte, dass ihre Knie zitterten. Sie war von Anfang an nicht in Partylaune gewesen. Doch jetzt wollte sie nur noch nach Hause.

»Würde es Dir etwas ausmachen, mir ein Taxi zu rufen?« fragte sie Josh.

»Geht es Dir nicht gut? Du bist ganz blass.«

»Nur ein bisschen müde.«

»Wenn Du hier weg willst, fahre ich Dich natürlich. Ich wollte mich sowieso nur kurz hier blicken lassen. Auf solchen Partys fühle ich mich reichlich deplatziert.«

»Allison wird sicher sehr enttäuscht sein, wenn Du so früh gehst.«

»Und wenn schon. Sie wird's verkraften. Lass uns verschwinden.«

Schnell warf sie noch einen Blick dorthin, wo gerade noch Ben oder sein Doppelgänger gestanden hatte. Er war verschwunden. Sie merkte, wie die Panik wieder Besitz von ihr nahm.

'Wenn es tatsächlich Ben war .. ach nein, das kann nicht sein. Er würde nicht einfach dort stehen bleiben. Er würde mich angreifen. Aber wenn er es war, dann wüsste ich gerne, wo er sich gerade aufhält. Warum habe ich mich nur ablenken lassen.'

Sie verabschiedete sich von Scott, der seine Enttäuschung über ihren plötzlichen Aufbruch nicht verbarg.

»Sehen wir uns wieder?« fragte er.

»Wer weiß? Aber es würde mich freuen. Sie waren ein angenehmer Gesprächspartner.«

»Rufen Sie mich an, wenn Sie genug von Josh haben«, sagte er und zwinkerte ihr zu. Dann küsste er ihr galant die Hand zum Abschied und schaute ihr tief in die Augen. 'Was für ein Hundeblick', dachte Jessica. Sicher wurden viele Frauen dabei schwach.

Josh, dem Scotts Blick ebenfalls nicht entgangen zu sein schien, warf ihm einen spöttischen Blick zu.

»Wir sehen uns morgen, Scott,« sagte er.

Jessica ließ ihren Blick noch einmal über den Garten schweifen, sah die Person aber nicht mehr, die Ben so ähnlich gesehen hatte.

Während der Fahrt versuchte Josh, ein Gespräch in Gang zu bringen, schien aber bald zu merken, dass Jessica nicht dazu bereit war.

Und so schwiegen sie, bis sie Emilys Haus erreichten. Jessica empfand das Schweigen als wohltuend. So konnte sie in Ruhe über das Erscheinen dieses Mannes nachdenken, der genauso plötzlich verschwunden war, wie er aufgetaucht war. Sollte Josh doch ruhig mal ein schlechtes Gewissen wegen seines Verhaltens haben.

Adam schien sich bereits ins Gästezimmer zurückgezogen zu haben. Das Haus lag in völligem Dunkeln.

Josh sprang aus dem Wagen und ging zur Beifahrertür, um sie für Jessica zu öffnen. Doch sie war schneller. Nachdem sie ausgestiegen war, reichte sie ihm förmlich die Hand. Er nahm sie in seine und wollte Jessica an sich ziehen, doch sie entzog ihm ihre Hand sofort wieder. Verblüfft schaute er sie an.

»Bist Du mir so böse, Jessica? Ich hätte nicht mit Dir dort hinfahren sollen. Allison hätte es verkraftet, wenn ich abgesagt hätte. Ein Abend mit Dir alleine wäre mir tausendmal lieber gewesen.«

'Davon war aber nichts zu spüren', dachte Jessica und dann dachte sie, dass diese Erfahrung vielleicht auch sein Gutes hatte, weil sie so erkannt hatte, wie sehr sie sich schon zu Josh hingezogen fühlte; dass eine Beziehung mit ihm nicht funktionieren würde und dass es besser war, wenn sie sich jetzt ganz von ihm zurückzog.

Dieser Abend hatte sie ernüchtert.

»Was ist los mit Dir, Jessica«, flüsterte Josh.

Die Dunkelheit schien alle Geräusche zu schlucken. Selbst das Rauschen der Brandung und das Zirpen der Grillen klangen gedämpft, als sei eine unsichtbare Glocke darüber gestülpt.

Ebenfalls im Flüsterton antwortete Jessica:

»Josh, ich werde morgen zurück nach New York fahren.«

»Aber wieso? Ich verstehe nicht. Ist es wegen dieser Party?«

»Nein. Das ist nicht der Grund. Ich habe ein paar Dinge zu regeln.«

»Aber warum hast Du nichts davon gesagt, bevor ich Dich heute Abend abgeholt habe? Hast Du Probleme? Beruflich? Oder hat es etwas mit Emilys Brief zu tun?«

»Nichts von alledem,« log sie. »Mir ist nur klar geworden, dass ich einiges dringend zu erledigen habe, was ich viel zu lange vor mir hergeschoben habe.«

»Und das kann nicht noch eine Woche warten?«

»Nein.«

Auf einmal wusste Jessica, dass sie der Sache, die Renée in ihrem Brief an Emily geschildert hatte, nachgehen würde. Sie musste dafür sorgen, dass Ben für das bestraft wurde, was er verbrochen hatte.

Auch wenn das, was Renée ihr und Emily angetan hatte, im Grunde unentschuldbar war, tat sie Jessica fast leid. Der Brief hatte deutlich gemacht, dass Renée freiwillig aus dem Leben geschieden war.

Selbst bei dieser Entscheidung hatte sie einem anderen Menschen noch ihren Willen aufgezwungen. Angus hatte mit ihr gehen müssen.

Jessica war sich allerdings nicht sicher, ob sie mit ihrem Vater Mitleid haben musste. Vermutlich war er über Jahre auf Raten aus dem Leben geschieden und Renée hatte ihn mit ihrer Handlung nur erlöst.

»Ich merke, ich kann Dich nicht umstimmen,« sagte Josh. »Ich hoffe, Du weißt, dass ich mir nichts mehr wünsche, als dass Ihr hierbleibt. Am liebsten für immer. Aber wenn es nicht geht, dann muss ich das wohl akzeptieren.«

»Ich bin froh, dass Du das verstehst, Josh. Die letzten Tage waren sehr schön und ich werde sie nicht vergessen.«

Schnell drückte sie ihm einen Kuss auf die Wange. Dann drehte sie sich um und ging zur Tür.

Drinnen schaltete sie das Licht an und wartete auf das Motorengeräusch seines Wagens. Es dauerte eine Weile. Als der Motor dann endlich aufheulte, ging sie nach oben.

22. Kapitel

»Er ist weg.« Mit diesen Worten stürmte sie die Bibliothek ihres Vaters.

Sie hatte total die Fassung verloren; vor allen Gästen. Das war ihr noch nie passiert. Das würde er ihr büßen müssen.

»Wer ist weg?« Ihr Vater schaute sie verdutzt an.

»Na, wer schon?« keifte sie, denn jetzt war es völlig vorbei mit ihrer Contenance. So hatte sie noch nie mit ihrem Vater gesprochen. Es hatte aber auch bisher keiner gewagt, sie so zu behandeln.

»Josh natürlich. Er ist mit ihr verschwunden. Nicht mal eine halbe Stunde hat er es ausgehalten.«

»Er war in Begleitung. Nicht wahr, Liebes? Wusstest Du, dass er diese Nichte von Emily mitbringen würde?«

»Ja.« Ihre Stimme klang jetzt trotzig. Sie hatte sich wieder im Griff. »Er hat es angekündigt.«

Sie musste daran denken, wie die Gesichtsfarbe dieser Jessica sich innerhalb von Sekunden verändert hatte - von gesundem Rosa zu aschfahl, als Philipp in Erscheinung getreten war. Das hatte ihr gefallen und zauberte jetzt ein Lächeln auf ihr immer noch wutverzerrtes Gesicht.

»Vielleicht bringt er sie nur nach Hause und kommt dann wieder,« versuchte ihr Vater, sie zu beruhigen.

»Ja, vielleicht. Sie war ziemlich blass um die Nase.«

Inzwischen hatte das Lächeln auf ihrem Gesicht einem Grinsen Platz gemacht. Ihrem Vater entging das nicht.

»Na, siehst Du. Jetzt lächelst Du schon wieder,« sagte er.

Dann legte er die Stirn in Falten und den Zeigefinger an die gespitzten Lippen.

»Hattest Du etwas damit zu tun? Ich meine, mit der Blässe um Jessicas ..., so hieß sie doch, oder? ....Nase?« fragte er.

Allison verspürte ein kurzes Gefühl des Triumphes. Natürlich wusste sie, was passiert war. Sie hatte es schließlich inszeniert. Nur konnte sie das ihrem Vater schlecht gestehen.

Als sie Josh ein paar Tage zuvor zusammen mit Jessica und ihrer Tochter auf seinem Boot gesehen hatte, war die Saat für ihren Plan gereift.

Sofort nach ihrer Bootstour hatte sie begonnen, Erkundigungen über Jessica einzuholen. Diese Frau war ihr Widersacher. Und wie man diese aus dem Weg räumte, damit kannte Allison sich aus. Sie wusste, dass das Wichtigste war, den Feind zu studieren. Jessica musste doch irgendwo eine Schwachstelle haben.

Und diese verwundbare Stelle war schnell gefunden. Im Internet war Allison auf einen kurzen Bericht über den Tod der Eltern gestoßen, auf vage Äußerungen des Pressemannes, der den Artikel verfasst hatte. Es war unerklärlich gewesen, warum die beiden an dieser Stelle verunglückt waren. Ein Defekt an den Bremsen wurde ausgeschlossen. Alles deutete auf Selbstmord hin.

Es dauerte nicht lange, da stieß Allison auf Hinweise, dass die Eltern eine Firma gehabt hatten. Sie nutzte ihre beruflichen Möglichkeiten durch ihre Tätigkeit in der Bank ihres Vaters und erfuhr, dass die Firma kurz vor dem Tod der Eltern auf den Ex-Schwiegersohn übertragen worden war.

'Das ist ja seltsam,' dachte sie. 'Wenn das nicht mal der wunde Punkt dieser Dame ist, dann fresse ich einen Besen.'

Sie hatte begonnen, sich über Ben Freeman zu informieren. Er schien ein Mensch zu sein, der das Rampenlicht liebte, denn sie fand viele Artikel über ihn und mindestens ebenso viele Fotos.

Er gefiel ihr, auch wenn er so ganz anders war als Josh. Er hatte Charisma, wie sie fand. Das strahlten die Fotos bereits aus. Sie fand nur, dass Jessica so gar nicht zu ihm passte.

Nach Allisons Meinung war Jessica eine graue Maus. Allison konnte nach wie vor nicht verstehen, warum Josh sich so zu dieser Frau hingezogen fühlte.

Der Gedanke an die beiden versetzte ihr einen eifersüchtigen Stich und stachelte sie an, weiter zu suchen.

Sie fand ein Video, in dem Ben das fortschrittliche und - wie er betonte - umwelttechnisch vorbildhafte Recyceln von Altpapier in seinem Unternehmen vorstellte. Er sprach von großen Veränderungen, die seit der Firmenübernahme durch ihn vorgenommen worden seien. Umwelt- und ressourcenschonender als dieser Betrieb könne man nicht handeln, sagte er.

Allison hatte das Video wieder und wieder angeschaut, Bens Mimik und seine Gestik studiert. Und dann endlich war ihr ein Gedanke gekommen.

Von Anfang an hatte Ben sie an jemand erinnert. Jetzt, als sie ihn auf dem Video agieren sah, fiel es ihr ein. Er hatte frappierende Ähnlichkeit mit einem Freund aus Studienzeiten, der zwar etwas jünger war, jedoch konnte man die paar Jahre gut mit einer Sonnenbrille kaschieren. Philipp sah ihm ähnlich und alles, was nicht übereinstimmte - wie die Kleidung - konnte man schließlich passend machen.

Ihr geübter Blick hatte bereits erkannt, dass Ben Freeman nur exzellente Maßanzüge trug.

Schon hatte ihr Plan Gestalt angenommen. Sie hatte Philipp angerufen. Sie wusste, dass sie sich auf seine Diskretion verlassen konnte und dass er mitspielen würde.

Kurzerhand war er in die Rolle des Ben Freeman geschlüpft. Er musste nicht mal schauspielerisches Talent besitzen. Die für Ben typische Kleidung und Gestik reichten aus.

Und ihr Plan hatte Erfolg gehabt, so wie es aussah. Allison hätte sich totlachen können, als Jessica die Gesichtsfarbe wechselte. Und sicher hatte Jessica deshalb die Party verlassen wollen. So gesehen, war ihre Intrige doch gar nicht so schlecht ausgegangen.

Doch wieder musste sie daran denken, wie Josh Jessica angesehen hatte und die Wut nahm erneut Besitz von ihr.

»Was findet er nur an dieser Provinzschnecke?« fragte sie laut.

»Was machst Du Dir solche Gedanken deswegen? Sie wird nicht bleiben,« entgegnete ihr Vater. »Ihr Leben spielt sich in New York ab, wenn ich richtig informiert bin. Kannst Du Dir Josh in New York vorstellen? Und außerdem interessieren ihn langfristig eh nur die Wale.«

»Das ist es ja. Ich interessiere ihn nicht, auch wenn sie verschwindet.«

»Und ob Du ihn interessierst. Wer interessiert sich denn nicht für meine schöne, intelligent und dazu noch geld-schwere Tochter? Hast Du seinen Blick nicht gesehen, mit dem er Dich neulich angeschaut hat, als er Dich zum Essen abholte?«

»Ich habe nur gesehen, wie er diese Jessica anschaut. Und das hat gereicht. Das ist der Blick, den ich mir von ihm wünsche. Und zwar mit einer Ausschließlichkeit. So soll er andere nicht anschauen.«

»Wenn er nicht sieht, dass Du die perfekte Frau für ihn bist, dann ist er einfach ein Trottel. Dann vergiss ihn, Liebes,« sagte ihr Vater nun. »Du weißt, ich mag ihn. Aber als Schwiegersohn wünsche ich mir jemand anderen; jemanden aus unseren Kreisen; vielleicht auch einen Ban-ker, oder einen Akademiker; jemanden, der Dir was bieten kann ... nicht, dass wir nicht schon dafür sorgen, dass es Dir an nichts fehlt, Allison-Liebes ... jemand, der weiß, was er an Dir hat; der Dich auf Händen trägt. All diese Dinge erfüllt Josh meiner Meinung nach nicht.«

»Ach Daddy, das haben wir doch schon so oft besprochen. Ich will nun mal ihn.«

Sie zog eine Schnute.

'Und wenn ich ihn partout nicht haben kann, soll ihn auch keine andere bekommen,' dachte sie.

Sie kannte nun Jessicas wunden Punkt und den würde sie weiter behandeln.

Die Sache mit Philipp war nur der Anfang gewesen. Sie hatte bereits einen Plan. Ihr Killerinstinkt war geweckt.

23. Kapitel

Am Morgen nach der Party, als Adam nach Hause kam, saß Josh auf der Verandabrüstung und starrte vor sich hin.

Als er Adam gewahrte, schaute er kurz auf, um seinen Vater zu begrüßen. An Adams Blick erkannte er, dass dieser bereits über Jessicas Pläne Bescheid wusste.

»Ich nehme an, Du weißt es schon?« fragte er trotzdem.

Adam nickte und setzte sich zu seinem Sohn auf die Veranda.

»Was ist passiert, Sohn?«

»Ich weiß es nicht. Ehrlich gesagt hatte ich gehofft, Du kannst es mir sagen. Oder noch besser, dass sie es sich inzwischen anders überlegt hat. Aber Deinem Blick nach zu urteilen, ist das nicht der Fall, oder?«

»Leider nein. Ich bin Brötchen holen gefahren. Als ich zurückkam, war sie am Packen. Sie wirkte sehr entschlossen. Tony wollte nicht mit, konnte sie aber auch nicht zum Bleiben überreden. Ist gestern Abend auf der Party irgendetwas vorgefallen?«

Betreten schaute Josh seinen Vater an.

»Hmh. ... Ich glaube, ich bin nicht ganz unschuldig daran.«

Josh erzählte Adam von Allisons Überfall auf ihn.

Adam hörte aufmerksam zu und nickte ein paar Mal wie zur Bestätigung mit dem Kopf.

»Jetzt verstehe ich.«

»Was verstehst Du?« fragte Josh brüsk.

»Na, jetzt ist mir klar, warum sie so überstürzt abreisen will. Allison hat sie vor Deinen Augen behandelt, als sei sie Luft. Und Du hast nichts dagegen unternommen. Wahrscheinlich hat dieses kleine Biest Dich dabei mit den Augen verschlungen, so wie neulich am Flughafen. Wenn ich an Jessicas Stelle gewesen wäre, ich hätte auch so gehandelt.«

Er strich sich gedankenverloren über das unrasierte Kinn.

»Aber sie sagte, es sei okay, wenn ich sie dort zurücklasse.«

»Versetz Dich doch mal in ihre Lage, Junge. Sie kannte dort niemanden. Vor Allison wollte sie sich nicht die Blöße geben, wollte selbstbewusst und unabhängig wirken. Von Dir aber wird sie erwartet haben, dass Du sie nicht einfach stehen lässt. Das macht man nicht, mein Junge. Und warum hätte sie auch nicht mitkommen sollen? Allison wollte Euch nur trennen, weil sie selbst ein Auge auf Dich geworfen hat. Und das ist ihr glänzend gelungen. Ihr habt beide brav mitgespielt.«

»Jetzt bin ich auch schlauer.«

Adam schaute ihn prüfend an. »Jessica bedeutet Dir viel, stimmt's?«

»Mehr als jede andere Frau bisher in meinem Leben.«

»Dann lass nicht zu, dass eine Dummheit Dein Glück zerstört.«

»Und was sollte ich Deiner Meinung nach tun, damit sie nicht abreist?«

»Kämpfe um sie.«

»Zu einer Beziehung gehören immer zwei. Ich habe nicht das Gefühl, dass sie mich in ihrem Leben haben will. Außerdem: Sie lebt in New York und ich hier.«

»Ja, willst Du nun mit ihr zusammen sein oder nicht?«

»Ja.«

»Wo Liebe ist, da ist auch ein Weg. Ruf sie an. Am besten sofort. Vielleicht kannst Du sie ja zum Bleiben überreden; obwohl ich das nicht glaube. Wenigsten sollte sie erkennen, dass sie Dir wichtig ist. Aber ich warne Dich: Spiele nicht mit ihren Gefühlen, sonst bekommst Du es mit mir zu tun.«

»Ich werde mich hüten. Nein im Ernst, für sie würde ich sogar auf mein Leben als Globetrotter verzichten, und das hätte ich bisher für keine Frau aufgegeben.«

»Das freut mich zu hören. Aber vielleicht hat sie auch gespürt, dass Du so viel für sie empfindest und vielleicht

wollte sie Euch beide davor bewahren, dem anderen zuliebe auf etwas zu verzichten?«

»Wer weiß, ich glaube, das Beste wird sein, sie selbst zu
fragen.«

»Möglicherweise liegt es ja auch an diesem Brief, den
Emily ihr durch Arthur Riley hat übergeben lassen.«

»Von dem hat sie mir auch erzählt. Aber da stand scheinbar nichts Besonderes drin.«

»Seltsam, ich hätte schwören können, dass Emily ihr darin
den Grund für den Streit mit ihrer Schwester mitteilen
würde.«

»Laut Jessica hat sie das nicht getan. Aber merkwürdig
fand ich das auch.«

Plötzlich fiel Josh ein, wie eigenartig Jessica im ersten
Moment gewirkt hatte, als er sie am Abend der Testamentseröffnung angerufen hatte. Er hatte geglaubt, zu
spüren, dass irgendetwas nicht in Ordnung war. Doch im
Laufe des Gesprächs hatte sie seine Bedenken zerstreut.
Wenn er jetzt darüber nachdachte, wurde ihm bewusst,
dass er damals nicht seinem Gespür gefolgt war, ebenso
wie auf Allisons Party. Doch was konnte er tun. Falls
Emily ihr etwas Wichtiges mitgeteilt hatte, das sie niemandem anvertrauen wollte, dann musste er dies akzeptieren.

»Ich wusste gar nicht, dass Du so ein Experte in Liebes-
dingen bist, Dad. Was war das denn all die Jahre zwischen
Dir und Emily. Oder habe ich nur wieder was nicht mitbekommen,« fragte Josh jetzt seinen Vater.

Ihm fiel auf, wie sein Vater sich schlagartig vor ihm ver-
schloss.

»Das war was anderes.«

»Aha.«

»Wir kannten uns bereits, als unsere jeweiligen Partner
noch lebten. Wir waren sehr gute Freunde. Wenn daraus
Liebe wird, hat man Angst, die Freundschaft könnte leiden. Und die war uns beiden wichtiger.«

24. Kapitel

Während der Fahrt begann es zu regnen. Als sie in New York ankamen, lag die Stadt grau in grau vor ihnen. Am liebsten wäre Jessica umgekehrt und hätte sich in Joshs Arme geflüchtet. Doch das war unmöglich.

Sie musste daran denken, wie nah sie sich kurze Zeit gewesen waren. Dabei hatte sie sich geschworen, keinen Mann je wieder näher an sich heran zu lassen, zumindest keinen von Bens Kaliber.

Josh sah gut aus. Wie Ben. Er wusste, was er wollte. Wie Ben. Er hatte nie auf jemanden Rücksicht nehmen müssen. Warum also jetzt Rücksicht nehmen; zurückstecken für Frau und Kind?

Doch Josh war nicht Ben, ganz und gar nicht. Ben hatte nie gefragt, was sie wollte. Das war ihr damals in ihrer Verliebtheit nur nicht aufgefallen. Sie hatte Bens bestimmende Art eine Zeitlang sogar genossen. Es war ihr wie Umsorgen vorgekommen, und das war ihr bis dahin unbekannt gewesen.

Sofort kam ihr wieder der Gedanke, dass sie sich schon einmal getäuscht hatte. Es konnte sein, dass ihr das schon wieder passiert war. Und überhaupt: Sie war im Moment nicht bereit für eine Beziehung. Sie musste erst mit sich selbst ins Reine kommen. Und - was ihr am Abend zuvor klar geworden war - sie musste Ben stoppen.

Tony sprach während der Fahrt kaum ein Wort mit ihr. Richtig wütend war sie gewesen, als Jessica ihr von der Abreise erzählt hatte.

»Ich habe Martha versprochen, mit ihr zusammen zu backen. Und Adam will mit mir Minigolf spielen fahren. Dort gibt es viele Piraten und Schiffe und Wasserfälle und so. Und Du hast mir versprochen, Anthony und Jesse noch einmal zu besuchen. Und Josh muss mir noch ganz oft die

Gute-Nacht-Geschichte erzählen,« hatte sie gesagt. »Am liebsten würde ich für immer bleiben.«

»Wir müssen fahren, Liebes. Es geht nicht anders.«

Tony hatte die Arme vor der Brust verschränkt und Jessica wütend angeschaut.

»Du kannst ja fahren, wenn Du unbedingt musst. Ich bleibe hier, bei Adam und Martha und Josh.«

Tonys Worte hatten Jessica einen Stich versetzt. Das hatte sie noch nie erlebt, dass Tony die Nähe anderer Menschen vorzog. Und es hatte sie derart aus dem Konzept gebracht, dass sie für einen Moment versucht gewesen war, ihr Vorhaben fallen zu lassen.

Musste sie wirklich so dringend zurück, um die Dinge zu regeln, die sie nun ein Jahr lang weit von sich geschoben hatte? Hatte ihr Aufbruch nicht vielmehr seine Ursache in Joshs Verhalten am Abend zuvor? Wollte sie möglichst viele Kilometer zwischen sich und Josh bringen, um nicht schwach zu werden? Oder lag es an dieser Erscheinung; an diesem Typen, der ausgesehen hatte wie Ben? Hatte sie Angst, ihm hier wieder zu begegnen? Dass es tatsächlich Ben gewesen war, glaubte sie nicht.

Egal, was der Grund für ihre Abreisepläne auch war, sie würde sich von niemandem davon abbringen lassen. Sie verbot sich einfach, weiter über den desaströsen Abend nachzudenken. Im Verdrängen war sie Meisterin, das wusste sie inzwischen.

Sie wollte so schnell wie möglich Klarheit haben, was die Ursache für den Unfall der Eltern gewesen war und was aus der Sache geworden war, die ihr damaliger Chef in Minnesota ihr übertragen hatte und die zum Bruch mit Renée geführt hatte. Sie wollte Ben nicht schadlos davon kommen lassen. Und er durfte nicht länger Macht über sie ausüben, das hatte die Angst, die sie beim Anblick dieses Mannes auf der Party überfallen hatte, ihr gezeigt.

Und sie wusste, dass sie dafür nach Canon Falls fahren musste. Sie musste in die Höhle des Löwen.

'Wenigstens habe ich durch den Aufenthalt am Cape zu meinem Berufsethos zurückgefunden und außerdem endlich Beweise für Bens Schuld in der Hand,' dachte sie.

Sie freute sich schon auf sein Gesicht, wenn sie ihn damit konfrontierte und hatte gleichzeitig großen Respekt vor seiner Fähigkeit, zu hassen und Vergeltung zu üben.

Gleich am nächsten Morgen, einem Montag, würde sie ihren ehemaligen Chef anrufen.

Adam fiel ihr wieder ein. Sein Blick beim Abschied.

Er hatte sie nicht bedrängt, zu bleiben. Doch sie hatte die Enttäuschung von seinem Gesicht ablesen können. Als sie sagte, dass sie etwas Wichtiges regeln müsse, hakte er nicht weiter nach. Jessica war ihm in diesem Moment für seine zurückhaltende Art dankbar.

Jessica räumte die Koffer aus und warf eine Maschine Wäsche an. Helga war noch im Urlaub. Jessica bedauerte es. Helga hätte Tony sicher sehr schnell auf andere Gedanken gebracht.

So aber ging Tony ohne Meckern in ihr Zimmer und Jessica hörte den ganzen Abend nichts mehr von ihr. Als sie nach ihr schaute, lag Tony im Bett, hatte Kopfhörer auf dem Kopf und schlief fest.

Kaum hatte Jessica alles erledigt, wurde sie erneut von einer inneren Unruhe und Niedergeschlagenheit überfallen.

Sie versuchte, nicht ständig an Renées Brief zu denken, doch sie ertappte sich immer wieder dabei, wie sie sich in Kindheitserinnerungen verlor.

Sie rief ihre Freundin Cynthia an. Sie musste unbedingt mit jemandem reden. Mit jemandem, der sie gut kannte und dem sie alles erzählen konnte.

Cynthia nahm zu ihrer Erleichterung sofort ab.

Jessica erzählte von der Testamentseröffnung, von Emilys Offenbarung und Renées Brief mit den Beweisen.

»Das sind ja ganz schön harte Brocken, die Du da schlucken musst,« entgegnete Cynthia. »Du erlebst mich sprachlos. Was Du im letzten Jahr alles mitmachen musstest. Hört das denn nie auf?«

»Ich hatte eigentlich gehofft, dass Du mich aufbaust.«

»Hmh.« Cynthia schien nachzudenken. »Wenigstens hast Du jetzt einen Schubs bekommen, Dich mit dem Ganzen endlich auseinanderzusetzen. Es wird Dir besser gehen, wenn Du Ben zur Verantwortung gezogen hast, glaub mir.«

»Ja, das hoffe ich.«

»Aber warum hast Du nicht noch die paar Tage am Cape genossen? Du hättest doch auch nächste Woche mit der Recherche anfangen können.«

»Es hat mir keine Ruhe gelassen. Jetzt, wo ich mich durchgerungen habe, endlich Licht ins Dunkel zu bringen, wollte ich nicht noch weitere wertvolle Zeit vergeuden. Ich werde gleich morgen Richard, meinen damaligen Chef anrufen.«

»Aber das hättest Du doch auch vom Cape aus machen können. War es nicht schön dort?«

»Doch, sehr.«

Jessica merkte selbst, wie spröde ihre Stimme auf einmal klang. Das schien auch Cynthia aufzufallen.

»Was ist los? Raus mit der Sprache: Wie heißt er?«

Ihrer Freundin konnte Jessica nichts vormachen. Das wusste sie nur zu gut. Sie war froh darüber, denn sie wollte ihr von Josh erzählen. Sie wusste, dass Cynthia ihr keine guten Ratschläge gab, wenn sie die nicht hören wollte. Sie verstand sich darauf, einfach nur zuzuhören.

»Ich habe Adams Sohn kennengelernt.«

Sie erzählte von der Strandung, von ihrer ersten Begegnung mit Josh, von ihren gemeinsamen Unternehmungen und auch davon, dass sie sich gefährlich nahe gekommen waren.

»Und Du bist sicher, dass Deine überraschende Abreise nichts mit Josh zu tun hat?«

Jessica erzählte ihrer Freundin von der Party bei Allison, von Joshs Verhalten und wie sie sich darüber geärgert habe. Und dann erzählte sie von diesem jungen Mann, der Ben zum Verwechseln ähnlich gesehen hatte.

»Es war ein regelrechter Schock.«

»War es Ben?«

»Ich glaube nicht.«

»Was macht Dich sicher?«

»Bei genauerem Hinsehen habe ich gemerkt, dass dieser Mann nur große Ähnlichkeit hatte. Und außerdem, wenn es Ben gewesen wäre, hätte er niemals diese weite Reise auf sich genommen, nur, um in Erscheinung zu treten und dann wieder zu verschwinden. Ben hätte seinen Auftritt genossen und mich brüskiert, egal wie. Er hätte gar nicht anders gekonnt. Dieser Mann ist Aggression pur. Aber diese Sache hat mir gezeigt, dass ich endlich was gegen Ben unternehmen muss. Er hat Dreck am Stecken. Und das muss gestoppt werden.«

»Hallo Erin Brockovich. Willkommen zurück.«

Jessica musste grinsen.

So hatte Cynthia sie früher genannt, weil Jessica von dieser Umweltaktivistin so begeistert gewesen war, als sie damals in den Neunzigern erstmals in den Medien von ihr gehört hatte.

So wolle sie auch einmal werden, hatte sie gesagt. Und jetzt ließ sie sich von der kleinsten Drohung beeindrucken. Damit musste Schluss sein. Ihr Kampfgeist war geweckt.

»Wie hat dieser - wie heißt er noch mal ... Josh? - denn reagiert, als Du ihn über Deine überstürzte Abreise in Kenntnis gesetzt hast? Oder hast Du ihm das gar nicht gesagt?«

»Doch, natürlich. Er wollte mich zum Bleiben überreden. Zuerst jedenfalls. Dann hat er es jedoch schnell akzeptiert. Er hat mich am nächsten Tag noch einmal angerufen und gefragt, ob ich immer noch abreisen wolle. Er habe kein Auge zugemacht, meinte er. Und ob er mich wenigstens weiterhin anrufen dürfe, wollte er wissen.«

»Was hast Du gesagt?«

»Ich habe ihn gebeten, mich nicht mehr anzurufen.«

»Aha,« sagte Cynthia.

»Wozu soll das gut sein, frage ich Dich? Wir leben in verschiedenen Bundesstaaten, eigentlich sogar in verschiedenen Welten. Er ist auf dem Meer unterwegs und wenn er an Land ist, vertreibt er sich die Zeit mit High Society Girls wie Allison.«

»Aha.«

»Cynthia. Was willst Du mir mit Deinem »Aha« sagen?«

»Nichts. Ich versuchen nur, mir ein Bild vom Ernst der Lage zu machen. Ich habe das Gefühl, Du bist schon wieder auf der Flucht, nicht auf der Suche nach der Wahrheit, wie Du Dir einzureden versuchst. In Wirklichkeit rennst Du nur vor Deinen Gefühlen davon.«

»Ich gebe zu: Es war knapp. Ich habe gerade noch mal die Kurve bekommen. Schließlich bin ich eine alleinerziehende Mutter. Ich muss an Tony denken. Ich kann mir Affären einfach nicht leisten.«

»Wollte Josh denn eine Affäre? Ich kenne ihn nicht, aber nach allem, was Du mir erzählt hast, hat er sich die größte Mühe mit Euch gegeben. Und Tony mag ihn auch.«

»Ben hat sich auch große Mühe gegeben. Vor der Hochzeit.«

»Nicht alle Männer sind wie Ben.«

»Ich habe langsam den Eindruck, Du willst mich verkuppeln.«

»Nein, natürlich nicht. Du musst selbst wissen, was gut für Dich ist. Vielleicht ist es ja tatsächlich besser, wenn Du erst mal die alte Geschichte abschließt, bevor Du Dich in eine neue Beziehung stürzt.«

»In meinem Leben war alles, was ich für die Wirklichkeit gehalten habe, in Wahrheit nur Lug und Betrug. Meine Eltern haben mich mein Leben lang angelogen. Ben war ein Trugbild. Ich traue meinem Urteilsvermögen im Moment nicht. Alles, was Josh gesagt hat, habe ich kritisch hinterfragt. Ich muss das alles erst mal verarbeiten.«

»Mir würde es bestimmt nicht anders gehen, wenn mir das passiert wäre.«

»Was meinst Du, Cynthia,« unterbrach Jessica ihre Freundin, »würde es Deiner Mutter etwas ausmachen, sich um

Tony zu kümmern, wenn ich sie für ein paar Tage zu ihr bringe?«

»Ganz bestimmt nicht. Du weißt doch, wie sehr sie Kinder liebt. Heißt das, Du fliegst nach Minnesota?«

»Ich habe es vor. Morgen rufe ich Richard an und mache einen Vororttermin mit ihm. Ich möchte ihm in die Augen sehen, wenn ich mit ihm über den Fall sprechen.«

»Das wird sicher von Vorteil sein. Wirst Du Ben auch aufsuchen?«

»Erst einmal nicht. Er soll sich in Sicherheit wiegen. Ich will zuallererst die Lage sondieren.«

»Ich merke, Du bist wieder im Boot. Das ist gut.«

»Wegen Ben mache ich mir schon ein wenig Sorgen. Er ist gefährlich. Wenn er merkt, dass es ihm an den Kragen geht, wird er zum Gegenschlag ausholen und ich weiß nicht, ob ich ihm gewachsen bin. Außerdem möchte ich unter allen Umständen verhindern, dass Tony zum Spielball zwischen uns wird.«

Jessica musste an ihr letztes Zusammentreffen mit Ben denken und bekam unweigerlich eine Gänsehaut und gewiss nicht aus erotischen Gründen.

»Du wirst es schon richten. Aber sei vorsichtig.«

»Ja, das verspreche ich Dir.«

25. Kapitel

Am Tag nach der Party war Allisons Wut noch immer nicht verraucht.

Sie rief Josh an, um ihm deutlich zu machen, wie verärgert sie über seinen frühen Aufbruch war, besonders darüber, dass er sich nicht einmal verabschiedet hatte.

Doch er war kein bisschen reumütig. Er herrschte sie an, wirkte frustriert, was sie aufhorchen ließ. Demnach hatte ihr Plan funktioniert. Oder warum sonst schien ihm eine Laus über die Leber gelaufen zu sein. Sie hatte eine solche Launenhaftigkeit noch nie an Josh bemerkt.

'Er hat Liebeskummer,' dachte sie. 'Geschieht ihm recht.'

Trotzdem nagte es an ihr, dass für Josh scheinbar eine andere Peron wichtiger war als sie. Und so startete sie zwei Tage nach der Party mit ihrem Rachefeldzug gegen Josh und Jessica.

Als erstes fragte sie ihre Mutter über Jessica aus. Sie hoffte, so Näheres über deren Zukunftspläne zu erfahren.

Theodora erzählte ihr von Jessicas Erbschaft. Darüber, was Jessica mit Emilys Haus vorhatte, ob sie es behalten oder sich schlimmstenfalls gar in Chatham häuslich niederlassen wollte, wusste sie allerdings nichts. Sie beklagte sich ausführlich darüber, dass sie nicht auf dem Laufenden gehalten wurde, was Jessica Freeman betraf und wie sehr sie sich darüber ärgerte.

»Seit Emilys Tod ist mein Kontakt zu Adam, Bart und Martha komplett zum Erliegen gekommen,« schimpfte sie.

»Was willst Du auch mit ihnen? Sie gehören doch gar nicht zu unseren Kreisen,« versuchte Allison sie zu beruhigen.

'Nur schade, dass ich so nicht auf dem Laufenden bleibe, was diese Jessica betrifft,' dachte sie.

Kurz überlegte sie, ob sie Theodora in ihre Pläne einweihen sollte, entschied sich aber, es erst einmal bleiben zu lassen.

Als sie gerade gehen wollte, sagte ihre Mutter: »Diese Jessica war doch gestern zusammen mit Josh auf Deiner Party.«

»Ja.«

»Ich habe gehört, dass sie abgereist ist.«

Allison spürte, wie ihr Herz einen Freudensprung machte.

»Ich denke, Du hast keinen Kontakt zu Emilys Freunden.«

»Ich war auch eine Freundin von ihr,« sagte Theodora betont und mit beleidigtem Unterton. »Ich weiß das mit der Abreise von Kate Johnson. Du weißt schon: Die Lehrerin, die mit Emily zusammengearbeitet hat. Ich habe sie heute zufällig getroffen. Sie hat es wiederum von Martha gehört. Mit dieser grauen Maus reden sie. Nur mit mir nicht.«

»Hat sie noch mehr erzählt?«

»Wer?«

»Na diese Kate Johnson.«

»Nein, mehr wusste sie auch nicht.«

»Ja, hast Du sie gefragt?«

»Warum nur interessierst Du Dich so für diese Jessica. Hast Du Angst, sie könnte Dir in Bezug auf Josh gefährlich werden? Wenn er sie Dir vorzöge, wäre er ein noch größerer Trottel, als ich bisher dachte. Kind, suche Dir doch einen Mann, der weiß, was er an Dir hat.«

»Gerade hast Du noch gejammert, dass Adam und Bart nichts mehr mit Dir zu tun haben wollen. Und jetzt rätst Du mir, Josh zu vergessen. Josh ist auch einer von ihnen.«

Ihre Mutter wollte etwas entgegnen, doch Allison ließ sie einfach stehen. Sie hatte Wichtigeres zu tun, als sich das Gejammer ihrer Mutter anzuhören.

'Jessica Freeman hat das Feld also freiwillig geräumt,' dachte sie. 'Ob das mit dem Erscheinen von Ben Freemans Doppelgänger zu tun hatte? Egal, es wird ihr nichts nützen'.

277

Wieder musste sie an Josh denken. Warum nur rief er nicht zurück? Jetzt, wo Jessica nicht mehr im Lande war, hätte es ja sein können, dass er sich wieder an seine wahren Freunde erinnerte. Es sei denn, er war anderer Meinung als Allison.

Sofort fiel ihr wieder ihr Gespräch von ihrem gemeinsamen Abendessen ein, als er ihr deutlich gemacht hatte, dass er für sie beide keine Zukunft sah. Wenn der Grund dafür das fehlende Interesse am weiblichen Geschlecht gewesen wäre, hätte sie es akzeptieren können. Doch augenscheinlich war dies ganz und gar nicht der Fall. Er interessierte sich nur nicht für sie.

Kurzerhand wählte sie die Rufnummer von Ben Freeman, die bereits auf ihrem Mobiltelefon gespeichert war.

Sie hatte sich am Morgen das Video im Internet noch ein paar Mal angeschaut, um Ben genau zu studieren. Sie wollte wissen, was für eine Art Mann er war. Er schien ein Geschäftsmann zu sein, durch und durch; jemand, der wusste, was er wollte. Sie kannte diese Art von Mann aus dem beruflichen Umfeld ihres Vaters seit ihrer frühesten Kindheit. Und sie wusste, wie man mit solchen Leuten umging. Das hatte sie quasi von der Pieke auf gelernt; mit der Muttermilch aufgesogen.

Trotzdem war sie im ersten Moment verunsichert, als er sich meldete. Sein Ton war so anders als auf dem Video. Er klang barsch, regelrecht unfreundlich; so als fühle er sich belästigt.

Sie stellte sich vor, nannte den Ort, in dem sie lebte und Sie stellte sich vor, ließ keinen Zweifel daran, dass sie von einer vermögenden und vor allem einflussreichen Familie abstammte. Und sofort änderte sich sein Tonfall.

Es war etwas Lauerndes in seiner Stimme, als er fragte: »Wie heißt der Ort, in dem Sie leben?«

»Chatham in Massachusetts,« sagte sie. »Am Cape Cod, falls Ihnen das was sagt.«

»Kenne ich. Und was verschafft mir die Ehre?«

»Sie sind mit Jessica Freeman verheiratet. Ist das richtig?«

»War.« herrschte er sie an. Seine Stimme wurde wieder eine Nuance kälter. »Warum interessiert Sie das?«

Deutlich hörte sie seinen Argwohn. Seine Reaktion zeigte ihr, wie das Verhältnis zwischen Ben und Jessica war. Nicht gut. Sie frohlockte.

'Besser kann es nicht laufen,' dachte sie.

Jetzt musste sie Ben nur noch klar machen, auf welcher Seite sie stand. Sie musste es riskieren, offen zu sein, auf die Gefahr hin, dass ihr Plan misslang.

Er begann, sie auszufragen; auf eine subtile Art und Weise. Er schien sich nicht in die Karten schauen lassen zu wollen.

Sie informierte ihn über Emilys Tod; Jessicas Erbschaft und deren lästigem Anhimmeln ihres Verlobten Josh. Sie sagte, Jessica scheine vorzuhaben, sich am Cape häuslich niederzulassen.

»Und das gefällt Ihnen nicht.«

»Nein.«

»Schade für Sie. Mir ist es egal.«

Er tat zwar so, als sei ihm egal, was seine »Ex« machte, doch irgendwie nahm Allison ihm das nicht ab. Sie merkte es an seiner Stimme, die sich veränderte, weicher wurde, irgendwie einschmeichelnd.

Und dann sagte er: »Wie, sagten Sie, hieß die Tante meiner Exfrau, die gestorben ist?«

26. Kapitel

Am Montag rief sie gleich morgens Richard, ihren ehemaligen Chef an. Seine Sekretärin nahm ab. Richard war noch nicht im Büro. Jessica vereinbarte einen Vororttermin mit ihm für den nächsten Tag.

Danach rief sie Lizzy an, um ihr mitzuteilen, dass sie ein paar Tage mit Tony in Canon Falls sein würde. Sie hoffte, Lizzy würde auf Tony aufpassen, wenn sie ihre Termine wahrnahm. Cynthia hatte ihre Mutter scheinbar schon informiert, denn Lizzy bot ihre Hilfe von sich aus an, bevor Jessica etwas sagen konnte.

»Fahren wir zu Dad?« fragte Tony auf dem Weg nach Cannon Falls.

Jessica stockte der Atem. Sie fand zwar, dass diese Frage längst überfällig war. So manches Mal hatte sie sich im vergangenen Jahr gefragt, wieso Tony sie nie stellte. Und doch war sie schockiert. Was sollte sie darauf antworten? Sie wusste es immer noch nicht und fühlte sich total unvorbereitet.

»Möchtest Du das denn?« fragte sie vorsichtig.

»Hmh,« antwortete Tony gedehnt.

Jessica beobachtete sie im Rückspiegel.

»Ich glaube, ich interessiere ihn sowieso nicht.«

'Das hat Tony also auch schon gemerkt,' dachte Jessica.

Laut sagte sie: »Dein Vater hat viel Arbeit. Er leitet jetzt die Firma Deiner Großeltern.«

»Ja, Grandma hatte auch nie Zeit für mich.«

Jessica ließ das Thema fallen. Wenn Tony nicht noch einmal fragte, war sie froh, denn das Verhältnis zu Ben würde sich mit ihren anstehenden Recherchen sicher nicht verbessern. Und sie wollte unter allen Umständen Tony raushalten.

Als sie bei den Walders ankamen, war Jessica überrascht, wie wenig sich das Haus und der Vorgarten verändert hatten. 'Ein Anstrich könnte der Fassade nicht schaden,' dachte sie.

Und der Garten sah auch ziemlich verwahrlost aus. Das war schon immer so gewesen, erinnerte sie sich jetzt wieder. Die Familie Walders legte nicht so viel Wert auf Äußerlichkeiten. Sie investierten lieber in Familienleben. Viel Geld hatten sie nie besessen. Doch Zeit füreinander war im Überfluss vorhanden gewesen. Das hatte Früchte getragen. Jessica hatte auch davon profitiert. Sie war wie ein Familienmitglied behandelt worden. Und dafür liebte sie diese Familie so sehr. Warum nur war der Kontakt abgebrochen?

»Sieh nur, Mommy. Ein verwunschener Garten.«

Jessica lächelte.

»Er ist riesig. Und doch kenne ich jede Ecke. Das kannst Du mir glauben. Hinter dem Haus gab es früher Klettergerüste. Sie waren in eine Baumgruppe hineingebaut. So konnten wir uns quasi von Baum zu Baum hangeln. Wir haben stundenlang Tarzan gespielt und uns an Lianen von Baum zu Baum geschwungen. Dabei haben wir den Tarzanschrei ausgestoßen. Zumindest dachten wir, dass es sich genauso anhörte.«

Tony schaute sie irritiert an. Mit 'Tarzan' konnte sie nichts anfangen.

»Cynthias Vater hat diese Klettergerüste gebaut.«

»Warst Du oft hier?«

»Täglich.«

Sofort war die Erinnerung an ihre Zeit in diesem Haus lebendig und ein wohligwarmes Gefühl breitete sich in ihrer Brust aus. Das war die andere Seite ihrer Kindheit; die Lichtseite; die Seite, die sie hatte wachsen lassen. Ein Gefühl der Dankbarkeit durchströmte sie.

»Aber Oma und Opa hatten doch auch einen großen Garten. Hast Du denn nie dort gespielt?«

»Das war kein Garten, sondern ein Park. Darin wurde nicht gespielt.«

Jessica hörte selbst den bitteren Ton in ihrer Stimme.

»Wenn wir in Emilys Haus ziehen würden, könnte ich auch jeden Tag im Garten spielen.«

»Aber dann wäre Melissa weit weg.«

»Sie könnte mich besuchen. Und außerdem: Deine Freundin Cynthia ist doch auch weit weg. Und ich hätte Martha und Adam .... und Josh.«

Jessica erwiderte nichts. Sie dachte nur: 'Tony lässt nicht locker.'

Die Tür ging auf und Lizzy kam heraus.

»Wie ich mich freue, dass Ihr mich endlich besucht,« wurden sie von ihr begrüßt. »Mein Gott, bist Du schon groß.«

Lizzy hatte Tony noch nie gesehen.

»Ich bin froh, dass Du Dich um Tony kümmerst. Du wirst sehen: Sie ist unkompliziert.«

»So wie Du früher. Ja, wir werden schon klarkommen. Was, Tony?«

Tony nickte und sah Lizzy neugierig an.

»Ich habe gleich einen Termin bei Richard Boman, meinem ehemaligem Chef von der Star Tribune. Ist es schlimm, wenn ich Euch sofort allein lasse?«

»Aber nein. Fahre nur.«

»Heute Abend erzähle ich Dir mehr, ja? Bei einem Glas Wein?«

»Gerne.«

»Ich frage mich, warum Du mir damals den Fall übertragen hast.« Jessica schaute Richard Boman erwartungsvoll an.

»Schließlich wirst Du die Akte ja vorher gelesen haben und Dir ist sicher nicht entgangen, dass der Vater des missgebildeten Jungen bereits Anschuldigungen gegen die Firma meiner Eltern ausgesprochen hatte.«

»Natürlich habe ich das gewusst,« entgegnete Richard und machte eine Pause. Dann fuhr er fort: »Um ehrlich zu sein, wollte ich sehen, wie Du damit umgehst. Und ob Du etwas darüber weißt. Und falls nicht, ob Du Dich an die Sache ran traust.«

»Und? Habe ich Deine Erwartungen erfüllt?«

Jessica schaute Richard herausfordernd an und bemerkte seine Zerknirschtheit.

»Ich weiß jetzt auch, dass das nicht sehr einfühlsam war und dass ich damit wohl in ein Hornissennest gestochen habe.«

»Kann man wohl sagen.« Jessica genoss Richards Reue einen kurzen Augenblick. Dann aber tat er ihr leid.

»Ich wusste bis zu diesem Zeitpunkt nichts über die Machenschaften meines Exmannes. Nachdem ich die Akte gelesen hatte, war mir klar, dass an den Vorwürfen etwas dran sein musste, so wie ich Ben inzwischen kannte.«

Richard nickte. Er schaute sie immer noch schuldbewusst an. Dann sagte er: »Ich war enttäuscht, als ich die Akte zusammen mit Deinem Kündigungsschreiben auf meinem Schreibtisch fand. Später, als ich vom Tod Deiner Eltern erfuhr und, dass Selbstmord nicht auszuschließen sei, hatte ich ein furchtbar schlechtes Gewissen Dir gegenüber. Herzliches Beileid noch, auch wenn es etwas spät kommt. Glaube mir, das wollte ich wirklich nicht.«

»Ich glaube Dir. Du hast nur Deinen Job gemacht. Wer rechnet denn auch mit so etwas. Mir ging es genauso. Ich habe mir auch lange Vorwürfe gemacht. Ich dachte, weil ich die Sache ins Rollen gebracht habe, trifft mich zumindest eine Mitschuld an ihrem Tod.«

Sie erzählte ihm von dem Gespräch mit Renée und der anschließenden Auseinandersetzung mit Ben, die dazu geführt hatte, dass sie den Job hingeschmissen und die Heimat verlassen hatte.

»Ich kenne Deinen Exmann kaum. Hab nur einmal eine Rede von ihm gehört, die er gehalten hat. Ein eiskalter Typ, wenn Du mich fragst. Sei froh, dass Du ihn los bist.«

»Das bin ich, Richard. Zweifelsohne,« sagte sie.

Sie sprachen einen Moment nicht, schauten sich nur respektvoll an.

'Er war ein guter Chef,' dachte Jessica.

»Was führt Dich zu mir? Es muss etwas Wichtiges sein, wenn Du den weiten Weg auf Dich nimmst. Oder warst Du gerade in der Gegend?« fragte er.

»Ich wollte wissen, was aus der Sache mit dem erkrankten Jungen geworden ist und habe versucht, in den Archiven etwas über darüber zu finden. Leider Fehlanzeige. Wurde damals nicht weiter recherchiert? Hast Du den Fall nicht selbst übernommen? Ich hätte schwören können, dass Du es tust.«

»Ich wollte auch, wurde aber zurückgepfiffen.«

Jessica schaute Richard überrascht an.

»Von wem?«

»Vom Boss höchstpersönlich.«

»Und warum?«

»Er meinte, die Sache sei zu heiß. Er habe von der Kanzlei, die die Firma Deiner Eltern vertrat, eine Verleumdungsklage angedroht bekommen, sollte die Zeitung irgendwelche haltlosen Thesen die Firma betreffend publizieren. Es sei absolut nichts an den Anschuldigungen des jungen Mannes dran. Da wir tatsächlich keine Beweise hatten, blieb uns nichts anderes übrig, als die Finger davon zu lassen.«

»Meine Mutter hat damals auch behauptet, dass meine Anschuldigungen unhaltbar seien. Und ich weiß heute, dass sie die Wahrheit gesagt hat, zumindest was sie anging.«

Jessica überlegte, ob sie Richard von Renées Enthüllungen erzählen sollte oder ob sie es vorerst besser noch für sich behielt. Sie entschied sich, die Karten offen auf den Tisch zu legen.

Sie atmete hörbar ein. Richard schien auch zu merken, dass sie ihm etwas Wichtiges mitteilen wollte. Er schaute sie aufmerksam an.

»Als Du mir den Fall übertragen hast, war Ben bereits Geschäftsführer. Und kurz vor ihrem Tod hat meine Mutter ihm die Firma sogar überschrieben. Er hat die Giftstoffe an einen Komposthändler verkauft, nicht sie. Er hat damit angefangen, als sie noch die Firma leitete. Und weil sie solche Geschäfte verabscheute - das habe ich einmal selbst beim Mittagsessen mit angehört - hat er ihre Unterschrift gefälscht. Deshalb prangte ihre Signatur unter dem Vertrag mit dem Komposthändler.«

»Weißt Du das oder wünschst Du Dir, dass es so war, weil Du noch eine Rechnung mit ihm offen hast?«

»Ich weiß es.«

»Wir brauchen wasserfeste Beweise. Ohne die können wir nichts tun.«

»Wenn ich sie Dir liefere, schreibst Du darüber?«

»Ich denke schon. Ich muss es noch von oben absegnen lassen, aber das wird sicher nur eine Pro-Forma-Angelegenheit sein.«

Jessica holte Kopien von den Dokumenten aus ihrer Tasche, die Renée kurz vor ihrem Tod an Emily geschickt hatte.

»Hiermit solltest Du bestens gerüstet sein. Ich möchte Dich allerdings bitten, noch zu warten. Ich muss noch ein paar Dinge klären. Sobald das erledigt ist, melde ich mich wieder bei Dir. Dann bekommst Du das endgültige »Go«. Okay?«

»Ja.«

»Kann ich mich auf Dich verlassen? Das ist sehr wichtig. Ich möchte vermeiden, dass Tony in Bens Schusslinie kommt, wenn er mitbekommt, dass ich dahinter stecke. Und das wird er in jedem Fall denken.«

»Natürlich kannst Du Dich auf mich verlassen. Die Sache war jetzt ein ganzes Jahr lang unangetastet, da kommt es auf ein paar Tage auch nicht mehr an. Darf ich fragen, was Du vor hast?«

»Ich will, dass die Menschen, die durch Ben zu Schaden gekommen sind, angemessen entschädigt werden. Ich will, dass Ben für das, was er getan hat, seine gerechte Strafe erhält. Und ja: Ich will ihn am Boden sehen. Ich dachte mir, ich versuche, den Rechtsanwalt ins Boot zu holen, der den Teflon-Fall in Charpersville bearbeitet hat. Kennst Du den Fall?«

»Ja. Das ist noch gar nicht so lange her und hat in den Medien große Wellen geschlagen. Aber erhoffe Dir nicht zu viel. Auch wenn man wasserdichte Beweise hat, sitzen die großen Firmen meistens in einem regelrechten Kokon, gewebt aus gewieften Advokaten.«

»Ich weiß, aber ich werde kämpfen. Ich werde auch Kontakt zum Vater des erkrankten Jungen aufnehmen. Du weißt schon, der den Fall damals ins Rollen gebracht und Bens Firma belastet hat.«

Richard schien kurz nachzudenken. Dann sagte er: »Ja, ich glaube, so würde ich auch vorgehen. Ich drücke Dir die Daumen, dass der Anwalt einsteigt. Falls nicht, lass es mich wissen. Vielleicht kann ich ihn überzeugen. Mit vereinten Kräften erreichen wir unter Umständen mehr.«

»Gegebenenfalls komme ich auf Dein Angebot zurück.«

»Halte mich auf dem Laufenden. Und viel Glück, Jessica.«

»Danke. Ich glaube, ich kann es brauchen, denn wenn ich ehrlich bin, habe ich ein bisschen Angst vor Bens Rache. Ich weiß, dass er dazu fähig ist und er wird nicht eher ruhen, bis er mir das heimgezahlt hat. Aber andererseits habe ich keine andere Wahl. Mit den Beweisen in der Hand kann ich nicht länger wegsehen.«

Sie stand auf.

»Wie lebt es sich denn so in New York?« fragte er.

»Ganz gut.«

»Und Du hast nicht vor, zurückzukommen? Du könntest sofort wieder für uns arbeiten.«

Jessica lachte.

»Ich weiß Dein Angebot zu schätzen. Aber Canon Falls ist für mich keine Alternative mehr.«

»Das verstehe ich gut. Du musst ja nicht in Deinem Heimatdorf leben. In Minneapolis lebt man auch nicht schlecht.«

»Ich habe jetzt alles, was ich brauche. In New York.«

Nach dem Verlassen der Redaktion fuhr sie zur Polizeistation, die damals den Unfall der Eltern aufgenommen und protokoliert hatte.

Sie wollte wissen, ob es neue Erkenntnisse gab. Vielleicht war ja im Nachhinein noch ein wichtiger Zeugenhinweis eingegangen. Ihre Bemühungen waren jedoch erfolglos.

Anschließend ging sie in ein Café. Sie suchte sich einen Platz in einer Nische, in der sie ungestört war.

Als die Kellnerin ihren Milchkaffee gebracht hatte, rief Jessica mit ihrem Mobiltelefon den Rechtsanwalt an, der den Fall in Charpersville vor Gericht gebracht hatte. Er ging bereits nach dem dritten Klingeln ans Telefon.

Sie schilderte die Situation, ohne Namen zu nennen.

Er hörte zu, sagte dann aber kurz und bündig, dass er nicht in den Fall hineingezogen werden wolle. Sie möge Verständnis dafür haben und ihn bitte nicht wieder kontaktieren. Der Teflon-Skandal habe ihn krank gemacht und ihm fehle die Kraft für weitere derartige Fälle. Damit beendete er das Gespräch abrupt, ohne ihr die Chance zu geben, konkreter zu werden.

Jessica hatte geahnt, dass sie Überzeugungsarbeit leisten musste. Sie hatte jedoch nicht mit einer solchen Abfuhr gerechnet. Im ersten Moment fühlte sich wie vor den Kopf geschlagen, musste dann aber daran denken, dass sie selbst auch ein Jahr Anlauf gebraucht hatte, bis sie bereit gewesen war, sich mit dieser Sache zu beschäftigen. Sie würde sich nicht von solchen kleinen Rückschlägen entmutigen lassen, dachte sie und wählte die Nummer des Vaters vom missgebildeten Jungen.

Nachdem sie sich vorgestellt hatte, zeigte er sich sehr verwundert über ihren Anruf. Sie bat um ein Treffen und sie verabredeten sich für den frühen Nachmittag bei ihm zuhause.

Er öffnete die Tür und sah sie mit zusammengekniffenen Augen an, so als wolle er den Grund ihres Besuches in ihrem Gesicht erforschen.

Jessica kam gleich zur Sache, noch an der Tür, sprach schnell, aus Angst, er könne ihr die Tür vor der Nase zuschlagen, bevor sie zu ihm durchgedrungen war. Sie erzählte von ihrem damaligen Job bei der Star Tribune und davon, dass sie einen Artikel über seinen Fall hatte schreiben sollen, dass Renée und Angus Fielding ihre Eltern gewesen seien, dass sie herausbekommen habe, dass etwas an seinen Anschuldigungen dran war, dass sie sich von ihrem Mann getrennt habe, nachdem er ihr damit gedroht hatte, ihrem gemeinsamen Kind etwas anzutun, wenn sie in diesem Fall keine Ruhe gäbe, dass sie nach New York gezogen sei und vorher Mr. Parkers Akte an ihren Chef zurückgegeben habe, dass sie gerade erst von ihrem ehemaligen Chef erfahren habe, warum damals nicht weiter recherchiert wurde. Sie erzählte von dem Selbstmord ihrer Eltern und von den Beweisen, die ihr nun vorlagen und die eindeutig die Schuld ihres Exmannes bewiesen. Und sie sicherte ihm zu, dass sie nun bereit sei, alles zu tun, damit Familie Parker eine angemessene Entschädigung erhielt.

Robert Parkers Augen weiteten sich zusehends bei Jessicas Monolog. Schließlich öffnete er die Haustür weit und ließ sie eintreten.

Er führte sie in die Küche, in der die Familie um einen großen Tisch beim Essen versammelt war.

Ihr Blick fiel auf einen Jungen, der in einem Hochsitz saß. Sie wusste sofort, dass es sich dabei um das geschädigte Kind handelte, denn der Junge war blind. Unübersehbar.

Robert Parker stellte Jessica der Familie vor und kam dann sofort zur Sache. Er zählte die Schäden auf, die sein Sohn durch die Umweltverschmutzung erlitten hatte. Es waren nicht nur die Augen. In seinen Organen hatten sich größere Mengen des Giftes abgelagert. Man sprach davon, dass die Abbauzeiten zwischen vier und sieben Jahren betrugen, dass Fälle von Krebs in der Gegend rapide zugenommen hätten, insbesondere Schilddrüsen-, Leber-, Bauchspeicheldrüsen- und Hodenkrebs. Bei Ungeborenen könne das Gift problemlos die Blut-Hirnschranke passieren. Bei dem kleinen Elias habe sich das Gehirn nicht so entwickelt wie es normalerweise bei einem anderthalbjährigen Kind der Fall sei.

Er schilderte die Odyssee, die die Familie durchgemacht hatte, seit sie wussten, dass mit Elias etwas nicht stimmte. Er erzählte von den Behauptungen der Ärzte, es läge ein genetischer Schaden vor. Das hatte ihn hellhörig gemacht. Derartige Schäden gab es bisher weder in seiner Familie noch in der seiner Frau. Während der Schwangerschaft hatte seine Frau zudem mit großen hormonellen Schwankungen zu kämpfen gehabt, verursacht durch die Schilddrüse. Auch das war neu für sie gewesen.

»Elias ist unser drittes Kind, wie Sie sehen.« Robert deutete mit einer Geste auf die anderen beiden Kinder, die am Tisch saßen und Jessica mit großen Augen ansahen.

»Die beiden ersten Schwangerschaften verliefen völlig problemlos. Die Schilddrüsenhormone steuern in der Schwangerschaft die Entwicklung des embryonalen Gehirns und zahlreiche Stoffwechselprozesse, wie wir später erfuhren. Der Kinderarzt erzählte mir im Vertrauen, dass Elias in letzter Zeit nicht der einzige Neugeborene in der Gegend mit derartigen Schädigungen sei. Und alle seien blind. Das hat mich stutzig gemacht.«

Jessica bekam eine Gänsehaut. Sie musste an Tony denken und war in diesem Moment dankbar, eine gesunde Tochter zu haben.

»Ich habe sofort begonnen, im Internet nach weiteren Fällen zu suchen und bin auf einen Fall in Charpersville gestoßen,« fuhr Robert in seinen Schilderungen fort. »Dort gab es auch viele missgebildete Neugeborene mit Augenleiden. Ich habe versucht, Kontakt zum Rechtsanwalt in Charpersville aufzunehmen, der den Fall vor Gericht für die Geschädigten gewonnen hat. Vergebens.«

»Ich habe ihn heute Vormittag angerufen. Leider war auch ich nicht erfolgreich,« warf Jessica ein.

»Es war, als würde ich versuchen, Betonwände einzurennen. Egal was wir versucht haben, nichts brachte uns weiter. Selbst die Presse mauerte, wie Sie ja wissen. Und dabei wusste ich, dass ich auf der richtigen Spur war. Mir fehlten nur die nötigen Beweise. Deswegen wäre es so wichtig gewesen, den Rechtsanwalt des Charperville-Falles auf unsere Seite zu bekommen.«

»Ja, Sie haben Recht. Und die Beweise kann ich Ihnen nun ja liefern.«

Diese Information hatte Jessica zwar bereits an der Haustüre gegeben, doch Robert Parker schien nach wie vor misstrauisch. Jessica konnte es ihm nicht verdenken, nach allem, was die Familie bisher durchgemacht hatte.

Sie erzählte ausführlich, wie sie an die Beweise gekommen war. Während sie sprach, konnte sie sehen, wie sich die Gesichtszüge sämtlicher Familienmitglieder entspannten. Der kleine Elias lachte sie sogar an, obwohl er am wenigsten verstand, worum es ging, doch er schien zu spüren, dass Jessica gute Neuigkeiten überbrachte.

»Genau so etwas habe ich vermutet. Dass das Gift auf die Felder aufgebracht worden sein muss und so ins Grundwasser gelangt ist.«

»Ein Komposthändler hat gemeinsame Sache mit meinem Exmann gemacht und die Schlämme als Dreingabe zum Düngemittel an Bauern verkauft.«

Jessica zeigte ihm die Unterlagen. Sie hatte Kopien für ihn gemacht, wollte aber die Sache nicht einfach aus der Hand geben.

»Ich bin Ihnen wirklich sehr dankbar für diese Informationen. Nie im Leben hätte ich beweisen können, dass genau das passiert ist.«

»Mr. Parker, ich würde Sie gerne weiter unterstützen. Ich hoffe, das ist in Ihrem Sinne. Ich habe heute Morgen mit meinem früheren Chef von der Star Tribune gesprochen. Er hat mir zugesichert, über den Fall zu berichten, jetzt, wo die erforderlichen Beweise vorliegen. Und ich würde den Rechtsanwalt in Charpersville gerne persönlich aufsuchen. Vielleicht kann ich ihn doch noch überreden, den Fall zu übernehmen, wenn er die Dokumente sieht. Was meinen Sie? Würden Sie mich begleiten? Mit mir gemeinsam so eine Art Überfallkommando bilden?«

Robert Parker war sofort einverstanden.

Sie vereinbarten einen Termin noch in derselben Woche, da Jessica gerade Urlaub hatte und Lizzy sicher auf Tony aufpassen würde.

Auf dem Rückweg nach Cannon Falls kaufte sie in einem Spirituosenladen eine Flasche Wein und fuhr dann zu Lizzy.

»Hast Du noch Kontakt zu Deinem Exmann?« wollte Lizzy wissen, als sie am Abend bei einem Glas Wein zusammensaßen. Lizzys Mann hatte sich diskret in sein Büro zurückgezogen.

»Nein,« antwortete Jessica mit fester Stimme. »Und das ist gut so.«

»Ich will Dich nicht beunruhigen, aber wir, Tony und ich, waren im Eiscafé und Ben kam herein, mit einer dunkelhaarigen Schönheit im Arm.«

Jessica spürte, wie die Farbe aus ihrem Gesicht wich.

»Hat er Tony gesehen? Und hat sie ihn erkannt?«

»Er war viel zu sehr mit seiner Begleitung beschäftigt. Sie haben heftig geflirtet. Ich war geschockt, als er reinkam, weil ich ja auch nicht weiß, wie er und Tony zueinander stehen. Ich habe Tony beobachtet. Sie hat die beiden angestarrt und dabei die Augenbrauen zusammengezogen. Es hatte den Anschein, als gefiele ihr nicht, was sie sah. Die Frau hat Tonys Blick wohl bemerkt. Sie saß mit Blick zu uns; Ben gottseidank ihr gegenüber, so dass er uns mit größter Wahrscheinlichkeit nicht bemerkt hat. Jedenfalls hat diese Frau sich von Tonys Starren ganz schön verunsichern lassen. Zumindest kam es mir so vor. Ob Tony Ben erkannt hat, hat sie sich nicht anmerken lassen. Sie ist ein unbeschwertes und fröhliches Kind. Du hast gute Arbeit geleistet. Und nach der Episode im Eiscafé konnte ich keinerlei Veränderung an ihrem Verhalten entdecken.«

Jessica entspannte sich wieder.

»Lizzy, ich glaube, sie hat ihn nicht erkannt. Sonst hättest Du es sicher gemerkt. Ich hätte schon längst mal mit ihr über ihn reden sollen. Ich weiß nur einfach nicht, was ich ihr sagen soll. Dass ihr Vater sich nicht für sie interessiert? Dass er ein eiskalter Egoist ist, der über Leichen geht, wenn es für seinen Erfolg wichtig ist? Das kann ich ihr doch nicht sagen, oder? Aber lügen kann und will ich auch nicht. Also sage ich einfach nichts. Weißt Du, als wir heute herkamen, hat sie zum ersten Mal von ihrem Vater gesprochen.«

»Was hat sie gesagt?«

»Sie fragte, ob wir ihn besuchen würden. Und als ich sie fragte, ob sie das denn wolle, meinte sie nur, er interessiere sich ja sowieso nicht für sie. Damit war das Thema erledigt, und ich war froh darüber.«

»Es heißt, er sei jetzt mit der Tochter des Bürgermeisters zusammen. Und er wolle in die Politik einsteigen. Sie sei sein Trittbrett auf dem Weg dorthin, beziehungsweise ihr Vater.«

»War das diese Blondine?«

»Nein. Sie ist noch sehr jung, aber nicht besonders attraktiv. Und Liebe soll auch nicht im Spiel sein, sagt man sich,« fügte Lizzy vorsichtig hinzu. »Ben muss sich seiner Sache sehr sicher sein, dass er das Risiko eingeht, sich mit einer anderen Frau in einer so kompromittierenden Weise in der Öffentlichkeit zu zeigen.«

»Hoffentlich bricht ihm dies eines Tages das Genick,« sagte Jessica und konnte die Genugtuung, die sie bei diesem Gedanken empfand, nicht verbergen. »Er hat sein Beuteschema nicht geändert. Er sucht sich wieder ein Mädchen aus gutem und vor allem einflussreichem Hause zum Heiraten. Attraktiv muss sie nicht unbedingt sein, weil er für sein Vergnügen anderweitig sorgt.«

»Jessica, Du willst doch wohl nicht sagen, dass man Dich mit dieser kleinen Bürgermeistertochter vergleichen kann. Du bist attraktiv und erfolgreich und ein toller Mensch dazu. Ben ist ein Trottel, weil er das nicht gesehen hat.«

Lizzy legte den Zeigefinger an ihre Lippen, schien kurz zu überlegen, dann sagte sie: »Weißt Du Jessica, ich gebe normalerweise nicht viel um Gerüchte, doch wenn es um Ben geht, mache ich eine Ausnahme. Ich bin immer noch wütend über das, was er Dir angetan hat. Alles, was man sich über ihn erzählt, glaube ich sofort. Und es war noch kein einziges Mal etwas Gutes dabei.«

»Für ihn ist Liebe ein Fremdwort. Er macht alles nur aus Berechnung. Leider habe ich das erst erkannt, als es zu spät war.«

»Sei froh, dass Du ihn los bist. Ich habe ihn bisher nur zweimal gesehen; auf Deiner Hochzeit und vor ein paar Monaten; nein, mit heute dreimal. Ich fand ihn jedes Mal protzig und großkotzig. Er hat überhaupt nicht zu Dir gepasst.«

»Jetzt sehe ich es auch so.«

Jessica erzählte Lizzy von Emilys Beerdigung und auch von den Dingen, die Emily ihr in ihrem Brief mitgeteilt hatte. Lizzy habe schon immer gewusst, dass Renée Fielding kein einfacher Mensch war, doch solche kriminellen Handlungen hätte sie ihr nie zugetraut, sagte sie. Insgeheim habe Renée ihr manchmal sogar leid getan, wegen der traurigen Kindheit, die diese erlebt hatte.

»Ich schwanke auch immer wieder zwischen ohnmächtiger Wut und Mitleid, wenn ich an sie denke,« sagte Jessica.

Sie erzählte Lizzy, was sie an diesem Tag unternommen hatte, um gegen Ben vorzugehen und was sie weiter vorhatte. »Lizzy, ist es unverschämt, wenn ich Tony am Donnerstag noch einmal in Deiner Obhut lasse? Ich werde nach Charpersville fliegen, um einen Rechtsanwalt für die Sache zu gewinnen?«

Sie erzählte Lizzy von ihrem Telefongespräch mit dem Rechtsanwalt, der für durch einen Umweltskandal Geschädigte Riesensummen erstritten hatte und der ihr nun nicht weiterhelfen wollte.

»Ich bin mir sicher, dass er mir hilft, wenn ich ihm persönlich gegenübertrete und das, was geschehen ist, schildere.«

»Davon bin ich überzeugt. Um Tony mache Dir mal keine Sorgen. Sie ist ein wohlerzogenes Mädchen. Ich habe sie gerne um mich. Erledige Deine Sachen, damit Du endlich einen Schlussstrich ziehen kannst.«

27. Kapitel

Gleichzeitig, als hätten sie es einstudiert, glitten ihre Körper durch das Wasser, durchbrachen kurz die Oberfläche zum Luftholen, um sofort wieder einzutauchen in das feuchte Element. Selbst durch das Schnappen nach den Fischen, die Josh ihnen zuwarf, büßte ihre Darstellung nichts an Synchronizität ein. Sie schienen mit dem sie umgebenden Wasser zu verschmelzen.

Anthony ging es inzwischen schon verhältnismäßig gut. Er hatte an Gewicht zugenommen, was angesichts seines großen Appetits, den er in den letzten Tagen gezeigt hatte, auch kein Wunder war.

Als Josh die gesamte Ration Fisch verfüttert hatte, ging er mit dem leeren Eimer ins angrenzende Gebäude, um ihn zu reinigen und bis zur nächsten Fütterung beiseite zu stellen. Anthony und Jesse schwammen nahe heran, tauchten mit ihren melonenförmigen Köpfen aus dem Wasser und beobachteten neugierig jeden seiner Schritte.

Die zweite Blutuntersuchung hatte das gleiche Ergebnis gebracht wie die erste. Anthony war nicht mit dem gefährlichen Morbilliusvirus infiziert. Trotzdem würde es noch ein paar Wochen dauern, bis die beiden Wale für ihre Freilassung vorbereitet werden konnten. Sie würden mit einem Sender ausgestattet werden, damit Josh und seine Kollegen Gelegenheit hatten, ihre Route noch einige Zeit zu verfolgen. Nach ein paar Tagen würden sie die Sender verlieren, doch bis dahin lieferten sie wertvolle Informationen.

Immer wenn Josh mit den beiden arbeitete, musste er unweigerlich an Tony und Jessica denken. Eine Woche war seit ihrer überstürzten Abreise vergangen und außer eines Telefongesprächs, das er gleich am nächsten Morgen mit ihr geführt hatte, war kein Lebenszeichen mehr von den beiden gekommen. Sie waren praktisch unerreichbar für ihn geworden, denn er hielt sich an Jessicas Bitte, sie nicht mehr anzurufen. Und sie hatte ihre Meinung scheinbar nicht geändert.

Wieder machte sich ein Gefühl der Sehnsucht in seiner Brust breit, das ihm deutlich machte, wie viel Jessica ihm bedeutete, weit mehr als irgendeine andere Frau zuvor.

Wenn er doch wüsste, was er tun könnte, um ihr zu zeigen, wie wichtig sie ihm war.

Am Anfang war er auf Allison wütend gewesen, die erreicht hatte, was sie wollte; und auf Jessica, die ihm keine Chance gab. Jetzt aber richtete sich seine Wut gegen sich selbst, weil er es sich mit ihr verdorben hatte.

Ihm war nun klar, dass er sich an ihrem letzten gemeinsamen Abend wie ein Vollidiot benommen hatte, unsensibel wie ein Elefant im Porzellankasten. Was würde er darum geben, wenn er sein Verhalten rückgängig machen könnte. Und dennoch verstand er die Heftigkeit ihrer Reaktion nicht. Es musste einen anderen Grund dafür geben. Vielleicht hatte er mit seinem Verhalten eine alte Wunde aufgebrochen. Möglicherweise hatte es mit ihrem Exmann zu tun. Als sie ihm ihre Lebensgeschichte erzählt hatte, war ihm aufgefallen, dass sie ihre Ehe scheinbar ein Tabuthema war. Sie hatte nur kurz gesagt ... wie war das noch? Er strengte sich an, um sich wieder an ihre genauen Worte zu erinnern.

»Meine Ehe war die Hölle,« hatte sie gesagt.

Ja, das waren ihre Worte gewesen. Sie hatte dann gleich weiter von ihrer Mutter erzählt. Und da er feinfühlig genug war, hatte er nicht nachgehakt.

'Vielleicht hat sie irgendetwas auf der Party an die Zeit ihrer Ehe erinnert,' dachte Josh.

Oder war gar Emilys Brief Schuld an ihrem Rückzug? Was mochte wohl darin gestanden haben? Mittlerweile glaubte er nicht mehr, dass Emily sich nur noch einmal bei Jessica hatte entschuldigen wollen.

Wieder ging er im Geiste den Anruf am Tag der Testamentseröffnung durch und musste daran denken, wie seltsam sie zu Beginn des Gesprächs geklungen hatte. Im ersten Moment hatte er sogar gedacht, dass sie weinte. Und auch, als er sie zur Party abgeholt hatte, war ihm aufgefallen, wie bedrückt sie gewirkt hatte.

Als er sie am nächsten Morgen angerufen hatte, war sie sofort ans Telefon gegangen, so als habe sie auf seinen Anruf gewartet. Doch seine Hoffnung, sie habe sich inzwischen vielleicht beruhigt, musste er wegen ihrer Einsilbigkeit bald begraben.

Dann hatte auch noch Allison angerufen. Und zu allem Überfluss hatte sie ihn mit Vorwürfen überhäuft, weil er ihre Party so früh verlassen und sich nicht einmal verabschiedet hatte. Zum ersten Mal hatte er seine Wut an ihr ausgelassen. Sie hatte gemerkt, dass er nicht gut drauf war und hatte ihn nach dem Grund gefragt.

Doch seinen Liebeskummer würde er bestimmt nicht Allison gegenüber offenbaren. Also hatte er sich zusammengerissen, unverbindlich mit ihr geplaudert und bald das Gespräch beendet.

Am liebsten würde er doch noch das Projekt in der Baja California annehmen, der Kinderstube der Grauwale. Aber nein: Das konnte und wollte er seinem Vater nicht antun, der so froh darüber war, seinen Sohn in der Nähe zu haben. Und irgendwie hoffte Josh immer noch, dass Jessica ihm eine zweite Chance gab, dort anzuknüpfen, wo sie gerade aufgehört hatten, auch wenn er nicht mehr daran glaubte.

»Wenn man Dich so sieht, könnte man meinen, Dir sei eine Laus über die Leber gelaufen.«

Josh hatte bereits längere Zeit am Pool gesessen, ganz in Gedanken versunken. Seine Beine baumelten im Wasser. Er hatte Scott Branahan nicht kommen hören.

»Hallo Scott.«

Er sprang auf, so dass er mit Scott auf Augenhöhe war.

»Hallo Josh. Was ist? Hast Du wieder an Deine beiden Ladys gedacht, Du weißt schon: Die Namensvetterinnen unserer beiden Zöglinge.«

»Habe ich so frustriert gewirkt. Das tut mir leid. Ich glaube, ich muss mehr Acht auf meine Mimik geben, wenn

mein Therapeut in der Nähe ist«, entgegnete Josh lachend.
»Aber Spaß beiseite, was machst Du hier. Ich dachte, Du kommst heute erst gegen Abend.«

»So war es auch geplant. Doch Steve hat mich gebeten, die Schicht mit ihm zu tauschen. Ich erlöse Dich also von den beiden.«

»Wenn Du mich erlösen willst, musst Du Dir schon was Besseres einfallen lassen. Die beiden sind eine wahre Freude. Ich mag gar nicht daran denken, wenn wir sie wieder freilassen.«

Erst als er es aussprach, wurde ihm bewusst, wie wichtig ihm die Schichten im Aquarium inzwischen geworden waren.

»Sie erinnern Dich an Jessica und Tony, hab ich Recht?«

»Ja, obwohl sie äußerlich nicht viel Ähnlichkeit mit ihnen haben. Ich fühle mich den beiden auf diese Weise ein bisschen nahe. Verrückt, oder? Wenn jemand so etwas vor zwei Wochen zu mir gesagt hätte, dann hätte ich denjenigen für ein wenig kauzig gehalten.«

»Ruf sie doch einfach an. Vielleicht wartet sie darauf.«

Josh schüttelte energisch mit dem Kopf.

»Nein. Sie hat mich eindringlich gebeten, ihren Wunsch nach Abstand zwischen uns zu respektieren.«

»Und das hast Du ihr abgenommen? Glaub mir, Junge, sie wartet auf Deinen Anruf. Ich muss es wissen. Was Frauen betrifft, macht mir so schnell keiner was vor. Sie stand auf der Party so verloren da und starrte unentwegt zu Dir rüber. Doch Du hattest nur Augen für Allison.«

»Sie hat zu mir rübergeschaut?«

»Wenn ich's Dir sage: Unentwegt. Josh, die Frau mag Dich. Das sieht doch ein Blinder.«

Ein kurzes Gefühl der Freude überkam Josh. Sollte Jessica tatsächlich eifersüchtig gewesen sein? Dann hatte sie sich inzwischen vielleicht beruhigt.

Das aufflammende Glücksgefühl war nicht von langer Dauer, denn er konnte sie unmöglich anrufen. Er wollte sich nicht schon wieder eine Abfuhr holen.

Doch Scott ließ nicht locker.

»Also, wenn mich eine so tolle Frau wie Jessica derart anschauen würde, wie sie Dich an diesem Abend angesehen hat, mich würde nichts mehr halten. Ich wäre schon längst bei ihr. Und ich würde nicht locker lassen, bis sie mich erhört hätte.«

»Ich weiß überhaupt nicht, wo sie in New York wohnt.«

»Das herauszufinden, ist doch eine Kleinigkeit. Für mich jedenfalls eine meiner leichtesten Übungen.«

»Halt Scott, ich habe nicht gesagt, dass ich hinfliege. Darüber muss ich erst noch nachdenken.«

»Denke nicht zu lange nach, sonst komme ich Dir zuvor.«

Josh sah Scott entgeistert an. Doch dieser grinste nur frech.

28. Kapitel

Sie fuhr mit einem Mietwagen zum Cape. Die Fahrt kam ihr unendlich lang vor. Die beschaulichen Dörfer, die sie beim ersten Mal so reizvoll gefunden hatte, dass sie am liebsten überall Rast gemacht hätte, nervten sie jetzt. Sie wollte nach Chatham, so schnell wie möglich alles hinter sich bringen. Sie hätte den Flieger nehmen sollen.

Und dann kamen wieder Zweifel auf. War sie nicht vielleicht zu voreilig? Musste sie wirklich alles, was mit Emily zu tun hatte, hinter sich lassen? Verdammt, was machte sie gerade?

Ihre Gedanken wanderten zu Josh. Sie dachte daran, wie viel er wohl schon von der Welt gesehen hatte, zumindest von den Weltmeeren. Ob er ab und zu in Häfen von Bord gegangen war? Vielleicht hatte er ja auch, wie damals viele Kapitäne, in jedem Hafen eine andere Braut.

'Ach nein, das passt nun wirklich nicht zu ihm,' dachte sie. Soviel Menschenkenntnis traute sie sich zumindest zu.

Dann musste sie an Tony denken, die in Windeseile ihre Liebe für das Cape entdeckt hatte, so als gehöre sie dorthin. Warum ging es ihr nicht so? Oder doch? Wollte sie ihre innere Stimme nur nicht hören?

Was wäre gewesen, wenn Renée ihren Plan damals nicht umgesetzt hätte und Jessica bei ihrer leiblichen Mutter aufgewachsen wäre? Wo hätte sie dann gelebt? Ihr Leben wäre vermutlich ganz anders verlaufen. Vielleicht wäre Emily dann gar nicht am Cape gelandet.

Wieder wanderten ihre Gedanken zu Tony und deren Liebe für das Cape zurück. Die Woche, die sie dort verbracht hatten, war schön gewesen, bis zum Tag der Testamentseröffnung. Für einen kurzen Moment hatte sie das Gefühl gehabt, am richtigen Ort zu sein. Als sie jetzt daran dachte, breitete sich ein Gefühl des Verlustes wie ein Schmerz in ihrem Körper aus.

'Das Haus muss weg, und zwar schnellstens,' war ihr nächster Gedanke.

Und dann schwankte sie schon wieder. Sollte sie den Verkauf nicht besser noch einmal überdenken? Sie musste schließlich nicht sofort handeln. Sie konnte erst die Sache mit Ben hinter sich bringen und dann die nächste Aufgabe angehen; ganz in Ruhe schauen, wie sie zum Cape stand. Immer eins nach dem anderen erledigen.

Auch die Tatsache, dass Josh sich nur am Morgen der Abreise noch einmal gemeldet hatte und danach nicht wieder, drückte auf ihre Stimmung. Zugegeben, sie war nicht gerade freundlich gewesen und hatte ihn sogar darum gebeten, nicht wieder anzurufen. Doch im Stillen hatte sie gehofft, sie bedeutete ihm bereits so viel, dass er sich von ihr nicht so schnell bremsen ließ. Sein Verhalten bestätigte ihr, dass sie im Grunde richtig gehandelt hatte, indem sie den Kontakt zu ihm abgebrochen hatte, bevor sie sich gefühlsmäßig zu stark an ihn gebunden fühlte. Er hätte sie doch nur enttäuscht.

'Ich kann es drehen und wenden, wie ich will,' dachte sie. 'Ich werde immer wieder zum gleichen Ergebnis kommen. Das Haus zu verkaufen ist die beste Entscheidung. Lieber ein Ende mit Schrecken, als ein Schrecken ohne Ende.'

Wie gut, dass sie bereits einen Termin mit einer Immobilienmaklerin gemacht hatte.

Selbst Cynthia war überrascht gewesen über Jessicas schnelles Kappen aller Brücken zum Cape, die sie gerade erst aufgebaut hatte.

»Ich dachte, Du fährst so schnell nicht wieder hin,« sagte sie.

»Das dachte ich ursprünglich auch. Aber mir ist klar geworden, dass ich einige Dinge regeln muss, um meinen inneren Seelenfrieden wiederzuerlangen. Dazu gehört der schnellstmögliche Verkauf von Emilys Haus. Tony wird zwar wütend sein, wenn sie erfährt, dass ich ohne sie hingefahren bin. Aber das kann ich auch nicht ändern. Sie liegt mir seit unserer Abreise in den Ohren, dass sie Anthony und Jesse noch einmal sehen will, bevor die beiden in die Freiheit entlassen werden.«

»Aber dann wirst Du Deinem Josh in die Arme laufen.«

»Erstens ist er nicht mein Josh und zweitens bin ich über ihn hinweg. Es macht mir absolut nichts mehr aus, ihn zu sehen.«

»Ach nee, Wer's glaubt, wird selig.«

»Ja, so ist es«, hatte Jessica mit bissigem Unterton reagiert.

Gleich nach ihrer Ankunft fuhr Jessica zu Adam. Es war früher Mittag und Adam war zuhause. Bei ihrem Anblick fingen seine Augen an zu strahlen.

»Was für eine Freude, Sie zu sehen. Damit habe ich so schnell nicht wieder gerechnet. Nur schade, dass Josh gerade abgereist ist. Er hätte Sie bestimmt auch gerne wiedergesehen.«

Jessica spürte ein Gefühl des Bedauerns.

»Ist Josh wieder in einem Überseeprojekt?« presste sie hervor. Eigentlich wollte sie die Frage so stellen, dass Adam ihr die Enttäuschung nicht anmerkte, die sie sich selbst nicht erklären konnte und die sie ärgerte, besonders, weil sie nun wusste, wie wenig sesshaft Josh war. Hätte sie sich auf ihn eingelassen, wie lange wäre er dann wohl am Cape geblieben. Wann hätte es die erste Sache gegeben, die ihn wieder von ihr fortgetrieben hätte.

»Um ehrlich zu sein: Ich habe keine Ahnung, wo er hin ist. Er tat so geheimnisvoll. Völlig untypisch für ihn. Wollte partout nicht sagen, wohin er fliegt und für wie lange. Da habe ich ihn nicht gedrängt.«

'Wahrscheinlich ist es besser so', dachte sie.

»Jessica, ich fürchte, Sie müssen mit mir altem Kerl Vorlieb nehmen. Oder sind Sie nicht wegen Josh hergekommen?« fragte Adam zögerlich.

»Um ehrlich zu sein, bin ich aus einem ganz anderen Grunde hier. Ich habe mich dazu entschlossen, Emilys Haus zu verkaufen und habe heute Nachmittag einen Termin mit einer Maklerin.«

Adams Gesicht versteinerte. Sie hatte damit gerechnet. Ein wenig hatte sie sogar darauf gehofft, dass es ihm nicht gleichgültig war, wenn sie alle Zelte am Cape abbrach. Und gleichzeitig tat es ihr für ihn leid. Auch sie hatte ihn in der kurzen Zeit, die sie ihn kannte, liebgewonnen. Doch sie wusste, sie konnte nicht anders. Das Haus erinnerte sie an Emily und an ihre ganze verlogene Kindheit. Je schneller sie es los wurde, um so eher fand sie Ruhe, auch wenn sie dabei Menschen wie Adam vor den Kopf stoßen musste.

»Sie haben es wirklich eilig, alle Fäden hierher zu kappen? Man könnte fast meinen, wir hätten die Pest.«

»Nein, so ist es nicht. Ich bin nur ein Mensch der Tat. Wenn ich mich einmal zu etwas durchgerungen habe, will ich es schnell hinter mich bringen. Wenn ich das Haus verkaufe, kann ich ja trotzdem manchmal mit Tony hier Urlaub machen. Und außerdem würde ich mich freuen, wenn Sie mich mal in New York besuchen.«

»Ach Jessica, ich glaube, für New York bin ich zu alt. Mich machen diese Großstädte nervös. Aber ich hoffe, Ihr Angebot, uns regelmäßig zu besuchen, ist ernst gemeint. Ich wäre sehr traurig, wenn ich Sie und Tony nicht wiedersehen würde. Und glauben Sie mir: Das geht nicht nur mir so.«

»Aber natürlich meine ich es ernst.«

Sie meinte es wirklich so, wusste aber, dass sie in den nächsten Jahren keinen Fuß auf die Halbinsel setzen würde.

»Ich hoffe, Sie bleiben wenigstens ein paar Tage?«

»Nur bis Sonntag. Dann muss ich wieder nach New York zurück.«

»Wo ist Tony?«

»Sie ist zuhause, zusammen mit ihrem Kindermädchen.«

»Schade. Ich hätte sie gerne gesehen.«

Jessica kaufte noch schnell ein paar Lebensmittel ein und fuhr anschließend zu Emilys Haus. Sie verstaute die Lebensmittel im Kühlschrank, schaltete die Sicherungen ein und öffnete die Fensterläden. Sie sah den Staub, der sich während ihrer Abwesenheit angesammelt hatte. Bevor die Maklerin kam, würde sie noch einiges zu tun haben. Außerdem musste sie ein Bett für die Nacht beziehen. Sie zog sich um, und begann mit der Arbeit. Nach drei anstrengenden Stunden blitzte alles sauber.

Bevor die Maklerin eintraf, machte sie eine Besichtigungstour durchs Haus, so als sähe sie es zum ersten Mal. Sofort musste sie an Emily denken und stellte fest, dass ihre Wut auf diese Frau längst nicht mehr so groß war.

»Wenn der Prophet nicht zum Berg kommt, muss der Berg zum Propheten gehen,« knurrte Bart, als Jessica die Tür öffnete und ihn verdutzt ansah.

»Mit Ihnen habe ich gar nicht gerechnet. Woher wissen Sie, dass ich hier bin?«

»Können Sie sich das nicht denken? Ich war eben bei Adam. Als er mir sagte, dass Sie im Lande sind, habe ich den alten Knaben stehen lassen und mich sofort zu Ihnen auf den Weg gemacht, bevor Sie mir ein zweites Mal entwichen können.«

»Ich freue mich wirklich, Sie zu sehen, Sie alter Brummbär.

Kommen Sie doch herein.«

Er hielt seine Kapitänsmütze in der linken Hand und fühlte sich auf einmal unsicher und verlegen.

»Ich hoffe, ich überfalle Sie nicht mit meinem Besuch.«

»Nein, das tun Sie nicht. Ich freue mich wirklich sehr, Sie zu sehen.«

Nachdem sie ihm die Jacke abgenommen und an der Garderobe aufgehängt hatte, ging sie ihm voran ins Wohnzimmer und bat ihn, sich zu setzen.

»Ich mache uns schnell einen Kaffee und dann bin ich ganz für Sie da. Oder ist Ihnen Tee lieber?«

»Wenn es Ihnen nicht zu viel Mühe macht, hätte ich gerne eine Tasse schwarzen Tee.«

Sie verschwand in der Küche.

Er stand unschlüssig herum, ließ den Rand der Mütze wie einen Rosenkranz durch seine großen rauen Hände gleiten. Das beruhigte ihn irgendwie.

Warum nur war er auf einmal so nervös. Dieses Gespräch war wichtig für ihn. Er wollte Jessica unbedingt darüber in Kenntnis setzen, dass er im Bilde war. Das hatte er nicht früher tun können; nicht bevor sie Emilys Brief gelesen hatte. Das hatte er Emily versprechen müssen. Mit dem Brief hatte sie Jessica selbst die Wahrheit sagen wollen, wenn sie es auch nicht mehr persönlich hatte tun können, so doch wenigstens mit ihren eigenen Worten.

Bart hoffte, Jessica würde ihn nach seiner Beichte nicht weniger mögen.

Er war aber auch gekommen, um Jessicas Sicht auf Emily zu weiten. Ihm war wichtig, dass Jessica erkannte, wie viele Facetten Emily gehabt hatte. Sie war nicht nur die Mutter gewesen, die durch Abwesenheit geglänzt hatte. Und dass sie keine andere Wahl gehabt hatte. Und vor allem wollte er Jessica dazu bringen, dass sie die Bewohner des Capes in ihr Herz ließ.

Als Jessica so überraschend abgereist war, hatte er schon das Scheitern seiner Mission angenommen. Ihr plötzlicher Aufbruch zeigte ihm, dass sie Emilys Neuigkeiten nicht allzu gut aufgenommen hatte.

Er hörte Jessica in der Küche rumoren. Es waren die Geräusche einer Frau, die in ihren eigenen Küche stand und Tee für einen Gast aufbrühte, zumindest in seiner Fantasie. Dieser Gedanke war schön und für einen Moment beruhigend, hätte Bart nicht kurz zuvor von Adam erfahren, dass Jessica einen Maklertermin hatte.

Sie kam mit einem Tablett dampfenden Tees und Gebäck aus der Küche zurück. Er hatte inzwischen in einem Sessel Platz genommen, vielmehr auf der Kante des Sessels, immer noch angespannt, jederzeit bereit, aufzuspringen.

Jessica hatte sich ebenfalls für Tee entschieden und nachdem sie die beiden Teegläser gefüllt hatte, setzte sie sich Bart gegenüber und schaute ihn erwartungsvoll an.

Doch er versuchte Zeit zu gewinnen, nahm mit der Zange ein Stück Kandiszucker aus der Zuckerdose und ließ es in das Glas gleiten. Dabei spürte er ihre Augen auf sich gerichtet, schaute sie aber nicht an, sondern fixierte das Stück Zucker, das zu Boden sank, um sich im Tee aufzulösen. Dann erst hob er seinen Blick und schaute ihr direkt in die Augen. Sie lächelte ihn aufmunternd an und er merkte, wie die innere Spannung ein wenig nachließ.

»Wo steckt Ihre Tochter denn?«

»Sie ist zuhause.«

»Schade, ich hatte gehofft, sie endlich kennen zu lernen. Na dann bei Ihrem nächsten Besuch.«

»Hmh,« war Jessicas einzige Reaktion.

»Wenn Sie nicht ans Cape zurückgekommen wären, hätte ich Sie glatt in New York aufgesucht. Sie müssen wissen, ich halte mich öfter mal dort auf. Ich habe ein paar ganz gute Verbindungen zu Journalisten in New York. Wenn man in Sachen Naturschutz etwas erreichen will, muss man seine Kontakte pflegen. Man darf nicht in Vergessenheit geraten. Bisher hatte ich in Emily immer eine gute Stütze in diesen Dingen. Jetzt muss ich das alles alleine bewältigen. Josh und Adam haben sich in den letzten Jahren sehr aus unserer Organisation zurückgezogen. Ich selbst werde auch nicht jünger. Und manchmal glaube ich, ich schaffe es alleine nicht.«

Er hatte schnell gesprochen und bemerkte den überraschten Ausdruck auf Jessicas Gesicht.

»An der Art, wie Sie über Ihre Arbeit sprechen, erkenne ich so viel Engagement. Sie sind ein viel beschäftigter Mann. Als wir uns das letzte Mal trafen, waren Sie auch sehr in Eile. Aber heute haben Sie hoffentlich etwas Zeit mitgebracht?«

»Für Sie habe ich alle Zeit der Welt. Eine so reizende Gesellschaft lasse ich mir nicht entgehen. Es sei denn, Sie wollen mich wieder loswerden. Dann müssen Sie es nur sagen.«

Jessica lachte.

»Wo denken Sie hin, Bart? Ich genieße Ihre Anwesenheit. Was hatten Sie eigentlich am Tage der Testamentseröffnung für einen dringenden Termin? Oder war das eine geheime Sache?«

»Sie dürfen ruhig fragen. Wir waren im Pazifik unterwegs und haben dort Jagd auf Treibnetzfischer gemacht. Sämtliche Netze, die wir finden konnten, haben wir zerstört und versenkt.«

»Solche Aktionen sind sicher nicht ganz ungefährlich, oder?«

»Nein, natürlich nicht. Das ist meiner Mannschaft und mir durchaus bewusst. Doch wenn wir wirklich etwas für die Bewohner der Meere erreichen wollen im Kampf gegen die Ignoranten und Zerstörer, dann müssen wir ein gewisses Risiko in Kauf nehmen. Sonst würden wir nichts verändern.«

»Entschuldigen Sie, wenn ich nachhake. Aber mit diesem Thema habe ich mich bisher nicht wirklich beschäftigt, muss ich zu meiner Schande gestehen. Gibt es nicht Gesetze gegen diese Treibnetzfischerei? Und sind die Fischer nicht an diese Gesetze gebunden?«

»Natürlich gibt es die. Nur halten sich einige Nationen nicht daran. Und manche Regierungen unterstützen derartige Aktionen sogar. Deshalb sorgen wir für die Einhaltung der Gesetze. Wenn wir es nicht tun, tut es niemand. Dann sind sie bald nur noch eine Farce.«

»Es gibt doch sicher auch Institutionen, die für die Einhaltung solcher Gesetze zuständig sind?«

»Schon, nur dass diese oft beide Augen zudrücken und Piraterie und Treibnetzfischerei einfach nicht sehen wollen. In diesen Fällen sehen wir uns gezwungen, zu handeln; wenn nötig mit Gewalt. Es kann also durchaus vorkommen, dass wir eins dieser Piratenschiffe rammen oder gar versenken.«

Bart hatte Jessicas erschrockenen Blick bemerkt und fuhr fort: »Keine Sorge, wir achten schon darauf, dass kein Mensch zu Schaden kommt. Das verbietet uns unser Ehrenkodex; auch wenn die Piraten längst nicht so fürsorglich mit unserem Leben umgehen.«

»Ich finde, Sie sind ein sehr mutiger Mann«, sagte Jessica. Bart hörte Anerkennung heraus. Das machte ihn ein wenig verlegen.

»Obwohl ich glaube, dass zu einem so bedingungslosen Einsatz für andere Lebewesen sicherlich mehr als nur Mut gehört,« fuhr sie fort. »Sie haben bestimmt schon viele Male Ihr Leben für die Wale in Gefahr gebracht, oder? Ich bewundere Ihre tiefe und unerschütterliche Überzeugung.«

»Danke. Manchmal denke ich jedoch, dass alle Mühe vergebens ist. Die Profitgier mancher Menschen ist stärker und macht all unsere Mühe zunichte. In einigen Ländern, wie zum Beispiel Japan und Norwegen halten die Regierungen zum Beispiel selbst nichts von den Gesetzen zum Schutz der Meeressäuger und ließen bisher Massenschlachtungen unter dem Deckmantel der Wissenschaft zu. Jetzt sind sie sogar noch einen Schritt weiter gegangen.«

Er machte eine Pause, trank einen Schluck Tee und fuhr dann fort: »Sie haben von Japan gehört? Und von dem Wahnsinn, dass die Schlitzaugen nach mehr als dreißig Jahren wieder kommerziell Wale abschlachten?«

»Ja, Josh hat es mir erzählt.«

Als Joshs Name fiel, schaute Bart Jessica prüfend an.

Adam hatte ihm ein wenig über die beiden erzählt, nur andeutungsweise, wie es seine Art war; dass die beiden sich mochten und Adam schon gehofft hatte, bald eine Schwiegertochter zu haben; und von einer Party bei Allison hatte er erzählt, auf der Allison sich Josh an den Hals geworfen habe und dass Jessica danach den Kontakt zu Josh abrupt und ohne ersichtlichen Grund abgebrochen habe.

Bart konnte nicht ausmachen, ob die Erwähnung von Joshs Namen in Jessicas Gesicht etwas veränderte. Entweder war sie eine gute Schauspielerin oder der Junge war ihr egal.

»Das macht mich auch sehr betroffen, Bart,« griff Jessica das Thema wieder auf. »Raubt es Ihnen nicht manchmal die Kraft zu kämpfen?«

»Ich glaube an das Gute und möchte gerne meinen Teil dazu beitragen, die Welt, auf der wir leben, zu verbessern. Materielle Dinge sind mir nicht wichtig. Wenn ich es schaffe, einen Wal aus den Klauen eines Walfängers zu befreien, ist das ein sehr erhebendes Gefühl. Damit hat sich meine Existenz schon gelohnt.«

»Ganz schön idealistisch, Ihre Lebenseinstellung«, sagte Jessica.

»Ja, ich würde mich schon als Idealisten bezeichnen, auch wenn dies heutzutage fast wie das Eingeständnis einer Charakterschwäche klingt.«

Als er Jessicas fragenden Blick gewahrte, fuhr er erklärend fort.

»Idealisten werden oftmals belächelt, als pubertierend angesehen, als unreife Träumer gar. Doch ich finde, Idealismus ist lebensnotwendig, egal wie er sich äußert. Auf seine Weise ist jeder ein Idealist, der an etwas glaubt und Hoffnung hat. Wenn man an nichts mehr glauben kann, macht das Leben doch keinen Sinn mehr. Oder sehen Sie das anders?«

»Nein, Sie haben vollkommen Recht. Nur glaube ich, dass bei den meisten Menschen, mich eingeschlossen, die Ideale der Kindheit, ihre Träume und Hoffnungen, mit der Zeit von der Realität eingeholt und darunter begraben wurden. Sie sind nicht unbedingt tot, doch es braucht eine Kraft von außen, sie freizuschaufeln. Manchmal muss es nur ein Impuls sein, damit man selbst genügend Energie aufbringen kann, sie wieder zu befreien. Bei manchen Menschen sind sie jedoch so tief begraben, dass Hopfen und Malz verloren sind und keine Macht der Welt sie wieder zu neuem Leben zu erwecken vermag.«

Nach diesen Worten schaute Bart sie eindringlich an, bis sie seinem Blick nicht länger standhielt und verlegen zu Boden sah.

»Ihre Worte waren so treffend. Ich glaube, dass genau dies das Problem der Menschheit ist. Diese Blindheit, die mit dem Verschwinden der Ideale einhergeht, lenkt unsere Intelligenz in die falschen Bahnen und bringt uns dazu, materielle Dinge wie intelligentes Kriegswerkzeug, Atomkraftwerke und Produktionsanlagen für lauter sinnlose Produkte zu schaffen, mit denen wir langsam alles zerstören, was unser Leben lebenswert macht.«

Jessica schaute Bart nachdenklich an.

Dann sagte sie: »Ich würde wahnsinnig gerne ein Portrait über sie schreiben. Könnten Sie sich das vorstellen?«

Und dann fügte sie an: »Das könnte meine erste Arbeit als freie Journalistin werden.«

»Wollen Sie sich etwa beruflich verändern?«

»Das war erst mal nur so ein Gedanke. Aber ich glaube, ich bin gerade tatsächlich dabei, in meinem Leben aufzuräumen. Und warum nicht auch über eine berufliche Veränderung nachdenken?«

»Das gefällt mir, Jessica. Das mit den Veränderungen, meine ich. Veränderungen dann und wann im Leben sind gut und wichtig. Und, um auf das Portrait zurückzukommen: Normalerweise würde ich dankend ablehnen. Ich mag es überhaupt nicht, wenn zu großes Aufhebens um meine Person gemacht wird. Und den Presseleuten erzähle ich im Allgemeinen nichts Persönliches. Aber in Ihrem Fall sehe ich es ein wenig anders. Erstens mag ich Sie und zweitens vertraue ich darauf, dass Sie es gut machen. Vielleicht schadet ein bisschen Pressearbeit dieser Art den Walen nicht. Im Gegenteil, es erhöht unter Umständen die Aufmerksamkeit in der Bevölkerung für meine Bemühungen. Von mir aus können Sie also gerne einen Artikel über mich schreiben. Nur möchte ich Sie bitten, dass ich ihn vor der Veröffentlichung lesen darf.«

»Kein Problem. Also abgemacht?«

»Abgemacht.«

Jessica reichte ihm zur Besiegelung ihres Abkommens die Hand.

Eine Zeitlang sagte keiner der beiden ein Wort.

»Sagen Sie mir nun, welchem Umstand ich Ihren Besuch zu verdanken habe?« fragte Jessica.

Bart räusperte sich. Die Anspannung kam augenblicklich zurück.

»Nun ja, ich hatte Ihnen dieses Gespräch ja bereits bei der Testamentsvollstreckung angekündigt. Mit ihrem plötzlichen Verschwinden haben Sie mir einen Strich durch die Rechnung gemacht. Ich dachte schon, jetzt hätte ich die Gelegenheit verpasst und könnte das Versprechen, das ich Emily gegeben habe, nicht mehr einlösen.«

Bei der Erwähnung von Emilys Namen veränderten sich Jessicas Gesichtszüge für einen winzigen Moment und Bart merkte, dass es ihn aus dem Konzept brachte.

»Nun,...« begann er. Er machte eine Pause, um nach den richtigen Worten zu suchen. Dann setzte er erneut an.

»Jessica, ich mag Sie sehr, obwohl ich Sie kaum kenne. Das passiert mir nicht oft. Ich fühle mich eher selten in der Gesellschaft von Menschen wohl. Meine Heimat ist das Meer und seine Bewohner. Sie können sich also was darauf einbilden, wenn es mir in Ihrer Gegenwart so ergeht. Wahrscheinlich liegt es daran, dass Sie Emily so sehr ähneln.«

Er lächelte sie an, nahm aber wieder die gleiche angespannte Sitzhaltung wie zu Beginn seines Besuches ein.

»Und weil ich Sie so mag, ist es mir sichtlich schwer gefallen, unehrlich zu Ihnen zu sein, zumal das nicht meine Art ist. Doch ich hatte es versprochen.«

Wieder machte er eine kurze Pause, um Jessicas Reaktion abzuwarten. Doch sie zeigte keinerlei Regung, was seine Nervosität weiter steigerte. Er atmete einmal tief ein und legte dann los.

»Als Arthur Riley, Sie wissen schon, Emilys Notar, Ihnen einen versiegelten Brief übergab, wusste ich, Emily würde Ihnen nun endlich die ganze Wahrheit sagen.«

»Ach, Sie wissen Bescheid?«

»Ja. Emily hat mir die ganze Geschichte schon vor langer Zeit erzählt.«

»Dass sie meine Mutter war?«

»Ja. Und dass ihre Schwester Sie ihr weggenommen hat.«

»Weiß Adam es auch?«

»Nein. Mit ziemlicher Sicherheit nicht. Tom, Emilys Mann, wusste es im Übrigen auch nicht. Sie hat mich angefleht, es niemandem zu erzählen, weil sie sich so sehr geschämt hat. Sie hatte das Gefühl, ihr Kind im Stich gelassen zu haben und damit ist sie nicht sehr gut klar gekommen.«

»Warum hat sie es dann Ihnen erzählt?«

»Das passierte in einem schwachen Moment. Sie hat mich, wie Sie ja wissen, sehr bei meinen Walrettungsaktionen unterstützt. Und bei einer dieser Aktionen hat sie mir ihr Herz ausgeschüttet.«

»Sie beide standen sich sehr nahe, oder?«

»Nicht so nahe, wie ich es gerne gehabt hätte. Ich war ein guter Freund für sie, mehr nicht.«

»Und Sie wollten mehr?« Jessica schien überrascht.

»Ja. Tom brachte sie aus Boston mit. Sie war seine Frau und die beiden liebten sich. Für mich war sie damit tabu. Als Tom aber starb und Emily und ich enger zusammenarbeiteten, flammte meine Leidenschaft für sie, die ich immer klein gehalten hatte, regelrecht auf. Ich merkte, wie wichtig Emily mir war. Für sie hätte ich mein Leben auf dem Meer stark eingeschränkt. Wenn es hätte sein müssen, sogar aufgegeben.«

»Wusste sie es?«

»Gott bewahre. Nein. Ich habe ihr nie meine Liebe gestanden.«

»Und wie stand sie zu Ihnen?«

»Ich hatte keine Chance bei ihr.«

»Wissen Sie das? Oder glauben sie es nur?«

»Ich weiß es. Sie war in Adam verliebt. Das sah man.«

»Und er in sie?«

»Ja.«

»Aber die beiden waren nie ein Paar, oder?«

»Sie hatten beide zu viel Angst, ihre Freundschaft zu zerstören, glaube ich. Und wahrscheinlich auch, sich gegenseitig ihre Liebe einzugestehen.«

»Ich verstehe.«

»Jessica, wieso sind Sie eigentlich direkt nach der Testamentseröffnung abgereist,« versuchte Bart, das Gespräch wieder in andere Bahnen zu lenken. »Ihr Urlaub war doch noch nicht zu Ende. Wollten Sie nicht noch eine Woche bleiben?«

Sie druckste herum. Zumindest hatte Bart das Gefühl.

»Vielleicht habe ich durch Emilys Offenbarung einen Schubs bekommen. Ich hatte das Gefühl, ich muss Ordnung in mein Leben bringen, die längst überfällig war. Und ich wollte keinen Tag länger damit warten.«

»Darf ich fragen, was das für Dinge sind?«

Sie schien unschlüssig, ob sie es ihm erzählen sollte, doch dann begann sie: »Es hat mit meiner vermeintlichen Mutter, Renée Fielding, zu tun und mit meinem Exmann.

Jessica erzählte Bart von ihrem Job bei der Star Tribune, dem Fall, über den sie berichten sollte, von dem Streit mit Renée und von der Skrupellosigkeit ihres Exmannes. Sie schien in Fahrt zu kommen. Sie schilderte ihm, was Emilys Geständnis bei ihr ausgelöst hatte; wie sie das Gefühl bekommen hatte, die Dinge in Cannon Falls geraderücken zu müssen; dass sie ihren ehemaligen Chef aufgesucht hatte und zusammen mit dem Mann, der die Firma ihrer Eltern beschuldigt hatte, nach Charpersville gereist war. Als sie das Gespräch mit diesem Rechtsanwalt wiedergab, hörte Bart einen gewissen Stolz heraus, weil sie es geschafft hatte, ihn umzustimmen. Er war nun doch bereit, den Fall für diesen Mr. Parker zu übernehmen und gerichtlich gegen Jessicas Exmann vorzugehen.

»Dann hatte Emilys Geständnis ja sogar etwas Gutes,« sagte er, als sie fertig war.

Als er ihren Blick sah, warf er schnell ein: »Verstehen Sie mich nicht falsch. Mir ist klar, dass es ein Schock für Sie gewesen sein muss. Ich hätte Ihnen gerne zur Seite gestanden, als sie den Brief gelesen haben. Als ich nach meiner Rückkehr aus dem Pazifik Adam nach Ihnen befragte, erzählte er mir, Sie seien überraschend abgereist. Er war untröstlich darüber, weil er Sie gerne hat, genauso wie ich; auch wenn wir Sie noch nicht lange kennen. Aber es ist so. Wir akzeptieren natürlich, wenn Sie sich dazu entschließen, alle Brücken hierher abzureißen. Das ist Ihr gutes Recht und bei dieser Sachlage durchaus verständlich. Doch wir alle wären heilfroh, wenn Sie sich das in Ruhe überlegen würden. Und Josh im Besonderen. Er leidet sehr darunter, dass Sie den Kontakt abgebrochen haben.«

»Hat er das gesagt?« fragte sie und Bart sah kurz so etwas wie Hoffnung in ihrem Blick aufflackern.

»Ja. Und wenn er es nicht gesagt hätte, wäre doch jedem, der ihn kennt, aufgefallen, dass Josh anders ist als sonst. Er leidet sichtbar.«

Wieder machte Bart eine Pause, und forschte in Jessicas Gesicht. Und wieder hatte sie diese undurchsichtige Miene aufgelegt, die er nicht durchschaute.

Sie sagte nichts. Er war unschlüssig, ob er weitersprechen sollte oder ob er das Ganze vielleicht besser auf sich beruhen ließ.

»Ich wünschte, ich hätte eine Ahnung gehabt, bevor ich den Brief las,« sagte Jessica dann. »Doch ich wurde völlig von Emilys Bekenntnis überrollt. Ihr Geständnis war wie eine schallende Ohrfeige für mich. Niemals hätte ich gedacht, dass meine Mutter in Wirklichkeit gar nicht meine leibliche Mutter ist. Schon gar nicht wäre ich darauf gekommen, Emily könnte es sein. Und dass mein Vater und Emily hinter Renées Rücken ein Verhältnis hatten, war auch ziemlich schockierend für mich.«

»Sie müssen mir glauben, Emily hat das Ganze sehr belastet. Sie hat sich die größten Vorwürfe gemacht, nicht alles getan, ihrer Schwester nicht alles entgegengesetzt und nicht genug um Sie gekämpft zu haben. Sie hat dafür Zeit ihres Lebens gebüßt. Und auch wenn Sie es sich im Moment nicht vorstellen können, so bin ich mir absolut sicher, dass Sie ihr irgendwann verzeihen können. Das war Emilys Hoffnung. Deshalb hat sie Ihnen die Wahrheit nun doch noch mitgeteilt. Sie hätte es gerne zu ihren Lebzeiten getan, doch dazu blieb ihr keine Zeit mehr. Es ging am

Schluss alles sehr schnell. Und sie hatte nicht mehr die Kraft dazu.«

»Ja, die Tatsache, dass meine vermeintliche Mutter und mein Vater sich so schäbig verhalten haben, wiegt fast schwerer als Emilys Fehlverhalten. Und dennoch: Ich bin selbst Mutter. Tony geht mir über alles. Ich werde zur Löwin, wenn sie in Gefahr ist. Deshalb ist es für mich nach wie vor unverständlich, wieso Emily nicht mehr um mich gekämpft hat.«

»Das verstehe ich gut. Sie sollten Emily jedoch zugutehalten, dass sie damals selbst noch fast ein Kind war, mit ihren sechzehn Jahren. Und Ihr Vater hat Emily im Stich gelassen, indem er seine Frau bei ihrer Tat unterstützte. Emily hatte keine Chance, ihre Mutterschaft zu beweisen. Sie hätte es immer wieder behaupten können, was sie in den ersten Jahren Ihres Lebens ja auch getan hat. Es nützte jedoch nichts. Und am Ende wollte sie einfach nur das Beste für Sie. Deshalb hat sie sich vollkommen aus Ihrem Leben zurückgezogen, in der Hoffnung, dass es Ihnen bei ihrer Schwester gut erging.«

»Ich habe das Gefühl, niemandem mehr vertrauen zu können.«

»Das kann ich Ihnen gut nachempfinden. Aber glauben Sie mir, nicht alle Menschen sind so rücksichtslos und hinterhältig wie Emilys Schwester. Auf mich können Sie sich jederzeit verlassen. Das wollte ich Ihnen nur sagen.«

»Das habe ich instinktiv gespürt, als ich Sie das erste Mal sah.«

Jessica schaute Bart intensiv an.

»Eins muss man Emily lassen. Sie hatte ein Gespür für Menschen. Sonst hätte sie nicht so gute und wertvolle Freunde gehabt, wie Sie und Adam und natürlich Martha.«

Bart wurde ganz verlegen. Er spürte eine Röte in den Kopf aufsteigen.

»Ich freue mich über dieses Kompliment und ich hoffe, wir werden ebenso gute Freunde wie Emily und ich es waren.«

»Da bin ich mir sicher.«

Ihm blieb nicht verborgen, dass sie Josh nicht erwähnt hatte.

»Eine Frage hätte ich noch, Jessica. Mit Josh hat die überstürzte Abreise nichts zu tun? Ich frage deshalb, weil ich heute bei Adam war und er mir von dem Abend bei Allison erzählte.«

»Hat er Ihnen auch gesagt, dass ich heute einen Termin mit einer Immobilienmaklerin hatte?«

»Ja.« Er machte eine Pause, suchte nach den richtigen Worten.

»Ich muss gestehen, dass ich nicht erfreut darüber war. Ich möchte Ihnen auch nicht zu nahe treten, aber meinen Sie nicht, dass Sie vielleicht ein wenig überstürzt handeln, wenn Sie das Haus so schnell verkaufen? Wenn es einmal weg ist, können Sie diesen Schritt nicht mehr rückgängig machen.«

»Warum sollte ich das auch wollen?« fragte sie.

Bart hörte einen gewissen Trotz heraus und zog es vor, nichts mehr dazu zu sagen.

Er nahm ihre Frage als Stichwort, um sich zu verabschieden.

»Wenn Sie morgen noch einmal Zeit hätten, Bart, würde ich gerne das Interview mit Ihnen machen.«

»Na, Sie haben es ja eilig.«

»Oder wollen Sie lieber nach New York kommen.«

»Können wir Sie denn gar nicht überreden, sich hier niederzulassen?«

»Ich fürchte nein. Tony hat es auch schon mehrfach versucht.«

»Dann bleibt wir wohl nichts anderes übrig, als nach New York zu kommen«, entgegnete Bart. »Morgen bin ich nämlich schon wieder für einige Zeit unterwegs.«

»Ich werde Sie daran erinnern.«

»Der Apfel fällt nicht weit vom Stamm. Ich habe fast den Eindruck, Emily ist auferstanden. Sie war auch immer so hartnäckig.«

29. Kapitel

Jessica hatte sich vorgenommen, den Garten in Angriff zu nehmen, bevor sie wieder nach New York zurückfuhr. Ein wenig Bewegung konnte schließlich nicht schaden. Und gleichzeitig wertete ein gepflegter Garten das Haus für den Verkauf auf.

Sie hatte keine Ahnung von Pflanzen und von der Gartenarbeit. Woher hätte sie die auch haben sollen? Der riesige Park, der zur Villa ihrer Eltern gehörte, war von einem Gärtner in Ordnung gehalten worden. Cynthias Eltern hatten ihren Garten in einen Abenteuerspielplatz umgestaltet. Dort war gewachsen, was den Weg in den Garten auf natürliche Weise gefunden hatte. Doch ihre Ahnungslosigkeit konnte sie nicht abhalten.

Einmal begonnen, fing sie Feuer. Sie hatte nicht gewusst, wie viel Freude diese Arbeit machen konnte. Und so verging der Tag wie im Flug.

Immer wieder sah sie einen anderen Busch, der geschnitten werden musste, sowie Unkraut und Verblühtes, das sie entfernte. Trotz der vielen Stunden intensiver Arbeit war am Abend erst ein kleiner Teil geschafft, was ihr Gefühl von Befriedigung jedoch nicht schmälerte. Und noch etwas war ihr während des Tages aufgefallen: Sie fühlte sich auf unerklärliche Weise mit Emily verbunden. Es war ein Gefühl von Heimat, das sich schon ein paar Mal im Haus eingestellt hatte und jetzt im Garten und das sie nicht kannte.

'Vielleicht sind das Haus und der Garten ja so etwas wie Mittler zwischen mir und Emily,' dachte sie. 'Irgendwie gespenstisch.'

Dabei war sie gar nicht spirituell veranlagt.

Sie duschte, zog sich um, holte sich ein kühles Getränk und ein paar Kekse aus der Küche und machte es sich im Garten in Emilys Ecke bequem.

Es war ein lauer Sommerabend. Der Himmel war sternenklar und es wehte kein Lüftchen. Die Wärme des Tages hatte sich noch nicht verzogen und eine elektrisierende Schwüle lag in der Luft. Ab und an war das Flattergeräusch der seidenen Flügel von Fledermäusen und das Surren von Zikadenschwärmen zu hören, die ihre nächtlichen Ausflüge machten.

Sie musste an ihr Gespräch mit Bart denken. Ihr war nicht entgangen, wie verzweifelt er sie zu überreden versucht hatte, das Haus nicht zu verkaufen. Wenn sie ehrlich war, fiel es ihr selbst inzwischen schwer, sich davon zu trennen. Der Tag im Garten hatte ihr viel Gelegenheit gegeben, nachzudenken.

Und auch Barts Äußerungen Josh betreffend gingen ihr immer wieder durch den Kopf. War sie auch hier zu voreilig? Bedeutete sie Josh etwas? War sie so gebrannt, dass sie jede aufkeimende Liebe im Keim erstickte, aus Angst, wieder enttäuscht zu werden?

Und war ein Leben hier am Cape völlig undenkbar? Sicher nicht. Sie konnte sich einen Job bei der Bostoner Tageszeitung suchen. Oder sie konnte als freie Journalistin für verschiedene Zeitungen schreiben. Sie hatte genug Geld, um eine gewisse Zeit zu überbrücken, sich neu zu orientieren.

Tony wäre überglücklich. Je länger sie darüber nachdachte, um so verlockender erschien ihr der Gedanke.

Vollkommen in ihre Gedanken vertieft, überhörte sie das Motorengeräusch des Autos, das vor dem Haus hielt.

Er kam über den Seiteneingang in den Garten und direkt auf sie zu, obwohl er sie aufgrund der Dunkelheit normalerweise nicht hätte sehen können. Vermutlich kannte er bereits ihre Vorliebe für diesen Platz. Ihr Herz machte einen Sprung, als sie ihn erkannte. Sein Schritt war forsch. Sie spürte sofort seine Anspannung, ohne seine Gesichtszüge erkennen zu können. Er wirkte wütend, nicht locker, wie sonst. Das machte sie nervös.

Sie setzte ihr nettestes Lächeln auf und versuchte ihre Unsicherheit damit zu überspielen.

Als er bei ihr war, baute er sich vor ihr auf und schaute sie finster an.

»Hallo Josh, schön Dich zu sehen,« sagte sie schnell. »Dein Vater sagte mir, Du seiest auf unbestimmte Zeit verreist.«

»Das war ich auch. Und wenn Du es genau wissen willst: Ich bin heute aus New York zurückgekommen. Ich war gestern bei Dir, weil ich Dich sprechen wollte. Dein Kindermädchen sagte mir, Du seiest hierher gefahren, um das Haus Deiner Tante zu verkaufen. Und mein Vater hat es inzwischen bestätigt.«

Sie spürte seine Wut.

»Ja, das stimmt,« sagte sie zögerlich. »Ich hatte tatsächlich vor, das Haus zu verkaufen. Gestern war eine Maklerin da und hat es in Augenschein genommen. Aber ...«

»Du hast es ja verdammt eilig damit,« unterbrach er sie. »Ich habe Deine Worte noch im Ohr. Du sagtest, dass Du Dir die Entscheidung nicht leicht machen würdest. Vermutlich kannst Du Dich nicht mehr daran erinnern, so wie Du vieles von dem vergessen zu haben scheinst, was Du während Deines Aufenthaltes gesagt und getan hast.«

»Josh, bitte setz Dich doch erst einmal.« Sie zeigte auf den Platz neben sich. »Ich glaube, ich muss Dir einiges erklären.«

»Nein, kein Bedarf. Ich wollte Dir das nur sagen.«

Er drehte sich auf dem Absatz um und stampfte wutschnaubend davon.

Damit hatte Jessica nicht gerechnet. Sie blieb verdutzt zurück, sprang aber sofort auf, um ihm nachzueilen.

Sie hatte sich gefreut, als er ihr sagte, dass er in New York gewesen sei. Dass er so wütend war, zeigte, wie wichtig sie ihm war.

Und noch eines war ihr in diesem Augenblick klar geworden: Sie liebte ihn. Liebte ihn. Ja verdammt, das tat sie.

Der Gedanke beschwingte sie und gleichzeitig schnürte er ihr alles zu. Was, wenn sie diese Gefühle, die sich zwischen ihnen entwickelt hatten, zerstört hatte; wenn er jetzt nicht mehr bereit war, mit ihr zusammen zu sein?

Sie wurde vom Klingeln ihres Handys gestört.

Sie schaute auf das Display. Es war Helga.

»Ben war hier,« sagte Helga atemlos, so als sei sie die Treppen in den sechsten Stock hinaufgelaufen.

Sofort war Jessica in Alarmbereitschaft.

»Wann war das, Helga?«

»Gerade eben.«

»Ist er weg?«

»Ich denke schon.«

»War er in der Wohnung? Hat er mit Tony gesprochen? Er hat sie doch nicht mitgenommen?« Jessica merkte nicht, dass ihre Stimme schrill geworden war.

»Nein, der Portier war so geistesgegenwärtig, oben bei uns anzurufen. Ihr Exmann hat sich vorgestellt und da er ja auf der Liste der Personen steht, die nicht zu uns durchgelassen werden dürfen, hat der Portier mich angerufen. Ich habe dann mit Ben am Telefon gesprochen und ihm gesagt, Sie seien mit ihrer Tochter in Kalifornien.«

»Hat er es geglaubt?«

»Ich denke schon. Ich habe danach noch mal mit dem Portier gesprochen, habe ihm gesagt, dass er seine Sache gut gemacht hat und dass er ihn auf keinen Fall rauflassen dürfe. Er meinte, Ben sei wutentbrannt abgedampft.«

Jessica fiel ein Stein vom Herzen, wenn auch nur ein kleiner. »Helga, ich bin froh, dass Sie so umsichtig und geistesgegenwärtig reagiert haben. Trotzdem! Ich bin sehr beunruhigt und werde deshalb gleich zurückfahren. Falls er noch mal aufkreuzt oder das Haus beobachtet und Sie und Tony morgen früh vielleicht draußen abzufangen versucht, möchte ich da sein. Bitte verlassen Sie vorerst nicht das Haus.«

»Mir wäre lieber, Sie würden morgen früh erst losfahren. Und nicht in der Dunkelheit.«

»Machen Sie sich keine Sorgen, Helga. Ich fahre vorsichtig. Bis später.«

Jessica wollte gerade auflegen, da hörte sie Helgas aufgeregte Stimme.

»Ach, Mrs. Freeman, ich habe total vergessen, Ihnen zu sagen, dass gestern schon mal jemand da war, der zu Ihnen wollte. Ein gewisser Josh McMasters.«

»Das weiß ich schon, weil er gerade hier war.«

»Mrs. Freeman, ich glaube, ich habe ihm etwas Falsches erzählt. Er hat so finster geschaut, als ich ihm erzählte, dass Sie in Chatham sind, um das Haus ihrer Tante zu verkaufen.«

Jessica seufzte.

»Sie haben nichts falsch gemacht, Helga. Wenn jemand etwas falsch gemacht hat, dann ich.«

»Wie meinen Sie das?«

»Keine Ahnung. Im Moment weiß ich, glaube ich, einfach nicht, was richtig und was falsch ist. Ich mache mich jetzt mal besser auf den Weg, sonst ist die Nacht rum, bevor ich losgefahren bin.«

Sie hatte gerade aufgelegt und wollte noch einen Blick auf die Straße werfen, um zu schauen, ob Josh tatsächlich weggefahren war, da klingelte ihr Handy erneut. Ohne auf das Display zu schauen, nahm sie ab.

Ihr Exmann Ben blaffte sie an, noch bevor sie ihren Namen sagen konnte.

»Wo bist Du?«

Auch ohne ihn zu sehen, wusste sie, dass er durch den geschlossenen Mund sprach, die Zähne vor Wut fest aufeinandergepresst.

»In Kalifornien.«

»Und wo ist Tony?«

»Na, wo schon? Hier bei mir.«

»Ich will sie sehen.«

»Wieso auf einmal.«

»Sie ist meine Tochter. Und ich habe ein Recht darauf, sie zu sehen.«

»Bisher hat sie Dich doch auch nicht interessiert.«

»Ich wollte sie aus unseren Streitigkeiten raushalten.«

Jessica lachte laut auf.

»Das ist einfach lächerlich, was Du da sagst. Deine Tochter interessiert Dich doch gar nicht. Deshalb hast Du Dich nicht gemeldet. Jetzt hast Du die Hosen voll und da erinnerst Du Dich auf einmal daran, dass Du eine Tochter hast. Und nicht etwa aus Liebe, sondern weil Du sie gegen mich ausspielen willst.«

»Worauf willst Du hinaus?«

Jessica biss sich auf die Lippen.

'Nur nichts Falsches sagen,' dachte sie.

»Jessica, ich sage Dir jetzt einmal etwas: Ich werde ab sofort von meinem Sorgerecht Gebrauch machen. Am kommenden Wochenende ist Tony bei mir. Sonst ...«

»Ben, hör endlich mit Deinen Spielchen auf. Sei ein Mann, steh zu Deinen Fehlern und verstecke Dich nicht hinter Deiner Tochter.«

»Ich verstecke mich nicht hinter ihr. Ich will sie sehen. Wir haben das gemeinsame Sorgerecht. Sei froh, dass ich Dir bisher nicht in die Erziehung rein gefunkt habe. Doch jetzt ist Schluss damit.«

»Warum auf einmal?«

»Frag nicht so viel. Es steht Dir nicht.«

»Ben, warum? Sie bedeutet Dir doch nichts. Warum also auf einmal?«

»Andauernd hast Du mir früher in den Ohren gelegen, ich solle mich mehr um Tony bemühen. Und jetzt mache ich es. Doch anstatt Dich zu freuen, dass ich Interesse an ihr zeige, machst Du einen solchen Aufstand.«

»Ja, weil ich Deinen Sinneswandel nicht verstehe.«

»Das musst Du auch nicht. Ich will sie am Wochenende sehen, und damit basta.«

»Am Wochenende bin ich noch nicht aus Kalifornien zurück.«

'Nur Zeit gewinnen', dachte sie.

»Dann fliegst Du eben früher zurück. Du kannst ja einen Abstecher in Deine frühere Heimat machen und sie hier abliefern. Dann muss ich nicht noch mal nach New York kommen. Ich nehme mal an, dass Du darüber informiert bist, dass ich heute bei Dir war.«

»Ja, das Kindermädchen hat es mir eben gesagt.«

»Dann ist Dir ja klar, dass ich beim nächsten Mal nicht lange fackle, wenn ich nicht zu meiner Tochter vorgelassen werde. Notfalls bringe ich die Polizei gleich mit.«

Jessica glaubte ihm jedes Wort. Sie wusste, dass er gute Kontakte zur Polizei, zur Presse und sogar in die Politik hinein unterhielt. Er war gewieft, wenn es um den Aufbau eines Netzwerkes ging, das ihm nützlich sein konnte. Und in ihr schwelte eine dunkle Angst, dass alle Beweise, die sie vorlegen konnte, nichts gegen seine guten Kontakte auszurichten vermochten.

Was, wenn er dafür sorgte, dass sie das Sorgerecht verlor, bevor ihr Rechtsanwalt etwas gegen ihn unternehmen konnte.

Sie atmete tief ein, denn sie wollte auf jeden Fall verhindern, dass Ben merkte, wie sehr seine Drohungen wirkten. Und sie wollte ihre Ängste nicht nähren.

»Ben, was willst Du mir in Wirklichkeit sagen?«

»Ich erinnere Dich noch einmal an unser Gespräch von damals, als Du mir unterstellt hast, Giftstoffe illegal zu entsorgen. Ich denke, ich muss Dir von Zeit zu Zeit klar machen, wie gut es Dir geht. Also Jessica, denke gut nach, bevor Du etwas Unüberlegtes tust. Sonst sorge ich dafür, dass Du Deine Tochter nicht aufwachsen siehst.«

»Ben, warum drohst Du mir schon wieder? Was, in Gottes Namen, ist diesmal der Anlass?«

»Bist Du so dumm? Oder tust Du nur so? Ich sorge dafür, dass sie Dir weggenommen wird, wenn Du etwas Falsches tust.«

»Du kannst mir nicht mehr drohen. Das Recht ist auf meiner Seite. Die Beweise sind eindeutig. Genieße die kurze Zeit, die Dir in Freiheit bleibt und vergeude sie nicht mit solchen Aktionen gegen mich. Du wirst keinen Erfolg haben.«

Bevor er etwas antworten konnte, hatte sie aufgelegt.

Sie starrte auf das Display ihres Handys, in der Annahme, dass er noch einmal anrief. Er tat es aber nicht.

Warum nur war sie auf seine Spielchen eingegangen? Vielleicht wusste er ja noch gar nicht, dass sie Beweise hatte und diese gegen ihn geltend machen wollte. Vielleicht hatte der Rechtsanwalt noch gar nichts unternommen. Vielleicht wollte Ben einfach nur mal vorfühlen, wie sie zu ihm stand und sie an seine Drohungen erinnern. Und vielleicht hatte sie Ben gerade mit ihren Äußerungen erst bestätigt, dass er etwas zu befürchten hatte.

Sie wusste, das Wichtigste war im Moment, nach New York zurückzufahren. Zu Tony.

Sie ging nach oben, packte in Windeseile ihre Sachen zusammen und verließ das Haus.

30. Kapitel

Mitten in der Nacht kam Jessica in New York an. Sie hielt angestrengt Ausschau nach Ben, als sie den Eingang des Wohnhauses betrat. Insgeheim erwartete sie, von hinten angesprungen zu werden. Ihr Nervenkostüm war stark angekratzt.

Auf der Fahrt hatte sie sich nicht beruhigen können. Im Gegenteil. Von Kilometer zu Kilometer war sie von größerer Panik erfasst worden. Ihre Situation erschien ihr aussichtslos. Am Ende ihrer Fahrt hatte sie gar das Gefühl, Tony bereits verloren zu haben.

Warum nur hatte sie die Dinge nicht auf sich beruhen lassen?

Ben hatte bei der Scheidung auf ein gemeinsames Sorgerecht bestanden. Sie hatte damals genau gewusst, warum ihm das so wichtig war. Er wollte im Notfall ein Druckmittel gegen sie haben. Hätte er das Sorgerecht aufgegeben, hätte er die Kontrolle über sie verloren.

Sie hatte sich einverstanden erklärt, weil sie wusste, dass jeder Widerstand zwecklos gewesen wäre. Und sie hatte ja auch nicht damit rechnen können, Beweise gegen Ben auf einem Silbertablett präsentiert zu bekommen.

Sie musste äußerst vorsichtig agieren, das war ihr jetzt noch deutlicher geworden. Doch wie sollte sie vorgehen?

Sie hatte die Möglichkeit, auf Bens Forderung einzugehen und Tony bei ihm abzuliefern. Dann könnte es sein, dass er sich beruhigte. Es könnte aber auch sein, dass er Tony bei sich behielt. Vielleicht würde er irgendetwas über Jessica erfinden. Auch wenn es hieß 'Im Zweifel für den Angeklagten', so war es oft schwierig und langwierig, diese Gerüchte wieder aus der Welt zu schaffen. Und mit den Kontakten, die er hatte, würde Ben unter Umständen sogar erfolgreich sein.

Tony wäre die Hauptleidtragende.

Was wäre, wenn sie mit Tony in Deckung ging? Wohin könnte sie gehen? Ans Cape? Er wusste ja schließlich nichts von dem Haus, das sie geerbt hatte. Oder doch? Möglicherweise kannte er Emilys Adresse und hatte von ihrem Tod gehört. Zwar war das unwahrscheinlich, doch immerhin im Bereich des Möglichen. Wenn er Renée mit seinem Wissen über Emily erpresst hatte, dann hatte er vielleicht sogar schon jemanden engagiert, der ihn über jede noch so kleine Veränderung in Emilys Leben auf dem Laufenden hielt. In dem Fall wusste er bereits über ihren Tod Bescheid. Und dann war naheliegend, dass Jessica als einzige Hinterbliebene erbte. Ben roch meilenweit gegen den Wind, wenn irgendwo etwas zu holen war.

Stimmte das alles, dann war es für Ben ein Leichtes, sie aufzustöbern, wenn sie sich mit Tony in Chatham verkroch. Und dann hatte sie verloren, denn in diesem Fall war das Recht auf seiner Seite, weil Kindesentzug in diesem Land sehr schwer geahndet wurde. Es sei denn, man hatte gute Kontakte wie Ben.

Diese Vorstellung war kaum auszuhalten und schürte ihre Angst wie ein Feuerhaken. Jessica war total in einem Karussell von unguten Gedanken gefangen.

Sie musste damit aufhören; sich auf die Fahrt konzentrieren. Wenn ihr etwas passierte, war Tony Ben schließlich erst recht ausgeliefert.

»Es wird alles gut,« sagte sie laut zu sich selbst. »Er wird sie nicht bekommen. Er wird keine Gelegenheit haben, ihr ein Haar zu krümmen.«

Diese Sätze sagte sie mehrere Male wie ein Mantra auf, und sie schienen sie tatsächlich zu beruhigen.

Dann kam ihr die Idee, Cynthia anzurufen. In Kalifornien war es drei Stunden früher als im Osten, also früh genug für ein Telefonat. Sie hatte Glück, dass ihre Freundin zuhause war und gleich abnahm.

Jessica erzählte ihr von den Ereignissen.

»Komm doch her,« sagte Cynthia gleich. »Er kennt unsere Adresse sicher nicht.«

»Ach Cynthia. Das ist für Ben doch keine Hürde. Im Gegenteil: Es dürfte ein Kinderspiel für ihn sein, Deinen Namen und Deine Adresse herauszubekommen. Auch wenn er nicht in Cannon Falls aufgewachsen ist, kennt er dort mehr Menschen als wir beide zusammen. Zumindest die Wichtigsten.«

»Was willst Du denn tun?«

»Wenn ich das wüsste. Ich habe das Gefühl, dass - egal was ich tue - es immer das Falsche sein wird. Morgen werde ich als Erstes den Rechtsanwalt anrufen und fragen, ob er schon erste Schritte gegen Ben in die Wege geleitet hat. Vielleicht ist Ben deshalb so aggressiv.«

»Aber gehe um Himmels willen nicht auf Bens Forderungen ein. Das ist die schlechteste Wahl. Er wird Dir Deine Tochter nicht mehr zurückgeben.«

»Ja, das befürchte ich auch. Vielleicht behalte ich Emilys Haus und wohne fürs Erste dort. Aber erst warte ich das Gespräch mit dem Rechtsanwalt ab.«

»Halte mich auf dem Laufenden. Du kannst Tag und Nacht anrufen. Ich drücke Dir die Daumen, dass Ben sich beruhigt und Dich in Ruhe lässt.«

Als Jessica das Gespräch mit Cynthia beendet hatte, war sie für einen kurzen Moment ein wenig beruhigt.

Sie musste an Josh denken. Sie würde auch ihn am nächsten Tag anrufen und hoffte, dass er das Gespräch entgegennahm, wenn er sah, dass sie es war. Sofort machte sich eine starke Sehnsucht nach ihm in ihrer Brust breit. Und da war noch etwas Anderes. Der Gedanke an ihn gab ihr ein Gefühl von Sicherheit. Wenn sie tatsächlich mit Tony nach Chatham ging und Josh sich beruhigte, würde sie sich Ben nicht mehr so schutzlos ausgeliefert fühlen. Allein die Tatsache, dass Josh existierte, beruhigte sie bereits.

Beim Betreten des Foyers sprach sie kurz mit dem Portier. Es war zwar nicht derselbe, der am Abend mit Ben gesprochen hatte, doch auch er war informiert.

Nein, Ben sei nicht wieder aufgetaucht, sagte er.

Sie solle sich keine Sorgen machen. Wenn er es noch einmal versuchte, zu ihr nach oben zu kommen, würde er keinen Erfolg haben. Das Haus sei eine Festung, solange er und sein Kollege hier Dienst täten. Sie seien ausgebildete Wachleute, die notfalls von der Waffe Gebrauch machten.

Doch all seine Beteuerungen konnten Jessica nicht beruhigen. Sie kannten Ben schließlich nicht und wussten nicht, dass er sich durch nichts aufhalten ließ.

Jessica musste an den ersten Abend ihrer Hochzeitsreise denken, als Ben seine Maske hatte fallen lassen.

Er war tagsüber bereits anders gewesen als vor der Hochzeit. Sie saßen in einem Café, und Jessica machte den Vorschlag, eine bestimmte Galerie zu besuchen, die sie schon immer gerne einmal besucht hätte.

Sie sagte es leichthin, nicht fordernd. Sie war noch ganz glückselig wegen der Tatsache, mit diesem Mann verheiratet zu sein und ein Kind von ihm zu erwarten. Sie rechnete nicht damit, von ihm angeblafft zu werden.

»Du glaubst doch wohl nicht, dass ich mich von Dir jetzt zwei Wochen lang durch alle Galerien, Museen und Boutiquen von Florenz schleifen lasse. Wenn das Deine Vorstellung von unseren Flitterwochen ist, musst Du schon alleine gehen.«

Sein Ton hatte etwas Abfälliges. Und er verzog sein Gesicht auf eine Weise, wie sie es bisher noch nie bei ihm gesehen hatte.

»Ben, es war nur eine Idee. Wenn Du nicht magst, müssen wir das ja nicht machen. Aber Du musst deswegen nicht gleich so aggressiv reagieren.«

»Muss ich nicht? Ach ne,« antwortete er. Und dann fuhr er mit leiser Stimme, die einen eisigen Unterton hatte, fort: »Was ich sage und wie ich es sage, entscheide immer noch ich selber.«

Jessica schaute ihn perplex an.

»Was ist nur los mit Dir? Ich mache einen harmlosen Vorschlag und Du reagierst so überzogen.«

328

»Überzogen? Weil ich sage, wenn ich keinen Bock auf Deine Vorschläge habe? Du glaubst wohl, alle müssen nach Deiner Pfeife tanzen, was? Nur, ich werde das ganz bestimmt nicht tun. Gewöhne Dich ganz schnell daran. Dein Prinzessinnen-Dasein hat nun ein Ende. Jetzt bin ich dran. Lange genug habe ich Leuten wie Euch über den Zaun hinweg zugeschaut, wie Ihr das Leben genießt und andere - wie zum Beispiel meine Mutter, die sich krumm geschuftet hat, um ihre Kinder durchzubringen - ausbeutet, damit Ihr noch mehr Geld zum Ausgeben habt. Ich bin jetzt Teil Eures Clans. Und ich verspreche Dir: Das ist noch nicht das Ende der Fahnenstange. Eines Tages gehört die Firma und alles andere mir. Und dann wirst Du um alles, was Du brauchst, winseln müssen.«

Unwillkürlich hatte Jessica zu frieren begonnen.

Dieser Mensch, der ihr da gegenübersaß, hatte mit dem Ben, den sie am Tag zuvor geheiratet hatte, keinerlei Ähnlichkeit. Sie hatte ein Ungeheuer in die Familie geholt.

Und dann - es war erst später Nachmittag - hatte er sich den ersten hochprozentigen Drink gegönnt; trotz der Hitze.

Bei diesem einen blieb es nicht. Irgendwann hörte Jessica auf zu zählen und begann, sich ernste Sorgen zu machen, weil Bens schlechte Laune sich mit jedem Glas zu steigern schien.

Am Abend dann, beim Essen in einem piekfeinen Restaurant, reagierte der Kellner einmal nicht schnell genug auf Bens Zeichen. Ben flippte aus. Er benahm sich wie ein wildgewordener Stier. Seine Augen traten hervor und Jessica befürchtete schon, er könne handgreiflich werden.

Sie versuchte, ihn zu beruhigen, berührte dazu leicht seinen Arm. Er schüttelte ihre Hand ab, machte eine so starke Bewegung, dass sie Angst bekam, er könne ihren Bauch treffen. Sie legte instinktiv schützend die Hände davor.

Ben griff nach ihrem Arm und quetschte ihn so sehr, dass sie vor Schmerz aufschrie. Sie schaute ihn an. Seine Augen waren blutunterlaufen und sein Blick hasserfüllt.

»Du bist meine Frau und als solche hast Du mir nicht in den Rücken zu fallen, wenn ich mich über das Personal beschwere. Ich erwarte bedingungslose Unterstützung von Dir. In unserer Ehe läuft es ganz bestimmt nicht so wie in der Deiner Eltern.«

Bei diesen Worten drückte er noch fester zu. Wieder entwich ihr ein leiser Aufschrei.

»Ben, lass doch los. Du tust mir weh,« sagte sie.

Er ignorierte ihre Bitte.

»Hast du das kapiert?« fragte er stattdessen.

»Ben, bitte lass los. Du machst mir Angst.«

»Ich möchte Sie bitten, die Dame unverzüglich los zu lassen und das Restaurant zu verlassen, Sir,« sprach ein Mann Ben an. Jessica tippte aufgrund seiner Kleidung darauf, dass es sich dabei um den Geschäftsführer handelte.

Im ersten Moment befürchtete sie, Ben könnte sich nun auf diesen Mann stürzen, so schnell fuhr er herum.

»Wie ich mit meiner Frau umgehe, ist ganz allein meine Sache,« entgegnete er.

Der Mann blieb ungerührt von Bens Aggressivität.

»Irrtum Sir,« sagte er. »Natürlich können Sie mit Ihrer Frau reden, wie es Ihnen beliebt, vorausgesetzt Ihre Frau lässt sich ein solches Verhalten gefallen und solange ...« Dieses Wort sprach er betont aus. »... Sie sich nicht in diesem Restaurant aufhalten. Hier allerdings haben Sie Rücksicht auf unsere Gäste zu nehmen. Das tun Sie nicht. Also bitte ich Sie ein zweites Mal, zu gehen. Kommen Sie dieser Bitte nicht nach, lasse ich Sie durch unser Wachpersonal entfernen. Was ist Ihnen lieber?«

»Alles nur Deine Schuld,« fluchte Ben.

Er ließ ihren Arm los und stürmte aus dem Lokal. Jessica überlegte, ob sie sich für Bens Verhalten entschuldigen sollte, entschied sich aber, ihm einfach zu folgen.

»Ben, was ist nur in Dich gefahren?« fragte sie, als sie auf ihrem Zimmer waren.

Er lachte nur. Seine Augen funkelten bedrohlich.

Dann begann er, ihr in allen Einzelheiten davon zu erzählen, wie Renée und er es geschafft hatten, dass sie sich auf der Party Hals über Kopf in ihn verliebte.

»Renée hat mich gewarnt, wie störrisch Du seist und dass Du mich ablehnen würdest, wenn Du wüsstest, dass sie mich als Schwiegersohn auserkoren hätte. Sie beachtete mich also nicht und ich habe Dich umgarnt. Ich machte Dir ein paar Komplimente. Mehr war nicht nötig. Es war so verdammt einfach, Dich davon zu überzeugen, dass ich der Richtige bin.«

Er schlug sich auf die Schenkel, lachte lauthals. Sie hätte ihm am liebsten die blitzend weiße Zahnreihe eingeschlagen, solch eine Wut hatte sie auf ihn.

»Ich werde dafür sorgen, dass die Ehe annulliert wird,« sagte sie.

»Versuch es nur. Es wird Dir nichts nützen. Renée wird Dich enterben. Deine Mutter frisst mir aus der Hand. Sie wird ihren tollen Schwiegersohn niemals kampflos aufgeben.«

»Wenn sie erfährt, was für ein eiskalter Typ Du bist, schneller, als Dir lieb ist.«

»Sie wird Dir nicht glauben. Aber versuch's nur.«

Wieder lachte er schallend. Jessica spürte ein Ekelgefühl aufsteigen. Sie ließ Ben stehen, ging nach unten zur Rezeption und verlangte ein Einzelzimmer. Der Portier schaute sie irritiert an, weil sie in der Hochzeitssuite untergebracht waren. Er gab ihr einen Schlüssel und Jessica zog um.

Zuerst dachte sie darüber nach, die Reise abzubrechen, entschied sich aber dagegen.

Sie war viel zu verwirrt, um eine vorschnelle Entscheidung zu treffen. Und dennoch wusste sie, dass ihre Ehe zu Ende war, bevor sie begonnen hatte. Sie kannte Bens wahres Gesicht. Auch wenn er seine Maske wieder überstreifte: Er konnte sie nicht mehr täuschen.

Während der Flitterwochen hielt sie sich so gut es ging, von Ben fern. Sie besuchte Museen und Galerien, machte eine Stadtbesichtigung und lief durch die Straßen von Florenz, allein, ziellos und total verzweifelt.

Als sie zurück waren, informierte sie sich über ihre Möglichkeiten bezüglich einer Annullierung ihrer Ehe.

Sie erzählte Angus und Renée von Bens dunkler Seite, doch - wie Ben gesagt hatte - glaubte Renée ihr nicht, besonders weil er zärtlich und liebevoll mit Jessica umging, solange ihre Eltern anwesend waren. Das änderte sich jedes Mal schlagartig, sobald sie mit Ben alleine war. Dann zeigte er sein wahres Gesicht.

»Ich lasse nicht zu, dass Du unseren guten Ruf ruinierst,« schrie Renée, als Jessica schilderte, wie Ben war.

»Interessant,« entgegnete Jessica, scheinbar amüsiert. »Der gute Ruf der Familie ist Dir wichtiger als die Firma? Das ist was ganz Neues, Mom. Ist Dir auch egal, dass er vorhat, sich die Firma unter den Nagel zu reißen?«

Renée lachte laut, doch Jessica sah die Unsicherheit in deren Augen.

»Er wollte Dich nur einschüchtern. Und das ist ihm ja wohl gelungen.«

»Er will die Firma haben. Hast Du das nicht kapiert?«

»Er soll sie ja später auch mal leiten. Das war der Plan. Schließlich gehört er jetzt zur Familie und im Gegensatz zu Dir interessiert er sich für das Unternehmen. Wenn Euer Sohn eines Tages alt genug ist, wird er in die Firma einsteigen.«

»Unser Sohn? Und wenn es eine Tochter wird? Und wenn das Kind andere Pläne hat?«

»Du meinst: So wie Du? Ach papperlapapp. Glaub mir, Ben ist das Beste, das uns passieren konnte. Er liebt die Firma und setzt sich zu hundert Prozent dafür ein, dass es der Firma und damit auch uns gut geht.«

»Mom, ich bitte Dich inständig, Deine Haltung Ben gegenüber noch einmal zu überdenken. Du hast ihn nicht erlebt. Er ist eiskalt und er verachtet Dich. Das hat er gesagt.«

Wieder diese kurze Unsicherheit in Renées Blick.

»Ach, papperlapapp.«

»Ich werde diese Ehe annullieren lassen. Ich will und kann mit diesem Menschen nicht zusammenleben.«

»Dann musst Du schauen, wo Du bleibst,« sagte Renée.

»Dann bist Du nicht länger meine Tochter.«

Enterbt zu werden stellte zwar kein Druckmittel dar, doch Ben drohte, er würde ihr das Kind wegnehmen, sobald es auf der Welt war und das machte ihr Angst. Sie traute Ben einfach alles zu und er hatte Renée auf seiner Seite.

Und so ertrug Jessica ihn, jahrelang und lebte mit der Angst.

31. Kapitel

Die Sonnenstrahlen brachen sich auf der nahezu glatten Wasseroberfläche des Pools und wirkten wie kleine Rohdiamanten.

'Dieses Wetter ist viel zu schön für einen verpfuschten Tag wie diesen', dachte Josh.

Er hatte immer noch eine mächtige Wut im Bauch, die einen bitteren Nachgeschmack hinterließ, wenn er an die vorangegangen beiden Tage dachte.

Wie hatte er sich auf den Augenblick gefreut, wenn er Jessica in New York gegenüberstehen würde. Wort für Wort hatte er sich zurechtgelegt, was er sagen wollte, um sie davon zu überzeugen, dass sie wie füreinander geschaffen waren. Das nämlich war ihm in der Woche von Jessicas Abwesenheit und insbesondere seit seinem Gespräch mit Scott klar geworden. Doch er wollte es ihr nicht am Telefon sagen. Deshalb hatte er sich spontan dazu entschlossen, nach New York zu fliegen und Jessica persönlich gegenüberzutreten, wenn er ihr seine Liebe gestand.

Als er dann nicht sie, sondern nur ihr Kindermädchen Helga angetroffen hatte und erfuhr, dass Jessica nach Chatham gefahren war, war die Enttäuschung groß gewesen.

Sein nächster Gedanke war gewesen: 'Sie hatte die gleiche Idee wie ich.'

Doch Helgas Mitteilung, Jessica sei nach Chatham gefahren, um alles Notwendige für den Hausverkauf in die Wege zu leiten, hatte die kurze Freude in eine unbändige Wut verwandelt.

Hatte sie ihm nicht hoch und heilig versprochen, die Entscheidung über den Verbleib des Hauses nicht zu überstürzen? Und nun, gerade mal eine Woche später, leitete sie bereits den Verkauf ein. Und er hatte sich Hoffnungen gemacht, sie wartete vielleicht nur auf ein Zeichen von ihm. Währenddessen hatte sie nichts Besseres zu tun gehabt, als alles daran zu setzen, auch die letzen Fäden, die sie mit dem Cape verbanden, zu durchtrennen. Vermutlich war ihr sogar zuwider gewesen, eigens dafür anreisen zu müssen.

Diese Erkenntnis traf ihn wie ein Hieb.

'Wie dumm von mir?' dachte er.

Hatte sie nicht genügend klare Zeichen gesetzt? Er ärgerte sich darüber, dass er sich von Scott zu dieser Aktion hatte verleiten lassen.

Ein Gutes hatte die Sache zumindest: Er wusste jetzt, wo er bei Jessica dran war.

Während er nun am Pool saß, immer ein Auge auf seine beiden Schützlinge gerichtet, kam Scott auf ihn zu.

»Hi Josh, Wie geht's?«

»Wie soll's schon jemandem gehen, der Deinen Rat befolgt hat und damit baden gegangen ist?«

Scott ließ sich neben ihm am Beckenrand niedei.

»Oh, oh. Mir schwant nichts Gutes,« sagte er. »Es geht um Jessica, hab ich Recht?«

»Du bist so weitsichtig«, entgegnete Josh sarkastisch.

»Und sie hat Dir einen Korb gegeben?«

»Ich habe ihr keine Chance dazu gelassen. Das heißt, im Grunde schon. Ich bin vorgestern nach New York geflogen, um zu erfahren, dass sie hier ist; aber nicht wegen mir, sondern um das verdammte Haus zu verkaufen. Gestern Abend habe ich sie in Emilys Haus zur Rede gestellt.«

»Weshalb?«

»Na, wegen ihres voreiligen Hausverkaufs.«

»Was hat sie dazu gesagt?«

»Nichts. Ich habe ihr keine Gelegenheit dazu gegeben.«

»Du kennst doch ihre Gründe nicht., Josh. Manchmal bist Du wirklich wie ein Elefant im Porzellanladen.«

»Findest Du?« Josh rieb sich das Kinn und schaute Scott prüfend an. Dann fuhr er fort: »Weißt Du Scott, ich habe schon einmal auf Deine angebliche Menschenkenntnis vertraut. Das war ein großer Fehler. Ein zweites Mal wird mir das sicher nicht passieren.«

»Das tut mir leid. Ich hätte schwören können, dass sie auf Dich steht.«

In diesem Moment klingelte Joshs Handy.

Er holte es aus seiner Hosentasche und schaute aufs Display.

Es war Jessica. Er drückte sie weg.

Sofort klingelte es wieder. Josh drückte erneut die Beenden-Taste.

»Ich gehe mal davon aus, dass dies Jessica war?« fragte Scott mit gerunzelter Stirn.

»Du hast es erfasst.«

Josh warf ihm einen mürrischen Blick zu.

»Und, schieß los: Was ist jetzt Dein Rat für mich?«

»Ich habe kapiert, alter Junge. Kein Einmischen mehr.«

Scott hob abwehrend die Hände. Da klingelte sein Handy. Die beiden schauten sich irritiert an. Scott holte es hervor, nahm ab und meldete sich.

Nach einer kurzen Pause hellte sich seine Miene auf. Er begann zu grinsen und sagte: »Hallo Jessica. Wie schön von Ihnen zu hören.«

Josh erhob sich, um das Weite zu suchen. Er war wütend darüber, dass Jessica Scott anrief. Woher hatte sie dessen Nummer überhaupt? Die beiden kannten sich doch kaum. Oder war ihm da etwas entgangen?

Scott hielt ihn fest. In den Hörer sagte er: »Jessica, bitte warten Sie einen Moment. Er ist direkt neben mir. Ich reiche den Hörer weiter.«

»Ich will nicht mit ihr sprechen,« hauchte Josh Scott zu. Doch der hielt ihm den Hörer hin und hauchte zurück: »Sei kein Esel.«

Widerwillig nahm Josh das Handy entgegen und meldete sich.

»Hallo Josh. Ich bin froh, dass Du noch mit mir sprichst. Ich hatte schon Angst, Du würdest es nicht tun. Hättest Du morgen Abend Zeit. Ich bin Dir eine Erklärung schuldig.«

»Tut mir leid, aber ich habe schon etwas vor. Im Übrigen hattest Du Gelegenheit genug für Erklärungen. Jetzt kommen sie zu spät.«

Er bereute seine Worte in dem Moment, in dem er sie sagte. Aber er konnte nicht anders, denn er kam sich wie ein Depp vor, weil er ihr am Abend zuvor seine Liebe gestanden hatte und sie diese Gefühle augenscheinlich nicht erwiderte.

»Bitte Josh. Es ist wichtig. Es gibt einige Dinge, die ich Dir über mich sagen muss, damit Du verstehst, warum ich so plötzlich abgereist bin und das Haus verkaufen wollte. Und Du solltest auch wissen, dass ich es jetzt nicht mehr verkaufen will.«

Als er nicht antwortete, sagte sie noch einmal: »Ich bitte Dich inständig: Gib mir noch eine Chance. Du bist mir sehr wichtig.«

Er hörte an ihrer Stimme, dass sie aufgewühlt war und seine Wut war wie weggeblasen. Sie machte einer ungeahnten Sehnsucht Platz. Am liebsten wäre er auf der Stelle zu ihr gefahren.

»Wo bist Du denn jetzt?« fragte er mit zärtlichem Ton in der Stimme. Scott, der immer noch neben ihm saß, grinste.

»Ich bin wieder in New York.«

'Wieso ist sie denn, verdammt noch mal, schon wieder abgereist?' dachte Josh.

Sie fuhr fort: »Als Du gestern Abend gegangen bist, habe ich einen Anruf von Tonys Kindermädchen bekommen. Ich musste unverzüglich nach New York zurückfahren.«

»Ist etwas mit Tony?«

»Nein, nein. Zumindest nicht direkt. Es geht um meinen Exmann. Er wollte Tony abholen. Ich kann sie ihm auf keinen Fall geben. Ach Josh, ich kann Dir das unmöglich am Telefon erzählen. Morgen fahre ich mit ihr wieder nach Chatham. Es wäre schön, wenn wir uns dann sehen könnten.«

»Okay. Wann?«

»Ich werde um die Mittagszeit in Chatham sein. Sag Du mir einfach, wann Du Zeit hast. Am liebsten wäre es mir bei Emily. Ich möchte nicht, dass Tony etwas von dem mitbekommt, was ich Dir erzähle. Zumindest noch nicht.«

»Du spannst mich ganz schön auf die Folter, Jessica.«

»Es tut mir leid. Ich freue mich auf Dich.«

»Und ich mich auf Dich,« sagte er. »Melde Dich einfach, wenn Du da bist. Ich komme dann gleich. Soll ich meinen Vater mitbringen, damit er sich um Tony kümmert?«

»Ja, das ist eine ausgezeichnete Idee.«

»Also dann bis morgen.«

Als er Scott das Handy zurückgab, sagte er: »Du hast kaum drei Worte mit ihr gewechselt und schon hat sie Deine Nummer. Wie machst Du das nur, Scott?«

»Schau mich nicht an wie einen Judas, Josh. Ich habe ihr auf der Party meine Karte gegeben. Ganz ohne Hintergedanken. Und sie hat die Nummer nur benutzt, um zu erfahren, wo Du bist. Mich wollte sie nicht sehen.«

Jessica war den ganzen Nachmittag über aufgeregt wie ein Schulmädchen bei seinem ersten Rendezvous. Sie hatte immer noch große Angst, sie könnte es sich mit Josh verdorben haben.

Als es klingelte, zuckte sie zusammen.

Bevor sie öffnete, warf sie noch einen Blick in den Spiegel und strich sich über die Haare.

Josh hatte seinen Vater mitgebracht, so wie er es angekündigt hatte.

»Ich freue mich, dass Sie mitgekommen sind, Adam,« begrüßte sie ihn. Seine Anwesenheit hatte eine unmittelbar beruhigende Wirkung auf sie.

»Hallo Jessica. Ich hätte nicht damit gerechnet, Sie so schnell wiederzusehen. Ich freue mich sehr.«

Dann erst begrüßte Jessica Josh. Sie forschte in seinem Gesicht nach seinem Gemütszustand. Von seiner Wut, die er bei ihrem letzten Zusammentreffen gezeigt hatte, schien nichts mehr übrig zu sein. Auch das trug zu ihrer Beruhigung bei.

»Kommt herein«, sagte sie und trat zurück, um die beiden eintreten zu lassen.

Adam fragte: »Wo ist mein Sonnenschein?«

Jessica grinste.

»Sie ist im Garten.«

»Dann werde ich mich gleich mal auf die Suche nach ihr machen,« sagte Adam und machte sich sogleich auf den Weg.

»Gleich gibt es Kaffee und Kuchen,« rief Jessica ihm hinterher.

»Ist gut,« rief er, ließ sich aber von seinem Vorhaben nicht abbringen.

Jessica lotste Josh ins Wohnzimmer und bot ihm einen Platz.

Sie setzte sich ihm gegenüber und spürte eine enorme Spannung in der Luft, wie sie es bisher mit Josh noch nie erlebt hatte.

Er schaute sie forschend an und lächelte dann aufmunternd.

»Ich möchte mich bei Dir entschuldigen«, begann er das Gespräch. »Ich habe mich völlig unmöglich benommen, wie ein liebeskranker Gaul.«

Jessica spürte, wie die Spannung schlagartig nachließ. Sie wäre ihm am liebsten um den Hals gefallen, riss sich jedoch zusammen.

»Ich glaube, ich muss mich entschuldigen«, entgegnete sie. »Mein Verhalten hat Dich ja erst dazu gebracht, Dich so aufzuführen. Kannst Du mir noch einmal verzeihen?«

»Wieso solltest Du Dich entschuldigen?« fragte Josh mit überraschtem Tonfall in der Stimme. »Du hast mir doch nur klar gemacht, dass Du keine Beziehung wünschst. Nur hab' ich Trottel das nicht akzeptieren wollen. Aber jetzt habe ich es kapiert. Und ich werde Dich zukünftig nicht mehr behelligen.«

Wumms. Das saß.

Jessica merkte, wie ihr Herz in den Bauch sackte.

‚Ich hab's tatsächlich vermasselt,' dachte sie.

Jedes Wort hatte sie sich zurechtgelegt, bevor Josh gekommen war. Und nun kam doch alles anders.

'Ich muss es trotzdem versuchen.'

Vorsichtig begann sie: »Bitte höre mich an, Josh. Ich bin Dir eine Erklärung für mein Verhalten schuldig. Und wenn Du danach noch genauso über mich denkst wie jetzt, dann muss ich das akzeptieren.«

»Gut. Dann schieß los.«

Sie holte tief Luft und begann, zu erzählen.

Sie erzählte ihm von Emilys Geheimnis, das sie erst mit dem Brief erfahren hatte, den der Anwalt ihr bei der Testamentsvollstreckung übergeben hatte. Dann erzählte sie ihm von Renées Geständnis kurz vor deren Tod. Sie erzählte ihm von ihrer desaströsen Ehe, von Bens Umweltdelikten und ihren Auswirkungen. Sie ließ nichts aus; auch nicht, dass sie von ihrem Chef darauf angesetzt worden war und gekniffen hatte, dass sie das ziemlich belastet habe, sie aber einfach nicht anders habe handeln können.

Sie erzählte ihm auch von den Dingen, die sie nach ihrer überstürzten Abreise aus Chatham auf den Weg gebracht hatte und von den verwirrenden Gefühlen, die sie ihm gegenüber hatte, von ihrer Eifersucht auf Allison, die ihr erst jetzt bewusst wurde, während sie zu ihm sprach.

Er unterbrach sie kein einziges Mal.

»Ich brauchte Abstand,« sagte sie weiter. »Zu Dir. Zu diesem Haus, weil es für mich Emily verkörpert. Zum Cape im Allgemeinen. Und da waren diese Altlasten. Ich wusste auf einmal, dass ich sie erst loswerden musste, bevor etwas Neues beginnen kann.

Als ich nach der Party Hals über Kopf abreiste, war ich bereits in Dich verliebt. Das hat mich ziemlich nervös gemacht.

Du bist ein Mensch, der die Unabhängigkeit liebt und braucht. Ich hatte mir in New York ein Leben aufgebaut, das mir gefiel. Außerdem hatte ich den Eindruck, dass Allison viel besser zu Dir passt als ich, dass sie ebenfalls in Dich verliebt ist. Über Deine Gefühle zu ihr war ich mir auch nicht ganz im Klaren. Ihr kennt Euch schon so lange und seid so vertraut im Umgang miteinander. Ich wollte da nicht stören.«

»Was redest Du denn da?« unterbrach Josh sie zum ersten Mal. »Allison ist ein hübsches und nettes Mädchen. Und sie ist eine wirklich gute Freundin. Doch als Partnerin käme sie nie für mich in Frage.«

»Das habe ich inzwischen auch begriffen. Aber ich bin noch nicht fertig.«

Sie erzählte ihm von den neuesten Erkenntnissen, die sie während des Gärtnerns gewonnen hatte.

Die Arbeit hatte sie auf seltsame Weise mit Emily versöhnt, wie auch immer dies geschehen war. Im Garten hatte sie sich, wie vorher auch schon einige Male im Haus, mit ihr verbunden gefühlt. Es war ein magisches Gefühl gewesen, ein Gefühl von Ruhe und Frieden.

Sie wusste jetzt auch, dass sie panische Angst davor gehabt hatte, sich wieder zu verlieben und dann vielleicht festzustellen, dass sie sich ein zweites Mal geirrt hatte. Doch ihr sei klar geworden, wie wichtig er ihr inzwischen sei. Und dass sie Vertrauen haben müsse, wenn sie sich auf ihn einließ. Sie wollte auch das Haus nicht mehr hergeben, weil es ja eine Verbindung zwischen ihr und ihrer Mutter darstellte. Im Gegenteil, sie würde mit Tony hier einziehen. Das hätte sie kurz nach dem Termin mit der Immobilienmaklerin entschieden. Und inzwischen wisse sie definitiv, dass diese Entscheidung die einzig richtige sei, egal, wie Josh zu ihr stand.

»Ach, dann wusstest Du schon, dass Du hier leben wirst, als ich mich so unmöglich aufgeführt habe? Warum hast Du nichts gesagt?«

Jessica grinste.

»Weil Du mir keine Gelegenheit dazu gegeben hast, Du Dummer. Und als ich Dir folgen wollte, hat ja, wie ich Dir am Telefon bereits sagte, mein Handy geklingelt.«

Sie erzählte von den neuerlichen Drohungen ihres Exmannes.

»Ich habe einfach furchtbare Angst, dass er mir Tony wegnimmt.«

Er nahm ihre Hände über den Tisch hinweg in seine. Unverzüglich spürte sie eine starke Wärme in der Brust und wurde von einer Woge der Ruhe erfasst.

Sie schaute ihn an und sah die Zärtlichkeit in seinem Blick.

»Du hast Einiges durchmachen müssen in der letzten Zeit. Und ich hatte keine Ahnung. Warum hast Du mich nicht schon längst eingeweiht?« fragte er.

Er ließ sie gar nicht erst zu Wort kommen, sondern fügte an:

»Dein Vertrauen muss bei all dem, was man Dir angetan hat, schwer gelitten haben. Jetzt sehe ich es. Und ich war auch noch so selbstsüchtig, Dir eine Szene zu machen. Aber ich schwöre Dir, nur aus Liebe. Und was meinen Freiheitsdrang betrifft, gebe ich Dir bedingt Recht. Bisher war mir meine Freiheit heilig, das gebe ich zu. Aber seit ich Dich kenne, kann ich mir nicht mehr vorstellen, ohne Dich zu sein. Meine Freiheit gebe ich gerne her für ein Leben mit Dir.«

Während er gesprochen hatte, war er aufgestanden und um den Tisch gegangen. Er kniete nun vor ihr, nahm ihre Hand in seine.

Dann griff er in seine Hosentasche und förderte eine kleine Schachtel zutage. Er öffnete sie und ein Diamantring kam zum Vorschein.

»Den wollte ich Dir in New York bereits an den Finger stecken.«

Jessica spürte, wie Tränen in ihre Augen schossen.

»Vielleicht bin ich wieder zu schnell. Doch ich frage Dich trotzdem: Jessica, willst Du meine Frau werden?«

Leise sagte sie »Ja« und ließ sich den Ring anstecken. Sie hatte Tränen in den Augen. Dann küsste er sie zärtlich.

.

32. Kapitel

Eine Woche hatte Allison nun schon nichts mehr von Josh gehört. Wenn sie an ihn dachte, regte die Wut sich in ihr wie eine Bestie, die träge schlummerte, auf den Moment wartend, da sie freigelassen wurde.

Dann kam die Gewissheit: Allison sah die beiden händchenhaltend durch die Hauptstraße von Chatham schlendern. Sie hatten nur Augen füreinander und bemerkten Allison nicht, die mit ihrem Cabriolet direkt an ihnen vorbeifuhr.

In diesem Moment schwor Allison sich: Dafür werdet Ihr büßen. Ganz besonders Jessica.

Und dann rief sie Ben Freeman erneut an.

33. Kapitel

Sie kamen den schmalen Pfad vom Strand herauf. Tony plapperte fröhlich auf sie ein. Jessica hatte es sich zur Gewohnheit gemacht, die Lage zu peilen, sobald das Haus in Sichtweite war, weil sie stets befürchtete, Besuch von Ben zu bekommen. Tony durfte ihm nicht in die Hände fallen.

Jessica war nicht auf Bens Forderungen eingegangen. Das hatte der Rechtsanwalt aus Charpersville ihr geraten. Er werde sofort Klage gegen Ben erheben, hatte er noch gesagt.

Kurz darauf hatten Bens Anrufe bei Jessica geradezu explosionsartig zugenommen. Sie hatte sie allesamt ignoriert, stets mit Herzklopfen. Und er hatte wüste Beschimpfungen auf ihrer Mailbox hinterlassen, die ihre Wirkung nicht ganz verfehlten.

Unmittelbar nach ihrer Aussöhnung mit Josh waren Jessica und Tony in Emilys Haus gezogen.

Auch wenn Joshs Nähe sie ein wenig beruhigte, hatte sie trotzdem Angst, eines Tages Ben in die Arme zu laufen, besonders als nach ein paar Tagen des Telefonterrors Bens Anrufe plötzlich aufhörten. Seit einer Woche hatte sie nun nichts mehr von ihm gehört. Und das beruhigte sie ganz und gar nicht.

Trotzdem war es ein Schock, seinen Wagen vor dem Haus stehen zu sehen, als sie nun vom Strand zurückkamen.

Ben rannte vor seinem Wagen hin und her; in großen Schritten; wie ein Tiger hinter Gittern. Er trug Maßanzug. Wie hätte es auch anders sein können. Er schien zu telefonieren, gestikulierte wild und marschierte gerade in die dem Strand entgegengesetzte Richtung.

Jessica spürte die Aggression, die von ihm ausging.

Sie hielt Tony den Mund zu und signalisierte ihr mit vor den Lippen gehaltenem Zeigefinger, leise zu sein. Tony verstand und duckte sich sogar, so als hätten sie es einstudiert, dabei hatte Jessica ihr gegenüber Bens Forderungen bisher mit keiner Silbe erwähnt.

Sie konnte sich nicht einmal vorstellen, dass Tony ihren Vater erkannt hatte, doch Tony schien instinktiv die Gefahr, die von ihm ausging, zu wittern. Sie hatte ganz große dunkle Pupillen und schaute Jessica ängstlich an.

Jessica hatte das Gefühl, ihr Herzschlag könnte sie verraten, so laut war er.

Schnell nutzten sie den unbeobachteten Augenblick, um sich durch den Garten über die Terrasse ins Haus zu schleichen.

'Gottseidank habe ich die Terrassentür nicht verschlossen,' dachte sie. 'Und gut, dass er das nicht überprüft hat'.

Sie hatte sich also nicht getäuscht. Ben kannte Emilys Adresse und schien zu wissen, dass sie und Tony hier waren.

Dass er den weiten Weg her auf sich genommen hatte, zeigte ihr, wie sehr er unter Druck stand.

Was hatte er vor?

Sicher wollte er Tony in die Finger bekommen, weil er glaubte, dass Jessica den Rechtsanwalt dann zurückpfeifen würde. Was sollte sie nur tun? Wie gefährlich war er und wie weit würde er gehen?

»War das Dad?« fragte Tony im Flüsterton, als sie im Haus waren.

»Ja,« flüsterte Jessica zurück.

»Was will er hier?« fragte Tony weiter. »Will er mich sehen? Oder holen? Ich will nicht zu ihm. Ich will ihn auch nicht sehen. Er kann mich doch nicht zwingen, mit ihm mitzugehen, oder?«

Sie sagte es fast schon panisch.

»Beruhige Dich, mein Schatz. Das musst Du auch nicht.«

Jessica versuchte, souverän zu wirken, auch wenn sie sich selbst in höchster Aufruhr befand. Sie konnte Tony doch nicht sagen, dass ihr Vater sehr wohl das Recht hatte, sie mitzunehmen. Sie würde alles tun, um das zu verhindern.

»Wir müssen sehr vorsichtig sein,« warnte sie Tony. »Er darf uns nicht entdecken. Das ist ganz wichtig.«

Tony nickte. Ihre Augen waren immer noch weit aufgerissen.

Jessica spürte ein Zittern durch ihren ganzen Körper gehen, nicht vor Kälte, denn es war warm. Sie hatte schreckliche Angst, dass es jetzt soweit war und Ben ihr Tony wegnahm.

'Reiß Dich zusammen,' sagte sie zu sich selber.

Sie durfte diesen Gedanken einfach nicht zulassen; ihm nicht Raum geben wie einer sich-selbst-erfüllenden Prophezeiung. Sie musste stark sein; einen Ausweg finden.

»Ich versuche jetzt, Josh zu erreichen.«

»Ja.«

Er nahm nicht ab und sie erreichte nur seine Mailbox.

Sie hinterließ ihm eine Nachricht, flüsternd, aber ganz aufgeregt. Wenn er das hörte, würde er allein daran schon erkennen, wie schlimm die Situation war.

Dann rief sie Adam an. Auch ihn erreichte sie nicht. Dann Martha. Ebenso Fehlanzeige. Hatten sich denn alle gegen sie verschworen? Auch Adam hinterließ sie eine Nachricht.

Wen konnte sie noch anrufen? Ihren Anwalt in Charpersville? Was konnte er aus der Ferne schon ausrichten? Und sie wollte nicht die ganze Welt verrückt machen. Sie würde selbst einen Weg aus dieser Lage finden müssen.

Wenn sie sich ruhig verhielten, würde er vielleicht wieder verschwinden, dachte sie. Doch das beruhigte sie nicht. Ben war zäh.

Ihr fiel Bart ein. Gottseidank hatte sie seine Nummer abgespeichert.

'Bitte, geh ran,' betete sie, während es klingelte. Und dann sprang auch seine Mailbox an. Sie hinterließ ihm ebenfalls eine Nachricht und überlegte fieberhaft, was sie nun am besten unternahm.

Die Polizei anrufen? Das würde sicher nichts bringen. Und vielleicht spielte sie damit Tony sogar in seine Hände, wenn er behauptete, sie würde ihm sein Kind vorenthalten.

Während sie noch abwog, ob sie sich besser ruhig verhalten oder wieder durch die Terrassentür verschwinden sollten, hörte sie Geräusche an der Eingangstür, ungute Geräusche, ein Kratzen oder Schaben, so als ob sich jemand am Schloss zu schaffen machte. Sie konnte schlecht zum Küchenfenster gehen und nachschauen, weil sie dann Gefahr lief, von ihm gesehen zu werden. Im Moment wusste er noch nichts von ihrer Anwesenheit, was ihnen einen Vorteil verschaffte.

Doch Ben zwang sie so, endlich zu handeln. Was, wenn er die Tür aufbekam? Sie traute es ihm zu. Er verfügte über genug kriminelle Energie. Ein Türschloss war sicher eine Kleinigkeit für ihn.

Also, was tun? Sich im Haus verstecken oder wieder über die Terrassentür verschwinden?

'Oh Gott, oh Gott.'

Sie wurde noch panischer, als sie ohnehin schon war, was sie daran hinderte, eine Entscheidung zu treffen.

Und dann gab das Schloss auf einmal nach.

Ein Wagen parkte vor dem Haus, als er ankam; eine luxuriöse Limousine. Die Haustür stand offen, sperrangelweit.

Er horchte angestrengt, ob er aus dem Inneren des Hauses etwas hörte; Stimmen, Poltern. Doch keine Geräusche drangen an sein Ohr, außer dem vertrauten Gekreische von Seemöwen über dem Strand und dem fernen Rauschen der Brandung.

Bart war nicht schnell genug gewesen, als Jessicas Anruf kam, weil er gerade dabei gewesen war, vor seinem Haus einzuparken. Nur gut, dass sie ihm eine Nachricht auf der Mailbox hinterlassen hatte.

Hatte sein Instinkt ihn also nicht im Stich gelassen, auch wenn er sich dieses Mal wünschte, es wäre so gewesen.

»Ich habe Angst um Tony,« hatte Jessica gesagt, als er sie in Emilys Haus aufgesucht hatte.

Er hatte die Angst längst in ihren Augen gesehen. Sie hätte es nicht sagen müssen.

Trotzdem hatte er, anstatt sie zu beruhigen, geantwortet: »Ich will Ihnen nicht zu nahe treten, aber ist es wirklich die Angst um Ihre Tochter, die Sie abhält, gegen Ihren Exmann vorzugehen?«

Ihr betretener Blick hatte ihm gezeigt, dass er ihren wunden Punkt getroffen hatte.

Sie hatte ihm geschildert, warum sie eine solche Angst vor ihrem Exmann hatte, wie brutal und manipulativ er war, hatte von den Flitterwochen erzählt, dem jähen Erwachen aus ihrer Verliebtheit. Sie hatte Bart gegenüber angedeutet, dass Ben vermutlich etwas mit dem Tod ihrer Eltern zu tun hatte und erzählt, wie er es schlussendlich geschafft hatte, sich die Firma unter den Nagel zu reißen.

»Wenn Ben etwas will, dann bekommt er es,« hatte sie gesagt. »Er hat mir bereits gedroht, mir Tony wegzunehmen, wenn ich etwas gegen ihn unternehme, da war sie noch nicht auf der Welt.«

»Ich verurteile Sie nicht, Jessica,« hatte Bart sie beruhigt. »Ihre Tochter geht vor. Sie sind eine gute Mutter. Und trotzdem geht es mir gegen den Strich, wenn so jemand wie ihr Exmann straffrei davonkommt.«

»Ja, das sehe ich auch so. Deshalb habe ich ja inzwischen auch die notwendigen Schritte unternommen, nachdem ich endlich Beweise hatte.«

Als Jessica dann mit Tony in Emilys Haus eingezogen war, hatte Bart begonnen, Vorkehrungen zu treffen.

Er kannte die Ben Freemans dieser Welt zur Genüge. Mit ihnen hatte er sich sein gesamtes Leben lang herumschlagen müssen und wenn er eins gelernt hatte, dann war es, auf der Hut zu sein, nichts dem Zufall zu überlassen und Vorkehrungen zu treffen, um Angriffe solcher Subjekte abwehren zu können.

Er hatte Jessica allerdings nicht darüber in Kenntnis gesetzt. Er wusste schließlich um ihre Angst wollte sie nicht noch mehr beunruhigen.

Er kannte den zuständigen Polizisten von Chatham gut. Dessen Vater war mit Bart zusammen in die Schule gegangen. Ihn hatte er schon vor einiger Zeit eingeweiht.

»Sollte dieser Ben Freeman hier am Cape auftauchen, rufe mich an. Ich schicke sofort eine Streife los,« hatte Charly gesagt.

Und das hatte er nun getan, hatte dann aber den Motor seines Wagens sofort wieder gestartet und war selbst hingefahren.

Er hatte Jessica absichtlich nicht zurückgerufen, weil er befürchtete, sie durch das Klingeln ihres Handys erst in Gefahr zu bringen. Er hatte an ihrem Flüsterton erkannt, dass Ben in der Nähe war und sie sich scheinbar vor ihm versteckte.

»Hoffentlich bin ich nicht zu spät,« dachte er jetzt, als er die weit geöffnete Haustür sah. Von einem Streifenwagen war nichts zu sehen. Er konnte nicht warten. Jessica und Tony brauchten seine Hilfe. Er fühlte sich auch schuldig, weil er ihre Angst nicht ernst genug genommen hatte; weil ihm Gerechtigkeit wichtiger gewesen war als der Schutz der beiden inzwischen liebgewonnenen Menschen.

Auf Zehenspitzen betrat er das Haus, auf der Hut vor einem möglichen Angriff aus dem Hinterhalt. Er bemühte sich, leise zu atmen, was ihm schwer fiel, da er sich beeilt hatte und auch nicht mehr der Jüngste war.

Und dennoch passte er nicht genug auf. Seine Reaktionsfähigkeit hatte stark nachgelassen. Schließlich ging er auf die Siebzig zu.

Während er in die Küche schaute und versuchte, jedes Detail zu erfassen, spürte er einen plötzlichen heftigen Schmerz auf der Schädeldecke. Ihm wurde schwarz vor Augen. Dann sackten seine Beine weg.

Josh ärgerte sich, dass er Jessicas Anruf nicht mitbekommen hatte. Als er ihre Nachricht abhörte, war er sofort in äußerster Alarmbereitschaft.

Da er gerade im Aquarium in Woods Hole war, konnte er nicht so schnell bei ihr sein. Er rief seinen Vater an, erreichte ihn aber nicht; dann bei der Polizei. Er kannte Charly aus Schulzeiten.

Von der Telefonistin erfuhr er, dass Bart sie bereits informiert hatte und eine Streife zu Emilys Haus unterwegs sei. Das beruhigte ein bisschen. Er machte sich sofort auf den Weg.

Als er ankam, sah er einen Krankenwagen und Barts Wagen vor dem Haus stehen. Bart saß auf einem Hocker und hielt sich den Kopf. Ein Sanitäter schien sich um ihn zu kümmern. Von einem Streifenwagen war jedoch nichts zu sehen. Nur Jessicas Wagen parkte in der Einfahrt.

»Was ist passiert?« fragte Josh, als er Bart erreichte.

»Jemand hat mich niedergeschlagen. Ich bin wohl langsam doch zu alt für solche Spielchen. Jessicas Exmann war hier. Ich glaube zumindest, dass er es war. Es stand ein luxuriöser Schlitten vor dem Haus und die Tür stand weit offen, als ich kam. Jessica hatte mir außerdem auf die Box gesprochen. Sie sagte, Ben sei hier. Also muss sie ihn gesehen haben.

Als ich ankam, war Charly noch nicht eingetroffen. Ich hatte ihn angerufen.«

»Ja, ich weiß.«

»Ich dachte, es sei Gefahr in Verzug und ich müsste sofort etwas unternehmen. Also bin ich rein. Ich bin nicht weit gekommen. Jemand hat mich niedergeschlagen. Als ich wieder zu mir kam, standen Charly und sein Kollege vor mir. Sie sind wohl in dem Moment gekommen, als die Limousine gerade verschwand. Charly konnte nicht erkennen, wer im Auto saß, ob dieser Ben Freeman alleine war oder ob Jessica und Tony bei ihm waren. Der Wagen hatte abgedunkelte Fensterscheiben.«

»Hat Charly die Verfolgung aufgenommen?«

»Nicht gleich. Er hat mein Auto gesehen. Darum ist er erst einmal ins Haus, nachdem er über Funk Verstärkung angefordert hatte. Josh, dieser Ben kann nicht entwichen. Das ist eine Halbinsel. Die Übergänge zum Festland sind wie ein Nadelöhr. Sein Wagen ist zudem markant. Sie kriegen ihn. Und vielleicht hat Jessica sich und Tony

längst in Sicherheit gebracht. Im Haus finden sich glücklicherweise keinerlei Kampfspuren, was ja auch ein gutes
Zeichen ist. Er hat nur die Schränke durchwühlt. Als ich
kam, muss er mich wohl gesehen haben, denn im Haus
war es mucksmäuschenstill.«

»Ich schaue mich mal um,« sagte Josh und ging ins Haus.
Er wollte sich selbst ein Bild machen.

Dann ging der Vibrationsalarm seines Handys.

Es war Jessica.

»Wo bist Du?« fragte er.

»In den Dünen hinter dem Haus.«

Josh rannte los, durch das Esszimmer, auf die Terrasse
und durch den Garten. Er verließ das Grundstück über den
Seiteneingang, rannte den schmalen Pfad hinunter zum
Strand. Und dann sah er sie.

34. Kapitel

»Aufgepasst Josh, er rutscht. Mach langsamer!« rief Scott. Alle hielten den Atem an. Jesse hing gefährlich schief in den Seilen. Würde er anfangen zu zappeln, konnte dies sein Todesurteil bedeuten. Doch er verhielt sich ruhig, fast so, als wüsste er, was auf dem Spiel stand.

Tony war schon seit Tagen ganz aus dem Häuschen. Sie war überglücklich, die Auswilderung von Anthony und Jesse miterleben zu dürfen.

Jessica ging es nicht anders, besonders weil es gleichzeitig ihr erster Auftrag als freie Journalistin war. Man hatte die Presse diesmal nicht informiert und stattdessen Jessica die alleinigen Rechte zur Berichterstattung erteilt. Mit Kamera und Notizblock ausgerüstet verfolgte auch sie jede Bewegung des Krans mit seiner kostbaren Fracht. Der Auslöser der Kamera war pausenlos im Einsatz.

Erst als Jesse - ebenso wie kurz zuvor Anthony - sicher im Transportbehälter untergebracht war, ging ein Aufatmen durch die Menschenmenge.

Obwohl die Freilassung der beiden Wale nicht an die große Glocke gehängt worden war, hatten sich erstaunlich viele Zuschauer eingefunden, um das Ereignis mitzuerleben; das Team, das die beiden in den letzten Wochen versorgt hatte; deren Angehörige; Mitarbeiter des Institutes, zu dem das Aquarium gehörte; und der eine oder andere zufällige Besucher. Auch Adam und Bart waren gekommen.

Das Team hatte in den letzten Tagen eine Pilotwalschule ausfindig gemacht, die immer wieder in einer bestimmten Region gesichtet worden war. In deren Nähe sollten Antony und Jesse in die Freiheit entlassen werden. Im besten Fall war dies sogar ihre Gruppe, die sie aufgrund ihrer Strandung verloren hatten.

Die beiden Wale wurden nach dem erfolgreichen Verladen zum Hafen transportiert, der unmittelbar ans Aquarium angrenzte, und mit Hilfe der Kranvorrichtung am LKW auf ein bereitstehendes Boot befördert. Auch dieses war mit einem Kran ausgestattet. Dann ging es hinaus aufs Meer.

Das Boot nahm Fahrt auf und steuerte das offene Meer an, weitab von seichten Buchten, die Walen immer wieder zum Verhängnis wurden.

Vor dem Verladen waren die beiden mit Sendern ausgestattet worden, die man in ihre Blubberschicht geschossen hatte.

Erfahrungsgemäß hielten sich derartige Sender nur wenige Tage in der Fettschicht der Tiere und fielen dann ab. Immerhin würden Scott und seine Kollegen so wenigstens in der ersten Zeit nach der Freilassung die Möglichkeit haben, die Route der Tiere zu verfolgen.

Während der Fahrt wurden Jesse und Anthony unentwegt mit Wasser besprüht und so vor dem Austrocknen bewahrt. Für die beiden Wale bedeutete der Transport Stress im höchsten Maße. Deshalb war das Auswilderungsteam bemüht, die Aktion so schnell wie möglich durchzuführen.

Es herrschte leichter Seegang, etwas stärker als bei der Walbeobachtungstour, die Jessica und Tony mit Josh gemacht hatten. Jessica fühlte sich lediglich durch die Tatsache, dass Josh an ihrer Seite war, einigermaßen sicher. Er stand die meiste Zeit neben ihr. Er schien zu spüren, dass Jessica sich so wohler fühlte.

Wenn sie über die Ereignisse der vergangenen Wochen nachdachte, konnte sie die radikalen Veränderungen in ihrem Leben immer noch nicht fassen.

Ben war noch am gleichen Tag, als er in ihr Haus eingedrungen war und Bart niedergeschlagen hatte, festgenommen worden. Er hatte versucht, nach Marthas Wineyard überzusetzen. Vermutlich war ihm selbst klar gewesen, dass er nun in einem Dilemma steckte, aus dem er nicht mehr so leicht rauskam. Die Nachricht über seine Festnahme hatte Jessica enorm erleichtert.

Inzwischen hatte Tony Jessica anvertraut, dass sie Allison in einem Café in Cannon Falls gesehen hatte; zusammen mit Ben. So wusste Jessica jetzt, woher Ben an seine Informationen gekommen war. Als sie das Josh erzählt hatte, war er sofort zu Allison gefahren, um ihr die Freundschaft aufzukündigen.

Und Jessica hatte in Windeseile begonnen, ihr altes Leben abzustreifen; hatte ihren Job im Verlag gekündigt, einen Makler mit dem Verkauf des Apartments in New York beauftragt und den ursprünglich geplanten Verkauf von Emilys Haus rückgängig gemacht.

Vom ersten Moment an fühlten Tony und sie sich in diesem Haus wohl. Und durch Emilys Freunde hatte Jessica das Gefühl, ihre leibliche Mutter in der kurzen Zeit besser kennengelernt zu haben, als das bei Renée je der Fall gewesen war.

»Ist das nicht ein großes Abenteuer für Dich?« fragte Scott Tony gerade, die jeden Handgriff des Teams beobachtete.

Tony nickte.

»Für mich reichen die Abenteuer der letzten Wochen,« murmelte Jessica, so dass nur Josh sie hören konnte.

»Ich glaube, Bart sieht es genauso,« entgegnete er. »Ihm brummt immer noch der Schädel. Dein Exmann hat ihm einen ganz schönen Hieb verpasst.«

»Gottseidank ist nichts Schlimmeres passiert. Der Schlag hätte Bart auch töten können,« sagte Jessica.

»Ich glaube, Barts Schädel hält eine Menge aus. Zum Glück,« sagte Josh.

»Wie die Tür aufgesprungen ist und Dad reinkam. Das war ganz schön aufregend. Wir sind hinter die Tür zum Esszimmer gesprungen. Und er ist geradeaus gegangen. Zum Glück. So hatten wir Zeit, über die Terrasse zu verschwinden. Im allerletzten Moment.«

Tony sprach im Plauderton, wie jemand, der eine Geschichte aus einer längst vergangenen Zeit wiedergibt; aus der Kindheit, die schon lange zurücklag. Jessica war froh, dass Tony scheinbar die unerfreulichen Erlebnisse mit ihrem Vater so gut wegsteckte. Es schien sie nicht im Mindesten zu belasten.

»Wir sind den Pfad zum Strand hinuntergerannt und haben uns fast überschlagen, weil wir so schnell waren.«

An dieser Stelle kam Jessicas Einsatz. Das wusste sie bereits.

»Und wisst Ihr, was meine Tochter sagte?«

Jessica schaute alle der Reihe nach an, auf eine theatralische Art und Weise. »Das war knapp. Ihr müsst Euch mal vorstellen: Da stehe ich da, total zittrig vor Angst und sie sagt ungerührt: Das war knapp.«

Zur Untermalung ihrer Worte stemmte Jessica die Hände in die Hüften.

Alle spielten mit, warfen Tony bewundernde Blicke zu.

»Du hattest die Situation voll im Griff. Ich habe nichts anderes von Dir erwartet, Tony,« sagte Josh.

Tony grinste spitzbübisch.

Als das Boot an der Stelle ankam, an der sie die Pilotwalgruppe gesichtet hatten, wurde die Fahrt verlangsamt, bevor das Boot vollständig zum Stehen gebracht und der Motor abgestellt wurde. Josh und Scott hatten bereits Neoprenanzüge an und sprangen ins Wasser. Zwei Kollegen hakten die Tragen, in denen sich die Wale befanden, nacheinander in die Kranvorrichtung ein und ließen die Tiere vorsichtig zu Wasser. Sofort wurden die beiden Wale von Josh und Scott aus den Tragen befreit.

Sie entfernten sich zuerst vom Boot, kamen aber noch einmal zurück und umkreisten es einige Male in gebührlichem Abstand, so als wollten sie sich verabschieden. Dann tauchten sie ab und verschwanden aus dem Sichtkreis ihrer Beobachter. Die beiden Männer kamen zurück ins Boot, zogen die Anzüge aus und trockneten sich ab.

Als Josh umgezogen war, kehrte er zu Jessica zurück und legte seinen Arm um ihre Schultern.

»Bei diesem Ereignis dabei sein zu dürfen, bedeutet mir sehr viel«, flüsterte sie ihm zu. »Schließlich bin auch ich hier irgendwie gestrandet.«

Josh schaute sie zärtlich an.

»Das kann man wohl sagen. Mit Dir ist ein ganz hübscher Brocken angespült worden.«

»Und, wirst Du auch mich retten. Ein Herz für Wale hast Du ja.«

»Na, hab ich das nicht längst getan?«

Sie grübelte kurz nach, bevor sie antwortete.

»Ja, das hast Du.«

»Nur glaub ja nicht, dass ich Dich auswildere, wie Antony und Jesse,« entgegnete Josh.

»Das will ich mir auch verboten haben.«

Jessica lachte und sie küssten sich.

»Geht diese Küsserei schon wieder los?« hörten sie Tony ausrufen. Sie mussten beide lachen und zogen sie in ihre Mitte.